मानसरोवर

भाग-8

प्रेमचंद

टू साइन

प्रकाशक : ट्रू साइन पब्लिशिंग हाउस

पता : SY.N0.21/2 & 21/3, सोननहल्ली,
कृष्णराजपुरल, बेंगलुरु, कर्नाटक – 560049, भारत

ईमेल: books@truesign.in

वेबसाइट: www.truesign.in

मानसरोवर भाग-8

प्रेमचंद

ISBN: 978-93-90852-17-8

संस्करण: 2022

प्रेमचंद जी का जीवन परिचय

प्रेमचंद का जन्म ३१ जुलाई १८८० को वाराणसी के निकट लमही गाँव में हुआ था। उनकी माता का नाम आनन्दी देवी था तथा पिता मुंशी अजायबराय लमही में डाकमुंशी थे। उनकी शिक्षा का आरंभ उर्दू, फारसी से हुआ और जीवनयापन का अध्यापन से पढ़ने का शौक उन्हें बचपन से ही लग गया। 13 साल की उम्र में ही उन्होंने तिलिस्म-ए-होशरुबा को पढ़ लिया और उन्होंने उर्दू के मशहूर रचनाकार रतननाथ 'शरसार', मिर्ज़ा हादी रुस्वा और मौलाना शरर के उपन्यासों से परिचय प्राप्त कर लिया था। १८९८ में मैट्रिक की परीक्षा उत्तीर्ण करने के बाद वे एक स्थानीय विद्यालय में शिक्षक के रूप में नियुक्त हो गए। नौकरी के साथ ही उन्होंने अपनी पढ़ाई जारी रखी। १९१० में उन्होंने अंग्रेजी, दर्शन, फारसी और इतिहास से इंटर पास किया और १९१९ में बी.ए. पास करने के बाद शिक्षा विभाग के इंस्पेक्टर पद पर नियुक्त हो गए थे। सात वर्ष की अवस्था में उनकी माता तथा चौदह वर्ष की अवस्था में पिता का देहान्त हो जाने के कारण उनका प्रारंभिक जीवन संघर्षमय रहा। उनका पहला विवाह उन दिनों की परंपरा के अनुसार पंद्रह साल की उम्र में हुआ जो सफल नहीं रहा। १९०६ में उनका दूसरा विवाह शिवरानी देवी से हुआ जो बाल-विधवा थीं। वे सुशिक्षित महिला थीं जिन्होंने कुछ कहानियाँ और प्रेमचंद घर में शीर्षक पुस्तक भी लिखी। उनकी तीन संताने हुईं-श्रीपत राय, अमृत राय और कमला देवी श्रीवास्तव। १८९८ में मैट्रिक की परीक्षा उत्तीर्ण करने के बाद वे एक स्थानीय विद्यालय में शिक्षक नियुक्त हो गए। नौकरी के साथ ही उन्होंने पढ़ाई जारी रखी। १९१० में उन्होंने अंग्रेजी, दर्शन, फारसी और इतिहास विषयसहित इंटर पास किया। १९१९ में बी.ए पास करने के बाद वे शिक्षा विभाग के इंस्पेक्टर पद पर नियुक्त हुए।

१९२१ ई. में असहयोग आंदोलन के दौरान महात्मा गाँधी के सरकारी नौकरी छोड़ने के आह्वान पर स्कूल इंस्पेक्टर पद से त्यागपत्र दे दिया। इसके बाद उन्होंने लेखन को अपना व्यवसाय बना लिया। मर्यादा, माधुरी आदि पत्रिकाओं में वे संपादक पद पर कार्यरत रहे। इसी दौरान उन्होंने प्रवासीलाल के साथ मिलकर सरस्वती प्रेस भी खरीदा तथा हंस और जागरण निकाला। प्रेस उनके लिए व्यावसायिक रूप से लाभप्रद सिद्ध नहीं हुआ। १९३३ ई. में अपने ऋण को पटाने के लिए उन्होंने मोहनलाल भवनानी के सिनेटोन कंपनी में कहानी लेखक के रूप में काम करने का प्रस्ताव स्वीकार कर लिया। फिल्म नगरी प्रेमचंद को रास नहीं आई। वे एक वर्ष का अनुबंध भी पूरा नहीं कर सके और दो महीने का वेतन छोड़कर बनारस लौट आए। उनका स्वास्थ्य निरंतर बिगड़ता गया। लम्बी बीमारी के बाद ८ अक्टूबर १९३६ को उनका निधन हो गया। वे आर्य समाज से प्रभावित रहे जो उस समय का बहुत बड़ा धार्मिक और सामाजिक आंदोलन हुआ करता था। उन्होंने विधवा-विवाह का समर्थन किया और १९०६ में

दूसरा विवाह अपनी प्रगतिशील परंपरा के अनुरूप बाल-विधवा शिवरानी देवी से किया। उनकी तीन संताने हुईं- श्रीपत राय, अमृत राय और कमला देवी श्रीवास्तव। १९१० में उनकी रचना सोज़े-वतन (राष्ट्र का विलाप) के लिए हमीरपुर के जिला कलेक्टर ने तलब किया और उन पर जनता को भड़काने का आरोप लगाया। सोजे-वतन की सभी प्रतियाँ जब्त कर नष्ट कर दी गईं। कलेक्टर ने नवाबराय को हिदायत दी कि अब वे कुछ भी नहीं लिखेंगे, यदि लिखा तो जेल भेज दिया जाएगा। इस समय तक प्रेमचंद, धनपत राय नाम से लिखते थे। उर्दू में प्रकाशित होने वाली ज़माना पत्रिका के सम्पादक और उनके अजीज दोस्त मुंशी दयानारायण निगम ने उन्हें प्रेमचंद नाम से लिखने की सलाह दी। इसके बाद वे प्रेमचन्द के नाम से लिखने लगे। उन्होंने आरंभिक लेखन ज़माना पत्रिका में ही किया। जीवन के अंतिम दिनों में वे गंभीर रूप से बीमार पड़े। उनका उपन्यास मंगलसूत्र पूरा नहीं हो सका और लम्बी बीमारी के बाद ८ अक्टूबर १९३६ को उनका निधन हो गया। उनका अंतिम उपन्यास मंगल सूत्र था जो उनके पुत्र अमृत ने पूरा किया था।

साहित्यिक जीवन

प्रेमचंद के साहित्यिक जीवन का आरंभ १९०१ से हुआ थ | आरंभ में वे नवाब राय के नाम से उर्दू में लिखते थे। प्रेमचंद के लेख पहली रचना के अनुसार उनकी पहली रचना अपने मामा पर लिखा व्यंग्य थी, जो अब अनुपलब्ध है। उनका पहला उपलब्ध लेखन उर्दू उपन्यास 'असरारे मआबिद' है जो धारावाहिक रूप में प्रकाशित हुआ। इसका हिंदी रूपांतरण देवस्थान रहस्य नाम से हुआ। प्रेमचंद का दूसरा उपन्यास 'हमखुर्मा व हमसवाब' है जिसका हिंदी रूपांतरण 'प्रेमा' नाम से १९०७ में प्रकाशित हुआ। १९०८ ई. में उनका पहला कहानी संग्रह सोज़े-वतन प्रकाशित हुआ। देशभक्ति की भावना से ओतप्रोत इस संग्रह को अंग्रेज़ सरकार ने प्रतिबंधित कर दिया और इसकी सभी प्रतियाँ जब्त कर लीं और इसके लेखक नवाब राय को भविष्य में लेखन न करने की चेतावनी दी। इसके कारण उन्हें नाम बदलकर लिखना पड़ा। 'प्रेमचंद' नाम से उनकी पहली कहानी बड़े घर की बेटी ज़माना पत्रिका के दिसम्बर १९१० के अंक में प्रकाशित हुई।

१९१५ ई. में उस समय की प्रसिद्ध हिंदी मासिक पत्रिका सरस्वती के दिसम्बर अंक में पहली बार उनकी कहानी सौत नाम से प्रकाशित हुई। १९१८ ई. में उनका पहला हिंदी उपन्यास सेवासदन प्रकाशित हुआ। इसकी अत्यधिक लोकप्रियता ने प्रेमचंद को उर्दू से हिंदी का कथाकार बना दिया। हालाँकि उनकी लगभग सभी रचनाएँ हिंदी और उर्दू दोनों भाषाओं में प्रकाशित होती रहीं। उन्होंने लगभग ३०० कहानियाँ तथा डेढ़ दर्जन उपन्यास लिखे।

१९२१ में असहयोग आंदोलन के दौरान सरकारी नौकरी से त्यागपत्र देने के बाद वे पूरी तरह साहित्य सृजन में लग गए। उन्होंने कुछ महीने मर्यादा नामक पत्रिका का संपादन किया। इसके बाद उन्होंने लगभग छह वर्षों तक हिंदी पत्रिका माधुरी का संपादन किया। उन्होंने १९३० में बनारस से अपना मासिक पत्र हंस का प्रकाशन शुरू किया। १९३२ ई. में उन्होंने हिंदी साप्ताहिक पत्र जागरण का प्रकाशन आरंभ किया। उन्होंने लखनऊ में १९३६ में अखिल

भारतीय प्रगतिशील लेखक संघ के सम्मेलन की अध्यक्षता की। उन्होंने मोहन दयाराम भवनानी की अजंता सिनेटोन कंपनी में कथा-लेखक की नौकरी भी की। १९३४ में प्रदर्शित फिल्म मजदूर की कहानी उन्होंने ही लिखी थी।

मरणोपरांत उनकी कहानियाँ "मानसरोवर" नाम से ८ खंडों में प्रकाशित हुईं।

रचनाएँ

बहुमुखी प्रतिभासंपन्न प्रेमचंद ने उपन्यास, कहानी, नाटक, समीक्षा, लेख, सम्पादकीय, संस्मरण आदि अनेक विधाओं में साहित्य की सृष्टि की। उनकी ख्याति कथाकार के तौर पर हुई और अपने जीवन काल में ही वे 'उपन्यास सम्राट' की उपाधि से सम्मानित हुए।

-प्रकाशक

अनुक्रमणिका

खून सफेद

चैत का महीना था लेकिन वे खलिहान, जहां अनाज की ढेरियां लगी रहती थी, पशुओं के शरण-स्थल बने हुए थे, जहां घरों से फाग और बसंत का अलाप सुनायी पड़ता, वहां आज भाग्य का रोना था। सारा चौमासा बीत गया, पानी की एक बूंद न गिरी। जेठ में एक बार मूसलाधार वृष्टि हुई थी, किसान फूले न समाये, खरीफ की फसल बो दी, लेकिन इंद्रदेव ने अपना सर्वस्व शायद एक ही बार में लुटा दिया था। पौधे उगे, बड़े और फिर सूख गये। गोचर भूमि में घास न जमी। बादल आते, घटाएं उमड़ती, ऐसा मालूम होता कि जल-थल एक हो जायेगा, परन्तु वे आशा की नहीं, दु:ख की घटाएं थी। किसानों ने बहुतेरे जप-तप किये, ईंट और पत्थर देवी-देवताओं के नाम से जप पुजाये, बलिदान किये, पानी की अभिलाषा में रक्त के पनाले बह गये, लेकिन इंद्रदेव किसी तरह न पसीजते। न खेतों में पौधे थे, न गोचरों में घास, न तालाबों में पानी, बड़ी मुसीबत का सामना था। जिधर देखिए, धूल उड़ रही थी। दरिद्रता और क्षुधा-पीड़ा के दारुण दृश्य दिखाई देते थे। लोगों ने पहले तो गहने और बरतन गिरवी रखे, और अन्त में बेच डाले। फिर जानवरों की बारी आयी और जब जीविका का अन्य कोई सहारा न रहा तब जन्म-भूमि पर जान देने वाले किसान बाल-बच्चों को लेकर मजदूरी करने निकल पड़े। अकाल-पीड़ितों को सहायता के लिए कहीं-कहीं सरकार की सहायता से काम मिल गया था। बहुतेरे वहीं जाकर जमे। जहां जिसको सुभीता हुआ, वह उधर ही जा निकला।

2

संध्या का समय था। जादोराय थका-मांदा आकर बैठ गया और स्त्री से उदास होकर बोला दरखास्त नामंजूर हो गयी। यह कहते-कहते वह आंगन में जमीन पर लेट गया। उसका मुख पीला पड़ रहा था और आंतें सिकुड़ी जा रही थी। आज दो दिन से उसने दाने की सूरत नहीं देखी। घर में जो कुछ विभूति थी - गहने, कपड़े, बरतन, भांडे, सब पेट में समा गये। गांव का साहूकार भी पतिव्रता स्त्रियों की भांति आंखें चुराने लगा। केवल तकाबी का सहारा था, उसी के लिए दरखास्त दी थी, लेकिन आज वह भी नामंजूर हो गयी, आशा का झिलमिलाता हुआ दीपक बुझ गया।

देवकी ने पति को करुण दृष्टि से देखा। उसकी आंखों में आंसू उमड़ आए। पति दिन भर का थका-मांदा घर आया है। उसे क्या खिलाये लज्जा के मारे वह हाथ-पैर धोने के लिए पानी भी न लायी। जब हाथ-पैर धो कर आशा-भरी चितवन से वह उसकी ओर देखेगा तब वह उसे क्या खाने को देगी? उसने आज कई दिन से दाने की सूरत नहीं देखी थी। लेकिन इस समय उसे जो दु:ख हुआ, वह क्षुधातुर के कष्ट से कई गुना अधिक था। स्त्री घर की लक्ष्मी है। घर के प्राणियों

को खिलाता-पिलाना वह अपना कर्तव्य समझती है और चाहे यह उसका अन्याय ही क्यों न हो, लेकिन अपनी दीन-हीन दशा पर जो मानसिक वेदना उसे होती है, वह पुरुषों को नहीं हो सकती।

हठात् उसका बच्चा साधो नींद से चौंका और मिठाई के लालच में आकर वह बाप से लिपट गया। इस बच्चे ने आज प्रात:काल चने की रोटी का एक टुकड़ा खाया था, और तब से कई बार उठा और कई बार रोते-रोते सो गया। चार वर्ष का नादान बच्चा, उसे वर्षा और मिठाइयों में कोई संबंध नहीं दिखाई देता था। जादोराय ने उसे गोद में उठा लिया, उसकी ओर दु:खभरी दृष्टि से देखा। गर्दन झुक गयी और हृदय-पीड़ा आंखों में न समा सकी।

3

दूसरे दिन यह परिवार भी घर से बाहर निकला। जिस तरह पुरुषों के चित्त से अभिमान और स्त्री की आंखों से लज्जा नहीं निकलती, उसी तरह अपनी मेहनत से रोटी कमाने वाला किसान भी मजदूरी की खोज में घर से बाहर नहीं विकलता। लेकिन हां पापी पेट! तू सब कुछ कर सकता है! मान और अभिमान, ग्लानि और लज्जा, ये सब चमकते हुए तारे तेरी काली घटाओं में छिप जाते हैं।

प्रभात का समय था। वे दोनों विपत्ति के सताये घर से निकले। जादोराय ने लड़के को पीठ पर लिया। देवी ने फटे-पुराने कपड़ों की वह गठरी सिर पर रखी, जिस पर विपत्ति को भी तरस आता। दोनों की आंखें आंसुओं से भरी थी। देवकी रोती थी। जादोराय चुपचाप था। गांव के दो-चार आदमियों से रास्ते में भेंट भी हुई, किन्तु किसी ने इतना भी न पूछा कि कहां जाते हो? किसी के हृदय में सहानुभूति का वास न था।

जब ये लोग लाल गंज पहुंचे, उस समय सूर्य ठीक सिर पर था। देखा, मीलों तक आदमी-ही-आदमी दिखाई देते थे। लेकिन हर चेहरे पर दीनता और दु:ख के चिह्न झलक रहे थे।

बैसाख की जलती हुई धूप थी। आग के झोंके जोर-जोर से हरहराते हुए चल रहे थे। ऐसे समय में हड्डियों के अगणित ढांचे जिनके शरीर पर किसी प्रकार का कपड़ा न था, मिट्टी खोदने में लगे हुए थे। मानों वह मरघट भूमि थी, जहां मुर्दे अपने हाथों अपनी कब्र खोद रहे थे। बूढ़े और जवान, मर्द और बच्चे, सब-के-सब ऐसे निराश और विवश होकर काम में लगे हुए थे मानो मृत्यु और भूख उनके सामने बैठी घूर रही है। इस आफत में न कोई किसी का मित्र था न हित। दया, सहृदयता और प्रेम - ये सब मानवीय भाव हैं, जिनका कर्ता मनुष्य है। प्रकृति ने हमको केवल एक भाव प्रदान किया है और वह स्वार्थ है। मानवीय भाव बहुधा कपटी मित्रों की भांति हमारा साथ छोड़ देते हैं, पर ईश्वरप्रदत्त गुण कभी हमारा गला नहीं छोड़ता।

4

आठ दिन बीत गये थे। संध्या समय काम समाप्त हो चुका था। डेरे से कुछ दूर आम का एक बाग था। वहीं एक पेड़ के नीचे जादोराय और देवकी बैठे हुए थे। दोनों ऐसे कृश हो रहे थे कि

उनकी सूरत नहीं पहचानी जाती थी। अब वह स्वाधीन कृषक नहीं रहे। समय के हेरफेर से आज दोनों मजदूर बने बैठे हैं।

जादोराय वे बच्चे को जमीन पर सुला दिया। उसे कई दिन से बुखार आ रहा है। कमल-सा चेहरा मुरझा गया। देवकी ने धीरे से हिलाकर कहा - बेटा आंखें खोलो, देखो सांझ हो गयी। साधो ने आंखें खोल दी, बुखार उतर गया था। बोला - क्या हम घर आ गए मां? घर की याद आ गयी। देवकी की आंखें डबडबा आयी। उसने कहा - नहीं बेटा! तुम अच्छे हो जाओगे, तो घर चलें। उधर देखो, कैसा अच्छा बाग है।

साधो मां के हाथों के सहारे उठ, और बोला - मां! मुझे बड़ी भूख लगी है, लेकिन तुम्हारे पास तो कुछ नहीं है। मुझे क्या खाने को दोगी?

देवकी के हृदय में चोट लगी, पर धीरज धर के बोली - नहीं बेटा, तुम्हारे खाने को मेरे पास सब कुछ है। तुम्हारे दादा पानी लाते हैं तो मैं नरम नरम रोटियां अभी बनाए देती हूं।

साधो ने मां की गोद में सिर रख लिया और बोला - मां! मैं न होता तो तुम्हें इतना दु:ख तो न होता। यह कहकर वह फूट-फूट कर रोने लगा। यह वही बेसमझ बच्चा है, जो दो सप्ताह पहले मिठाइयों के लिए दुनिया सिर पर उठा लेता था। दु:ख और चिन्ता ने कैसा अनर्थ कर दिया है। यह विपत्ति का फल है। कितना दु:खपूर्ण, कितना करुणाजनक व्यापार है।

इसी बीच में कई आदमी लालटेन लिए हुए वहां आये। फिर गाड़ियां आयीं। उन पर डेरे और खेमे लदे हुए थे। दम-के-दम में वहां खेमे गड़ गए। सारे बाग में चहल-पहल नजर आने लगी। देवकी रोटियां सेंक रही थी, साधो धीरे-धीरे उठा और आश्चर्य से देखता हुआ एक डेरे के नजदीक जा कर खड़ा हो गया।

5

पादरी मोहनदास खेमे से बाहर निकले तो साधो उन्हें खड़ा दिखाई दिया। उसकी सूरत पर उन्हें तरस आ गया। प्रेम की नदी उमड़ आयी। बच्चे को गोद में लेकर खेमे में एक गद्देदार कोच पर बैठा दिया और तब उसे बिस्कुट और केले खाने को दिए। लड़के ने अपनी जिन्दगी में इन स्वादिष्ट चीजें को कभी न देखा था। बुखार की बेचैन करने वाली भूख अलग मार रही थी। उसने खूब मन भर खाया और तब कृतज्ञ नेत्रों से देखते हुए पादरी साहब के पास जाकर बोला - तुम हमको रोज चीजें खिलाओगे।

पादरी साहब इस भोलेपन पर मुस्करा बोले - मेरे पास इससे भी अच्छी-अच्छी चीजें है। इस पर साधोराय ने कहा - अब मैं रोज तुम्हारे पास आऊंगा। मां के पास ऐसी अच्छी चीजें कहां? वह तो मुझे चने की रोटियां खिलाती है।

उधर देवकी ने रोटियां बनायी और साधो को पुकारने लगी। साधो ने मां के पास जाकर कहा - मुझे साहब ने अच्छी-अच्छी चीजें खाने को दी हैं। साहब बड़े अच्छे हैं।

देवकी ने कहा - मैंने तुम्हारे लिए नरम-नरम रोटियां बनायी हैं। आओ तुम्हें खिलाऊं। साधो बोला - अब मैं न खाऊंगा। साहब कहते थे कि मैं तुम्हें रोज अच्छी-अच्छी चीजें खिलाऊंगा। मैं अब उनके साथ रहा करूंगा। मां ने समझा कि लड़का हंसी कर रहा है। उसे छाती से लगाकर बोली - क्यों बेटा, हमको भूल जाओगे? देखो मैं तुम्हें कितना प्यार करती हूं।

साधो तुतलाकर बोला - तुम तो मुझे रोज चने की रोटियां दिया करती हो। तुम्हारे पास तो कुछ नहीं है। साहब मुझे केले और आम खिलायेंगे, यह कहकर वह फिर खेमे की ओर भागा और रात को वहीं सो रहा।

पादरी मोहनदास का पड़ाव वहां तीन दिन रहा। साधो दिल भर उन्हीं के पास रहता। साहब ने उसे मीठी दवाइयां दी। उसका बुखार जाता रहा। वह भोले-भाले किसान यह देखकर साहब को आशीर्वाद देने लगें। लड़का भला-चंगा हो गया और आराम से है। साहब को परमात्मा सुखी रखे। उन्होंने बच्चे की जान रख ली।

चौथे दिन रात को ही वहां से पादरी साहब ने कूच किया। सुबह को जब देवकी उठी तो साधो का वहां पता न था। उसने समझा, कहीं टपके ढूंढ़ता होगा, किन्तु थोड़ी देर देखकर उसने जादोराय से कहा - लल्लू यहां नहीं है। उसने भी यही कहा - यही कहीं टपके ढूंढ़ता होगा।

लेकिन जब सूरज निकल आया और काम पर चलने का वक्त हुआ तब जादोराय को कुछ संशय हुआ। उसने कहा - तुम यही बैठी रहना, मैं अभी उसे लिए आता हूं।

जादोराय ने आस-पास के सब बागों को छान डाला और अन्त में जब दस बज गए तो निराश लौट आया। साधो न मिला, यह देखकर देवकी दहाड़ मारकर रोने लगी।

फिर दोनों अपने लाल की तलाश में निकले। अनेक विचार चित्त में आने-जाने लगे। देवकी को पूरा विश्वास था कि साहब ने उस पर कोई मंत्र डालकर वश में कर लिया। लेकिन जादो को इस कल्पना के मान लेने में कुछ संदेह था। बच्चा इतनी दूर अनजान रास्ते पर अकेले नहीं आ सकता। फिर दोनों गाड़ी के पहियों और घोड़े की टापों के निशान देखते चले जाते थे। यहां तक कि वे एक सड़क पर आ पहुंचे। वहां गाड़ी के बहुत से निशान थे। उस विशेष लीक की पहचान न हो सकती थी। घोड़े के टाप भी एक झाड़ी की तरफ जाकर गायब हो गए। आशा का सहारा छूट गया। दोपहर हो गयी थी। दोनों धूप के मारे बेचैन और निराशा से पागल हो रहे थे। वहीं एक वृक्ष की छाया में बैठ गए। देवकी विलाप करने लगी। जादोराय ने उसे समझाना शुरू किया।

जब जरा धूप की तेजी कम हुई तो दोनों फिर आगे चले। किन्तु अब आशा की जगह निराशा साथ थी। घोड़े के टापों के साथ उम्मीद का धुंधला निशान गायब हो गया था। शाम हो गयी। इधर-उधर गायों-बैलों के झुंड निर्जीव से पड़े दिखाई देते थे। यह दोनों दुखिया हिम्मत हारकर एक पेड़ के नीचे टिक रहे। उसी वृक्ष पर मैना एक जोड़ा बसेरा लिए था। उनका नन्हा-सा शावक आज ही एक शिकारी के चंगुल में फंस गया था। दोनों दिन भर उसे खोजते फिरे। इस

समय निराश होकर बैठ रहे । देवकी और जादो को अभी तक आशा की झलक दिखाई देती थी, इसलिए वे बेचैन थे।

तीन दिन तक ये दोनों अपने खोये हुए लाल की तलाश करते रहे। दाने से भेंट नहीं, प्यास से बेचैन होते तो दो-चार घूंट पानी गले के नीचे उतार लेते।

आशा की जगह निराशा का सहारा था। दु:ख और करुणा के सिवाय और कोई वस्तु नहीं। किसी बच्चे के पैरों के निशान देखते तो उनके दिलों में आशा तथा भय की लहरे उठने लगती थी।

लेकिन प्रत्येक पग उन्हें अभीष्ट स्थान से दूर लिए जाता था।

6

इस घटना को हुए चौदह वर्ष बीत गए। इन चौदह वर्षों में सारी काया पलट गयी। चारों ओर राम-राज्य दिखाई देने लगा। इन्द्रदेव ने कभी उस तरह अपनी निर्दयता न दिखायी और न जमीन ने ही। उमड़ी हुई नदियों की तरह अनाज से ढेकियां भर चली। उजड़े हुए गांव बस गए। मजदूर किसान बन बैठे और किसान जायदाद की तलाश में नजरें दौड़ाने लगे। वही चैत के दिन थे। खलिहानों में अनाज के पहाड़ खड़े थे। भाट और भिखमंगे किसानों की बढ़ती के तराने गा रहे थे। सुनारों के दरवाजे पर सारे दिन और आधी रात तक ग्राहकों का जमघट बना रहता था। दरजी को सिर उठने की फुरसत न थी। इधर-उधर दरवाजों पर घोड़े हिनहिना रहे थे। देवी के पुजारियों को अजीर्ण हो रहा था। जादोराय के दिन भी फिरे। उसके घर पर छप्पर की जगह खपरैल हो गया है। दरवाजे पर अच्छे बैलों की जोड़ी बंधी हुई है। वह अब अपनी बहली पर सवार होकर बाजार जाया करता है। उसका बदन अब उतना सुडौल नहीं है पेट पर इस सुदशा का विशेष प्रभाव पड़ा है और बाल भी सफेद हो चले हैं। देवकी की गिनती भी गांव की बूढ़ी औरतों में होने लगी है। व्यावहारिक बातों में उसकी बड़ी पूछ हुआ करती है। जब वह किसी पड़ोसिन के घर जाती है तो वहां की बहुएं भय के मारे थरथराने लगती हैं। उसके कटु वाक्य, तीत आलोचना की सारे गांव में धाक बंधी हुई है। महीन कपड़े अब उसे अच्छे नहीं लगते, लेकिन गहनों के बारे में वह इतनी उदासीन नहीं है।

उनके जीवन का दूसरा भाग इससे कम उज्ज्वल नहीं। उनकी दो संतानें हैं लड़का माधोसिंह अब खेती-बारी के काम में बाप की मदद करता है। लड़की का नाम शिवगौरी है। वह भी मां को चक्की पीसने में सहायता किया करती है और खूब गाती है। बर्तन धोना उसे पसंद नहीं लेकिन चौका लगाने में निपुण है। गुड़ियों के ब्याह करने से उसका जी कभी नहीं भरता। आये दिन गुड़ियों के विवाह होते रहते हैं। हां इनमें किफायत का पूरा ध्यान रहता है। खोये हुए साधो की याद अभी तक बाकी है। उसकी चर्चा नित्य हुआ करती है और कभी बिना रुलाये नहीं रहती। देवकी कभी-कभी सारे दिन उस लाड़ले बेटे की सुध में अधीर रहा करती।

सांझ हो गई थी। बैल दिन भर के थके-मांदें सिर झुकाये चले आते थे। पुजारी ने ठाकुर द्वारे में घंटा बजाना शुरू किया। आजकल फसल के दिन हैं। रोज पूजा होती है। जादोराय खाट पर

बैठे नारियल पी रहे थे। शिवगौरी रास्ते खड़ी उन बैलों को कोस रही थी, जो उसके भूमिस्थ विशाल भवन का निरादर करके उसको रौंदते चले जाते थे। घड़ियाल और घंटे की आवाज सुनते ही जादोराय भगवान का चरणामृत लेने के लिए उठे ही थे और कि उन्हें अकस्मात् एक नवयुवक दिखाई पड़ा, जो भूंकते हुए कुत्तों को दुत्कारता बाइसिकल को आगे बढ़ाता हुआ चला आ रहा था। उसने उनके चरणों पर अपना सिर रख दिया। जादोराय ने गौर से देखा और तब दोनों एक दूसरे से लिपट गए। साधो भौंचक्का होकर बाइसिकल को देखने लगा। शिवगौरी रोती हुई घर में भागी और देवकी से बोली - दादा को साहब ने पकड़ लिया है। देवकी घबरायी हुई बाहर आयी। साधो उसे देखते ही उसके पैरों पर गिर पड़ा। देवकी लड़के को छाती से लगाकर रोने लगी। गांव में मर्द, औरतें और बच्चे सब जमा हो गए। मेला-सा लग गया।

7

साधो ने अपने माता-पिता से कहा - मुझ अभागे से जो कुछ अपराध हुआ हो, उसे क्षमा कीजिए। मैंने अपनी नादानी से स्वयं बहुत कष्ट उठाये और आप लोगों को भी दु:ख दिया, लेकिन अब मुझे अपनी गोद में लीजिए। देवकी ने रोकर कहा - जब तुम हमको छोड़कर भागे थे तो हम लोग तुम्हें तीन दिन तक बेदाना-पानी के ढूंढ़ते रहे, पर जब निराश हो गए तब अपने भाग्य को रोकर बैठ रहे। तब से आज तक कोई ऐसा दिन न गया होगा कि तुम्हारी सुधि न आई हो। रोते-रोते एक युग बीत गया, अब तुमने खबर ली है! बताओ बेटा! उस दिन तुम कैसे भागे और कहां जाकर रहे? साधो ने लज्जित होकर उत्तर दिया - माता जी, अपना हाल क्या कहूं? मैं पहर रात रहे आपके पास से उठकर भागा। पादरी साहब के पड़ाव का पता शाम ही को पूछ लिया था। बस, पूछता हुआ दोपहर को उनके पास पहुंच गया। साहब ने मुझे पहिले समझाया कि अपने घर लौट जाओ, लेकिन जब मैं किसी तरह राजी न हुआ तो उन्होंने मुझे पूना भेज दिया। मेरी तरह वहां सैकड़ों लड़के थे। वहां बिस्कुट और नारंगियों का भला क्या जिक्र! जब मुझे आप लोगों की याद आती, मैं अकसर रोया करता। मगर बचपन की उम्र थी, धीरे-धीरे उन्हीं लोगों से हिल-मिल गया। हां, जब से कुछ होश हुआ और अपना-पराया समझने लगा हूं तब से अपनी नादानी पर हाथ मलता रहा हूं। रात-दिन आप लोगों की रट लगी हुई थी। आज आप लोगों के आशीर्वाद से यह शुभ दिन देखने को मिला। दूसरों में बहुत दिन काटे, बहुत दिनों तक अनाथ था। अब मुझे अपनी सेवा में रखिए। मुझे अपनी गोद में लीजिए। मैं प्रेम का भूखा हूं। बरसों से मुझे जो सौभाग्य नहीं मिला, वह अब दीजिए।

गांव के बहुत से बूढ़े जमा थे। उनमें से जगत सिंह बोले - तो क्यों बेटा, तुम इतने दिनों तक पादरियों के साथ रहे। उन्होंने तुमको भी पादरी बना लिया होगा?

साधो ने सिर झुकाकर कहा - जी हां, यह तो उनका दस्तूर ही है।

जगत सिंह ने जादोराय की तरफ देखकर कहा - यह बड़ी कठिन बात है।

साधो बोला - बिरादरी मुझे जो प्रायश्चित बतायेगी मैं उसे करूंगा। मुझसे जो कुछ बिरादरी का अपराध हुआ है, नादानी से हुआ है, लेकिन मैं उसका दण्ड भोगने के लिए तैयार हूं।

जगत सिंह ने फिर जादोराय की तरफ कनखियों से देखा और गम्भीरता से बोले - हिन्दू धर्म में ऐसा कभी नहीं हुआ है। यों तुम्हारे मां बाप तुम्हें अपने घर में रख लें, तुम उनके लड़के हो, मगर बिरादरी कभी इस काम में शरीक न होगी। बोलो जादोराय, क्या कहते हो, कुछ तुम्हारे मन की भी तो सुन लें।

जादोराय बड़ी दुविधा में था। एक ओर तो अपने प्यारे बेटे की प्रीति थी, दूसरी ओर बिरादरी का भय मारे डालता था। जिस लड़के के लिए रोते-रोते आंखें फूट गयी, आज वही सामने खड़ा, आंखों में आंसू भरे कहता है, पिताजी! इन निर्दयी भाइयों को किस तरह समझाऊंगा, क्या करूं, क्या न करूं।

लेकिन मां की ममता उमड़ आई, देवकी से न रहा गया। उसने अधीर होकर कहा मैं अपने लाल को अपने घर रखूंगी और कलेजे से लगाऊंगी। इतने दिनों बाद मैंने उसे पाया है, अब उसे नहीं छोड़ सकती।

जगतसिंह रुष्ट होकर बोले - चाहे बिरादरी छूट ही क्यों न जाये?

देवकी ने भी गरम होकर जवाब दिया - हां, चाहे बिरादरी छूट ही जाए। लड़के-वालों ही के लिए आदमी आड़ पकड़ता है। जब लड़का ही न रहा तो भला बिरादरी किस काम आवेगी?

इस पर कई ठाकुर लाल-लाल आंखें निकालकर बोले - ठकुराईन, बिरादरी की तो तुम खूब मर्यादा करती हो। लड़का चाहे किसी रास्ते पर जाय, लेकिन बिरादरी चूं तक न करे। ऐसी बिरादरी कहीं और होगी! हम साफ-साफ कहे देते हैं कि अगर यह लड़का तुम्हारे घर में रहा तो बिरादरी भी बता देगी कि वह क्या कर सकती है? जगतसिंह कभी-कभी जादोराय से रुपये उधार लिया करते थे। मधुर स्वर से बोले - भाभी! बिरादरी थोड़े ही कहती है कि तुम लड़के को घर से निकाल दो। लड़का इतने दिनों के बाद घर आया है, हमारे सिर आंखों पर रहे। बस, जरा खाने-पीने और छूत-छत का बचाव बना रहना चाहिए। बोलो, जादो भाई अब बिरादरी को कहां तक दबाना चाहते हो?

जादोराय ने साधो की तरफ करुणा-भरे नेत्रों से देखकर कहा - बेटा! जहां तुमने हमारे साथ इतना सलूक किया है, वहां जगत भाई की इतनी कही और मान लो।

साधो ने कुछ तीक्ष्ण शब्दों में कहा - क्या मान लूं? यही कि अपने में गैर बनकर रहूं अपमान सहूं, मिट्टी का घड़ा भी मेरे छूने से अशुद्ध हो जाय न, यह मेरे किये न होगा, मैं इतना निर्लज्ज नहीं हूं। जादोराय को पुत्र की यह कठोरता अप्रिय मालूम हुई। वे चाहते थे कि इस वक्त बिरादरी के लोग जमा हैं, उनके सामने किसी तरह समझौता हो जाये, फिर कौन देखता है कि हम उसे किस तरह रखते है। चिढ़ कर बोले - इतनी बात तो तुम्हें माननी ही पड़ेगी।

साधोराय इस रहस्य को न समझ सका। बाप की इस बात में उस निष्ठुरता की झलक दिखाई पड़ी। बोला - मैं आपका लड़का हूं। आपके लड़के की तरह रहूंगा। आपके प्रेम और भक्ति की प्रेरणा मुझे यहां तक लायी है। मैं अपने घर में रहने आया हूं। अगर यह नहीं है तो मेरे लिए इसके सिवा और कोई उपाय नहीं है जितनी जल्दी हो सके, यहां से भाग जाऊं। जिनका खून

सफेद है, उनके बीच में रहना व्यर्थ है। देवकी ने रोकर कहा - लल्लू, मैं तुम्हें अब न जाने दूंगी। साधो की आंखें भर आयी, पर मुस्कुराकर बोले - मैं तो तेरी थाली में खाऊंगा।

देवकी ने उसे ममता और प्रेम की दृष्टि से देखकर कहा मैंने तो तुझे छाती से दूध, पिलाया है, तू मेरी थाली में खाएगा तो क्या? मेरा बेटा ही तो है, कोई और तो नहीं हो गया।

साधो इन बातों को सुनकर मतवाला हो गया। इनमें कितना स्नेह, कितना अपनापन था। बोला - मां, आया तो मैं इसी इरादे से था कि अब कहीं न जाऊंगा, लेकिन बिरादरी ने मेरे कारण यदि तुम्हें जातिच्युत कर दिया तो मुझसे न सहा जाएगा। मुझसे इन गंवारों का कोरा अभिमान न देखा जाएगा, इसलिए इस वक्त मुझे जाने दो। जब मुझे अवसर मिला करेगा, तुम्हें देख जाया करूंगा। तुम्हारा प्रेम मेरे चित्त से नहीं जा सकता। लेकिन यह असम्भव है कि मैं इस घर में रहूं और अलग खाना खाऊं, अलग बैठूं। इसके लिए मुझे क्षमा करना। देवकी घर में से पानी लायी। साधो हाथ-मुंह धोने लगा। शिवगौरी ने मां का इशारा पाया तो डरते-डरते माधो के पास गयी। माधो ने आदरपूर्वक दंडवत की। साधो ने पहले उन दोनों को आश्चर्य से देखा, फिर अपनी मां को मुस्कुराते देखकर समझ गया। दोनों लड़कों को छाती से लगा लिया और तीनों भाई-बहन प्रेम से हंसने-खेलने लगे। मां खड़ी यह दृश्य देखती थी और उमंग से फूली न समाती थी।

जलपान करके साधो ने बाइसिकल संभाली और मां बाप के सामने सिर झुकाकर चल खड़ा हुआ। वहीं, जहां से तंग होकर आया था, उसी क्षेत्र में जहां अपना न था। देवकी फूट-फूटकर रो रही थी और जादोराय आंखों से आंसू भरे, हृदय में ऐंठन सी अनुभव करता हुआ सोचता था, हाय! मेरे लाल, तू मुझसे अलग हुआ जाता है। ऐसा योग्य और होनहार लड़का हाथ से निकल जाता है और केवल इसलिए कि अब हमारा खून सफेद हो गया है।

***

गरीब की हाय

मुंशी रामसेवक भौहें चढ़ाये हुए घर से निकले और बोले - इस जीने से तो मरना भला है। मृत्यु को प्राय: इस तरह के जितने निमंत्रण दिये जाते हैं, यदि वह सबको स्वीकार करती तो आज संसार उजाड़ दिखाई देता।

मुंशी रामसेवक चांदपुर गांव के एक बड़े रईस थे। रईसों के सभी गुण इनमें भरपूर थे। मानव-चरित्र की दुर्बलताएं उनके जीवन का आधार थी। वह नित्य मुंसिफी कचहरी के हाते में एक नीम के पेड़ के नीचे कागजों का पुलिंदा- खोले एक छोटी-सी चौकी पर बैठे दिखाई देते थे। किसी ने कभी उन्हें किसी इजलास पर कानूनी बहस या मुकदमे की पैरवी करते नहीं देखा। परन्तु उन्हें सब लोग मुख्तार साहब कहकर पुकारते थे। चाहें तूफान आवे, पानी बरसे, ओले गिरे पर मुख्तार साहब वहां से टस-से-मस न होते। जब वह कचहरी चलते तो देहातियों के झुंड-के-झुंड उनके साथ हो लेते। चारों ओर से उन पर विश्वास और आदर की दृष्टि पड़ती। सबमें प्रसिद्ध था कि उनकी जीभ पर सरस्वती विराजती है। इसे वकालत कहो या मुख्तारी, परन्तु यह केवल कुल मर्यादा की प्रतिष्ठा का पालन था। आमदनी अधिक न होती थी। चांदी के सिक्के की तो चर्चा ही क्या, कभी-कभी तांबे के सिक्के भी निर्भय उनके पास आने में हिचकते थे। मुंशीजी की कानून में कोई सन्देह न था परन्तु पास के बखेड़े ने उन्हें विवश कर दिया था। खैर, जो हो, उनका यह पेशा केवल प्रतिष्ठा-पालन के निमित्त था। नहीं तो उनके निर्वाह का मुख्य साधन आस-पास की अनाथ पर खाने-पीने में सुखी विधवाओं और भोले-भाले किन्तु धनी वृद्धों की श्रद्धा थी। विधवाएं अपना रुपया उनके यहां अमानत रखतीं। बूढ़े अपने कपूतों के डर से अपना धन उन्हें सौंप देते। पर रुपया एक बार उनकी मुट्ठी में जाकर फिर निकलना भूल जाता था। वह जरूरत पड़ने पर कभी-कभी कर्ज ले लेते थे। भला बिना कर्ज लिये किसी का काम चल सकता है? भोर को सांझ के करार पर रुपया लेते, पर सांझ कभी नहीं आती थी। सारांश, मुंशीजी कर्ज लेकर देना सीखे नहीं थे। यह उनकी कुल-प्रथा थी। यही सब मामले बहुधा मुंशीजी के सुख-चैन में विघ्न डालते थे। कानून और अदालत का तो उन्हें कोई डर न था। इस मैदान में उनका सामना करना पानी में मगर से लड़ना था। परन्तु जब कोई दुष्ट उनसे भिड़ जाता, उनकी ईमानदारी पर संदेह करता और उनके मुंह पर बुरा-भला कहने पर उतारू हो जाता, तब मुंशीजी के हृदय पर बड़ी चोट लगती। इस प्रकार की दुर्घटनाएं प्राय: होती रहती थी। हर जगह ऐसे ओछे रहते हैं, जिन्हें दूसरों को नीचा दिखाने में ही आनन्द आता है। ऐसे ही लोगों का सहारा पाकर कभी-कभी छोटे आदमी मुंशीजी के मुंह लग जाते थे। नहीं तो, एक कुंजड़िन की इतनी मजाल नहीं थी कि उनके आंगन में जाकर उन्हें बुरा-भला कहे। मुंशीजी उसके पुराने ग्राहक थे, बरसों तक उससे

साग-भाजी ली थी। यदि दाम न दिया तो कुंजड़िन को संतोष करना चाहिए था। दाम जल्दी या देर से मिल ही जाता। परन्तु यह मुंहफट कुंजड़िन दो ही बरसों में घबरा गयी, और उसने कुछ आने पैसों के लिए एक प्रतिष्ठित आदमी का पानी उतार लिया। झुंझलाकर मुंशीजी अपने को मृत्यु का कलेवा बनवाने पर उतारू हो गए तो इसमें उनका कुछ दोष न था।

2

इसी गांव में मूंगा नाम की एक विधवा ब्राह्मणी रहती थी। उसका पति बर्मा की काली पल्टन में हवलदार था और लड़ाई में वहीं मारा गया। सरकार की ओर से उसके अच्छे कामों के बदले मूंगा को पांच सौ रुपये मिले थे। विधवा स्त्री, जमाना नाजुक था, बेचारी ने ये सब रुपये मुंशी रामसेवक को सौंप दिये, और महीने-महीने थोड़ा-थोड़ा उसमें से मांगकर अपना निर्वाह करती रही।

मुंशीजी ने यह कर्त्तव्य कई वर्ष तक तो बड़ी ईमानदारी के साथ पूरा किया। पर जब बूढ़ी होने पर भी मूंगा नहीं मरी और मुंशीजी को यह चिन्ता हुई कि शायद उसमें से आधी रकम भी स्वर्ग-यात्रा के लिए नहीं छोड़ना चाहती, तो एक दिन उन्होंने कहा - मूंगा! तुम्हें मरना है या नहीं? साफ-साफ कह दो कि मैं ही अपने मरने की फिक्र करूं। उस दिन मूंगा की आंखें खुली, उसकी नींद टूटी, बोली - मेरा हिसाब कर दो। हिसाब का चिट्ठा तैयार था। अमानत में अब एक कौड़ी बाकी न थी। मूंगा ने बड़ी कड़ाई से मुंशी का हाथ पकड़ लिया और कहा - अभी मेरे ढाई सौ रुपये तुमने दबा रखे हैं। मैं एक कौड़ी भी न छोडूंगी। परन्तु अनाथों का क्रोध पटाखा की आवाज है, जिससे बच्चे डर जाते हैं और असर कुछ नहीं होता। अदालत में उसका कुछ जोर न था। न लिखा पड़ी थी, न हिसाब-किताब । हां, पंचायत से कुछ आसरा था। पंचायत बैठाई। कई गांव के लोग इकट्ठे हुए। मुंशीजी नीयत और मामले के साफ थे। सभा में खड़े होकर पंचों से कहा -

भाइयों, आप सब लोग सत्यपरायण और कुलीन हैं। मैं आप सब साहबों का दास हूं। आप सब साहबों की उदारता और कृपा से, दया और प्रेम से, मेरा रोम-रोम कृतज्ञ है। क्या आप लोग सोचते हैं कि मैं इस अनाथिनी और विधवा स्त्री के रुपये हड़प कर गया हूं? पंचों ने एक स्वर में कहा - नहीं, नहीं! आपसे ऐसा नहीं हो सकता।

रामसेवक - यदि आप सब सज्जनों का विचार हो कि मैंने रुपये दबा लिए तो मेरे लिए डूब मरने के सिवा और कोई उपाय नहीं। मैं धनाढ्य नहीं हूं, न मुझे उदार होने का घमंड है। पर अपनी कलम की कृपा से, आप लोगों की कृपा से किसी का मुहताज नहीं हूं। क्या मैं ऐसा ओछा हो जाऊंगा कि एक अनाथिनी के रुपये पचा लूं?

पंचों ने एक स्वर से फिर कहा - नहीं, नहीं, आपसे ऐसा नहीं हो सकता। मुंह देखकर टीका काढ़ा जाता है। पंचों ने मुंशीजी को छोड़ दिया। पंचायत उठ गयी। मूंगा ने आह भरकर सन्तोष किया और मन में कहा - अच्छा! यहां न मिला तो न सही, वहां कहां जाएगा।

3

अब कोई मूंगा का दु:ख सुनने वाला और सहायक न था। दरिद्रता से जो कुछ दु:ख भोगने पड़ते हैं, वह सब उसे झेलने पड़े। वह शरीर से पुष्ट थी, चाहती तो परिश्रम कर सकती थी। पर जिस दिन पंचायत पूरी हुई, उसी दिन से उसने काम न करने की कसम खा ली। अब उसे रात-दिन रुपये की रट लगी रहती। उठते-बैठते, सोते-जागते, उसे केवल एक काम था, और वह मुंशी रामसेवक का भला मनाना। झोंपड़े के दरवाजे पर बैठी हुई रात-दिन, उन्हें सच्चे मन से असीस दिया करती। बहुधा अपनी असीस के वाक्यों में ऐसे कविता के भाव और उपमाओं का व्यवहार करती कि लोग सुनकर अचंभे में आ जाते। धीरे-धीरे मूंगा पगली हो चली। नंगे सिर, नंगे शरीर, हाथ में एक कुल्हाड़ी लिये हुए सुनसान स्थानों में जा बैठती। झोंपड़े के बदले अब वह मरघट पर, नदी के किनारे खंडहरों में घूमती दिखाई देती। बिखरी हुई लटें, लाल-लाल आंखें, पागलों-सा चेहरा, सूखे हुए हाथ-पांव। उसका यह स्वरूप देखकर लोग डर जाते थे। अब कोई उसे हंसी में भी नहीं छेड़ता। यदि वह कभी गांव में निकल आती तो स्त्रियां घरों के किवाड़ बन्द कर लेती। पुरुष कतरा कर इधर-उधर से निकल जाते और बच्चे चीख मारकर भागते। यदि कोई लड़का भागता न था तो वह मुंशी रामसेवक का सुपुत्र रामगुलाम था। बाप मैं जो कुछ कोर-कसर रह गई थी, वह बेटे में पूरी हो गई थी। लड़कों का उसके मारे नाक में दम था। गांव के काने और लंगड़े आदमी उसकी सूरत से चिढ़ते थे और गालियां खाने में तो शायद ससुराल में आने वाले दामाद को भी इतना आनन्द न आता हो। वह मूंगा के पीछे तालियां बजाता, कुत्तों को साथ लिए हुए उस समय तक रहता जब तक वह बेचारी तंग आकर गांव से निकल न जाती। रुपया-पैसा, होश-हवास खोकर उसे पगली की पदवी मिली और अब वह सचमुच पगली थी। अकेली बैठी अपने-आप घंटों बातें किया करती जिसमें रामसेवक के मांस, हड्डी, चमड़े, आंखें, कलेजा आदि को खाने, मसलने, नोचने-खसोटने की बड़ी इच्छा प्रकट की जाती थी और जब उसकी यह इच्छा सीमा तक पहुंच जाती तो वह रामसेवक के घर की ओर मुंह करके खूब चिल्लाकर और डरावने शब्दों में हांक लगाती - तेरा लहू पीऊंगी।

प्राय: रात के सन्नाटे में यह गरजती हुई आवाज सुनकर स्त्रियां चौक पड़ती थी। परन्तु इस आवाज से भयानक उसका ठठा कर हंसना था। मुंशीजी के लहू पीने की कल्पित खुशी में वह जोर से हंसा करती थी। इस ठठाने से ऐसी आसुरिक उद्दंडता, ऐसी पाशविक उग्रता टपकती थी कि रात में सुनकर लोगों का खून ठंडा हो जाता था। मालूम होता, मानों सैकड़ों उल्लू एक साथ हंस रहे हैं। मुंशी रामसेवक बड़े हौसले और कलेजे के आदमी थे। न उन्हें दीवानी का डर था, न फौजदारी का, परन्तु मूंगा के इन डरावने शब्दों को सुन वह भी सहम जाते। हमें मनुष्य के न्याय का डर न हो, परन्तु ईश्वर के न्याय का डर प्रत्येक मनुष्य के मन में स्वभाव से रहता है। मूंगा का भयानक रात में घूमना रामसेवक के मन में कभी-कभी ऐसी ही भावना उत्पन्न कर देता - उनसे अधिक उनकी स्त्री के मन में। उनकी स्त्री बड़ी चतुर थी। वह इनको इन सब बातों में प्राय: सलाह दिया करती थी। उन लोगों की भूल थी, जो लोग कहते थे कि मुंशीजी की जीभ पर सरस्वती विराजती है। वह गुण तो उनकी स्त्री को प्राप्त था। बोलने में वह इतनी ही तेज थी

जितना मुंशीजी लिखने में थे और यह दोनों स्त्री-पुरुष प्राय: अपनी अवश दशा में सलाह करते कि अब क्या करना चाहिए।

आधी रात का समय था। मुंशीजी नित्य-नियम के अनुसार अपनी चिन्ता दूर करने के लिए शराब के दो चार घूंट पीकर सो गए थे। यकायक मूंगा ने उनके दरवाजे पर आकर जोर से हांक लगाई, 'तेरा लहू पीऊंगी' और खूब खिल-खिलाकर हंसी।

मुंशीजी यह भयानक आवाज सुनकर चौंक पड़े। डर के मारे पैर थर-थर कांपने लगे। कलेजा धक-धक करने लगा। दिल पर बहुत जोर डालकर उन्होंने दरवाजा खोला, जाकर पत्नी को जगाया। पत्नी ने झुंझलाकर कहा - क्या कहते हो? मुंशीजी ने दबी आवाज से कहा - वह दरवाजे पर आकर खड़ी है।

पत्नी उठ बैठी - क्या कहती है?

'तुम्हारा सिर।'

'क्या दरवाजे पर आ गई?'

'हां, आवाज नहीं सुनती हो।

पत्नी मूंगा से नहीं, परन्तु उसके बयान से बहुत डरती थी, तो भी उसे विश्वास था कि मैं बोलने में उसे जरूर नीचा दिखा सकती हूं। संभल कर बोली - कहो तो मैं उससे दो-दो बातें कर लूं। परन्तु मुंशीजी ने मना किया।

दोनों आदमी पैर दबाए हुए ड्योढ़ी में गए और दरवाजे से झांककर देखा, मूंगा की धुंधली मूरत धरती पर पड़ी थी और उसकी सांस तेजी से चलती सुनाई देती थी। रामसेवक के लहू और मांस की भूख से वह अपना लहू और मांस सुखा चुकी थी। एक बच्चा भी उसे गिरा सकता था, परन्तु उससे सारा गांव थर-थर कांपता। हम जीते मनुष्य से नहीं डरते, पर मुरदे से डरते हैं। रात गुजरी, दरवाजा बन्द था, पर मुंशीजी और उनकी पत्नी ने बैठकर रात काटी। मूंगा भीतर नहीं घुस सकती थी, पर उसकी आवाज को कौन रोक सकता था। मूंगा से अधिक डरावनी उसकी आवाज थी।

भोर को मुंशीजी बाहर निकले और मूंगा से बोले- यहां क्यों पड़ी है?

मूंगा बोली - तेरा लहू पीऊंगी।

पत्नी ने बल खाकर कहा - तेरा मुंह झुलस दूंगी।

पर पत्नी के विषय ने मूंगा पर कुछ असर न किया। उसने जोर से ठहाका लगाया, पत्नी खिसियानी हो गई। हंसी के सामने मुंह बंद हो जाता है। मुंशीजी फिर बोले - यहां से उठ जा।

'न उठूंगी।'

'कब तक पड़ी रहेगी?'

'तेरा लहू पीकर जाऊंगी।'

मुंशीजी की प्रखर लेखनी का यहां कुछ जोर न चला और उनकी पत्नी की आग भरी बातें यहां सर्द हो गयी। दोनों घर में जाकर सलाह करने लगे, यह बला कैसे टलेगी। इस आपत्ति से कैसे छुटकारा होगा।

देवी आती है तो बकरे का खून पीकर चली जाती है, पर यह डायन मनुष्य का खूब पीने आई है। वह खून, जिसकी अगर एक बूंद भी कलम बनाने के समय निकल पड़ती थी, तो अठवारों और महीनों सारे कुनबे को अफसोस रहता, और यह घटना गांव में घर-घर फैल जाती थी। क्या यही लहू पीकर मूंगा का सूखा शरीर हरा हो जाएगा?

गांव में यह चर्चा फैल गई, मूंगा मुंशीजी के दरवाजे पर धरना दिए बैठी है। मुंशीजी के अपमान में गांव वालों को बड़ा मजा आता था। देखते-देखते सैकड़ों आदमियों की भीड़ लग गई। इस दरवाजे पर कभी-कभी भीड़ लगी रहती थी। यह भीड़ रामगुलाम को पसंद न थी। मूंगा पर उसे ऐसा क्रोध आ रहा था कि यदि उसका बस चलता तो वह उसे कुंए में धकेल देता। इस तरह का विचार उठते ही रामगुलाम के मन में गुदगुदी समा गई, और वह बड़ी कठिनाई से अपनी हंसी रोक सका। अहा, वह कुएं में गिरती तो क्या मजे की बात होती। परन्तु वह चुड़ैल यहां से टलती ही नहीं, क्या करूं? मुंशीजी के घर में एक गाय थी जिसे खली, दाना और भूसा तो खूब खिलाया जाता, पर वह सब उसकी हड्डियों में मिल जाता, उसका ढांचा पुष्ट होता जाता था। रामगुलाम ने उसी गाय का गोबर एक हांडी में घोला और सब का - सब बेचारी मूंगा पर उड़ेल दिया। उसके थोड़े बहुत छींटे दर्शकों पर भी डाल दिए। बेचारी मूंगा लदफद हो गई और लोग भाग खड़े हुए कहने लगे, यह मुंशी रामगुलाम का दरवाजा है। यहां इसी प्रकार का शिष्टाचार किया जाता है। जल्द भाग चलो, नहीं तो अबकी इससे भी बढ़कर खातिर की जाएगी। इधर भीड़ कम हुई, उधर रामगुलाम घर में जाकर खूब हंसा और तालियां बजायी। मुंशी जी ने इस व्यर्थ की भीड़ को ऐसे सहज में और ऐसे सुंदर रूप से हटा देने के उपाय पर अपने सुशील लड़के की पीठ ठोंकी। सब लोग तो चम्पत हो गए, पर बेचारी मूंगा ज्यों-की-त्यों बैठी रह गई।

दोपहर हुई। मूंगा ने कुछ नहीं खाया। सांझ हुई, हजार कहने-सुनने से भी उसने खाना नहीं खाया। गांव के चौधरी ने बड़ी खुशामद की। यहां तक कि मुंशीजी ने हाथ तक जोड़े, पर देवी प्रसन्न न हुई। निदान मुंशी जी उठकर भीतर चले गए। वह कहते थे कि रूठने वाले को भूख आप ही मना लिया करती है। मूंगा ने यह रात भी बिना दाना-पानी के काट दी। लालाजी और लालाइन ने आज फिर जाग-जागकर भोर किया। आज मूंगा की गरज और हंसी बहुत कम सुनाई पड़ती थी। घरवालों ने समझा, बला टली। सवेरा होते ही जो दरवाजा खोलकर देखा, तो वह अचेत पड़ी थी, मुंह पर मक्खियां भिनभिना रही हैं और उसके प्राणपखेरू उड़ चुके हैं। वह इस दरवाजे पर मरने ही आयी थी। जिसने उसके जीवन की जमा पूंजी हर ली थी, उसी को अपनी जान भी सौंप दी। अपने शरीर की मिट्टी तक उसकी भेंट कर दी। धन से मनुष्य को कितना प्रेम होता है। धन अपनी जान से भी ज्यादा प्यारा होता है। विशेषकर बुढ़ापे में। ऋण चुकाने के दिन ज्यों-ज्यों पास आते-जाते हैं, त्यों-त्यों उसका ब्याज बढ़ता जाता है।

यह कहना यहां व्यर्थ है कि गांव में इस घटना से कैसी हलचल मची और मुंशी रामसेवक कैसे अपमानित हुए। एक छोटे-से गांव में ऐसी असाधारण घटना होने पर जितनी हलचल हो सकती थी। उससे अधिक ही हुई। मुंशीजी का अपमान जितना होना चाहिए था, उससे बाल बराबर भी कम न हुआ। उनका बचा-खुचा पानी भी इस घटना से चला गया। अब गांव का चमार भी उनके हाथ का पानी पीने या उन्हें छूने का रवादार न था। यदि किसी घर में कोई गाय खूंटे पर मर जाती है तो वह आदमी महीनों द्वार-द्वार भीख मांगता फिरता है। न नाई उसकी हजामत बनाये, न कहार उसका पानी भरे, न कोई उसे छुए। यह गो-हत्या का प्रायश्चित! ब्रह्म-हत्या का दंड तो इससे भी कड़ा है और इसमें अपमान भी बहुत है। मूंगा यह जानती थी और इसीलिए इस दरवाजे पर आकर मरी थी। वह जानती थी कि मैं जीते-जी जो कुछ नहीं कर सकती, मरकर उससे बहुत कर सकती हूं। गोबर का उपला जब जलकर खाक हो जाता है, तब साधु-संत उसे माथे पर चढ़ाते हैं। पत्थर का ठेला आग में जलकर आग से अधिक तीखा और मारक हो जाता है।

5

मुंशी रामसेवक कानूनदां थे। कानून ने उन पर कोई दोष नहीं लगाया था। मूंगा किसी कानूनी दफा के अनुसार नहीं मरी थी। ताजीरात हिंद में उसका कोई उदाहरण नहीं मिलता था। इसलिए जो लोग उनसे प्रायश्चित करवाना चाहते थे, उनकी भारी भूल थी। कुछ हर्ज नहीं, कहार पानी न भरे न सही, वह आप पानी भर लेंगे। अपना काम आप करने में भला लाज ही क्या? बला से नाई बाल न बनायेगा। हजामत बनाने का काम ही क्या है? दाढ़ी बहुत सुन्दर वस्तु है। दाढ़ी मर्द की शोभा और श्रृंगार है। और जो फिर बालों से ऐसी घिन होगी तो एक-एक आने में तो उस्तरे मिलते हैं। धोबी कपड़े न धोयेगा, इसकी भी कुछ परवाह नहीं। साबुन तो गली-गली कौड़ियों के मोल आता है। एक बट्टी साबुन में दर्जनों कपड़े ऐसे साफ हो जाते हैं जैसे बगुले के पर। धोबी क्या खाक ऐसा साफ कपड़ा धोयेगा। पत्थर पर पटक-पटककर कपड़ों का लत्ता निकाल लेता है। आप पहने दूसरे को भाड़े पर पहनाये? भट्ठी में चढ़ावे, रेह में भिगा◌ये - कपड़ों की तो दुर्गति कर डालता है। तभी तो कुरते दो तीन-साल से अधिक नहीं चलते। नहीं तो दादा हर पांचवें बरस दो अचकन और दो कुरते बनवाया करते थे। मुंशी रामसेवक और उनकी स्त्री ने दिनभर तो यों की कहकर अपने मन को समझाया। सांझ होते ही उनके तर्क शिथिल हो गये।

अब उनके मन पर भय ने चढ़ाई की। जैसे-जैसे रात बीतती थी, भय भी बढ़ता जाता था। बाहर का दरवाजा भूल से खुला रह गया था, पर किसी की हिम्मत न पड़ती थी कि जाकर बंद तो कर आये। पत्नी ने हाथ में दिया लिया, मुंशीजी ने कुल्हाड़ा, रामगुलाम ने गंडासा, इस ढंग से तीनों चौंकते हिचकते दरवाजे पर आए। यहां मुंशीजी ने बड़ी बहादुरी से काम लिया। उन्होंने निधड़क दरवाजे से बाहर निकलने की कोशिश की। कांपते हुए, पर ऊंची आवाज में पत्नी से बोले - तुम व्यर्थ डरती हो, वह क्या यहां बैठी है? पर उनकी प्यारी पत्नी ने उन्हें अंदर खींच लिया और झुंझलाकर बोली - तुम्हारा यही लड़कपन तो अच्छा नहीं। यह दंगल जीतकर तीनों आदमी रसोई के कमरे में आए और खाना पकने लगा।

परन्तु मूंगा उनकी आंखों में घुसी हुई थी। अपनी परछाई को देखकर मूंगा का भय होता था। अंधेरे कोनों में मूंगा बैठी मालूम होती थी। वह हड्डियों का ढांचा, वही बिखरे हुए बाल, वही पागलपन, वही डरावनी आंखें, मूंगा का नख-शिख दिखाई देता था। इसी कोठरी में आटे-दाल के कई मटके रखे हुए थे, वहां कुछ पुराने चिथड़े भी पड़े हुए थे। एक चूहे को भूख ने बेचैन किया,(मटकी ने कभी अनाज की सूरत नहीं देखी थी, पर सारे गांव में मशहूर था कि इस घर के चूहे गजब के डाकू हैं) तो वह उन दानों की खोज में जो मटकों से कभी नहीं गिरे थे, रेंगता हुआ इस चिथड़े के नीचे आ निकला। कपड़े में खड़खड़ाहट हुई। फैले हुए चिथड़े मूंगा की पतली टांगे बन गयी, मुंशी की पत्नी यह देखकर झिझकी और चीख उठी। मुंशीजी बदहवास होकर दरवाजे की ओर लपके, रामगुलाम दौड़कर इनकी टांगों में लिपट गया। चूहा बाहर निकल आया। उसे देखकर इन लोगों के होश ठिकाने हुए। अब मुंशीजी साहस करके मटके की ओर चले। पत्नी ने कहा - रहने भी दो, देख ली तुम्हारी मर्दानगी।

मुंशीजी अपनी प्रिया पत्नी के इस अनादर पर बहुत बिगड़े - क्या तुम समझती हो मैं डर गया? भला डर की क्या बात थी। मूंगा मर गई। क्या वह बैठी है? मैं कल नहीं दरवाजे के बाहर निकल गया था - तुम रोकती रही, मैं न माना।

मुंशीजी की इस दलील ने पत्नी को निरुत्तर कर दिया। कल दरवाजे के बाहर निकल आया या निकलने की कोशिश करना साधारण काम न था जिसके साहस का ऐसा प्रमाण मिल चुका है, उसे डरपोक कौन कह सकता है? यह पत्नी की हठधर्मी थी।

खाना खाकर तीनों आदमी सोने के कमरे में आए परन्तु मूंगा ने यहां भी पीछा न छोड़ा, बातें करते थे, दिल को बहलाते थे। पत्नी ने राजा हरदौल और रानी सारंधा की कहानियां कहीं। मुंशीजी ने फौजदारी के कई मुकदमों का हाल कह सुनाया। परंतु इन उपायों से भी मूंगा की मूर्ति उनकी आंखों के सामने से न हटती थी। जरा भी खनखनाहट होती कि तीनों चौक पड़ते। इधर पत्तियों में सनसनाहट हुई कि उधर तीनों के रोंगटे खड़े हो गए? रह-रहकर एक धीमी आवाज धरती के भीतर से उनके कानों में आती थी - तेरा लहू पीऊंगी।

आधी रात को पत्नी नींद से चौक पड़ी। वह इन दिनों गर्भवती थी। लाल-लाल आंखों वाली, तेज और नुकीले दांतों वाली मूंगा उसकी छाती पर बैठी हुई जान पड़ती थी। नागिन चीख पड़ती। बावली की तरह आंगन में भाग आयी और यकायक धरती पर चित्त गिर पड़ी। सारा शरीर पसीने-पसीने हो गया। मुंशीजी भी उसकी चीख सुनकर चौंके, पर डर के मारे आंखें न खुली। अंधों की तरह दरवाजा टटोलते रहे। बहुत देर के बाद उन्हें दरवाजा मिला। आंगन में आये। पत्नी जमीन पर पड़ी हाथ-पांव पटक रही थी। उसे उठाकर भीतर लाए, पर रात भर उसने आंखें न खोली। भोर को अक-बक बकने लगी। थोड़ी देर में ज्वर हो आया। बदन लाल तवा-सा हो गया। सांझ होते होते उसे सन्निपात हो गया और आधी रात के समय जब संसार में सन्नाटा छाया हुआ था, पत्नी इस संसार से चल बसी। मूंगा के डर ने उसकी जान ली। जब तक मूंगा जीती रही, वह पत्नी (नागिन) की फुफकार से सदा डरती रही। पगली होने पर भी उसने कभी मुंशी की पत्नी (नागिन) का सामना नहीं किया, पर अपनी जान देकर उसने आज नागिन की जान

ली। भय में बड़ी शक्ति है। मनुष्य हवा में एक गिरह भी नहीं लगा सकता, पर इसने हवा में एक संसार रच डाला है।

रात बीत गयी। दिन बढ़ता आता था, पर गांव का कोई आदमी मुंशी की पत्नी की लाश उठाने को आता न दिखाई दिया। मुंशी जी घर-घर घूमे, पर कोई नहीं निकला। भला हत्यारे के दरवाजे पर कौन जाय? हत्यारे की लाश कौन उठाये, इस समय मुंशीजी का रोब-दाब, उनकी प्रबल लेखनी का भय और उनकी कानूनी प्रतिभा एक भी काम न आयी। चारों ओर से हारकर मुंशीजी फिर अपने घर आए। यहां उन्हें अंधकार-ही-अंधकार दीखता था। दरवाजे तक तो आए, पर भीतर पत्नी की लाश। जी को कड़ा करके हनुमान चालीसा का पाठ करते हुए घर में घुसे। उस समय उनके मन पर जो बीतती थी, वही जानते थे। उसका अनुमान करना कठिन है। घर में लाश पड़ी हुई, न कोई आगे, न पीछे। दूसरा ब्याह तो हो सकता था। अभी इसी फागुन में तो पचासवां लगा है, पर ऐसी सुयोग्य और मीठी बोलने वाली स्त्री कहां मिलेगी? अफसोस! अब तगादा करने वालों से बहस कौन करेगा, कौन उन्हें निरुत्तर करेगा? लेन-देन का हिसाब-किताब कौन इतनी खूबी से करेगा? किसकी कही आवाज तीर की तरह तगादेदारों की छाती में चुभेगी? यह नुकसान अब पूरा नहीं हो सकता। दूसरे दिन मुंशीजी लाश को ठेले गाड़ी पर लादकर गंगाजी की तरफ चले।

6

शव के साथ जानेवाले की संख्या कुछ भी न थी। एक स्वयं मुंशीजी, दूसरे उनके पुत्र रत्न रामगुलाम जी! इस बेइज्जती से मूंगा की लाश भी नहीं उठाई।

मूंगा ने पत्नी की जान लेकर भी मुंशीजी का पिंड न छेड़ा। उनके मन में हर घड़ी मूंगा की मूर्ति विराजमान रहती थी। कहीं रहते, उनका ध्यान इसी ओर रहा करता था। यदि दिल-बहलाव का कोई उपाय होता तो शायद वह इतने बेचैन न होते, पर गांव का एक पुतला भी उनके दरवाजे की ओर न झांकता था। बेचारे अपने हाथों पानी भरते, आप ही बरतन धोते। सोच और क्रोध, चिंता और भय, इतने शत्रुओं के सामने एक दिमाग कब तक ठहर सकता था। विशेषकर वह दिमाग जो रोज कानून की बहस में खर्च हो जाता था।

अकेले कैदी की तरह उनके दस-बारह दिन तो ज्यों-त्यों कटे। चौदहवें दिन मुंशीजी ने कपड़े बदले और बोरिया-बस्ता लिए हुए कचहरी चले। आज उनका चेहरा कुछ खिला हुआ था। जाते ही मेरे मुवक्किल मुझे घेर लेंगे। मेरी मातमपुर्सी करेंगे। मैं आंसुओं की दो-चार बूंदें गिरा दूंगा। फिर बैनामों, रेहन-नामों और सुलहनामों की भरमार हो जायेगी। मुट्ठी गरम होगी। शाम को जरा नशे पानी का रंग जम जायेगा, जिसके छूट जाने से जी और भी उचट रहा था। इन्हीं विचारों में मग्न मुंशीजी कचहरी पहुंचे।

पर वहां रेहननामों की भरमार और बेनामों की बाढ़ और मुवक्किलों की चहल-पहल के बदले निराशा और रेतीली भूमि नजर आयी। बस्ता खोले घंटों बैठे रहे पर कोई नजदीक भी न आया। किसी ने इतना भी न पूछा कि आप कैसे हैं। नये मुवक्किल तो खैर, बड़े-बड़े पुराने

मुवक्किल जिनका मुंशीजी से कई पीढ़ियों से सरोकार था, आज उनसे मुंह छिपाने लगे। वह नालायक और अनाड़ी रमजान, जिसकी मुंशीजी हंसी उड़ाते थे और जिसे शुद्ध लिखना भी न आता था, आज गोपियों में कन्हैया बना हुआ था। वाह रे भाग्य? मुवक्किल यों मुंह फेरे चले जाते हैं मानों किसी की जान-पहचान ही नहीं। दिन भर कचहरी की खाक छानने के बाद मुंशीजी घर चले, निराशा और चिंता में डूबे हुए। ज्यों-ज्यों घर के निकट आते थे, मूंगा का चित्र सामने आता जाता था। यहां तक कि जब घर का द्वार खोला और दो कुत्ते, जिन्हें रामगुलाम ने बंद कर रखा था, झपटकर बाहर निकले तो मुंशी के होश उड़ गए, एक चीख मारकर जमीन पर गिर पड़े।

मनुष्य के मन और मस्तिष्क पर भय का जितना प्रभाव होता है उतना और किसी शक्ति का नहीं। प्रेम, चिंता, निराशा, हानि यह सब मन को अवश्य दु:खित करते हैं, पर यह हवा के हलके झोंके हैं और भय प्रचंड आधी है। मुंशीजी पर इसके बाद क्या बीती, मालूम नहीं। कई दिनों तक लोगों ने उन्हें कचहरी जाते और यहां से मुरझाए हुए लौटते देखा। कचहरी जाना उनका कर्त्तव्य था, और यद्यपि वहां मुवक्किल का अकाल था, तो भी तगादे वालों से गला छुड़ाने और उनको भरोसा दिलाने के लिए अब यही एक लटका रह गया था। इसके बाद कई महीने तक दिखे न। बद्रीनाथ चले गए। एक दिन गांव में एक साधु आया। भभूत रमाए, लम्बी जटाएं, हाथ में कमंडल। उसका चेहरा मुंशी रामसेवक से बहुत मिलता-जुलता था। बोल-चाल में भी अधिक अंतर न था। वह एक पेड़ के नीचे धूनी रमाए बैठा रहा। उसी रात को मुंशी रामसेवक के घर से धुआं उठा, फिर आग की ज्वाला दीखने लगी और आग भड़क उठी। गांव के सैकड़ों आदमी दौड़े। आग बुझाने के लिए नहीं तमाशा देखने के लिए। एक गरीब की हाय में कितना प्रभाव है। रामगुलाम मुंशीजी के गायब हो जाने पर अपने मामा के यहां चला गया और वहां कुछ दिनों रहा। पर वहां उसकी चाल-ढाल किसी को पसंद न आयी ।

एक दिन उसने किसी के खेत में मूली नोची। उसने दो-चार धौल लगाए। उस पर वह इस कदर बिगड़ा कि उसके खड़े खलिहान में उसने आग लगा दी। सारा-का सारा खलिहान जलकर खाक हो गया। हजारों रुपयों का नुकसान हुआ। पुलिस ने तहकीकात की, रामगुलाम पकड़ा गया। इसी अपराध में वह चनार के रिफार्मेटरी स्कूल में मौजूद है।

***

बेटी का धन

बेतवा नदी दो ऊंचे कगारों के बीच इस तरह मुंह छिपाए हुए थी जैसे निर्मल हृदयों में साहस और उत्साह की मध्यम ज्योति छिपी रहती है। इसके एक कगार पर एक छोटा-सा गांव बसा है जो अपने भग्न जातीय चिह्नों के लिए बहुत प्रसिद्ध है। जातीय गाथाओं और चिह्नों पर मर मिटने वाले लोग इस भवन-स्थान पर बड़े प्रेम ओर श्रद्धा के साथ आते और गांव का बूढ़ा केवट भिक्खू चौधरी उन्हें उसकी परिक्रमा कराता और रानी के महल, राजा का दरबार और कुंवर के बैठक के मिटे हुए चिह्नों को दिखाता। वह एक उच्छ्वास लेकर रुंधे हुए गले से कहता, महाशय! एक वह समय था कि केवट को मछलियों के इनाम में अशर्फियां मिलती थी। कहार महल में झाड़ू देते हुए अशर्फियां बटोर ले जाते थे। बेतवा नदी रोज चढ़कर महाराज के चरण छूने आती थी। यह प्रताप और यह तेज था, परन्तु आज इसकी यह दशा है। इन सुन्दर उक्तियों पर किसी का विश्वास जमाना चौधरी के वश की बात न थी, पर सुनने वाले उसकी सहृदयता तथा अनुराग के जरूर कायल हो जाते थे।

भिक्खू चौधरी उदार पुरूष थे, परंतु जितना बड़ा मुंह था, उतना बड़ा ग्रास न था। तीन लड़के, तीन बहुएं और कई पौत्र-पौत्रियां थी। लड़की केवल एक गंगाजली थी जिसका अभी तक तक गौना नहीं हुआ था। चौधरी की यह सबसे पिछली संतान थी। स्त्री के मर जाने पर उसने इसको बकरी का दूध पिला-पिलाकर पाला था। परिवार में खाने वाले तो इतने थे, पर खेती सिर्फ एक हल की होती थी। ज्यों-त्यों कर निर्वाह होता था, परंतु भिक्खू की वृद्धावस्था और पुरातत्वज्ञान ने उसे गांव में वह मान और प्रतिष्ठा प्रदान कर रखी थी, जिसे देखकर झगडू साहू भीतर-ही-भीतर जलते थे। भिक्खू जब गांव वालों के समक्ष, हाकिमों से हाथ फेंक-फेंककर बातें करने लगता और खंडहरों को घुमा-फिरकर दिखाने लगता था तो झगडू साहू - जो चपरासियों के धक्के खाने के डर से करीब नहीं फटकते थे - तड़प-तड़प कर रह जाते थे। अत: वे सदा उस शुभ अवसर की प्रतीक्षा करते रहते थे, जब भिक्खू पर अपने धन द्वारा प्रभुत्व जता सकें।

2

इस गांव के जमींदार ठाकुर जीतनसिंह थे, जिनकी बेगार के मारे गांव वालों का नाकों दम था। उस साल जब जिला मजिस्ट्रेट का दौरा हुआ और वह यहां के पुरातन चिह्नों की सैर करने के लिए पधारे, तो भिक्खू चौधरी ने दबी जबान से अपने गांव वालों की दु:ख भरी कहानी उन्हें सुनायी। हाकिमों से वार्तालाप करने में उसे तनिक भी भय न होता था। भिक्खू चौधरी को खूब मालूम था कि जीतनसिंह से रार मचाना सिंह के मुंह में सिर देना है। किंतु जब गांव वाले कहते थे कि चौधरी तुम्हारी ऐसे-ऐसे हाकिमों से मिताई है और हम लोगों को रात-दिन रोते कटना है

तो फिर तुम्हारी यह मित्रता किस दिन काम आवेगी। परोपकाराय सताम् विभूतय:। तब भिक्खू का मिज़ाज आसमान पर चढ़ जाता था। घड़ी भर के लिए वह जीतनसिंह को भूल जाता था। मजिस्ट्रेट ने जीतनसिंह से इसका उत्तर मांगा। उधर झगडू साहू ने चौधरी के साहसपूर्ण स्वामीद्रोह की रिपोर्ट जीतनसिंह को दी। ठाकुर साहब जलकर आग हो गए। अपने कारिंदे से बकाया लगान की बही मांगी। संयोगवश चौधरी के जिम्मे इस साल का कुछ लगाव बाकी था। कुछ तो पैदावार कम हुई, उस पर गंगाजली का ब्याह करना पड़ा। छोटी बहू नथ की रट लगाए हुए थी, वह बनवानी पड़ी। इन सब खर्चों ने हाथ बिलकुल खाली कर दिया था। लगान के लिए कुछ अधिक चिंता नहीं थी। वह इस अभिमान में भूला हुआ था कि जिस जबान में हाकिमों को प्रसन्न करने की शक्ति है क्या वह ठाकुर साहब को अपना लक्ष्य न बना सकेगी। बूढ़े चौधरी इधर तो अपने गर्व में निश्चित थे और उधर उन पर बकाया लगान की नालिश गयी। सम्मन आ पहुंचा। दूसरे दिन पेशी की तारीख पड़ गयी। चौधरी को अपना जादू चलाने का अवसर न मिला।

जिन लोगों के बढ़ावे में आकर भिक्खू ने ठाकुर से छेड़-छाड़ की थी, उनका दर्शन मिलना दुर्लभ हो गया। ठाकुर साहब के सहने और प्यादे गांव में चील की तरह मंडराने लगे। उनके भय से किसी को चौधरी की परछाई काटने का साहस न होता था। कचहरी वहां से तीन मील पर थी। बरसात के दिन, रास्ते में ठौर-ठौर पानी, उमड़ी हुई नदियां, रास्ता कच्चा, बैलगाड़ी का निबाह नहीं, पैरों में बल नहीं, अत: अदमपैरवी में मुकदमा एकतरफा फैसला हो गया।

3

कुर्की का नोटिस पहुंचा तो चौधरी के हाथ-पांव फूल गए। सारी चतुराई भूल गयी। चुपचाप अपनी खाट पर पड़ा-पड़ा नदी की ओर ताकता और अपने मन में कहता, क्या मेरे जीते-जी घर मिट्टी में मिल जायेगा। मेरे इन बैलों की सुंदर जोड़ी के गले में आह! क्या दूसरों का जुआ पड़ेगा? यह सोचते-सोचते उसकी आंखें भर आती। वह बैलों से लिपटकर रोने लगा, परंतु बैलों की आंखों से क्यों आंसू जारी था? वे नाद में मुंह क्यों नहीं डालते थे? क्या उनके हृदय पर भी अपने स्वामी के दु:ख की चोट पहुंच रही थी।

फिर वह अपने झोंपड़े को विकल नयनों से विहार कर देखता और मन में सोचता, क्या हमको इस घर से निकलना पड़ेगा? यह पूर्वजों की निशानी क्या हमारे जीते जी मिट जाएगी?

कुछ लोग परीक्षा में दृढ़ रहते हैं और कुछ लोग इसकी हल्की आंच भी नहीं सह सकते। चौधरी अपनी खाट पर उदास पड़े घंटों अपने कुलदेव महावीर और महादेव को मनाया करता और उनका गुण गाया करता। उसकी चिंतादग्ध आत्मा को और कोई सहारा न था।

इसमें कोई संदेह न था कि चौधरी की तीनों बहुओं के पास गहने थे, पर स्त्री का गहना ऊख का रस है, जो पेरने ही से निकलता है। चौधरी जाति का ओछा, पर स्वभाव का ऊंचा था। उसे ऐसी नीच बात बहुओं से कहते संकोच होता था। कदाचित् यह नीच विचार उसके हृदय में उत्पन्न ही नहीं हुआ था, किंतु तीनों बेटे यदि जरा भी बुद्धि से काम लेते तो बूढ़े को देवताओं की शरण लेने की आवश्यकता न होती। परंतु यहां तो बात ही निराली थी। बड़े लड़के को घाट के काम से

फुरसत न थी। बाकी दो लड़के इस जटिल प्रश्न को विचित्र रूप से हल करने के मंसूबे बांध रहे थे।

मंझोले झींगुर ने मुंह बनाकर कहा - उँह इस गांव में क्या धरा है। जहां भी कमाऊंगा वही खाऊंगा पर जीतनसिंह की मूंछें एक-एक करके चुन लूंगा।

छोटे फक्कड़ ऐंठ कर बोले - मूंछें तुम चुन लेना! नाक मैं उड़ा दूंगा। नकटा बना घूमेगा। इस पर दोनों खूब हंसे और मछली मारने चल दिए।

इस गांव में एक बूढ़े ब्राह्मण भी रहते थे। मंदिर में पूजा करते और नित्य अपने यजमानों को दर्शन देने नदी पार जाते, पर खेवे के पैसे न देते। तीसरे दिन वह जमींदार के गुप्तचरों की आंख बचाकर भिक्खू के पास आए और सहानुभूति के स्वर में बोले - चौधरी कल ही तक मियाद है और तुम अभी तक पड़े-पड़े सो रहे हो। क्यों नहीं घर की चीज ढूंढ-ढांढकर किसी और जगह भेज देते? न हो समधियाने पहुंचा दो। जो कुछ बच रहे, वही सही। घर की मिट्टी खोदकर थोड़े ही कोई ले जायेगा।

चौधरी लेटा था, उठ बैठा और आकाश की ओर निहारकर बोला - जो कुछ उसकी इच्छा है, वही होगा। मुझसे यह जाल न होगा।

इधर कई दिल की निरंतर भक्ति और उपासना के कारण चौधरी का मन शुद्ध और पवित्र हो गया था। उसे छल-प्रपंच से घृणा हो गई थी। पंडितजी जो इस काम में सिद्धहस्त थे, लज्जित हो गए।

परंतु चौधरी के घर के अन्य लोगों की ईश्वरेच्छा पर इतना भरोसा न था। धीरे-धीरे घर के बर्तन-भांडे खिसकाए जाते थे। अनाज का एक दाना भी घर में न रहने पाया। रात को नाव लदी हुई जाती और उधर से खाली लौटती थी। तीन दिन तक घर में चूल्हा न जला। बूढ़े चौधरी के मुंह में अन्न की कौन कहे पानी की एक बूंद भी न पड़ी। स्त्रियां भाड़ से चने भुना कर चबातीं, और लड़के मछलियां भून-भूनकर उड़ाते। परंतु बूढ़े की इस एकादशी में यदि कोई शरीक था तो वह उसकी बेटी गंगाजली थी। यह बेचारी अपने बूढ़े बाप को चारपाई पर निर्जल छटपटाते देख बिलख-बिलख कर रोती।

लड़कों को अपने माता-पिता से वह प्रेम नहीं होता जो लड़कियों को होता है। गंगाजली इस सोच-विचार में मग्न रहती कि दादा की किस भांति सहायता करूं। यदि हम सब भाई-बहन मिलकर जीतन सिंह के पास जाकर दया-भिक्षा की प्रार्थना करें तो वे अवश्य मान जाएंगे, परन्तु दादा को कब यह स्वीकार होगा। वह यदि एक दिन बड़े साहब के पास चले जाएं तो सब कुछ बात-की-बात में बन जाए। किंतु उनकी तो जैसे बुद्धि ही मारी गयी है। इसी उधेड़-बुन में उसे एक उपाय सूझ पड़ा, कुम्हलाया हुआ मुखारविंद खिल उठा।

पुजारी जी भिक्खू चौधरी के पास से उठकर चले गए थे और चौधरी उक्त स्वर से अपने सोये हुए देवताओं को पुकार-पुकार कर बुला रहे थे। निदान गंगाजली उनके पास जाकर खड़ी हो

गयी। चौधरी ने उसे देखकर विस्मित स्वर में पूछा - क्यों बेटी? इतनी रात गये क्यों बाहर आयी?

गंगाजली ने कहा - बाहर रहना तो भाग्य में लिखा है, घर में कैसे रहूं।

भिक्खू ने जोर से हांक लगाई, कहां गए तुम कृष्णमुरारी, मेरे दु:ख हरो।

गंगाजली खड़ी थी, बैठ गयी और धीरे से बोली - भजन गाते तो आज तीन दिन हो गए। घर बचाने का भी कुछ उपाय सोचा कि इसे यों ही मिट्टी में मिला दोगे? हम लोगों को क्या पेड़ तले रखोगे?

चौधरी ने व्यवस्थित स्वर से कहा - बेटी, मुझे तो कोई उपाय नहीं सूझता। भगवान जो चाहेंगे, होगा। वेग चलो गिरधर गोपाल, काहे विलम्ब करो।

गंगाजली ने कहा - मैंने एक उपाय सोचा है, कहो तो कहूं।

चौधरी उठकर बैठ गए और पूछा - कौन उपाय है बेटी? गंगाजली ने कहा - मेरे गहने झगडू साहू के यहां गिरवी रख दो। मैंने जोड़ लिया है। देने भर के रुपये हो जायेंगे।

चौधरी ने ठंडी सांस लेकर कहा - बेटी तुमको मुझसे यह बात कहते लाज वही आती। वेद-शास्त्र में मुझे तुम्हारे गांव के कुएं का पानी पीना भी मना है। तुम्हारी ड्योढ़ी में भी पैर रखना भी निषेध है। क्या तुम मुझे नरक में ढकेलना चाहती हो।

गंगाजली उत्तर के लिए पहले ही से तैयार थी। बोली - मैं अपने गहने तुम्हें दिए थोड़े ही देती हूं। इस समय लेकर काम चलाओ, चैत में छुड़ा लेना।

चौधरी ने कड़ककर कहा - यह मुझसे न होगा।

गंगाजली उत्तेजित होकर बोली - तुमसे यह न होगा, तो मैं आप ही जाऊंगी, मुझसे घर की यह दुर्दशा नहीं देखी जाती।

चौधरी ने झुंझलाकर कहा - बिरादरी में कौन मुंह दिखाऊंगा?

गंगाजली ने चिढ़ कर कहा - बिरादरी में कौन ढिंढोरा पीटने जाता है।

चौधरी ने फैसला सुनाया - जगहंसाई के लिए मैं अपना धर्म न बिगाडूगां।

गंगाजली बिगड़ कर बोली - मेरी बात नहीं मानोगे तो तुम्हारे ऊपर मेरी हत्या पड़ेगी। मैं आज ही इस बेतवा नदी में कूद पडूंगी। तुमसे चाहे घर में आग लगते देखा जाये, पर मुझसे तो न देखा जायेगा।

चौधरी ने ठंडी सांस लेकर कातर स्वर में कहा - बेटी, मेरा धर्म नाश मत करो। यदि ऐसा ही है तो अपनी भावज के गहने मांगकर लाओ।

गंगाजली ने गम्भीर स्वर में कहा - भावजों से कौन अपना मुंह नोंचवाने जायेगा। उनको फिक्र होती तो क्या मुंह में दही जमा था, कहती नहीं।

चौधरी निरुत्तर हो गए। गंगाजली घर में जाकर गहनों की पिटारी लायी और एक-एक करके सब गहने चौधरी के अंगोछे में बांध दिए। चौधरी ने आंखों में आंसू भरकर कहा - हाय राम, इस शरीर की क्या गति लिखी है! यह कहकर उठे। बहुत सम्हालने पर भी आंखों में आंसू न छिपे।

4

रात का समय था। बेतवा नदी के किनारे-किनारे मार्ग को छोड़कर भिक्खू चौधरी गहनों की गठरी कांख में दबाये इस तरह चुके-चुपके चल रहे थे। मानों पाप की गठरी लिए जाते हैं। जब वह झगडू साहू के मकान के पास पहुंचे तो ठहर गए, आंखें खूब साफ थी, जिसमें किसी को यह न बोध हो कि चौधरी रोता था।

झगडू साहू धागे की कमानी की एक मोटी ऐनक लगाए बहीखाता फैलाए हुक्का पी रहे थे, और दीपक के धुंधले प्रकाश में उन अक्षरों को पढ़ने की व्यर्थ चेष्टा में लगे थे जिनमें स्याही की किफायत की गई थी। बार-बार ऐनक को साफ करते और आंख मलते, पर चिराग की बत्ती उसकाना या दोहरी बत्ती लगाना शायद इसलिए उचित नहीं समझते थे कि तेल का अपव्यय होगा। इसी समय भिक्खू चौधरी ने आकर कहा - जै राम जी।

झगडू साहु ने देखा। पहचान कर बोले - जयराम चौधरी! कहो मुकदमे में क्या हुआ? यह लेन-देन बड़े झंझट का काम है। दिन भर सिर उठाने की छुट्टी नहीं मिलती।

चौधरी ने पोटली को खूब सावधानी से छिपाकर लापरवाही के साथ कहा - अभी तक तो कुछ नहीं हुआ। कल इजराय डिग्री होने वाली है। ठाकुर साहब ने न जाने कब का बैर निकाला है। हमको दो-तीन दिन की भी मोहलत होती तो डिग्री न जारी होने पाती। छोटे साहब और बड़े साहब दोनों हमको अच्छी तरह जानते हैं। अभी इसी साल मैंने उनसे नदी किनारे घंटों बातें की, किन्तु एक तो बरसात के दिन, दूसरे एक दिन की भी मोहलत नहीं, क्या करता। इस समय मुझे रुपयों की चिंता है।

झगडू साहू ने विस्मित होकर पूछा - तुमको रुपयों की चिंता! घर में भरा है, वह किस दिन काम आयेगा। झगडू साहू ने यह व्यंग्य बाण नहीं छेड़ा था। वास्तव में उन्हें और गांव को विश्वास था कि चौधरी के घर में लक्ष्मी महारानी का अखंड राज्य है।

चौधरी का रंग बदलने लगा। बोले - साहू जी! रुपया होता तो किस बात की चिंता थी? तुमसे कौन छिपाव है। आज तीन दिन से घर में चूल्हा नहीं जला रोना-पीटना पड़ा है। अब तो तुम्हारे बचाये बचूंगा। ठाकुर साहब ने तो उजाड़ने में कोई कसर न छोड़ी।

झगडू साहू जीतनसिंह को खुश रखना जरूर चाहते थे, पर साथ ही चौधरी को भी नाखुश करना मंजूर न था। यदि सूद-दर-सूद छोड़कर मूल तथा ब्याज सहज वसूल हो जाये तो उन्हें चौधरी पर मुफ्त का एहसान लादने में कोई आपत्ति न थी। यदि चौधरी के अफसरों की जान-पहचान के कारण साहूजी का टैक्स से गला छूट जाये, जो अनेकों उपाय करने - अहलकारों की

मुट्ठी गरम करने - पर भी नित्य प्रति उनके तोंद की तरह बढ़ता ही जा रहा था, तो क्या पूछना! बोले -

क्या कहें चौधरी जी, खर्च के मारे आजकल हम भी तबाह हैं। लहने वसूल नहीं होते। टैक्स का रुपया देना पड़ा। हाथ बिलकुल खाली हो गया है। तुम्हें कितना रुपया चाहिए? चौधरी ने कहा - सौ रुपये की डिग्री है खर्च-वर्च मिलाकर दो सौ के लगभग समझो। झगडू अब अपने दांव खेलने लगा। पूछा - तुम्हारे लड़कों ने तुम्हारी कुछ भी मदद न की। वह सब भी तो कुछ न कुछ कमाते ही हैं।

साहू जी का निशाना ठीक पड़ा - लड़कों ने लापरवाही से चौधरी के मन में जो कुत्सित भाव भरे थे, वह सजीव हो गए। बोले - भाई, लड़के किसी काम के होते तो यह दिन क्यों देखना पड़ता। उन्हें तो अपने भोग विलास से मतलब। घर-गृहस्थी का बोझ तो मेरे सिर पर है। मैं इसे जैसे चाहे संभालू, उनसे कुछ सरोकार नहीं, मरते दम भी गला नहीं छूटता। मरूंगा तो सब खाल में भूसा भराकर रख छोड़ेंगे। 'गृह कारज नाना जंजाला।'

झगडू ने तीसरा तीर मारा - क्या बहुओं से भी कुछ न बन पड़ा?

चौधरी ने उत्तर दिया - बहू - बेटे सब अपनी-अपनी मौज में मस्त है। मैं तीन दिन तक द्वार पर बिना अन्न-जल के पड़ा था, किसी ने बात भी नहीं पूछी। कहां की सलाह, कहां की बातचीत। बहुओं के पास रुपये न हों, पर गहने तो हैं और वे भी मेरे बनाये हुए। इस दुर्दिन के समय यदि दो-दो थान उतार देती तो क्या मैं छुड़ा न देता? सदा यही दिन थोड़े ही रहेंगे।

झगडू समझ गए कि यह महज जबान का सौदा है और वह जबान का सौदा भूल कर भी न करते थे। बोले - तुम्हारे घर के लोग भी अनूठे हैं। क्या इतना भी नहीं जानते कि बूढ़ा रुपये कहां से लायेगा अब समय बदल गया या तो कुछ जायदाद लिखो या गहने गिरवी रखो तब जाकर रुपया मिले। इसके बिना रुपये कहां। इससे भी जायदाद में सैकड़ों बखेड़े पड़े हैं। सुभीता गिरवी रखने में ही है। हां, तो जब घरवालों को कोई इसकी फिक्र नहीं तो तुम क्यों व्यर्थ जान देते हो। यही न होगा कि लोग हंसेगे, सो यह लाज कहाँ तक निबाहते रहोगे।

चौधरी ने अत्यंत विनीत होकर कहा - साहूजी, यह लाज तो मारे डालती है। तुमसे क्या छिपा है। एक वह दिन था कि हमारे दादा-बाबा महाराज की सवारी के साथ चलते थे और अब एक दिन यह कि घर-घर की दीवार तक बिकने की नौबत आ गयी है। कहीं मुंह दिखाने को भी जी नहीं चाहता। यह लो गहनों की पोटली। यदि लोक-लाज न होती तो इसे लेकर कभी यहां न आता, परन्तु यह अधर्म इसी लाज निबाहने के कारण करना पड़ा है। झगडू साहु ने आश्चर्य में होकर पूछा - यह गहने किसके हैं? चौधरी ने सिर झुकाकर बड़ी कठिनता से कहा - मेरी बेटी गंगाजली के। झगडू साहू स्तम्भित हो गये। बोले - अरे! राम-राम।

चौधरी ने कातर स्वर में कहा - डूब मरने को जी चाहता है। झगडू ने बड़ी धार्मिकता के साथ स्थिर होकर कहा - शास्त्र में बेटी के गांव का पेड़ देखना मना है।

चौधरी ने दीर्घ नि:श्वास छोड़कर करुण स्वर में कहा - न जाने नारायण कब मौत देंगे। भाई की तीन लड़कियां ब्याही। कभी भूलकर भी उनके द्वार का मुंह नहीं देखा। परमात्मा ने अब तक तो टेक निबाही है, पर अब न जाने मिट्टी की क्या दुर्दशा होने वाली है।

झगड़ू साहू 'लेखा जौ-जौ बख्शीश-सौ-सौ' के सिद्धांत पर चलते थे। सूद की एक कौड़ी भी छोड़ना उनके लिए हराम था। यदि एक महीने का एक दिन भी लग जाता तो पूरे महीने का सूद वसूल कर लेते। परन्तु नवरात्र में नित्य दुर्गा पाठ करते थे। पितृ-पक्ष में रोज ब्राह्मणों को सीधा बांटते थे। बनियों की धर्म में बड़ी निष्ठा होती है। यदि कोई दीन ब्राह्मण लड़की ब्याहने के लिए उनके सामने हाथ पसारता तो वह खाली हाथ न लौटता, भीख मांगने वाले ब्राह्मणों को चाहे वह कितने ही संडे-मुसंडे हों, उनके दरवाजे पर फटकार नहीं सुननी पड़ती थी। उनके धर्म-शास्त्र में कन्या के गांव के कुएं का पानी पीने से प्यासों मर जाना अच्छा था। वह स्वयं इस सिद्धांत के भक्त थे और इस सिद्धांत के अन्य पक्षपाती उनके लिए महामान्य देवता थे। वे पिघल गए। मन में सोचा, मनुष्य तो कभी ओछे विचारों को मन में नहीं लाया।

निर्दय काल की लेकर से अधर्म मार्ग पर उतर आया है, तो उसके धर्म की रक्षा करना हमारा कर्तव्य-धर्म है। यह विचार मन में आते ही झगडू साहू गद्दी से मसनद के सहारे उठ बैठे और दृढ़ स्वर से कहा - वही परमात्मा जिसने अब तक तुम्हारी टेक निबाही है, अब भी निबाहेंगे। लड़की के गहने लड़की को दे दो। लड़की जैसी तुम्हारी है वैसी मेरी भी है। यह लो रुपये। आज काम चलाओ जब हाथ में रुपये आ जायें, दे देना।

चौधरी पर इस सहानुभूति का गहरा असर पड़ा। वह जोर-जोर से रोने लगा। उसे अपने भावों की धुन में कृष्ण भगवान की मोहिनी मूर्ति सामने विराजमान दिखाई दी। वही झगडू जो सारे गांव में बदनाम था, जिसकी उसने खुद कई बार हाकिमों से शिकायत की थी, आज साक्षात् देवता जान पड़ता था। रुंधे हुए कंठ से गदगद हो बोला -

झगड़ू, तुमने इस समय मेरी बात, मेरी लाज, मेरा धर्म कहां तक कहूं मेरा सब कुछ रख लिया। मेरी डूबती नाव पार लगा दी। कृष्ण मुरारी तुम्हारे इस उपकार का फल देंगे और मैं तो तुम्हारा गुण जब तक जीऊंगा, गाता रहूंगा।

***

धर्म-संकट

'पुरुषों और स्त्रियों में बड़ा अंतर है। तुम लोगों का हृदय शीशे की तरह कठोर होता है और हमारा हृदय नरम। वह विरह की आंच नहीं सह सकता।'

'शीशा ठेस लगते ही टूट जाता है। नरम वस्तुओं में लचक होती है।'

'चलो बातें न बनाओ। दिन भर तुम्हारी राह देखूं, रात भर घड़ी की सुइयां। तब कहीं आपके दर्शन होते हैं।'

'मैं तो सदैव तुम्हें अपने हृदय-मंदिर में छिपाये रखता हूं।'

'ठीक बतलाओ, कब आओगे?'

'ग्यारह बजे, परंतु पिछला दरवाजा खुला रखना।'

'उसे मेरे नयन समझो।'

'अच्छा तो अब विदा।'

2

पंडित कैलाशनाथ लखनऊ के प्रतिष्ठित बैरिस्टरों में से थे। कई सभाओं के मंत्री, कई समितियों के सभापति, पत्रों में अच्छे लेख लिखते, प्लेटफार्म पर सारगर्भित व्याख्यान देते। पहले-पहल जब वह यूरोप से लौटे थे तो यह उत्साह अपनी पूरी उमंग पर था, परन्तु ज्यों-क्यों बैरिस्टरी चमकने लगी, इस उत्साह में कमी आने लगी और वह ठीक भी था क्योंकि अब बेकार न थे, जो बेगार करते। हां, क्रिकेट का शौक अब तक ज्यों-का त्यों बना था। वह केसर क्लब के संस्थापक और क्रिकेट के प्रसिद्ध खिलाड़ी थे।

यदि मि. कैलाश को क्रिकेट की धुन थी तो उनकी बहन कामिनी को टेनिस का शौक था। इन्हें नित नवीन आमोद-प्रमोद की चाह रहती थी। शहर में कही नाटक हो, कोई थियेटर आये, कोई सरकस, कोई बाइस्कोप हो, कामिनी उसमें न सम्मिलित हो, यह असम्भव बात थी। मनोविनोद की कोई भी सामग्री उनके लिए उतनी ही आवश्यक थी जितनी वायु और प्रकाश।

मि. कैलाश पश्चिमी सभ्यता के प्रवाह में बहने वाले अपने अन्य सहयोगियों की भांति हिन्दू जाति, हिन्दू-सभ्यता, हिन्दी भाषा और हिन्दुस्तानी के कट्टर विरोधी थे। हिंदू-सभ्यता उन्हें दोषपूर्ण दिखाई देती थी। अपने इन विचारों को वे अपने ही तक परिमित न रखते थे, बल्कि बड़ी ही ओजस्विनी भाषा में इन विषयों पर लिखते और बोलते थे। हिंदू-सभ्यता के विवेकी भगत उनके इन विवेकशून्य विचारों पर हंसते थे परन्तु उपहास और विरोध तो सुधारक के पुरस्कार हैं। मि.

कैलाश उनकी कुछ परवाह न करते थे। वे कोरे वाक्यवीर ही न थे, कर्मवीर भी पूरे थे। कामिनी की स्वतन्त्रता उनके विचारों का प्रत्यक्ष स्वरूप थी। सौभाग्यवश कामिनी के पति गोपाल नारायण भी इन्हीं विचारों में रंगे हुए थे। वे साल भर से अमेरिका में विद्याध्ययन करते थे। कामिनी, भाई और पति के उपदेशों को पूरा-पूरा लाभ उठाने में कमी न करती थी।

3

लखनऊ में अल्फ्रेड थियेटर कम्पनी आई हुई थी, शहर में जहां देखिए उसी के तमाशे की चर्चा थी। कामिनी की रातें बड़े आनन्द से कटती थी। रात भी थियेटर देखती। दिन को कुछ सोती और कुछ देर वहीं थियेटर के गीत अलापती। सौन्दर्य और प्रीति के नव रमणीय संसार में रमण करती थी, जहां का दु:ख और क्लेश भी इस संसार के सुख और आनन्द से बढ़कर मोहकदायी है। यहां तक कि तीन महीने बीत गए। प्रणय की नित्य नयी मनोहर शिक्षा और प्रेम के आनंदमय आलाप-विलाप का हृदय पर कुछ-न-कुछ असर होना चाहिए था। सो भी इस चढ़ती जवानी में वह असर हुआ। इसका श्रीगणेश उसी तरह हुआ जैसा कि बहुधा हुआ करता है।

थियेटर हाल में एक सुंदर सजीले युवक की आंखें कामिनी की ओर उठने लगी। वह रूपवती और चंचला थी, अतएव पहिले उसे इस चितवन में किसी रहस्य का ज्ञान न हुआ। नेत्रों का सुन्दरता से बड़ा घना संबंध है। घूरना पुरुषों का और लजाना स्त्रियों का स्वभाव है। कुछ दिनों के बाद कामिनी को इस चितवन में कुछ गुप्त भाव झलकने लगे। मन्त्र अपना काम करने लगा। फिर नयनों में परस्पर बातें होने लगी। नयन मिल गए। प्रीति गाड़ी हो गई। कामिनी एक दिन के लिए भी यदि किसी दूसरे उत्सव में चली जाती तो वहां उसका मन न लगता। जी उचटने लगता। आंखें किसी को ढूंढ़ा करतीं।

अन्त में लज्जा का बांध टूट गया। हृदय के विचार स्वरूपवान हुए। मौन का ताला टूटा। प्रेमालाप होने लगा। पद्य के बाद गद्य की बारी आई और फिर दोनों मिलन-मंदिर के द्वार पर आ पहुंचे। इसके पश्चात् जो कुछ हुआ, उसकी झलक हम पहले ही देख चुके हैं।

4

इस नवयुवक का नाम रूपचन्द था। पंजाब का रहने वाला, संस्कृत का शास्त्री, हिन्दी साहित्य का पूर्ण पंडित, अंग्रेजी का एम.ए., लखनऊ के एक बड़े लोहे के कारखाने का मैनेजर था। घर में रूपवती स्त्री, दो प्यारे बच्चे थे। अपने साथियों में सदाचरण के लिए प्रसिद्ध था। न जवानी की उमंग, न स्वभाव का छिछोरापन। घर-गृहस्थी में जकड़ा हुआ था। मालूम नहीं वह कौन-सा आकर्षण था, जिसने उसे इस तिलस्म में फंसा लिया, जहां की भूमि, अग्नि, और आकाश ज्वाला है, जहां घृणा और पाप है और अभागी कामिनी को क्या कहा जाए, जिसकी प्रीति की बाढ़ ने वीरता और विवेक का बांध तोड़ कर अपनी तरह तरंग में नीति और मर्यादा की टूटी-फूटी झोंपड़ी को डूबो दिया। वह पूर्व जन्म के संस्कार थे।

रात को दस बज गए थे। कामिनी लैम्प के सामने बैठी हुई चिट्ठियां लिख रही थी। पहला पत्र रूपचन्द के नाम था।

कैलाश भवन,
लखनऊ।

प्राणाधार।

तुम्हारे पत्र को पढ़कर प्राण निकल गए। उफ! अभी एक महीना लगेगा इतने दिनों में कदाचित् तुम्हें यहां मेरी राख भी न मिलेगी? तुमसे अपने दु:ख क्या रोऊं। बनावट के दोषारोपण से डरती हूं? जो कुछ बीत रही है, वह मैं ही जानती हूं लेकिन बिना विरह-कथा सुनाये दिल की जलन कैसे जाएगी? यह आग कैसे ठंडी होगी? अब मुझे मालूम हुआ कि यदि प्रेम दहकती हुई आग है तो वियोग उसके लिए घृत है? थियेटर अब भी जाती हूं पर विनोद के लिए नहीं, रोने और बरसने के लिए। रोने में ही चित्त को कुछ शान्ति मिलती है। आंसू उमड़े चले आते हैं मेरा जीवन शुष्क और नीरस हो नया है। न किसी से मिलने को जी चाहता है, न आमोद-प्रमोद में मन लगता है? परसों डॉक्टर केलकर का व्याख्यान था भाई साहब ने बहुत आग्रह किया, पर मैं न जा सकी? प्यारे, मौत से पहले मत मारो। आनन्द के इन गिने-गिनाये क्षणों में वियोग का दु:ख मत दो? आओ, यथासाध्य शीघ्र आओ और गले से लगकर मेरे हृदय की ताप बुझाओ। अन्यथा आश्चर्य नहीं कि विरह का यह अथाह सागर मुझे निगल जाए।

तुम्हारी,
- कामिनी

इसके बाद कामिनी ने दूसरा पत्र पति को लिखा।

कैलाश भवन
लखनऊ

माई डियर गोपाल!

अब तक तुम्हारे दो पत्र आए, परंतु मुझे खेद है कि मैं उनका उत्तर न दे सकी। दो सप्ताह से सिर की पीड़ा से असह्य वेदना सह रही हूं। किसी भांति चित्त को शांति नहीं मिलती, पर अब कुछ स्वस्थ हूं कुछ चिन्ता मत करना? तुमने जो नाटक भेजे, उनके लिए मैं हार्दिक धन्यवाद देती हूं। स्वस्थ हो जाने पर पढ़ना आरंभ करूंगी। तुम वहां के मनोहर दृश्यों का वर्णन मत किया करो मुझे तुम से ईर्ष्या होती है? यदि मैं आग्रह करूं तो भाई साहब वहां तक पहुंचा तो देंगे परन्तु उनके खर्चे इतने अधिक हैं कि उनसे नियमित रूप से सहायता मिलना कठिन है और इस समय तुम पर भार देना भी ठीक नहीं है? ईश्वर चाहेगा तो वह दिन शीघ्र देखने में आयेगा जब मैं

तुम्हारे साथ आनन्दपूर्वक वहां की सैर करूंगी मैं इस समय तुम्हें कोई कष्ट नहीं देना चाहती, पर अपनी आवश्यकता किससे कहूं। मेरे पास अब कोई अच्छा गाउन नहीं रहा। किसी उत्सव में जाते लजाती हूं यदि तुमसे हो सके तो मेरे लिए एक अपने पसन्द का गाउन बनवाकर भेज दो? आवश्यकता तो और भी कई चीजों की है परंतु इस समय तुम्हें अधिक कष्ट देना नहीं चाहती। आशा है तुम सकुशल होगे?

तुम्हारी
- कामिनी

5

लखनऊ के सेशन जज के इजलास में बड़ी भीड़ थी। अदालत के कमरे ठसाठस भर गए थे। तिल रखने की जगह न थी। सबकी दृष्टि बड़ी उत्सुकता के साथ जज के सम्मुख खड़ी एक सुन्दर, लावण्यमयी मूर्ति पर लगी हुई थी। यह कामिनी थी। उसका मुंह धूमिल हो रहा था। ललाट पर स्वेद-बिन्दु झलक रहे थे। कमरे में घोर नि:स्तब्धता थी। केवल वकीलों की कानाफूसी और सैन कभी-कभी इस निस्तब्धता को भंग कर देती थी। अदालत का हाता आदमियों से इस तरह भर गया था कि जान पड़ता था, मानो सारा शहर सिमटकर यही आ गया है। था भी ऐसा ही शहर की प्राय: दुकानें बन्द थी और जो एक-आधा खुली भी थी उन पर लड़के बैठ ताश खेल रहे थे। क्योंकि कोई ग्राहक न था। शहर से कचहरी तक आदमियों का तांता लगा हुआ था। कामिनी को निमिषमात्र देखने के लिए, उसके मुंह से एक बात सुनने के लिए, इस समय प्रत्येक आदमी अपना सर्वस्व न्यौछावर करने पर तैयार था। वे लोग जो कभी पं. दातादयाल शर्मा जैसे प्रभावशाली वक्ता की वक्तृता सुनने के लिए घर से बाहर नहीं निकले, वे जिन्होंने नवजवान मनचले बेटों को अल्फ्रेड थियेटर में जाने की आज्ञा नहीं दी, वे एकांत-प्रिय जिन्हें वायसराय के शुभागमन तक की खबर न हुई थी, वे शांति के उपासक जो मुहर्रम की चहल-पहल देखने को अपनी कुटिया से बाहर न निकलते थे, वे सभी आज गिरते पड़ते, उठते-बैठते कचहरी की ओर दौड़े चले जा रहे थे। बेचारी मियां अपने भाग्य को कोसती हुई अपनी-अपनी अटारियों पर चढ़कर विवशतापूर्ण उत्सुक दृष्टि से उस तरफ ताक रही थी जिधर उनके विचार में कचहरी थी। पर उनकी गरीब आंखें निर्दय अट्टालिकाओं की दीवारों से टकराकर लौट आती थी। यह सब कुछ इसलिए हो रहा था कि आज अदालत में एक बड़ा मनोहर, अद्भुत अभिनय होने वाला था, जिस पर अल्फ्रेड थियेटर के हजारों अभिनय बलिदान थे। आज एक गुप्त रहस्य खुलने वाला था, जो अंधेरे में राई है पर प्रकाश में पर्वतकार हो जाता है। इस घटना के संबंध में लोग टीका-टिप्पणी कर रहे थे। कोई कहता था, यह असंभव है कि रूपचन्द्र जैसा शिक्षित व्यक्ति ऐसा दूषित कर्म करे। पुलिस का यह बयान है, तो हुआ करे। गवाह पुलिस के बयान का समर्थन करते हैं तो किया करें। यह पुलिस का अत्याचार है, अन्याय है, कोई कहता था, भाई, सत्य तो यह है कि

यह रूप-लावण्य, यह 'खंजन गंजन नयन' और यह हृदय-हारिणी सुन्दर सलोनी छवि जो कुछ न करे, वह थोड़ा है। श्रोता इन बातों को बड़े ध्यान से इस तरह आश्चर्यचकित हो मुंह बा कर सुनते थे मानों देववाणी हो रही है। सबकी जीभ पर यही चर्चा थी। खूब नमक-मिर्च लपेट जाता था। परन्तु इसमें सहानुभूति या संवेदना के लिए जरा भी स्थान न था।

6

पंडित कैलाशनाथ का बयान खत्म हो गया और कामिनी इजलास पर पधारी। इसका बयान बहुत संक्षिप्त था - मैं अपने कमरे में रात को सो रही थी। कोई एक बजे के करीब चोर-चोर का शोर सुनकर मैं चौंक पड़ी और अपनी चारपाई के पास चार आदमियों को हाथापाई करते देखा। मेरे भाई साहब अपने दो चौकीदारों के साथ अभियुक्त को पकड़ते थे और यह जान छुड़ाकर भागना चाहता था। मैं शीघ्रता से उठकर बरामदे में निकल आई। इसके बाद मैंने चौकीदारों को अपराधी के साथ पुलिस स्टेशन की ओर जाते देखा।

रूपचन्द्र ने कामिनी। का बयान सुना और एक ठंडी सांस ली। नेत्रों के आगे से परदा हट गया। कामिनी, तू ऐसी कृतघ्न, ऐसी अन्यायी, ऐसी पिशाचिनी, ऐसी दुरात्मा है! क्या तेरी वह प्रीति, वह विरह-वेदना, यह प्रेमोद्गार सब धोखे की टट्टी थी? तूने कितनी बार कहा है कि दृढ़ता प्रेम मन्दिर की पहली सीढ़ी है। तूने कितनी बार नयनों में आंसू भरकर इस गोद में मुंह छिपाकर मुझसे कहा है कि मैं तुम्हारी हो गई। मेरी लाज अब तुम्हारे हाथ है। परन्तु हाय! आज प्रेम-परीक्षा के समय तेरी वह सब बातें खोटी उतरी। आह! ये दगा दिया और मेरा जीवन मिट्टी में मिला दिया।

रूपचन्द तो विचार तरंगों में निमग्न था। उसके वकील ने कामिनी से जिरह करना प्रारम्भ किया।

वकील - क्या तुम सत्यनिष्ठ के साथ कह सकती हो कि रूपचन्द तुम्हारे मकान पर अक्सर नहीं आया करता था?

कामिनी - मैंने कभी उसे अपने घर पर नहीं देखा।

वकील - क्या तुम शपथ-पूर्वक कह सकती हो कि तुम उसके साथ कभी थियेटर देखने नहीं गयी।

कामिनी - मैंने उसे कभी नहीं देखा।

वकील - क्या तुम शपथ लेकर कह सकती हो कि तुमने उसे प्रेम पत्र नहीं लिखे?

शिकारी के चंगुल में फंसे हुए पक्षी की तरह पत्र का नाम सुनते ही कामिनी के होश-हवास उड़ गए, हाथ -पैर फूल गए। मुंह न खुल सका। जज ने, वकील ने और दो सहस्र आंखों ने उसकी तरफ उत्सुकता से देखा।

रूपचन्द्र का मुंह खिल गया। उसके हृदय में आशा का उदय हुआ। जहां फूल था वहां कांटा पैदा हुआ। मन में कहने लगा, कुलटा कामिनी! अपने सुख और अपने कपट मान-प्रतिष्ठा पर मेरे और मेरे परिवार की हत्या करने वाली कामिनी तू अब भी मेरे हाथ में है। मैं अब भी तुझे इस कृतघ्नता और कपट का दंड दे सकता हूं। तेरे पत्र जिन्हें तूने हृदय से लिखा है या नहीं, मालूम नहीं, परन्तु जो मेरे हृदय के ताप को शीतल करने के लिए मोहिनी मंत्र थे, वह सब मेरे पास हैं। और वह इसी समय तेरा सब भेद खोलेंगे। इस क्रोध से उन्मत्त होकर रूपचन्द ने अपने कोट के पाकेट में हाथ डाला। जज ने, वकीलों ने, और दो सहस्र नेत्रों ने उसकी तरफ चातक की भांति देखा।

तब कामिनी की विकल आंखें चारों ओर से हताश होकर रूपचन्द की ओर पहुंची। उनमें इस समय लज्जा थी, दया-भिक्षा की प्रार्थना थी और व्याकुलता थी, वह मन-ही-मन कहती थी, मैं स्त्री हूं, अबला हूं, ओछी हूं। तुम पुरुष हो, बलवान हो, साहसी हो। यह तुम्हारे स्वभाव के विपरीत है। मैं कभी तुम्हारी थी और यद्यपि समझ मुझे तुमसे अलग किये देती है किन्तु मेरी लाज तुम्हारे हाथ में है। तुम मेरी रक्षा करो। आंखें मिलते ही रूपचन्द उसके मन की बात ताड़ गए। उनके नेत्रों ने उत्तर दिया - यदि तुम्हारी लाज मेरे हाथों में है तो इस पर कोई आंच नहीं आने पावेगी। तुम्हारी लाज पर आज मेरा सर्वस्व निछावर है।

अभियुक्त के वकील ने कामिनी से पुन: वही प्रश्न किया -क्या तुम शपथपूर्वक कह सकती हो कि तुमने रूपचन्द को प्रेम-पत्र नहीं लिखे ?

कामिनी ने कातर स्वर में उत्तर दिया - मैं शपथपूर्वक कहती है कि मैंने उसे कभी कोई पत्र नहीं लिखा और अदालत से अपील करती हूं कि वह मुझे इन घृणास्पद अश्लील आक्रमणों से बचाये।

अभियोग की कार्रवाई समाप्त हो गयी। अब अपराधी के बयान की बारी आयी। इसकी तरफ से कोई गवाह न थे। परन्तु वकीलों को, जज को, और अधीन जनता को पूरा-पूरा विश्वास था कि अभियुक्त के बयान पुलिस के मायावी महल को क्षणमात्र में छिन्न-भिन्न कर देगा। रूपचन्द इजलास के सम्मुख आया। इसके मुखारविंद पर आत्म-बल का तेज झलक रहा था और नेत्रों में साहस और शान्ति। दर्शक-मंडली उतावली होकर अदालत के कमरे में घुस पड़ी। रूपचन्द इस समय का चांद था या देवलोक का दूत, सहस्रों नयन उसकी ओर लगे थे। किन्तु हृदय को कितना कौतूहल हुआ जब रूपचन्द ने अत्यंत शान्तचित्त से अपना अपराध स्वीकार कर लिया। लोग एक-दूसरे का मुंह ताकने लगे।

अभियुक्त का बयान समाप्त होते ही कोलाहल मचा गया। सभी इसकी आलोचना-प्रत्यालोचना करने लगे। सबके मुंह पर आश्चर्य था, सन्देह था, और निराशा थी। कामिनी की कृतघ्नता और निष्ठुरता पर धिक्कार हो रही थी। प्रत्येक मनुष्य शपथ खाने पर तैयार था कि रूपचन्द सर्वथा

निर्दोष है। प्रेम ने उसके मुंह पर ताला लगा दिया है। पर कुछ ऐसे भी दूसरे के दु:ख में प्रसन्न होने वाले स्वभाव के लोग थे जो उसके इस साहस पर हंसते और मजाक उड़ाते थे।

दो घंटे बीत गये। अदालत में पुन: एक बार शान्ति का राज्य हुआ। जज साहब फैसला सुनाने के लिए खड़े हुए। फैसला बहुत संक्षिप्त था। अभियुक्त जवान है। शिक्षित है और सभ्य है। अतएव आंखों वाला अंधा है। इसे शिक्षाप्रद दण्ड देना आवश्यक है। अपराध स्वीकार करने से उसका दण्ड कम नहीं होता है। अत: मैं उसे पांच वर्ष के सपरिश्रम कारावास की सजा देता हूं।

दो हजार मनुष्यों ने हृदय थाम कर फैसला सुना। मालूम होता था कि कलेजे में भाले चुभ गए हैं। सभी का मुंह निराशा-जनक क्रोध से रक्त-वर्ण हो रहा था। यह अन्याय है, कठोरता और बेरहमी है। परन्तु रूपचन्द के मुंह पर शान्ति विराज रही थी।

***

सेवा-मार्ग

तारा ने बारह वर्ष तक दुर्गा की तपस्या की। न पलंग पर सोयी, न केशों को संवारा और न नेत्रों में सूरमा लगाया। पृथ्वी पर सोती, गेरुआ वस्त्र पहनती और रूखी रोटियां खाती। उसका मुख मुरझायी कली की भांति था, नेत्र ज्योतिहीन और हृदय एक शून्य बीहड़ मैदान। उसे केवल यही लौ लगी थी कि दुर्गा के दर्शन पाऊं। शरीर मोमबत्ती की तरह घुलता था। पर यह लौ दिल से न जाती थी। यही उसकी इच्छा थी, यही उसका जीवनोद्देश्य। घर के लोग उसे पागल कहते। माता समझाती - बेटी, तुझे क्या हो गया है? क्या तू सारा जीवन रो-रोकर काटेगी? इस समय के देवता पत्थर के होते हैं। पत्थर को भी कभी किसी ने पिघलते देखा है। देख तेरी सखियां पुष्प की भांति विकसित हो रही हैं, नदी की तरह बढ़ रही हैं, क्या तुझे मुझपर दया नहीं आती? तारा कहती - माता, अब जो लगन लगी, वह लगी। या तो देवी के दर्शन पाऊंगी, या फिर यही इच्छा लिए हुए संसार से पलायन कर जाऊंगी। तुम समझ लो, मैं मर गई।

इस प्रकार पूरे बारह वर्ष व्यतीत हो गए और तब देवी प्रसन्न हुई। रात्रि का समय था। चारों ओर सन्नाटा छाया हुआ था। मंदिर में एक धुंधला-सा घी का दीपक जल रहा था। तारा दुर्गा के पैरों पर माथा नवाये सच्ची भक्ति का परिचय दे रही थी। यकायक उस पाषाण मूर्ति देवी के तन में स्फूर्ति प्रकट हुई। तारा के रोंगटे खड़े हो गये। वह धुंधला दीपक देदीप्यमान हो गया, मन्दिर में उज्ज्वल रूप पूर्ण चन्द्रमा की भांति चमकने लगा, ज्योतिहीन नेत्र जगमगा उठे, होंठ खुल गए। आवाज आयी - तारा, मैं तुमसे प्रसन्न हूं। मांग क्या वर मांगती है। तारा खड़ी हो गयी। उसका शरीर इस भांति कांप रहा था जैसे प्रातःकाल के समय कम्पित स्वर में किसी कृषक के गाने की ध्वनि हो। उसे मालूम हो रहा था मानों वह वायु में उड़ी जा रही है। उसे अपने हृदय में उच्च विचार पूर्ण प्रकाश का आभास हो रहा था। उसने दोनों हाथ जोड़कर भक्ति-भाव से कहा, भगवती, तुमने मेरी बारह वर्ष की तपस्या पूरा की, किस सुख से तुम्हारा गुणानुवाद गाऊं। मुझे संसार की वे अलभ्य वस्तुएं प्रदान हों जो इच्छाओं की सीमा और मेरी अभिलाषाओं का अन्त है। मैं वह ऐश्वर्य चाहती हूं जो सूर्य को भी मात कर दे। देवी ने मुस्कुराकर कहा - स्वीकृत है।

तारा - वह धन जो कालचक्र को भी लज्जित करे।

देवी ने मुस्कुराकर कहा - स्वीकृत है।

तारा - वह सौन्दर्य जो अद्वितीय हो।

देवी ने मुस्कुराकर कहा - यह भी स्वीकृत है।

2

तारा कुंवारी ने शेष रात्रि जागकर व्यतीत की। प्रभातकाल के समय उसकी आंखें, क्षणभर के लिए, झपक गयी। जागी तो देखा कि मैं सिर से पांव तक हीरे व जवाहरातों से लदी हूं। उसके विशाल भवन के कलश, आकाश से बातें कर रहे थे - सारा भवन संगमरमर से बना हुआ, अमूल्य पत्थरों से जड़ा हुआ। द्वार पर नौबत बज रही थी। उसके आनंददायक सुहावने शब्द आकाश में गूंज रहे थे। द्वार पर मीलों तक हरियाली छायी थी। दासियाँ स्वर्णाभूषणों से लदी हुई, सुनहरे कपड़े पहने हुए चारों ओर दौड़ती थी। तारा को देखते ही वे स्वर्ण के लोटे और कटोरे लेकर दौड़ी। तारा ने देखा कि मेरा पलंग हाथी-दांत का है। भूमि पर बड़े कोमल बिछौने बिछे हुए हैं। सिरहाने की ओर एक बड़ा सुंदर ऊंचा शीशा रखा हुआ है। तारा ने उसमें अपना रूप देखा, चकित रह गयी। उसका सुन्दर रूप चन्द्रमा को भी लज्जित करता था। दीवार पर अनेकानेक सुप्रसिद्ध चित्रकारों के मनमोहक चित्र टंगे थे। पर, ये सब-के-सब तारा की सुन्दरता के आगे तुच्छ थे। तारा को अपनी सुन्दरता पर गर्व हुआ। वह कई दासियों को लेकर वाटिका में गयी। वहां की घटा देखकर वह मुग्ध हो गयी। वायु में गुलाब और केसर घुले हुए थे, रंग-बिरंगे पुष्प, वायु के मंद-मन झोंकों से, मतवालों की तरह झूम रहे थे। यकायक तारा को ध्यान आया, मेरे घर के लोग कहां हैं। दासियों से पूछा। उन्होंने कहा - श्रीमती, वे लोग पुराने घर में है। तारा ने अपनी अटारी पर जाकर देखा। उसे अपना पहला घर एक साधारण झोंपड़े की तरह दृष्टि-गोचर हुआ। उसकी बहनें उसकी साधारण दासियों के समान भी न थी। मां को देखा, वह आंगन में बैठी चरखा कात रही थी। तारा पहले सोचा करती थी कि जब मेरे दिन चमकेंगे तो मैं इन लोगों को भी अपने साथ रखूंगी और उनकी भली-भांति सेवा करूंगी। पर इस समय धन के गर्व ने उसकी पवित्र हार्दिक इच्छा को निर्बल बना दिया था। उसने घरवालों को स्नेह-रहित दृष्टि से देखा और तब वह उस मनोहर गान को सुनने चली गयी जिसकी प्रतिध्वनि उसके कानों में आ रही थी।

एकबारगी जोर से धड़ाका हुआ, बिजली चमकी और बिजली की घटाओं में से एक ज्योतिस्वरूप नवयुवक निकलकर तारा के सामने नम्रता से खड़ा हो गया। तारा ने पूछ - तुम कौन हो? नवयुवक ने कहा - श्रीमती, मुझे विद्युतसिंह कहते हैं। मैं श्रीमती का आज्ञाकारी सेवक हूं।

उसके विदा होते ही वायु के ऊष्ण झोंके चलने लगे। आकाश में एक प्रकाश दृष्टिगोचर हुआ। वह क्षणमात्र में उतरकर तारा कुंवारी के समीप कर गया। उसमें से एक ज्वालामुखी मनुष्य ने निकल कर तारा के पदों को चूमा। तारा ने पूछा तुम कौन हो? उत्तर दिया - श्रीमती, मेरा नाम अग्निसिंह है। मैं श्रीमती का आज्ञाकारी सेवक हूं।

वह अभी जाने भी न पाया था कि एकबारगी सारा महल ज्योति से प्रकाशमान हो गया। जान पड़ता था, सैकड़ों बिजलियां मिलकर चमक रही हैं। वायु सेवक हो गयी। एक जगमगाता हुआ सिंहासन आकाश पर दीख पड़ा। वह शीघ्रता से पृथ्वी की ओर चला और तारा कुंवारी के पास आकर ठहर गया। उससे एक प्रकाशमय रूप का बालक, जिसके रूप से गम्भीरता प्रकट होती

थी, निकलकर तारा के सामने शिष्टभाव से खड़ा हो गया। तारा ने पूछा - तुम कौन हो? बालक ने उत्तर दिया श्रीमती, मुझे मिस्टर रेडियम कहते हैं। मैं श्रीमती का आज्ञा पालक हूं।

3

धनी लोग तारा के भय के थर्राने लगे। उसके आश्चर्यजनक सौन्दर्य ने संसार को चकित कर दिया। बड़े-बड़े महीपति उसकी चौखट पर माथा रगड़ने लगे। जिसकी ओर उसकी कृपा-दृष्टि हो जाती, वह अपना अहोभाग्य समझता - सदैव के लिए उसका बेदाम का गुलाम बन जाता। एक दिन तारा अपनी आनंद वाटिका में टहल रही थी। अचानक किसी के गाने का मनोहर शब्द सुनाई दिया। तारा विक्षिप्त हो गयी। उसके दरबार में संसार के अच्छे-अच्छे गवैया मौजूद थे, पर वह चित्ताकर्षक, जो इन सुरों में थी, कभी अवगत न हुई थी। तारा ने गायक को बुला भेजा।

एक क्षण के अनंतर वाटिका में एक साधु आया, सिर पर जटाएं, शरीर में भस्म रमाये। उसके साथ एक टूटा हुआ बीन था। उसी से वह प्रभावशाली स्वर निकलता जो हृदय के अनुरक्त स्वरों से कहीं प्रिय था। साधु आकर हौज के किनारे बैठ गया। उसने तारा के सामने शिष्ट-भाव नहीं दिखाया। आश्चर्य से इधर-उधर दृष्टि नहीं डाली। उस रमणीय स्थान पर वह अग्रजा सुर अलापने लगा। तारा का चित्त विचलित हो हुआ। दिल में अपार अनुराग का संचार हुआ। मदमस्त होकर ढलने लगी। साधु के सुमनोहर मधुर अलाप से पक्षी मग्न हो गए। पानी में लहरें उठने लगी। वृक्ष झूमने लगा। तारा ने उन चित्ताकर्षक सुरों से एक चित्र खिंचते हुए देखा। धीरे-धीरे चित्र प्रकट होने लगा। उसमें स्फूर्ति आयी और तब वह खड़ी होकर नृत्य करने लगी। तारा चौंक पड़ी। उसने देखा कि यह मेरा चित्र है। नहीं, मैं ही हूं। मैं ही बीन की तान पर नृत्य कर रही हूं। उसे आश्चर्य हुआ कि मैं संसार की अलभ्य वस्तुओं की रानी हूं अथवा एक स्वर-चित्र! वह सिर धुनने लगी और मतवाली होकर साधु के पैरों से जा लगी। उसकी दृष्टि में एक आश्चर्यजनक परिवर्तन हो गया। सामने के फलें-फूले वृक्ष की तरंगे मारता हुआ हौज, और मनोहर कुंज सब लोप हो गए। केवल वही साधु बैठा बीन बजा रहा था, और वह स्वयं उसकी तालों पर थिरक रही थी। यह साधु अब प्रकाशमय तारा और अलौकिक सौन्दर्य की मूर्ति बन गया था। जब मधुर अलाप बंद हुआ तब तारा होश में आयी। उसका चित्त हाथ से जा चुका था। वह उस विलक्षण साधु के हाथों बिक चुकी थी।

तारा बोली - स्वामीजी! यह महल, यह धन, यह सुख और सौन्दर्य सब आपके चरण-कमल पर न्यौछावर है। इस अंधेरे महल को अपने कोमल चरणों से प्रकाशमान कीजिए। साधु - साधुओं को महल और धन का क्या काम? मैं इस घर में नहीं रह सकता।

तारा - संसार के सारे सुख आपके लिए उपस्थित हैं।

साधु - मुझे सुखों की कामना नहीं ।

तारा - मैं आजीवन आपकी दासी रहूंगी । यह कहकर तारा ने आईने में अपने अलौकिक सौंदर्य की छटा देखी और उसके नेत्रों में चंचलता आ गयी।

साधु - नहीं तारा कुंवारी, मैं इस योग्य नहीं हूं। यह कहकर साधु ने बीज उठाया और द्वार की ओर चला। तारा का गर्व चूर-चूर हो गया। लज्जा से सिर झुक गया। वह मूर्च्छित होकर भूमि पर गिर पड़ी। मन में सोचा, मैं धन में, ऐश्वर्य में, सौंदर्य में, जो अपनी समता नहीं रखती, एक साधु की दृष्टि में इतनी तुच्छ।

4

तारा को अब किसी प्रकार चैन नहीं था। उसे अपना भवन, ऐश्वर्य भयानक मालूम होने लगा। बस, साधु का एक चन्द्रस्वरूप उसकी आंखों में नाच रहा था और उसका माधुर्य गान कानों में गूंज रहा था। उसने अपने गुप्तचरों को बुलाया और साधु का पता लगाने की आज्ञा दी। बहुत छानबीन के पश्चात् उसकी कुटी का पता लगा। तारा नित्यप्रति, वायुयान में बैठकर साधु के पास जाती। कभी उस पर लाल, जवाहिर लुटाती, कभी रत्न और आभूषण की छटा दिखाती पर, साधु इससे तनिक भी विचलित न हुआ। तारा के मायाजाल का उस पर कुछ भी असर न हुआ।

तब, तारा कुंवारी फिर दुर्गा के मन्दिर में गयी और देवी के चरणों पर सिर रखकर बोली - माता, तुमने मुझे संसार के सारे दुर्लभ पदार्थ प्रदान किये। मैंने समझा था कि ऐश्वर्य में संसार को दास बना लेने की शक्ति है। पर मुझे अब ज्ञान हुआ कि प्रेम पर ऐश्वर्य, सौंदर्य और वैभव का कुछ भी अधिकार नहीं। अब एक बार मुझ पर फिर वही कृपा-दृष्टि हो। कुछ ऐसा कीजिए कि जिस निष्ठुर के प्रेम में मैं मरी जा रही हूं उसे मुझे देखे बिना चैन न आवे -

देवी के होंठ खुले। वह मुस्करायी, उसके अधर-पल्लव विकसित हुए। बोली सुनायी दी - तारा, मैं संसार के सारे पदार्थ प्रदान कर सकती हूं पर स्वर्ग-सुख मेरी शक्ति से बाहर है। 'प्रेम' स्वर्ग-सुख का मूल है।

तारा - माता, संसार के सारे ऐश्वर्य मुझे जंजाल जान पड़ते हैं। बताइए मैं अपने प्रीतम को कैसे पाऊंगी?

देवी - उसका एक ही मार्ग है। पर है यह बहुत कठिन। भला, तुम उस पर चल सकोगी? तारा वह कितना ही कठिन हो, मैं उस मार्ग का अवलम्बन अवश्य करूंगी।

देवी - अच्छा तो सुनो, वह सेवा-मार्ग है। सेवा करो, प्रेम सेवा ही से मिल सकता है। तारा ने अपने बहुमूल्य आभूषणों और रंगीन वस्त्रों को उतार दिया। दासियों से विदा हुई। राजभवन को त्याग दिया, अकेले, नंगे पैर साधु की कुटी में चली और सेवा-मार्ग का अवलम्बन किया।

वह कुछ रात रहे उठती। कुटी में झाड़ू देती। साधु के लिए गंगा से जल लाती। जंगलों से पुष्प चुनती। साधु नींद में होते तो वह उन्हें पंखा झलती। जंगली फल तोड़ लाती और केले के पत्तल बनाकर साधु के सम्मुख रखती। साधु नदी में स्नान करने जाया करते थे। तारा रास्ते के कंकड़ चुनती। उसने कुटी के चारों ओर पुष्प लगाए। गंगा से पानी लाकर सींचती। उन्हें हरा-भरा देखकर प्रसन्न होती। उसने मदार की रूई बटोरी, साधु के लिए नर्म गद्दे तैयार किए। अब और कोई कामना न थी। सेवा स्वयं अपना पुरस्कार और फल थी।

तारा को कई-कई दिन उपवास करना पड़ता था। हाथों में गट्ठे पड़ गये। पैर कांटों से छलनी हो गये। धूप से कोमल गाल मुरझा गया पर उसके हृदय में अब स्वार्थ और गर्व का शासन न था। वहां अब प्रेम का राज था। वहां अब उस सेवा की लगन थी - जिससे कलुषता की जगह आनन्द का स्रोत बहता है और कांटे पुष्प बन जाते हैं, जहां अश्रु-धारा की जगह नेत्रों से अमृत जल की वर्षा होती और दु:ख विलाप की जगह आनन्द के राग निकलते हैं। जहां के पत्थर रुई से ज्यादा कोमल हैं और शीतल वायु से भी मनोहर। तारा भूल गयी कि मैं सौंदर्य में अद्वितीय हूं। धन-विलासिनी तारा अब केवल प्रेम की दासी थी।

साधु को वन के खगों और मृगों से प्रेम था। वे कुटी के पास एकत्रित हो जाते। तारा उन्हें पानी पिलाती, दाने चुगाती, गोद में लेकर उनका दुलार करती। विषधर सांप और भयानक जन्तु उसके प्रेम के प्रभाव से उसके सेवक हो गए।

बहुधा रोगी मनुष्य साधु के पास आशीर्वाद लेने आते थे। तारा रोगियों की सेवा-सुश्रूषा करती, जंगल से जड़ी बूटियां ढूंढ़कर लाती, उनके लिए औषधि बनाती, उनके घाव धोती, घावों पर मरहम रखती, रात भर बैठी उन्हें पंखा झेलती। साधु के आशीर्वाद को उसकी सेवा प्रभावयुक्त बना देती थी।

इस प्रकार कितने ही वर्ष बीत गए। गर्मी के दिन थे, पृथ्वी तवे की तरह जल रही थी। हरे-भरे वृक्ष सूखे जाते थे। गंगा गर्मी से सिमट गयी। तारा को पानी लेने के लिए बहुत रेत में चलना पड़ता। उसका कोमल अंग चूर-चूर हो जाता। जलती हुई रेत में तलवे भुन जाते। इसी दशा में एक दिन वह हताश होकर एक वृक्ष के नीचे क्षण भर दम लेने के लिए बैठ गयी। उसके नेत्र बन्द हो गये। उसने देखा, देवी मेरी सम्मुख खड़ी, कृपादृष्टि से मुझे देख रही हैं। तारा ने दौड़कर उनके पदों को चूमा।

देवी ने पूछ - तारा, तेरी अभिलाषा पूरी हुई?

तारा - हां माता, मेरी अभिलाषा पूरी हुई?

देवी - तुझे प्रेम मिल गया?

तारा नहीं माता, मुझे उससे भी उत्तम पदार्थ मिल गया। मुझे प्रेम के हीरे के बदले सेवा का पारस मिल गया। मुझे ज्ञात हुआ कि प्रेम सेवा का चाकर है। सेवा के सामने सिर झुकाकर अब

मैं प्रेम-भिक्षा नहीं चाहती। अब मुझे किसी दूसरे सुख की अभिलाषा नहीं। सेवा ने मुझे प्रेम, आदर, सुख सबसे निवृत्त कर दिया।

देवी इस बार मुस्कुराईं नहीं। उसने तारा को हृदय से लगाया और दृष्टि से ओझल हो गयी।

5

संध्या का समय था। आकाश में तारे ऐसे चमकते थे जैसे कमल पर पानी की बूंदें। वायु में चित्ताकर्षक शीतलता आ गयी थी। तारा एक वृक्ष के नीचे खड़ी चिड़ियों को दाना चुगाती थी कि यकायक साधु ने आकर उसके चरणों पर सिर झुकाया और बोला - तारा, तुमने मुझे जीत लिया। तुम्हारा ऐश्वर्य, धन और सौंदर्य जो कुछ न कर सका, वह तुम्हारी सेवा ने कर दिखाया। तुमने मुझे अपने प्रेम में आसक्त कर लिया।अब मैं तुम्हारा दास हूं। बोलो, तुम मुझसे क्या चाहती हो? तुम्हारे संकेत पर अब मैं अपना योग और वैराग्य सब कुछ न्यौछावर कर देने के लिए प्रस्तुत हूं।

तारा - स्वामीजी, मुझे अब कोई इच्छा नहीं। मैं केवल सेवा की आज्ञा चाहती हूं। साधु - मैं दिखा दूंगा कि योग साधकर भी मनुष्य का हृदय निर्जीव नहीं होता। मैं भंवरे के सदृश तुम्हारे सौंदर्य पर मंडराऊंगा। पपीहे की तरह तुम्हारे प्रेम की रट लगाऊंगा। हम दोनों प्रेम की नौका पर ऐश्वर्य और वैभव-नदी की सैर करेंगे, प्रेम-कुंजी में बैठकर प्रेम करेंगे और आनन के मनोहर राग गाएंगे।

तारा ने कहा - स्वामीजी, सेवा-मार्ग पर चलकर मैं अब अभिलाषाओं से पूरी हो गयी। अब हृदय में और कोई इच्छा शेष नहीं।

साधु ने इन शब्दों को सुना, तारा के चरणों पर माथा नवाया और गंगा की ओर चल दिया।

***

शिकारी राजकुमार

मई का महीना और मध्याह्न का समय था। सूर्य आंखों के सामने से हटकर सिर पर जा पहुंचा था, इसलिए उनमें शील न था। ऐसा विदित होता था मानो पृथ्वी उसके भय से थर-थर कांप रही थी। ठीक ऐसे ही समय एक मनुष्य एक हिरन के पीछे उदात्त भाव से घोड़ा फेंके चला आता था। उसका मुंह लाल हो रहा था और घोड़ा पसीने से लथ-पथ। किंतु मृग भी ऐसा भागता था मानो वायुवेग से जा रहा था। ऐसा प्रतीत होता था कि उसके पद स्पर्श नहीं करते। इसी दौड़ की जीत-हार पर उसका जीवन निर्भर था।

पछुआ हवा बड़े जोर से चल रही थी। ऐसा जान पड़ता था मानो अग्नि और धूल की वर्षा हो रही हो। घोड़े के नेत्र रक्तवर्ण हो रहे थे और अश्वारोही के सारे शरीर का रुधिर उबल-सा रहा था। किन्तु मृग का भागना उसे इस बात का अवसर न देता था कि वह अपनी बन्दूक को सम्हाले। कितने ही ऊख के खेत, ढाक के वन और पहाड़ सामने पड़े और तुरन्त ही 'सपने की सम्पत्ति' की भांति अदृश्य हो गये।

क्रमशः मृग पीछे की ओर मुड़ा। सामने एक नदी का बड़ा ही ऊंचा कगार, दीवार की भांति खड़ा था। आगे भागने की राह बन्द थी, और उस पर से कूदना मानो मृत्यु के मुख में कूदना था। हिरन का शरीर शिथिल पड़ गया। उसने एक करुणा-भरी दृष्टि चारों ओर फेरी। किन्तु उसे हर तरफ मृत्यु ही - मृत्यु दृष्टिगोचर होती थी। अश्वारोही के लिए इतना समय बहुत था। उसकी बन्दूक से गोली क्या छूटी मानों मृत्यु ने एक महा-भयंकर जयध्वनि के साथ अग्नि की एक प्रचंड ज्वाला उगल दी। हिरन भूमि पर लोट गया।

2

मृग पृथ्वी पर पड़ा तड़प रहा था और अश्वारोही की भयंकर और हिंसा प्रिय आंखों से प्रसन्नता की ज्योति निकल रही थी। ऐसा जान पड़ता था कि उसने असाध्य साधन कर लिया। उसने उस पशु के शव को नापने के बाद उसके सींगों को बड़े ध्यान से देखा और मन-ही-मन प्रसन्न हो रहा था कि इससे कमरे की सजावट दूनी हो जायेगी और नेत्र सर्वदा उस सजावट का आनन्द सुख से भोगेंगे।

जब तक वह इस ध्यान में मग्न था, उसको सूर्य की प्रचण्ड किरणों का लेशमात्र भी ध्यान न था, किन्तु ज्यों ही उसका ध्यान उधर से फिरा, वह उष्णता से विह्वल हो उठा और करुणापूर्ण आंखें नदी की ओर डाली लेकिन वहां तक पहुंचने का कोई भी मार्ग न दिख पड़ा और न कोई वृक्ष ही दिख पड़ा, जिसकी छांह में जरा विश्राम करता।

इसी चिंतितावस्था में एक अति दीर्घकाल पुरुष नीचे से उछलकर कंगूरे के ऊपर आया और अश्वारोही के सम्मुख खड़ा हो गया। अश्वारोही उसको देखकर बहुत अचंभित हुआ। नवागंतुक एक बहुत ही सुन्दर और हृष्ट-पुष्ट मनुष्य था। मुख से भाव उसके हृदय की स्वच्छता और चरित्र की निर्मलता का पता देते थे। वह बहुत ही दृढ़प्रतिज्ञ, आशा-निराशा तथा भय से बिलकुल बेपरवाह-सा जान पड़ता था।

मृग को देखकर उस संन्यासी ने बड़े स्वाधीन भाव से कहा - राजकुमार, तुम्हें आज बहुत ही अच्छा शिकार हाथ लगा। इतना बड़ा मृग इस सीमा में कदाचित ही दिखाई पड़ता है।

राजकुमार के अचम्भे की सीमा न रही। उसने देखा कि साधु उसे पहचानता है।

राजकुमार बोला - जी हां, मैं भी यही ख्याल करता हूं। मैंने भी आज तक इतना बड़ा हिरन नहीं देखा।। लेकिन इसके पीछे आज बहुत हैरान होना पड़ा।

संन्यासी ने दयापूर्वक कहा - निःसंदेह तुम्हें दुःख उठाना पड़ा होगा। तुम्हारा मुख लाल हो रहा है और घोड़ा भी बेदम हो गया है। क्या तुम्हारे संगी बहुत पीछे रह गए।

इसका उत्तर राजकुमार ने बिलकुल बेपरवाही से दिया, मानो उसे इसकी कुछ भी चिंता न थी।

संन्यासी ने कहा - यहां ऐसी कड़ी धूप और आंधी में खड़े तुम कब तक उनकी राह देखोगे? मेरी कुटी में चलकर जरा विश्राम कर लो। तुम्हें परमात्मा ने ऐश्वर्य दिया है, लेकिन कुछ देर के लिए संन्यास आश्रम का रंग भी देखो और वनस्पतियों और नदी के शीतल जल का स्वाद लो।

यह कहकर संन्यासी ने उस मृग के रक्तमय मृत शरीर को ऐसी सुगमता से उठाकर कंधे पर धर लिया मानो वह एक घास का गट्ठा था, और राजकुमार से कहा - मैं तो प्रायः कगार से नीचे उतर जाया करता हूं किन्तु तुम्हारा घोड़ा सम्भव है न उतर सके। अतएव कठिन राह छोड़कर सरल राह चलेंगे। घाट यहां से थोड़ी ही दूर है और वहीं मेरी कुटी है।

राजकुमार संन्यासी के पीछे चला। उसे संन्यासी के शारीरिक बल पर अचंभा हो रहा था। आधा घंटे तक दोनों चुपचाप चलते रहे। इसके बाद ढालू भूमि मिलनी शुरू हुई और थोड़ी देर में घाट आ पहुंचा। वहीं कदम्ब-कुंज की घनी छाया में जहां सर्वदा कुलों की सभा सुशोभित रहती, नदी की तरंगों का मधुर स्वर सर्वदा सुनाई दिया करता है, जहां हरियाली पर मयूर थिरकता, कपोत आदि पक्षी मस्त होकर झूमते, लता-द्रमादि से सुशोभित संन्यासी की एक छोटी-सी कुटी थी।

3

संन्यासी की कुटी हरे-भरे वृक्षों के नीचे सरलता और संतोष का चित्र बना रही थी। राजकुमार की अवस्था वहां पहुंचते ही बदल गयी थी। यहां की शीतल वायु का प्रभाव उस पर ऐसा पड़ा जैसा मुरझाते हुए वृक्ष पर वर्षा का। उसे आज विदित हुआ कि तृप्ति कुछ स्वादिष्ट व्यंजनों ही पर निर्भर नहीं है और न निद्रा सुनहरे तकिये की ही आवश्यकता रखती है। शीतल, मंद,

सुगंधमय वायु चल रही थी। सूर्य भगवान अस्ताचल को पलायन करते हुए इस लोक को तृषित नेत्रों से देखते जाते थे और संन्यासी एक वृक्ष के नीचे बैठा हुआ गा रहा था।

'ऊधो कर्मन की गति न्यारी'

राजकुमार के कानों में स्वर की भनक पड़ी, उठ बैठा और सुनने लगा। उसने बड़े-बड़े कलावंतों के गाने सुने थे, किन्तु आज जैसा आनन्द उसे कभी प्राप्त नहीं हुआ था। इस पद ने उसके ऊपर मानो मोहिनी-मंत्र का जाल बिछा दिया। वह बिलकुल बेसुध हो गया। संन्यासी की धुन में कोयल की कूक सरीखी मधुरता थी।

सम्मुख नदी का जल गुलाबी चादर की भांति प्रतीत होता था। कूलद्वय की रेत चंदन की चौकी-सी दीखती थी। राजकुमार को यह दृश्य स्वर्गीय सा जान पड़ने लगा। उस पर तैरने वाले जल-जन्तु ज्योतिर्मय आत्मा के सदृश दिख पड़ते थे, जो गाने का आनंद उठाकर मत्त से हो गए थे।

जब गाना समाप्त हो गया, राजकुमार जाकर संन्यासी के सामने बैठ गया और भक्तिपूर्वक बोला - महात्मन् आपका प्रेम और वैराग्य संग्रहणीय है। मेरे हृदय पर इसका जो प्रभाव पड़ा है, वह चिरस्थायी रहेगा। यद्यपि सम्मुख प्रशंसा करना सर्वथा अनुचित है, किन्तु इतना मैं अवश्य कहूंगा कि आपके प्रेम की गम्भीरता सराहनीय है। यदि मैं गृहस्थी के बन्धन में न पड़ा होता तो आपके चरणों से पृथक होने का ध्यान स्वप्न में भी न करता।

इसी अनुरागावस्था में राजकुमार कितनी ही ऐसी बातें कह गया जो कि स्पष्ट रूप से उसके आन्तरिक भावों का विरोध करती थी। संन्यासी मुस्कुराकर बोला तुम्हारी बातों से मैं बहुत प्रसन्न हूं और मेरी उत्कट इच्छा है कि तुमको कुछ कराऊं, किन्तु यदि मैं जाने भी दूं तो इस सूर्यास्त के समय तुम जा नहीं सकते। तुम्हारा रीवां पहुंचना दुष्कर हो जाएगा। तुम जैसे आखेट-प्रिय हो वैसा मैं भी हूं। हम दोनों को अपने-अपने गुण दिखाने का अच्छा अवसर प्राप्त हुआ है। कदाचित् तुम भय से न रुकते, किन्तु शिकार के लालच से अवश्य रहोगे।

राजकुमार को तुरन्त ही मालूम हो गया कि जो बातें उन्होंने अभी-अभी संन्यासी से कहीं थी, वे बिलकुल ऊपरी और दिखावे की थी और हार्दिक भाव उनसे प्रकट नहीं हुए थे। आजन्म संन्यासी के समीप रहना तो दूर, वहां एक रात बिताना उसको कठिन जान पड़ने लगा। घरवाले उद्विग्न हो जाएंगे और मालूम नहीं क्या सोचेंगे। साथियों की जान संकट में होगी। घोड़ा बेदम हो रहा है। उस पर चालीस मील जाना बहुत ही कठिन और बड़े साहस का काम है। लेकिन यह महात्मा शिकार खेलते हैं - यह बड़ी अजीब बात है। कदाचित यह वेदांती हैं। ऐसे वेदांती, जो जीवन और मृत्यु को मनुष्य के हाथ नहीं मानते। इनके साथ शिकार में बड़ा आनंद आयेगा।

यह सब सोच-विचार कर उन्होंने संन्यासी का आतिथ्य स्वीकार किया, उन्हें धन्यवाद दिया और अपने भाग्य की प्रशंसा की, जिसने उन्हें कुछ काल तक और साधु-संग से लाभ उठाने का अवसर दिया।

4

रात दस बजे का समय था। घना अंधियारा छाया हुआ था। संन्यासी ने कहा - अब हमारे चलने का समय हो गया है।

राजकुमार पहले ही से प्रस्तुत था। बंदूक कन्धे पर रखकर बोला - इस अंधकार में शूकर अधिकतर मिलेंगे किन्तु ये पशु बड़े भयानक हैं।

संन्यासी ने एक सोटा हाथ में लिया और कहा - कदाचित् इससे भी अच्छे शिकार हाथ आवें। मैं जब अकेला जाता हूं कभी खाली नहीं लौटता। आज तो हम दो हैं।

दोनों शिकारी नदी के तट के पर नालों और रेतों के टीलों को पार करते और झाड़ियों से अटकते चुपचाप चले जा रहे थे। एक ओर श्यामवर्ण नदी थी जिसमें नक्षत्रों का प्रतिबिंब नाचता दिखाई देता था और लहरें गान कर रही थी। दूसरी ओर घनघोर अंधकार, जिसमें कभी-कभी केवल खद्योतों के चमकने से एक क्षण स्थायी प्रकाश फैल जाता था। मालूम होता था कि वे भी अंधेरे में निकलने से डरते हैं।

ऐसी अवस्था में कोई एक घंटा चलने के बाद वह ऐसे स्थान पर पहुंचे जहां एक ऊंचे टीले पर घने वृक्षों के नीचे आग जलती दिखाई पड़ी। उस समय इन लोगों को मालूम हुआ कि संसार में इनके अतिरिक्त और भी कई वस्तुएं हैं।

संन्यासी ने ठहरने का संकेत किया। दोनों एक पेड़ की ओट में खड़े होकर ध्यानपूर्वक देखने लगे। राजकुमार ने बन्दूक भर ली। टीले पर एक बड़ा छायादार वट-वृक्ष था। उसी के नीचे अंधकार में दस-बारह मनुष्य अस्त्र-शस्त्रों से सुसज्जित मिर्जई पहने चरस का दम लगा रहे थे। इनमें से सभी प्राय: लंबे थे। सभी के सीने चौड़े और सभी हृष्ट-पुष्ट। मालूम होता था कि सैनिकों का एक दल विश्राम कर रहा है।

राजकुमार ने पूछ - यह लोग शिकारी है? संन्यासी ने धीरे से कहा - बड़े शिकारी हैं। ये राह चलते यात्रियों का शिकार करते है। ये बड़े भयानक हिंसक पशु हैं। इनके अत्याचार से गांव के गांव बर्बाद हो गए और जितनों को इन्होंने मारा है, उनका हिसाब परमात्मा ही जानता है। यदि आपको शिकार करना हो तो इनका शिकार कीजिए। ऐसा शिकार आप बहुत प्रयत्न करने पर भी नहीं पा सकते। यही पशु हैं, जिन पर आपका शस्त्रों का प्रहार करना उचित है। राजाओं और अधिकारियों के शिकार यही हैं। इससे आपका नाम और यश फैलेगा। राजकुमार के जी में आया कि दो-एक को मार डालें, किन्तु संन्यासी ने रोका और कहा इन्हें छेड़ना ठीक नहीं। अगर

यह कुछ उपद्रव न करें, तो भी बचकर निकल जाएंगे। आगे चलो, सम्भव है कि इससे भी अच्छे शिकार हाथ आवें।

5

तिथि सप्तमी थी। चंद्रमा भी उदय हो आया। इन लोगों ने नदी का किनारा छोड़ दिया था। जंगल भी पीछे रह गया था। सामने एक कच्ची सड़क दिखाई पड़ी और थोड़ी देर में कुछ बस्ती भी दिख पड़ने लगी। संन्यासी एक विशाल प्रसाद के सामने आकर रुक गए और राजकुमार से बोले - आओ, इस मौलश्री के वृक्ष पर बैठें। परन्तु देखो, बोलना मत। नहीं तो दोनों की जान के लाले पड़ जाएंगे। इसमें एक बड़ा भयानक हिंसक जीव बहता है, जिसने अनगिनत जीवधारियों का वध किया है। कदाचित् हम लोग आज इसको संसार से मुक्त कर दें।

राजकुमार बहुत प्रसन्न हुआ। सोचने लगा, चलो, रात भर की दौड़ तो सफल हुई। दोनों मौलश्री पर चढ़कर बैठ गए। राजकुमार ने अपनी बंदूक संभाल ली और शिकार की, जिसे वह तेंदुआ समझे हुए था, बाट देखने लगा।

रात आधी से अधिक व्यतीत हो चुकी थी। यकायक महल के समीप कुछ हलचल मालूम हुई और बैठक के द्वार खुल गए। मोमबत्ती के जलाने से सारा हाता प्रकाशमय हो गया। कमरे के हर कोने में सुख की सामग्री दिखाई दे रही थी। बीच में एक हृष्ट-पुष्ट मनुष्य गले में एक रेशमी चादर डाले, माथे पर केसर का अर्थ लम्बाकार तिलक लगाये, मसनद के सहारे बैठा सुनहरी मुंहनाल से लच्छेदार धुंआ फेंक रहा था। इतने ही में उन्होंने देखा के नर्तकियों के दल-के-दल चले आ रहे हैं। उनके हाव-भाव व कटाक्ष के शर चलने लगे। समाजियों ने सुर मिलाया। गाना आरम्भ हुआ और साथ-ही-साथ मद्यपान भी चलने लगा।

राजकुमार ने अचंभित होकर पूछा - यह तो कोई बड़ा रईस जान पड़ता है।

संन्यासी ने उत्तर दिया - नहीं, यह रईस नहीं है, एक बड़े मंदिर के महंत है, साधु है। संसार का त्याग कर चुके हैं। सांसारिक वस्तुओं की ओर आंख नहीं उठाते, पूर्ण ब्रह्मज्ञान की बातें करते हैं। यह सब सामान इनकी आत्मा की प्रसन्नता के लिए है। इन्द्रियों को वश में किये हुए इन्हें बहुत दिन हुए। सहस्रों सीधे-सादे मनुष्य इन पर विश्वास करते हैं। इनके अपना देवता समझते हैं। यदि आप शिकार करना चाहते हैं तो इनका कीजिए। यही राजाओं और अधिकारियों के शिकार हैं। ऐसे रंगे हुए सियारों से संसार को मुक्त करना आपका परम धर्म है। इससे आपकी प्रजा का हित होगा तथा आपका नाम और यश फैलेगा।

6

दोनों शिकारी नीचे उतरे। संन्यासी ने कहा - अब रात अधिक बीत चुकी है। तुम बहुत थक गए होगे। किन्तु राजकुमारों के साथ आखेट करने का अवसर मुझे बहुत कम प्राप्त होता है। अतएव एक शिकार का पता और लगाकर तब लौटेंगे।

राजकुमार को इन शिकारों में सच्चे उपदेश का सुख प्राप्त हो रहा था। बोला स्वामीजी, थकने का नाम न लीजिए। यदि मैं वर्षों आपकी सेवा में रहता तो और न जाने कितने ऐसे आखेट करना सीख जाता।

दोनों फिर आगे बढ़े। अब रास्ता स्वच्छ और चौड़ा था। हां, सड़क कदाचित कच्ची ही थी। सड़क के दोनों और वृक्षों की पंक्तियां थी। किसी-किसी आम के वृक्ष के नीचे रखवाले सो रहे थे। घंटे भर बाद दोनों शिकारियों ने एक ऐसी बस्ती में प्रवेश किया, जहां की सड़कों, लालटेनों और अट्टालिकाओं से मालूम होता था कि कोई बड़ा नगर है। संन्यासी जी एक विशाल भवन के सामने एक वृक्ष के नीचे ठहर गए और राजकुमार से बोले - यह सरकारी कचहरी है। यहां राज्य का एक बड़ा कर्मचारी रहता है। उसे सूबेदार कहते हैं। इसकी कचहरी दिन को भी लगती है और रात को भी। यहां न्याय सुवर्ण और रत्नादिकों के मोल बिकता है। यहां की न्यायप्रियता द्रव्य पर निर्भर है। धनवान दरिद्रों को पैरों तले कुचलते हैं और उनकी गुहार कोई भी नहीं सुनता।

यही बातें हो रही थी कि यकायक कोठे पर दो आदमी दिखलाई पड़े। दोनों शिकारी वृक्ष की ओट में छिप गए। संन्यासी ने कहा - शायद सूबेदार साहब कोई मामला तय कर रहे हैं।

ऊपर से आवाज आई, तुमने एक विधवा स्त्री की जायदाद ले ली है, मैं इसे भली-भांति जानता हूं। यह कोई छोटा मामला नहीं है। इसमें एक सहस्र से कम पर मैं बातचीत करना नहीं चाहता।

राजकुमार में इससे अधिक सुनने की शक्ति न रही। क्रोध के मारे नेत्र लाल हो गए। यही जी चाहता था कि इस निर्दयी का अभी वध कर दूं किंतु संन्यासी ने रोका। बोले - आज इस शिकार का समय नहीं है। यदि आप ढूंढ़े तो ऐसे शिकार बहुत मिलेंगे! मैंने इनके कुछ ठिकाने बतला दिए हैं। अब प्रात:काल होने में अधिक विलम्ब नहीं है। कुटी अभी यहां से दस मील होगी। आइए, शीघ्र चलें।

7

दोनों शिकारी तीन बजते-बजते फिर कुटी में लौट आए। उस समय बड़ी सुहावनी रात थी। शीतल समीर ने हिला-हिलाकर वृक्षों और पत्तों की निद्रा भंग करना आरम्भ कर दिया था। आधा घंटे में राजकुमार तैयार हो गए। संन्यासी को अपना विश्वास और कृतज्ञता प्रकट करते हुए उनके चरणों पर अपना मस्तक नवाया और घोड़े पर सवार हो गए।

संन्यासी ने उनकी पीठ पर कृपा-पूर्वक हाथ फेरा। आशीर्वाद देकर बोले - राजकुमार, तुमसे भेंट होने से मेरा चित्त बहुत प्रसन्न हुआ। परमात्मा ने तुम्हें अपनी सृष्टि पर राज करने हेतु जन्म दिया है। तुम्हारा धर्म है कि सदा प्रजा-पालक बनो। तुम्हें पशुओं का वध करना उचित नहीं। इन दीन पशुओं के वध करने में कोई बहादुरी नहीं, कोई साहस नहीं। सच्चा साहस और सच्ची

बहादुरी दीनों की रक्षा और उनकी सहायता करने में है। विश्वास मानो, जो मनुष्य केवल चित्त-विनोदार्थ जीव-हिंसा करता है, वह निर्दयी घातक से भी कठोर-हृदय है। वह घातक के लिए जीविका है, किन्तु शिकारी के लिए केवल दिल बहलाने का एक सामान। तुम्हारे लिए ऐसे शिकारों की आवश्यकता है, जिससे तुम्हारी प्रजा को सुख पहुंचे नि:शब्द पशुओं का वध न करके तुमको उन हिंसकों के पीछे दौड़ना चाहिए, जो धोखा-धड़ी से दूसरों का वध कर रहे हैं। ऐसे आखेट करो जिससे तुम्हारी आत्मा को शान्ति मिले। तुम्हारी कीर्ति संसार में फैले। तुम्हारा काम वध करना नहीं, जीवित रखना है। यदि वध करो तो केवल जीवित रखने के लिए। यही तुम्हारा धर्म है। जाओ, परमात्मा तुम्हारा कल्याण करें।

***

बलिदान

मनुष्य की आर्थिक अवस्था का सबसे ज्यादा असर उनके नाम पर पड़ता है। मौजे बेला के मंगरू ठाकुर जब से कांस्टेबल हो गए हैं, उनका नाम मंगल सिंह हो गया है। अब उन्हें कोई मंगरू कहने का साहस नहीं कर सकता। कल्लू अहीर ने जब से हलके के थानेदार साहब से मित्रता कर ली है और गांव का मुखिया हो गया है, उसका नाम कालिकादीन हो गया है। अब उसे कोई कल्लू कहे तो आंखें लाल-पीली करता है। इसी प्रकार हरखचंद्र कुर्मी अब हरखू हो गया है। आज से बीस साल पहले उसके यहां शक्कर बनती थी, कई हल की खेती होती थी और कारोबार खूब फैला हुआ था। लेकिन विदेशी शक्कर की आमद ने उसे मटियामेट कर दिया। धीरे-धीरे कारखाना टूट गया, जमीन टूट गयी, ग्राहक टूट गए और वह भी टूट गया। सत्तर वर्ष का बूढ़ा, जो एक तकियेदार माचे पर बैठा हुआ नारियल पिया करता था, अब सिर पर टोकरी लिए खाद फेंकने जाता है। परंतु उसके मुख पर अब भी एक प्रकार की गम्भीरता, बातचीत में अब भी एक प्रकार की अकड़, चाल-ढाल में अब भी एक प्रकार का स्वाभिमान भरा हुआ है। इन पर काल की गति का प्रभाव नहीं पड़ा। रस्सी जल गयी,पर बल नहीं गया। भले दिन मनुष्य के चरित्र पर सदैव के लिए अपना चिह्न छेड़ जाते हैं। हरखू के पास अब केवल पांच बीघा जमीन है। केवल दो बैल हैं। एक ही हल की खेती होती है।

लेकिन पंचायतों में, आपस की कलह में, उसकी सम्मति अब भी सम्मान की दृष्टि से देखी जाती है। वह जो बात कहता है, बेलाग कहता है और गांव के अनपढ़ उसके सामने मुंह नहीं खोल सकते।

हरखू ने अपने जीवन में कभी दवा नहीं खायी। वह बीमार जरूर पड़ता, कुआर मास में मलेरिया से कसी न बचता था लेकिन दस-पांच दिन में वह बिना दवा खाए ही चंगा हो जाता था। इस वर्ष भी कार्तिक में बीमार पड़ा और यह समझकर कि अच्छा तो हो ही जाऊंगा, उसने कुछ परवाह नहीं की परन्तु अब की ज्वर मौत का परवाना लेकर चला था। एक सप्ताह बीता, दूसरा सप्ताह बीता, पूरा महीना बीत गया, पर हरखू चारपाई से न उठा। अब उसे दवा की जरूरत मालूम हुई। उसका लड़का, गिरधारी कभी नीम के सीखी पिलाता, कभी गुर्च का सत, कभी गदापूरना की जड़ पर इन औषधियों से कोई फायदा न होता था। हरखू को विश्वास हो गया कि अब संसार से चलने के दिन आ गए।

एक दिन मंगल सिंह उसे देखने गए, बेचारा टूटी खाट पर पड़ा राम-राम जप रहा था। मंगलसिंह ने कहा - बाबा, बिना दवा खाए अच्छे न होंगे, कुनैन क्यों नहीं खाते? हरखू ने उदासीन भाव से कहा - तो लेते आना।

दूसरे दिन कालिकादीन ने आकर कहा - बाबा, दो-चार दिन कोई दवा खा लो। अब तुम्हारी जवानी की देह थोड़े ही है कि बिना दवा दर्पण के अच्छे हो जाओगे।

हरखू ने उसी मंद भाव से कहा - तो लेते आना। लेकिन रोगी को देख आना एक बात है, दवा लाकर उसे देना दूसरी बात है। पहली बात शिष्टाचार से होती है, दूसरी सच्ची संवेदना से। न मंगलसिंह ने खबर ली, न कालिकादीन ने, न किसी तीसरे ही ने। हरखू दालान में खाट पर पड़ा रहता। मंगलसिंह कभी नजर आ जाते तो कहता - भैया, वह दवा नहीं लाए? मंगलसिंह कतरा कर निकल जाते। कालिकादिन दिखाई देते तो उनसे भी यही प्रश्न करता लेकिन वह भी नजर बचा लेता। या तो उसे यह सूझता ही नहीं था कि दवा पैसे के बिना नहीं आती, या वह पैसों को जान से प्रिय समझता था, अथवा वह जीवन से निराश हो गया था। उसने कभी दवा के दाम की बात नहीं की। दवा न आयी। उसकी हालात दिनों-दिन बिगड़ती गयी। यहां तक कि पांच महीने कष्ट भोगने के बाद उसने ठीक होली के दिन शरीर त्याग दिया। गिरधारी ने उसका शव बड़ी धूम-धाम से निकाला। क्रिया-कर्म बड़े हौसले से किया। कई गांव के ब्राह्मणों को निमंत्रित किया।

बेला में होली न मनायी गयी, न अबीर और गुलाल उड़ी, न डफली बजी, न भंग की नालियां बही। कुछ लोग मन में हरखू को कोसते जरूर थे कि इस बुड्ढे को मरना था, दो-चार दिन बाद मरता।

लेकिन इतना निर्लज्ज कोई न था कि शोक में आनन्द मनाता। वह शहर नहीं था, जहां कोई किसी के काम में शरीक नहीं होता, जहां पड़ोसी के रोने-पीटने की आवाज हमारे कानों तक नहीं पहुंचती।

2

हरखू के खेत गांव वालों की नजर चढ़े हुए थे। पांचों बीघा जमीन कुएं के निकट, खाद-पांस से लदी हुई मेंड़ बांध से ठीक थी। उनमें तीन-तीन फसलें पैदा होती थी। हरखू के मरते ही उन पर चारों ओर से धावे होने लगे। गिरधारी तो क्रिया-कर्म में फंसा हुआ था। उधर गांव के मनचले किसान लाला ओंकारनाथ को चैन न लेने देते थे, नजराने की बड़ी-बड़ी रकम पेश हो रही थी। कोई साल भर का लगान पेशगी देने पर तैयार था, कोई नजराने की दूनी रकम का दस्तावेज लिखने पर तुला हुआ था लेकिन ओंकारनाथ सबको झेलते रहते थे। उनका विचार था कि गिरधारी का हक सबसे ज्यादा है। वह अगर दूसरों से कम भी नजराना दे तो खेत उसी को देने चाहिए। अस्तु, अब गिरधारी क्रिया-कर्ज से निवृत्त हो गया और चैत का महीना श्री समाप्त होने आया, तब जमींदार साहिब ने गिरधारी को बुलाया और उससे पूछा -खेतों के बारे में क्या कहते हो? गिरधारी ने रोकर कहा - उन्हीं खेतों का आसरा है, जोतूगां नहीं तो क्या करूंगा।

ओंकारनाथ - नहीं, जरूर जोतो, खेत तुम्हारे हैं। मैं तुमसे छोड़ने को नहीं कहता हूं। हरखू ने उन्हें बीस साल तक जोता। उन पर तुम्हारा हक है। लेकिन तुम देखते हो, अब जमीन की दर

कितनी बढ़ गयी है। तुम आठ रुपये बीघे पर जो थे, मुझे 100 रु मिल रहे हैं और नजराने के रुपये तुम्हें देने पड़ेंगे।

गिरधारी - सरकार, मेरे घर में तो इस समय रोटियों का भी ठिकाना नहीं है। इतने रुपये कहां से लाऊंगा? जो कुछ जमा-पूंजी थी, दादा के काम में उठ गयी। अनाज खलिहान में हैं। लेकिन दादा के बीमार हो जाने से उपज भी अच्छी नहीं हुई है, रुपये कहां से लाऊं।

ओंकारनाथ - यह सच है, लेकिन मैं इससे ज्यादा रिआयत नहीं कर सकता।

गिरधारी - नहीं सरकार, ऐसा न कहिए। नहीं तो हम बिना मारे मर जायेंगे। आप बड़े होकर कहते हैं तो मैं बैल-बधिया बेचकर पचास रुपया कर सकता हूं। इससे बेशी की हिम्मत नहीं पड़ती।

ओंकारनाथ चिढ़ कर बोले - तुम समझते होगे कि हम ये रुपये लेकर अपने घर में रख लेते हैं और चैन की बंसी बजाते है। लेकिन हमारे ऊपर जो कुछ गुजरती है, हमीं जानते हैं। कहीं यह चंदा, कहीं वह इनाम, इनके मारे कचूमर निकल जाता है। बड़े दिन में सैकड़ों रुपये डालियों में उड़ जाते हैं। जिसे डाली न दो, वहीं मुंह फुलाता है। जिन चीजों के लिए लड़के तरस कर रह जाते हैं, उन्हें बाहर से मंगाकर डालियों में सजाता हूं। उस पर कभी कानूनगो आ गए, कभी तहसीलदार, कभी डिप्टी साहब का लश्कर आ गया। सब मेरे मेहमान होते हैं। अगर न करूं तो नक्कू बनूं और सबकी आंखों में कांटा बन जाऊं, यह सब कहां से आये? बस, यही जी चाहता है कि छोड़कर निकल जाऊं। लेकिन हमें तो परमात्मा ने इसलिए बनाया है कि एक से रुपया सता कर लें और दूसरे को रो-रोकर दें यही हमारा काम है। तुम्हारे साथ इतनी रिआयत कर रहा हूं। लेकिन तुम इतनी रिआयत पर भी खुश नहीं होते तो हरि इच्छा। नजराने में एक पैसे की भी रिआयत न होगी। अगर एक हफ्ते के अंदर रुपये दाखिल करोगे तो खेत जोतने पाओगे, नहीं तो नहीं, मैं कोई दूसरा प्रबन्ध कर दूंगा।

3

गिरधारी उदास और निराश होकर घर आया। 10 रु. प्रबंध करना उसके काबू के बाहर था। सोचने लगा - अगर दोनों बैल बेच दूंगा तो खेत ही लेकर क्या करूंगा? घर बेचूं तो यहां लेने वाला ही कौन है? और फिर बाप-दादा का नाम डूबता है। चार-पांच पेड़ हैं, लेकिन उन्हें बेचकर अभी 25 रु. या 30 रु. से अधिक न मिलेंगे। उधार लूं तो देता कौन है? अभी बनिए के 50 रु. सिर पर चढ़े है। वह एक पैसा भी न देगा। घर में गहने भी तो नहीं हैं, नहीं उन्हीं को बेचता। ले-देकर एक हंसली बनवायी थी, वह भी बनिए के घर पड़ी हुई है। साल भर हो गया, छुड़ाने की नौबत न आयी। गिरधारी और उसकी स्त्री सुभागी दोनों ही इसी चिंता में पड़े रहते, लेकिन कोई उपाय न सूझता था। गिरधारी को खाना-पीना अच्छा न लगता, रात को नींद न आती। खेतों के निकलने का ध्यान आते ही उसके हृदय में हूक सी उठने लगती। हाय! वह भूमि जिसे हमने वर्षों जोता, जिसे खाद से पाटा, जिसमें मेंड़ रखी, जिसकी मेंड़ बनायी उसका मजा अब दूसरा उठाएगा।

ये खेत गिरधारी के जीवन के अंश हो गए थे। उनकी एक-एक अंगुल भूमि उसके रक्त से रंगी हुई थी। उनका एक-एक परमाणु उसके पसीने से तर हो गया था।

उनके नाम उसकी जिह्वा पर उसी तरह आते थे जिस तरह अपने तीनों बच्चों के। कोई चौबीसों था, बाइसों था, कोई नाले वाला, कोई तलैया वाला। इन नामों के स्मरण होते ही खेतों का चित्र उसकी आंखों के सामने खिंच जाता था। वह इन खेतों की चर्चा इस तरह करता मानों वे सजीव हैं। आगे उसके भले-बुरे के साथी हैं। उसके जीवन की सारी आशाएं, सारी इच्छाएं, सारे मनसूबे, सारी मन की मिठाइयां, सारे हवाई किले इन्हीं खेतों पर अवलम्बित थे। इनके बिना वह जीवन की कल्पना ही नहीं कर सकता था। और वे ही अब हाथ से निकले जाते हैं। वह घबराकर घर से निकल जाता और घंटों उन्हीं खेतों के मेड़ों पर बैठ हुआ रोता, मानों उनसे विदा हो रहा हो। इस तरह एक सप्ताह बीत गया और गिरधारी रुपये का कोई बन्दोबस्त न कर सका। आंखें दिन उसे मालूम हुआ कि कालिकादीन ने 100 रु. के नजराने देकर 10 रुपये बीघे पर खेत ले लिए। गिरधारी ने एक ठंडी सांस ली। एक क्षण के बाद वह अपने दादा का नाम लेकर बिलख-बिलख रोने लगा। उस दिन घर में चूल्हा नहीं जला। ऐसा मालूम होता था मानो हरखू आज ही मरा।

4

लेकिन सुभागी यों चुपचाप बैठने वाली स्त्री न थी। वह क्रोध से भरी हुई कालिकादिन के घर गयी और उसकी स्त्री को खूब लताड़ा - कल का बानी आज का सेठ, खेत जोतने चले हैं। देखें, कौन मेरे खेत में हल ले जाता है? अपना और उसका लहू एक न कर दूं। पड़ोसियों ने उसका पक्ष किया, सब तो हैं, आपस में यह चढ़ा-ऊपरी नहीं करना चाहिए। नारायण वे धन दिया है, तो क्या गरीबों को कुचलते फिरेंगे। सुभागी ने समझा, मैंने मैदान मार लिया। उसका चित्त शांत हो गया। किंतु वही वायु जो पानी में लहरें पैदा करती है, वृक्षों को जड़ से उखाड़ डालती है। सुभागी तो पड़ोसियों की पंचायत में अपने दुखड़े रोती और कालिकादीन की स्त्री से छेड़-छाड़ लड़ती। इधर गिरधारी अपने द्वार पर बैठा हुआ सोचता, अब मेरा क्या हाल होगा? अब यह जीवन कैसे कटेगा? ये लड़के किसके द्वार पर जायेंगे? मजदूरी का विचार करते ही उसका हृदय व्याकुल हो जाता। इतने दिनों तक स्वाधीनता और सम्मान का सुख भोगने के बाद अधम चाकरी की शरण लेने के बदले वह मरना अच्छा समझता था। वह अब तक गृहस्थ था, उसकी गणना गांव के भले आदमियों में थी, उसे गांव के मामले में बोलने का अधिकार था। उसके घर में धन न था, पर मान था। नाई, बढ़ई, कुम्हार, पुरोहित, भाट, चौकीदार ये सब उसका मुंह ताकते थे। अब यह मर्यादा कहां! अब कौन उसकी बात पूछेगा। कौन उसके द्वार पर जावेगा? अब उसे पेट के लिए दूसरों की गुलामी करनी पड़ेगी। अब पहर रात रहे कौन बैलों को नांद में लगायेगा। वह दिन अब कहां, जब गीत गा-गाकर हल चलाता था। चोटी का पसीना एड़ी तक आता था, पर जरा भी थकावट न आती थी। अपने लहलहाते हुए खेतों को देखकर फूला न समाता था। खलिहान में अनाज का ढेर सामने रखे अपने को राजा समझता था। अब अनाज के टोकरे भर-भरकर कौन लायेगा?

अब खत्ते कहां? बखार कहां? यही सोचते-सोचते गिरधारी की आंखों से आंसू की झड़ी लग जाती थी। गांव के दो-चार सज्जन, जो कालिकादीन से जलते थे, कभी-कभी गिरधारी को तसल्ली देने आया करते थे, पर वह उनसे भी खुल कर न बोलता। उसे मालूम होता था कि मैं सबकी नजर में गिर गया हूं।

अगर कोई समझाता कि तुमने क्रिया-कर्म में व्यर्थ इतने रुपये उड़ा दिए, तो उसे बहुत दुःख होता। वह अपने उस काम पर जरा भी न पछताया। मेरे भाग्य में जो लिखा है वह होगा, पर दादा के ऋण से उऋण हो गया। उन्होंने अपनी जिंदगी में चार बार खिलाकर खाया, क्या मरने के पीछे उन्हें पिंड पानी को तरसाता।

इस प्रकार तीन मास बीत गए और अषाढ़ आ पहुंचा। आकाश में घटाएं आयी, पानी गिरा, किसान हल-जुए ठीक करने लगे। बढ़ई हलों की मरम्मत करने लगा। गिरधारी पागल की तरह कभी घर के भीतर जाता, कभी बाहर आता, अपने हलों को निकाल-निकाल देखता। इसकी मुठिया टूट गयी है, इसकी फाल ढीली हो गयी है, जुए में सैला नहीं है। यह देखते-देखते वह एक क्षण अपने को भूल गया। दौड़ा हुआ बढ़ई के यहां गया और बोला - रज्जू, मेरे हल भी बिगड़े हुए हैं, चलो बना दो। रज्जू ने उसकी ओर करुणाभाव से देखा और अपना काम करने लगा। गिरधारी को होश आ गया, नींद से चौक पड़ा, ग्लानि से उसका सिर झुक गया, आंखें भर आयीं। चुपचाप घर चला आया।

गांव के चारों ओर हलचल मची हुई थी। कोई सन के बीज खोजता फिरता था, कोई जमींदार के चौपाल से धान के बीज लिए आता था, कहीं सलाह होती थी, किस खेत में क्या बोना चाहिए, कहीं चर्चा होती थी कि पानी बहुत बरस गया, दो-चार दिन ठहर कर बोना चाहिए। गिरधारी ये बातें सुनता और जलहीन मछली की तरह तड़पता था।

5

एक दिन संध्या समय गिरधारी खड़ा अपने बैलों को खुजला रहा था कि मंगलसिंह आये और इधर-उधर की बातें करके बोले - गोई को बांधकर कब तक खिलाओगे? निकाल क्यों नहीं देते? गिरधारी ने मलिन भाव से कहा - हां, कोई गाहक आवे तो निकाल दूं।

मंगलसिंह - एक गाहक तो हमीं है, हमीं को दे दो।

गिरधारी - अभी कुछ उत्तर न देने पाया था कि तुलसी बनिया आया और गरज कर बोला - गिरधर, तुम्हें रुपये देने है कि नहीं, वैसा कहो। तीन महीने से हीला-हवाला करते चले आते हो। अब कौन खेती करते हो कि तुम्हारी फसल को अगोरे बैठे रहें।

गिरधारी ने दीनता से कहा - साह, जैसे इतने दिनों माने हो आज और मान जाओ। कल तुम्हारी एक-एक कौड़ी चुका दूंगा।

मंगल और तुलसी ने इशारे से बातें की और तुलसी भुनभुनाता हुआ चला गया। तब गिरधारी मंगलसिंह से बोला - तुम इन्हें ले लो तो घर के घर ही में रह जाए । कभी-कभी आंख से देख तो लिया करूंगा।

मंगल - मुझे अभी तो ऐसा कोई काम वहीं है, लेकिन घर पर सलाह करूंगा।

गिरधारी - मुझे तुलसी के रुपये देने हैं, नहीं तो खिलाने को तो भूसा है।

मंगल - यह बड़ा बदमाश है, -कहीं नालिया न कर दे।

सरल हृदय गिरधारी धमकी में आ गया। कार्य-कुशल मंगलसिंह को सस्ता सौदा करने का यह अच्छा सुअवसर मिला 80 रुपये की जोड़ी 60 रु. में ठीक कर ली।

गिरधारी ने अब तक बैलों को न जाने किस आशा से बांधकर खिलाया था। आज आशा का यह कल्पित सूत्र भी छिन गया। मंगलसिंह गिरधारी की खाट पर बैठे रुपये गिन रहे थे और गिरधारी बैलों के पास विषादमय नेत्रों से उनके मुंह की ओर ताक रहा था। आह! यह मेरे खेतों के कमाने वाले, मेरे जीवन के आधार, मेरे अन्नदाता, मेरी मान-मर्यादा की रक्षा करने वाले, जिनके लिए पहरी रात से उठकर छांटी काटता था, जिनके खली-दाने की चिन्ता अपने खाने से ज्यादा रहती थी, जिनके सिर सारा घर दिन भर हरियाली उखाड़ा करता था, ये मेरी आशा की दो आंखें, मेरे इरादे के दो तारे, मेरे अच्छे दिनों के दो चिह्न, मेरे दो हाथ, अब मुझसे विदा हो रहे हैं।

अब मंगलसिंह ने रुपये गिनकर रख दिए और बैलों को ले चले। तब गिरधारी उनके कंधों पर सिर रखकर खूब छूट-छूकर रोया जैसे कन्या मायके से विदा होते समय मां-बाप के पैरों को नहीं छोड़ती, उसी तरह गिरधारी इन बैलों को न छेड़ता था। सुभागी भी दालान में खड़ी हो रही थी। और छोटा लड़का मंगलसिंह को एक बांस की छड़ी से मार रहा था।

रात को गिरधारी ने कुछ नहीं खाया। चारपाई पर पड़ा रहा। प्रात:काल सुभागी चिलम भरके ले गयी तो वह चारपाई पर न था। उसने समझा, कही गये होंगे। लेकिन जब दो-तीन घड़ी दिन चढ़ आया और वह न लौटा तो उसने रोना-धोना शुरू कर किया। गांव के लोग जमा हो गए, चारों और खोज होने लगी, पर गिरधारी का पता न चला।

6

संध्या हो गई। अंधेरा छा रहा था। सुभागी ने दिया जलाकर, गिरधारी के सिरहाने रख दिया था और बैठी द्वार की ओर ताक रही थी कि सहसा उसे पैरों की आहट मालूम हुई। सुभागी का हृदय धड़क उठा। वह दौड़कर बाहर आयी, और इधर-उधर ताकने लगी। उसने देखा कि गिरधारी बैलों की नाद के पास सिर झुकाए खड़ा है।

सुभागी बोल उठी - घर आओ, वहां खड़े क्या कर रहे हो। आज सारे दिन कहां रहे? यह कहते हुए वह गिरधारी की ओर चली। गिरधारी ने कुछ उत्तर न दिया। वह पीछे हटने लगा और थोड़ी दूर जाकर गायब हो गया। सुभागी चिल्लायी और मूर्छित होकर गिर पड़ी।

दूसरे दिन कालिकादीन हल लेकर खेत पर पहुंचे, अभी कुछ अंधेरा था। बैलों को हल में लगा रहे थे कि यकायक उन्होंने देखा कि गिरधारी खेत की मेंड़ पर खड़ा है, वहीं मिर्जई, वही पगड़ी, वही सोंटा।

कालिकादीन ने कहा - अरे गिरधारी, मरदे आदमी, तुम यहां खड़े हो, और बेचारी सुभागी हैरान हो रही है। कहां से आ रहे हो? यह कहते हुए बैलों को छोड़कर गिरधारी की ओर चले, गिरधारी पीछे हटने लगा और पीछे वाले कुएं में कूद पड़ा। कालिकादीन ने चीख मारी और हल-बैल वहाँ छोड़कर भागा। सारे गांव में शोर मच गया, और लोग नाना प्रकार की कल्पनाएं करने लगे। कालिकादीन को गिरधारी वाले खेतों में जाने की हिम्मत न पड़ी। 6 महीने बीत चुके हैं। उसका बड़ा लड़का अब एक ईंट के भट्ठे पर काम करता है और 20. रु महीना घर लाता है। अब वह कमीज और अंग्रेजी जूता पहनता है, घर में दोनों जून तरकारी पकती है और जौ के बदले गेहूं खाया जाता है, लेकिन गांव में उसका कुछ भी आदर नहीं। वह अब मजूरा है। सुभागी अब पराये गांव में आये हुए कुत्ते की भांति दबकती फिरती है। अब पंचायत में नहीं बैठती। वह अब मजूर की मां है। कालिकादीन ने गिरधारी के खेतों से इस्तीफा दे दिया है, क्योंकि गिरधारी अभी तक अपने खेतों के चारों तरफ मंडराया करता है। अंधेरा होते ही वह मेंड़ पर आकर बैठ जाता है और कभी-कभी रात को उधर से उसके रोने की आवाज सुनाई देती है। वह किसी से बोलता नहीं, किसी को छेड़ता नहीं। उसे केवल अपने खेतों को देखकर सन्तोष होता है। दिया जलने के बाद उधर से रास्ता बंद हो जाता है।

लाला ओंकारनाथ बहुत चाहते हैं कि ये खेत उठ जायें लेकिन गांव के लोग अब उन खेतों का नाम लेते डरते है।

***

बोध

पंडित चन्द्रधर ने अपर प्राइमरी में मुदर्रिसी तो कर ली थी, किन्तु सदा पछताया करते थे कि कहाँ से इस जंजाल में आ फँसे। यदि किसी अन्य विभाग में नौकर होते, तो अब तक हाथ में चार पैसे होते, आराम से जीवन व्यतीत होता। यहाँ तो महीने भर प्रतीक्षा करने के पीछे कहीं पंद्रह रुपये देखने को मिलते हैं। वह भी इधर आये, उधर गायब। न खाने का सुख, पहनने का आराम। हमसे तो मजूर ही भले।

पंडितजी के पड़ोस में दो महाशय और रहते थे। एक ठाकुर अतिबलसिंह, वह थाने में हेड कान्सटेबल थे। दूसरे मुंशी बैजनाथ, वह तहसील में सियाहे-नवीस थे। इन दोनों आदमियों का वेतन पंडितजी से कुछ अधिक न था, तब भी उनकी चैन से गुजरती थी। संध्या को वह कचहरी से आते, बच्चों को पैसे और मिठाइयाँ देते। दोनों आदमियों के पास टहलुवे थे। घर में कुर्सियाँ, मेजें, फर्श आदि सामग्रियाँ मौजूद थीं। ठाकुर साहब शाम को आराम-कुर्सी पर लेट जाते और खुशबूदार खमीरा पीते। मुंशीजी को शराब-कवाब का व्यसन था। अपने सुसज्जित कमरे में बैठे हुए बोतल-की-बोतल साफ कर देते। जब कुछ नशा होता तो हारमोनियम बजाते, सारे मुहल्ले में रोबदाब था। उन दोनों महाशयों को आता देखकर बनिये उठकर सलाम करते। उनके लिए बाजार में अलग भाव था। चार पैसे सेर की चीज टके में लाते। लकड़ी-ईंधन मुफ्त में मिलता।

पंडितजी उनके इस ठाट-बाट देखकर कुढ़ते और अपने भाग्य कोसते। वह लोग इतना भी न जानते थे कि पृथ्वी सूर्य का चक्कर लगाती है अथवा सूर्य पृथ्वी का साधारण पहाड़ों का भी ज्ञान न था, तिस पर भी ईश्नवर ने उन्हें इतनी प्रभुता दे रखी थी। यह लोग पंडितजी पर बड़ी कृपा रखते थे। कभी सेर आध सेर दूध भेज देते और कभी थोड़ी सी तरकारियाँ किन्तु इनके बदले में पंडितजी को ठाकुर साहब के दो और मुंशीजी के तीन लड़कों की निगरानी करनी पड़ती। ठाकुर साहब कहते पंडितजी ! यह लड़के हर घड़ी खेला करते हैं, जरा इनकी खबर लेते रहिए। मुंशीजी कहते- यह लड़के आवारा हुए जाते हैं। जरा इनका खयाल रखिए। यह बातें बड़ी अनुग्रहपूर्ण रीति से कही जाती थीं, मानो पंडितजी उनके गुलाम हैं। पंडितजी को यह व्यवहार असह्य लगता था, किन्तु इन लोगों को नाराज करने का साहस न कर सकते थे, उनकी बदौलत कभी-कभी दूध-दही के दर्शन हो जाते, कभी अचार-चटनी चख लेते। केवल इतना ही नहीं, बाजार से चीजें भी सस्ती लाते। इसलिए बेचारे इस अनीति को विष की घूँट के समान पीते।

इस दुरवस्था से निकलने के लिए उन्होंने बड़े-बड़े यत्न किए थे। प्रार्थनापत्र लिखे, अफसरों की खुशामदें कीं, पर आशा न पूरी हुई। अंत में हारकर बैठ रहे। हाँ, इतना था कि अपने काम में त्रुटि न होने देते। ठीक समय पर जाते, देर कर के आते, मन लगाकर पढ़ाते। इससे उनके अफसर लोग खुश थे। साल में कुछ इनाम देते और वेतन-वृद्धि का जब कभी अवसर आता,

उनका विशेष ध्यान रखते। परन्तु इस विभाग की वेतन-वृद्धि ऊसर की खेती है। बड़े भाग्य से हाथ लगती है। बस्ती के लोग उनसे संतुष्ट थे, लड़कों की संख्या बढ़ गई थी और पाठशाला के लड़के तो उन पर जान देते थे। कोई उनके घर आकर पानी भर देता,कोई उनकी बकरी के लिए पत्ती तोड़ लाता। पंडितजी इसी को बहुत समझते थे।

2

एक बार सावन के महीने में मुंशी बैजनाथ और ठाकुर अतिबलसिंह ने श्रीअयोध्याजी की यात्रा की सलाह की। दूर की यात्रा थी। हफ्तों पहले से तैयारियाँ होने लगीं। बरसात के दिन, सपरिवार जाने में अड़चन थी। किन्तु स्त्रियाँ किसी भाँति न मानती थीं। अंत में विवश होकर दोनों महाशयों ने एक-एक सप्ताह की छुट्टी ली और अयोध्याजी चले। पंडितजी को भी साथ चलने के लिए बाध्य किया। मेले ठेले में एक फालतू आदमी से बड़े काम निकलते हैं। पंडितजी असमंजस में पड़े, परन्तु जब उन लोगों ने उनका व्यय देना स्वीकार किया तो इनकार न कर सके और अयोध्याजी की यात्रा का ऐसा सुअवसर पा कर न रुक सके।

बिल्हौर से एक बजे रात को गाड़ी छूटती थी। यह लोग खा-पीकर स्टेशन पर आ बैठे। जिस समय गाड़ी आयी, चारों और भगदड़-सी पड़ गई। हजारों यात्री जा रहे थे। उस उतावली में मुंशीजी पहले निकल गये। पंडितजी और ठाकुर साहब साथ थे। एक कमरे में बैठे। इस आफत में कौन किसका रास्ता देखता है।

गाड़ियों में जगह की बड़ी कमी थी, परन्तु जिस कमरे में ठाकुर साहब थे, उसमें केवल चार मनुष्य थे। वह सब लेटे हुए थे। ठाकुर साहब चाहते थे कि वह उठ जायँ तो जगह निकल आये। उन्होंने एक मनुष्य से डाँटकर कहा-उठ बैठो जी देखते नहीं, हम लोग खड़े हैं।

मुसाफिर लेटे-लेटे बोला- क्यों उठ बैठे जी ? कुछ तुम्हारे बैठने का ठेका लिया है?

ठाकुर- क्या हमने किराया नहीं दिया है ?

मुसाफिर- जिसे किराया दिया हो, उसे जाकर जगह माँगो।

ठाकुर- जरा होश की बातें करो। इस डब्बे में दस यात्रियों की आज्ञा है।

मुसाफिर- यह थाना नहीं है, जरा जबान सँभालकर बातें कीजिए।

ठाकुर- तुम कौन हो जी ?

मुसाफिर- हम वही हैं, जिस पर आपने खुफिया-फरोशी का अपराध लगाया था जिसके द्वार से आप नकद 25 रु. लेकर टले थे।

ठाकुर- अहा ! अब पहचाना। परन्तु मैंने तो तुम्हारे साथ रिआयत की थी। चालान कर देता तो तुम सजा पा जाते।

मुसाफिर- और मैंने भी तो तुम्हारे साथ रिआयत की गाड़ी में खड़ा रहने दिया। ढकेल देता तो तुम नीचे चले जाते और तुम्हारी हड्डी-पसली का पता न लगता।

इतने में दूसरा लेटा हुआ यात्री जोर से ठट्टा मारकर हँसा और बोला- क्यों दरोगा साहब, मुझे क्यों नहीं उठाते ?

ठाकुर साहब क्रोध से लाल हो रहे थे। सोचते थे, अगर थाने में होता हो इनकी जबान खींच लेता, पर इस समय बुरे फँसे थे। वह बलवान मनुष्य थे, पर यह दोनों मनुष्य भी हट्टे-कट्टे पड़ते थे।

ठाकुर- संदूक नीचे रख दो, बस जगह हो जाय।

दूसरा मुसाफिर बोला- और आप ही क्यों न नीचे बैठ जाएँ। इसमें कौन-सी हेठी हुई जाती है। यह थाना थोड़े ही है कि आपके रोब में फर्क पड़ जाएगा।

ठाकुर साहब ने उसकी ओर भी ध्यान से देखकर पूछा- क्या तुम्हें भी मुझसे कोई बैर है?

'जी हाँ, मैं तो आपके खून का प्यासा हूँ।'

'मैंने तुम्हारा क्या बिगाड़ा है, तुम्हारी तो सूरत भी नहीं देखी।'

दूसरा मुसाफिर- आपने मेरी सूरत न देखी होगी, पर आपकी मैंने देखी है। इसी कल के मेले में आपने मुझे कई डंडे लगाए, मैं चुपचाप तमाशा देखता था, पर आपने आकर मेरा कचूमर निकाल लिया। मैं चुपचाप रह गया, पर घाव दिल पर लगा हुआ है ! आज उसकी दवा मिलेगी।

यह कहकर उसने और भी पाँव फैला दिये और क्रोधपूर्ण नेत्रों से देखने लगा। पंडितजी अब तक चुपचाप खड़े थे। डरते थे कि कहीं मारपीट न हो जाय। अवसर पाकर ठाकुर साहब को समझाया। ज्योंही तीसरा स्टेशन आया, ठाकुर साहब ने बाल-बच्चों को वहाँ से निकालकर दूसरे कमरे में बैठाया। इन दोनों दुष्टों ने उनका असबाब उठा-उठाकर जमीन पर फेंक दिया। जब ठाकुर साहब गाड़ी से उतरने लगे, तो उन्होंने उनको ऐसा धक्का दिया कि बेचारे प्लेटफार्म पर गिर पड़े। गार्ड से कहने दौड़े थे कि इंजन ने सीटी दी। जाकर गाड़ी में बैठ गए।

उधर मुंशी बैजनाथ की और भी बुरी दशा थी। सारी रात जागते गुजरी। जरा पैर फैलाने की जगह न थी। आज उन्होंने जेब में बोतल भरकर रख ली थी ! प्रत्येक स्टेशन पर कोयला-पानी ले लेते थे। फल यह हुआ कि पाचन-क्रिया में विघ्न पड़ गया। एक बार उल्टी हुई और पेट में मरोड़ होने लगी। बेचारे बड़े मुश्किल में पड़े। चाहते थे कि किसी भाँति लेट जायँ, पर वहाँ पैर हिलाने को भी जगह न थी। लखनऊ तक तो उन्होंने किसी प्रकार जब्त किया। आगे चलकर विवश हो गए। एक स्टेशन पर उतर पड़े। खड़े न हो सकते थे। प्लेटफार्म पर लेट गए। पत्नी भी घबरायी। बच्चों को लेकर उतर पड़ी। असबाब उतारा, पर जल्दी में ट्रंक उतारना भूल गई। गाड़ी चल दी। दरोगा जी ने अपने मित्र को इस दशा में देखा तो वह भी उतर पड़े। समझ गए कि हजरत आज ज्यादा चढ़ा गए। देखा तो मुंशी जी की दशा बिगड़ गई थी। ज्वर, पेट में दर्द, नसों में तनाव, कै और दस्त। बड़ा खटका हुआ। स्टेशन मास्टर ने यह दशा देखी तो समझा, हैजा हो गया है। हुक्म दिया कि रोगी को अभी बाहर ले जाओ। विवश होकर मुंशीजी को लोग एक पेड़ के नीचे उठा लाये। उनकी पत्नी रोने लगीं। हकीम डाक्टर की तलाश हुई। पता लगा कि

डिस्ट्रिक्ट बोर्ड की तरफ से वहाँ एक छोटा-सा अस्पताल है। लोगों की जान में जान आयी। किसी से यह भी मालूम हुआ कि डाक्टर साहब बिल्हौर के रहने वाले हैं। ढांढस बँधा। दरोगाजी अस्पताल दौड़े। डाक्टर साहब से सारा समाचार कह सुनाया और कहा- आप चलकर जरा उन्हें देख तो लीजिए।

डॉक्टर का नाम था चोखेलाल। कम्पौंडर थे, लोग आदर से डाक्टर कहा करते थे। सब वृत्तांत सुनकर रुखाई से बोले- सबेरे के समय मुझे बाहर जाने की आज्ञा नहीं है।

दरोगा- तो क्या मुंशीजी को यहीं लायें ?

चोखेलाल- हाँ, आपका जी चाहे लाइए।

दरोगाजी ने दौड़-धूपकर एक डोली का प्रबंध किया। मुंशीजी को लादकर अस्पताल लाये। ज्यों ही बरामदे में पैर रखा, चोखेलाल ने डाँटकर कहा- हैजे (विसूचिका) को रोगी को ऊपर लाने की आज्ञा नहीं है।

बैजनाथ अचेत तो थे नहीं, आवाज सुनी, पहचाना। धीरे से बोले- अरे, यह तो बिल्हौर के ही हैं; भला-सा नाम है तहसील में आया-जाया करते हैं। क्यों महाशय ! मुझे पहचानते हैं ?

चोखेलाल- जी हाँ, खूब पहचानता हूँ।

बैजनाथ- पहचानकर भी इतनी निठुरता। मेरी जान निकल रही है। जरा देखिए, मुझे क्या हो गया ?

चोखेलाल-हाँ, यह सब कर दूँगा और मेरा काम ही क्या है ! फीस ?

दरोगाजी- अस्पताल में कैसी फीस जनाबमन ?

चोखेलाल- वैसी ही जैसी इन मुंशीजी ने वसूल की थी जनाबमन।

दरोगा- आप क्या कहते हैं, मेरी समझ में नहीं आता।

चोखेलाल- मेरा घर बिल्हौर में है। वहाँ मेरी थोड़ी-सी जमीन है। साल में दो बार उसकी देख-भाल के लिए जाना पड़ता है। जब तहसील में लगान दाखिल करने जाता हूँ, तो मुंशीजी डांटकर अपना हक वसूल लेते हैं। न दूँ तो शाम तक खड़ा रहना पड़े। स्याहा न हो। फिर जनाब, कभी गाड़ी नाव पर, कभी नाव गाड़ी पर। मेरी फीस दस रुपये निकालिए। देखूँ, दवा दूँ, नहीं तो अपनी राह लीजिए।

दारोगा- दस रुपये !!

चोखेलाल-जी हाँ, और यहाँ ठहरना चाहें तो दस रुपये रोज।

दरोगाजी विवश हो गए। बैजनाथ की स्त्री से दस रुपये माँगे। तब उसे अपने बक्स की याद आयी। छाती पीट ली। दरोगाजी के पास भी अधिक रुपये नहीं थे, किसी तरह दस रुपये निकालकर चोखेलाल को दिये। उन्होंने दवा दी। दिन-भर कुछ फायदा न हुआ। रात को दशा

सँभली। दूसरे दिन फिर दवा की आवश्यकता हुई। मुंशियाइन का एक गहना जो 20 रु. से कम का न था, बाजार में बेचा गया, तब काम चला। चोखेलाल को दिल में खूब गालियाँ दीं।

श्री अयोध्याजी में पहुँचकर स्थान की खोज हुई। पंडों के घर जगह न थी। घर-घर में आदमी भरे हुए थे। सारी बस्ती छान मारी, पर कहीं ठिकाना न मिला। अंत में यह निश्चय हुआ कि किसी पेड़ के नीचे डेरा जमाना चाहिए। किन्तु जिस पेड़ के नीचे जाते थे, वहीं यात्री पड़े मिलते। सिवाय खुले मैदान में रेत पर पड़े रहने के और कोई उपाय न था। एक स्वच्छ स्थान देखकर बिस्तरे बिछाए और लेटे। इतने में बादल घिर आये। बूंदें घिरने लगीं। बिजली चमकने लगी। गरज से कान के परदे फटे जाते थे। लड़के रोते थे, स्त्रियों के कलेजे काँप रहे थे। अब यहाँ ठहरना दुस्सह था, पर जाय कहाँ ?

अकस्मात् एक मनुष्य नदी की तरफ से लालटेन लिये आता दिखाई दिया। वह निकट पहुँचा तो पंडितजी ने उसे देखा। आकृति कुछ पहचानी हुई मालूम हुई, किन्तु यह विचार न आया कि कहाँ देखा है। पास जाकर बोले- क्यों भाई साहब ! यहाँ यात्रियों के रहने की जगह न मिलेगी ? वह मनुष्य रुक गया। पंडितजी की ओर ध्यान से देखकर बोला- आप पंडित चन्द्रधर तो नहीं है ?

पंडित प्रसन्न होकर बोले- जी हाँ। आप मुझे कैसे जानते हैं ?

उस मनुष्य ने सादर पंडितजी के चरण छुए और बोला- मैं आपका पुराना शिष्य हूँ। मेरा नाम कृपाशंकर है। मेरे पिता कुछ दिनों बिलेहौर में डाक मुंशी रहे थे। उन्हीं दिनों मैं आपकी सेवा में पढ़ता था।

पंडितजी की स्मृति जागी : बोले- ओ हो, तुम्हीं हो कृपाशंकर। तब तो तुम दुबले-पतले लड़के थे, कोई आठ नौ साल हुए होगे।

कृपाशंकर- जी हाँ, नवाँ साल है। मैंने वहाँ से आकर इंट्रेंस पास किया। अब यहाँ म्युनिसिपैलिटी में नौकर हूँ। कहिए आप तो अच्छी तरह रहे ? सौभाग्य था कि आपके दर्शन हो गए।

पंडितजी- मुझे भी तुमसे मिलकर बड़ा आनन्द हुआ। तुम्हारे पिता अब कहाँ हैं?

कृपाशंकर- उनका तो देहान्त हो गया। माताजी है। आप यहाँ कब आये ?

पंडितजी- आज ही आया हूँ। पंडों के घर जगह न मिली ! विवश हो यही रात काटने की ठहरी।

कृपाशंकर- बाल-बच्चे भी साथ हैं ?

पंडितजी- नहीं, मैं तो अकेला ही आया हूँ, पर मेरे साथ दरोगाजी और सियाहेनवील साहब हैं- उनके बाल-बच्चे भी साथ हैं।

कृपाशंकर- कुल कितने मनुष्य होंगे ?

पंडितजी- हैं तो दस, किन्तु थोड़ी सी जगह में निर्वाह कर लेंगे।

कृपाशंकर- नहीं साहब, बहुत-सी जगह लीजिए। मेरा बड़ा मकान खाली पड़ा है। चलिए, आराम से एक, दो, तीन दिन रहिए। मेरा परम सौभाग्य है कि आपकी कुछ सेवा करने का अवसर मिला।

कृपाशंकर ने कुली बुलाए। असबाब उठवाया और सबको अपने मकान पर ले गया। साफ-सुथरा घर था। नौकर ने चटपट चारपाइयाँ बिछा दीं। घर में पूरियाँ पकने लगीं। कृपाशंकर हाथ बाँधे सेवक की भाँति दौड़ता था। हृदयोल्लास से उसका मुख-कमल चमक रहा था। उसकी विनय और नम्रता से सबको मुग्ध कर लिया।

और सब लोग तो खा-पीकर सोए, किन्तु पंडित चन्द्रधर को नींद नहीं आई। उनकी विचार-शक्ति इस यात्रा की घटनाओं का उल्लेख कर रही थी। रेलगाड़ी की रगड़-झगड़ और चिकित्सालय की नोच-खसोट के सम्मुख कृपाशंकर की सहृदयता और शालीनता प्रकाशमय दिखायी देती थी। पंडितजी ने आज शिक्षक का गौरव समझा। उन्हें आज इस पद की महानता ज्ञात हुई।

यह लोग तीन दिन अयोध्या रहे। किसी बात का कष्ट न हुआ कृपाशंकर ने उनके साथ धाम का दर्शन कराया।

तीसरे दिन जब लोग चलने लगे, तो वह स्टेशन तक पहुँचाने आया। जब गाड़ी ने सीटी दी, तो उसने सजल नेत्रों से पंडितजी के चरण छुए और और बोला- कभी-कभी इस सेवक को याद करते रहिएगा।

पंडितजी घर पहुँचे तो उनके स्वभाव में बड़ा परिवर्तन हो गया था। उन्होंने फिर किसी दूसरे विभाग में जाने की चेष्टा नहीं की।

***

सच्चाई का उपहार

तहसीली मदरसा बराँव के प्रथमाध्यापक मुंशी भवानीसहाय को बागवानी का कुछ व्यसन था। क्यारियों में भाँति-भाँति के फूल और पत्तियाँ लगा रखी थीं। दरवाजों पर लताएँ चढ़ा दी थीं। इससे मदरसे की शोभा अधिक हो गई थी। वह मिडिल कक्षा के लड़कों से भी अपने बगीचे के सींचने और साफ करने में मदद लिया करते थे। अधिकांश लड़के इस काम को रुचि पूर्वक करते। इससे उनका मनोरंजन होता था किंतु दरजे में चार-पाँच लड़के जमींदारों के थे। उनमें ऐसी दुर्जनता थी कि यह मनोरंजक कार्य भी उन्हें बेगार प्रतीत होता। उन्होंने बाल्यकाल से आलस्य में जीवन व्यतीत किया था। अमीरी का झूठा अभिमान दिल में भरा हुआ था। वह हाथ से कोई काम करना निंदा की बात समझते थे। उन्हें इस बगीचे से घृणा थी। जब उनके काम करने की बारी आती, तो कोई-न-कोई बहाना करके उड़ जाते। इतना ही नहीं, दूसरे लड़कों को बहकाते और कहते, वाह ! पढ़ें फारसी, बेचें तेल ! यदि खुरपी-कुदाल ही करना है, तो मदरसे में किताबों से सिर मारने की क्या जरूरत ? यहाँ पढ़ने आते हैं, कुछ मजूरी करने नहीं आते। मुंशीजी इस अवज्ञा के लिए उन्हें कभी-कभी दंड दे देते थे। इससे उनका द्वेष और भी बढ़ता था। अंत में यहाँ तक नौबत पहुँची कि एक दिन उन लड़कों ने सलाह करके उस पुष्पवाटिका को विध्वंस करने का निश्चय किया। दस बजे मदरसा लगता था, किन्तु उस दिन वह आठ बजे ही आ गये और बगीचे में घुसकर उसे उजाड़ने लगे। कहीं पौधे उखाड़ फेंके कहीं क्यारियों को रौंद डाला, पानी की नीलियाँ तोड़ डालीं, क्यारियों की मेड़ें खोद डाली। मारे भय के छाती धड़क रही थी कि कहीं कोई देखता न हो। लेकिन एक छोटी सी फुलवाड़ी के उजड़ते कितनी देर लगती है ? दस मिनट में हरा-भरा बाग नष्ट हो गया। तब यह लड़के शीघ्रता से निकले, लेकिन दरवाजे तक आए थे कि उन्हें अपने सहपाठी की सूरत दिखाई दी। यह एक-दुबला-पतला, दरिद्र और चतुर लड़का था। उसका नाम बाजबहादुर था। बड़ा गम्भीर, शांत लड़का था। ऊधम पार्टी के लड़के उससे जलते थे। उसे देखते ही उनका रक्त सूख गया। विश्वास हो गया कि इसने जरूर देख लिया। यह मुंशीजी से कहे बिना न रहेगा। बुरे फँसे। आज कुशल नहीं है। यह राक्षस इस समय यहाँ क्या करने आया था ? आपस में इशारे हुए कि मिला लेना चाहिए। जगतसिंह उनका मुखिया था। आगे बढ़कर बोला—आज इतने सबेरे कैसे आ गए ? हमने तो आज तुमलोगों के गले की फाँसी छुड़ा दी। लाला बहुत दिक किया करते थे, यह करो, वह करो। मगर यार देखो, कहीं मुंशीजी से जड़ मत देना, नहीं तो लेने के देने पड़ जायँगे।

जयराम ने कहा—कह क्या देंगे, अपने ही तो हैं। हमने जो कुछ किया है, वह सबके लिए किया है, केवल अपनी ही भलाई के लिए नहीं। चलो यार, तुम्हें बाजार की सैर करा दें, मुँह मीठा करा दें।

बाजबहादुर ने कहा—नहीं, मुझे आज घर पर पाठ याद करने का अवकाश नहीं मिला। यहीं बैठकर पढ़ूंगा।

जगतसिंह—अच्छा, मुंशीजी से कहोगे तो न ?

बाजबहादुर—मैं स्वयं कुछ न कहूँगा, लेकिन उन्होंने मुझसे पूछा तो ?

जगतसिंह—कह देना, मुझे नहीं मालूम।

बाजबहादुर—यह झूठ मुझसे न बोला जाएगा।

जयराम—अगर तुमने चुगली खायी और हमारे ऊपर मार पड़ी, तो हम तुम्हें पीटे बिना न छोड़ेंगे।

बाजबहादुर—हमने कह दिया कि चुगली न खायँगे लेकिन मुंशीजी ने पूछा, तो झूठ भी न बोलेंगे।

जयराम—तो हम तुम्हारी हड्डियाँ भी तोड़ देंगे।

बाजबहादुर—इसका तुम्हें अधिकार है।

2

दस बजे जब मदरसा लगा और मुंशी भवानीसहाय ने बाग की यह दुर्दशा देखी तो क्रोध से आग हो गए। बाग उजड़ने का इतना खेद न था, जितना लड़कों की शरारत का। यदि किसी साँड़ ने यह दुष्कृत्य किया होता, तो वह केवल हाथ मलकर रह जाते। किंतु लड़कों के इस अत्याचार को सहन न कर सके। ज्यों ही लड़के दरजे में बैठ गए, वह तेवर बदले हुए आए और पूछा—यह बाग किसने उजाड़ा है ?

कमरे में सन्नाटा छा गया। अपराधियों के चेहरों पर हवाइयाँ उड़ने लगीं। मिडिल कक्षा के 25 विद्यार्थियों में कोई ऐसा न था, जो इस घटना को न जानता हो किंतु किसी में यह साहस न था कि उठकर साफ-साफ कह दे। सबके-सब सिर झुकाए मौन धारण किए बैठे थे।

मुंशीजी का क्रोध और भी प्रचंड हुआ। चिल्लाकर बोले—मुझे विश्वास है कि यह तुम्हीं लोगों में से किसी की शरारत है। जिसे मालूम हो, स्पष्ट कह दे, नहीं तो मैं एक सिरे से पीटना शुरू करूँगा, फिर कोई यह न कहे कि हम निरपराध मारे गए।

एक लड़का भी न बोला। वही सन्नाटा ! मुंशीजी—देवीप्रसाद, तुम जानते हो ?

देवी—जी नहीं, मुझे कुछ नहीं मालूम।

'शिवदत्त, तुम जानते हो ?'

'जी नहीं, मुझे कुछ नहीं मालूम।'

'बाजबहादुर, तुम कभी झूठ नहीं बोलते, तुम्हें मालूम है ?'

बाजबहादुर खड़ा हो गया, उसके मुख-मंडल पर वीरत्व का प्रकाश था। नेत्रों में साहस झलक रहा था। बोला-जी हाँ !

मुंशीजी ने कहा—शाबाश!

अपराधियों ने बाजबहादुर की ओर रक्तवर्ण आँखों से देखा और मन में कहा—अच्छा !

3

भवानीसहाय बड़े धैर्यवान मनुष्य थे। यथाशक्ति लड़कों को यातना नहीं देते थे, किन्तु ऐसी दुष्टता का दंड देने में वह लेश-मात्र भी दया न दिखाते थे। छड़ी मँगाकर पाँचों अपराधियों को दस-दस छड़ियाँ लगायीं, सारे दिन बेंच पर खड़ा रखा और चाल-चलन के रजिस्टर में उनके नाम के सामने काले चिह्न बना दिए।

बाजबहादुर से शरारत पार्टी वाले लड़के यों ही जला करते थे, आज उसकी सचाई के कारण उसके खून के प्यासे हो गए। यंत्रणा में सहानुभूति पैदा करने की शक्ति होती है। इस समय दरजे के अधिकांश लड़के अपराधियों के मित्र हो रहे थे। उनमें षड्यंत्र रचा जाने लगा कि आज बाजबहादुर की खबर ली जाय। ऐसा मारो कि फिर मदरसे में मुँह न दिखाए। यह हमारे घर का भेदी है।

दगाबाज ! बड़ा सच्चे की दुम बना है ! आज इस सचाई का हाल मालूम हो जायगा। बेचारे बाजबहादुर को इस गुप्त लीला की जरा भी खबर न थी। विद्रोहियों ने उसे अंधकार में रखने का पूरा यत्न किया था।

छुट्टी होने के बाद बाजबहादुर घर की तरफ चला। रास्ते में एक अमरूद का बाग था। वहां जगतसिंह और जयराम कई लडकों के साथ खड़े थे। बाजबहादुर चौंका, समझ गया कि यह लोग मुझे छेड़ने पर उतारू हैं। किंतु बचने का कोई उपाय न था। कुछ हिचकता हुआ आगे बढ़ा। जगत सिंह बोला—आओ लाला ! बहुत राह दिखायी! आओ, सचाई का इनाम लेते जाओ।

बाजबहादुर—रास्ते से हट जाओ, मुझे जाने दो।

जयराम—जरा सचाई का मजा तो चखते जाइए।

बाजबहादुर—मैंने तुमसे कह दिया कि जब मेरा नाम लेकर पूछेंगे तो मैं कह दूँगा।

जयराम—हमने भी तो कह दिया था कि तुम्हें इस काम का इनाम दिये बिना न छोड़ेंगे।

यह कहते ही वह बाजबहादुर की तरफ घूँसा तानकर बढ़ा। जगत सिंह ने उसके दोनों हाथ पकड़ने चाहे। जयराम का छोटा भाई शिवराम अमरूद की एक टहनी लेकर झपटा। शेष लड़के चारों तरफ खड़े होकर तमाशा देखने लगे यह 'रिजर्व' सेना थी, जो आवश्यकता पड़ने पर मित्र-दल की सहायता के लिए तैयार थी। बाजबहादुर दुर्बल लड़का था। उसकी मरम्मत करने को वह तीन मजबूत लड़के काफी थे। सब लोग यही समझ रहे थे कि क्षण-भर में यह तीनों उसे गिरा लेंगे। बाजबहादुर ने देखा कि शत्रुओं ने शस्त्र-प्रहार करना शुरू कर दिया, तो उसने

कनखियों से इधर-उधर देखा। तब तेजी से झपटकर शिवराम के हाथ से अमरूद की टहनी छीन ली और दो कदम पीछे हटकर टहनी ताने हुए बोला—तुम मुझे सचाई का इनाम या, सजा देनेवाले कौन होते हो ?

दोनों ओर से दाँव पेंच होंने लगे। बाजबहादुर था तो कमजोर, पर अत्यंत चपल और सतर्क था, उस पर सत्य का विश्वास हृदय को और भी बलवान बनाए हुए था। सत्य चाहे सिर कटा दे, लेकिन कदम पीछे नहीं हटता। कई मिनट तक बाजबहादुर उछल-उछलकर वार करता और हटाता रहा। लेकिन अमरूद की टहनी कहाँ तक थाम सकती। जरा देर में उसकी धज्जियाँ उड़ गईं। जब तक उसके हाथ में वह हरी तलवार रही कोई उसके निकट आने की हिम्मत न करता था। निहत्था होने पर भी वह ठोकरो और घूँसों से जबाव देता रहा। मगर अंत में अधिक संख्या ने विजय पायी। बाजबहादुर की पसली में जयराम का एक घूंसा ऐसा पड़ा कि वह बेदम होकर गिर पड़ा। आँखें पथरा गईं और मूर्च्छा-सी आ गई। शत्रुओं ने यह दशा देखी, तो उनके हाथों के तोते उड़ गए। समझे, इसकी जान निकल गई। बेतहाशा भागे।

कोई दस मिनट के पीछे बाजबहादुर सचेत हुआ। कलेजे पर चोट लग गई थी। घाव ओछा पड़ा था, जिस पर भी खड़े होने की शक्ति न थी। साहस करके उठा और लँगड़ाता हुआ घर की ओर चला।

उधर यह विजयीदल भागते-भागते जयराम के मकान पर पहुँचा। रास्ते ही में सारा दल तितर-बितर हो गया। कोई इधर से निकल भागा, कोई उधर से, कठिन समस्या आ पड़ी थी। जयराम के घर तक केवल तीन सुदृढ़ लड़के पहुँचे।व हाँ पहुँचकर उनकी जान में जान आयी।

जयराम—कहीं मर न गया हो, मेरा घूँसा खूब बैठ गया था।

जगतसिंह तुम्हें पसली में नहीं मारना चाहिए था। अगर तिल्ली फट गई होगी तो न बचेगा !

जयराम— यार, मैंने जान के थोड़े ही मारा था। संयोग ही था। अब बताओ, क्या किया जाए?

जगतसिंह— करना क्या है, चुपचाप बैठे रहो।

जयराम— कहीं मैं अकेला तो न फसूंगा ?

जगतसिंह— अकेले कौन फँसेगा, सबके सब साथ चलेंगे।

जयराम— अगर बाजबहादुर मरा नहीं है, तो उठकर सीधे मुंशीजी के पास जाएगा!

जगतसिंह— और मुंशीजी कल हम लोगों की खाल अवश्य उधेड़ेंगे।

जयराम— इसलिए मेरा सलाह है कि कल से मदरसे जाओ ही नहीं। नाम कटा के दूसरी जगह चले चलें, नहीं तो बीमारी का बहाना करके बैठे रहें। महीने-दो-महीने के बाद जब मामला ठंडा पड़ जाएगा, तो देखा जाएगा।

शिवराम— और जो परीक्षा होनेवाली है ?

जयराम— ओ हो ! इसका तो खयाल ही न था। एक ही महीना तो और रह गया है।

जगतसिंह तुम्हें अबकी जरूर वजीफा मिलता।

जयराम— हां, मैंने बहुत परिश्रम किया था। तो फिर ?

जगतसिंह— कुछ नहीं, तरक्की तो हो ही जाएगी। वजीफे से हाथ धोना पड़ेगा। जयराम— बाजबहादुर के हाथ लग जाएगा।

जगतसिंह— बहुत अच्छा होगा, बेचारे ने मार भी तो खायी है।

दूसरे दिन मदरसा लगा। जगतसिंह, जयराम और शिवराम तीनों गायब थे। वलीमुहम्मद पैर में पट्टी बाँध आये थे, लेकिन भय के मारे बुरा हाल था। कल के दर्शकगण भी थरथरा रहे थे कि कहीं हम लोग गेहूँ के साथ घुन की तरह न पिस जायँ। बाजबहादुर नियमानुसार अपने काम में लगा हुआ था। ऐसा मालूम होता था कि मानो उसे कल की बातें याद ही नहीं है। किसी से उनकी चर्चा न की। हां, आज वह अपने स्वभाव के प्रतिकूल कुछ प्रसन्नचित्त देख पड़ता था। विशेषत: कल के योद्धाओं से वह अधिक हिला-मिला हुआ था। वह चाहता था कि यह लोग मेरी ओर से नि:शंक हो जायँ। रात-भर की विवेचना के पश्चात् उसने यही निश्चय किया था और आज जब संध्या समय वह घर चला, तो उसे अपनी उदारता का फल मिल चुका था। उसके शत्रु लज्जित थे और उसकी प्रशंसा करते थे।

मगर यह तीनों अपराधी दूसरे दिन भी न आये, तीसरे दिन भी उनका कोई पता न था। वह घर से मदरसे को चलते, लेकिन देहात की तरफ निकल जाते। वहाँ दिन-भर किसी वृक्ष के नीचे बैठे रहते, अथवा गुल्ली-डंडे खेलते। शाम को घर चले आते।

उन्होंने यह पता लगा लिया था कि समर के अन्य सभी योद्धागण मदरसे आते हैं और मुंशीजी उनसे कुछ नहीं बोलते, किन्तु चित्त से शंका दूर न होती थी। बाजबहादुर ने जरूर कहा होगा। हम लोगों के जाने की देर है। गये और बेभाव की पड़ी। यही सोचकर मदरसे आने का साहस न कर सकते थे।

4

चौथे दिन प्रात:काल तीनों अपराधी बैठे सोच रहे थे कि आज किधर चलना चाहिए। इतने में बाजबहादुर आता हुआ दिखाई दिया। इन लोगों को आश्चर्य तो हुआ, परन्तु उसे अपने द्वार पर आते देखकर कुछ आशा बंध गई। यह लोग अभी बोलने भी न पाए थे कि बाजबहादुर ने कहा—क्यों मि. तुम लोग मदरसे क्यों नहीं आते ? तीनदिन से गैरहाजिरी हो रही है।

जगतसिंह— मदरसे क्या जायँ, जान भारी पड़ी है ? मुंशी जी एक हड्डी भी तो न छोड़ेंगे।

बाजबहादुर— क्यों, वलीमुहम्मद, दुर्गा, सभी तो जाते हैं। मुंशी जी ने किसी से भी कुछ कहा?

जयराम— तुमने उन लोगों को छोड़ दिया होगा, लेकिन हमें भला तुम क्यों छोड़ने लगे ? तुमने एक-एक की तीन-तीन जड़ी होगी।

बाजबहादुर— आज मदरसे चलकर इसकी परीक्षा ही कर लो।

जगतसिंह— यह झाँसे रहने दीजिए। हमें पिटवाने की चाल है।

बाजबहादुर— तो मैं कहीं भागा तो नहीं जाता ? उस दिन सचाई की सजा दी थी, आज झूठ का इनाम देना।

जयराम— सच कहते हो, तुमने शिकायत नहीं की ?

बाजबहादुर— शिकायत की कौन बात थी। तुमने मुझे मारा, मैंने तुम्हें मारा। अगर तुम्हारा घूंसा न पड़ता, तो मैं तुम लोगों को रणक्षेत्र से भगाकर दम लेता। आपस के झगड़ों की शिकायत करना मेरी आदत नहीं है।

जगतसिंह— चलूँ तो यार, लेकिन विश्वास नहीं आता, तुम हमें झाँसे दे रहे हो, कचूमर निकलवा लोगे।

बाजबहादुर— तुम जानते हो, झूठ बोलने की मेरी बान नहीं है।

यह शब्द बाजबहादुर ने ऐसी विश्वासोत्पादक रीति से कहे कि उन लोगों का भ्रम दूर हो गया। बाजबहादुर के चले जाने के पश्चात् तीनों देर तक उसकी बातों की विवेचना करते रहे। अन्त में यही निश्चय हुआ कि आज चलना चाहिए।

ठीक दस बजे तीनों मित्र मदरसे पहुँच गये, किंतु चित्त में आशंकित थे। चेहरे का रंग उड़ा हुआ था।

मुंशीजी कमरे में आये। लड़कों ने खड़े होकर उनका स्वागत किया, उन्होंने तीनों की ओर तीव्र दृष्टि से देखकर केवल इतना कहा—तुम लोग तीन दिन से गैर हाजिर हो। देखो, दरजे में जो इम्तहानी सवाल हुए हैं, उन्हें नकल कर लो।

फिर पढ़ाने में मग्न हो गए।

5

जब पानी पीने के लिए लड़कों को आध घंटे का अवकाश मिला, तो तीनों मित्र और उनके सहयोगी जमा होकर बातें करने लगे।

जयराम— हम तो जान पर खेलकर मदरसे से आये थे, मगर बाजबहादुर है बात का धनी।

वलीमुहम्मद— मुझे तो ऐसा मालूम होता है, वह आदमी नहीं, देवता है। यह आँखों-देखी बात न होती, तो मुझे कभी इस पर विश्वास न आता।

जगतसिंह— भलमनसी इसी को कहते हैं। हमसे बड़ी भूल हुई कि उसके साथ ऐसा अन्याय किया।

दुर्गा— चलो, उससे क्षमा माँगें।

जयराम— हाँ, तुम्हें खूब सूझी। आज ही।

जब मदरसा बंद हुआ, तो दरजे के सब लड़के मिलकर बाजबहादुर के पास गये। जगतसिंह उनका नेता बनकर बोला—भाई साहब, हम सबके-सब तुम्हारे अपराधी हैं। तुम्हारे साथ हम लोगों ने जो अत्याचार किया है, उस पर हम हृदय से लज्जित हैं। हमारा अपराध क्षमा करो। तुम सज्जनता की मूर्ति हो ! हम लोग उजड्ड, गँवार और मूर्ख हैं, हमें अब क्षमा प्रदान करो।

बाजबहादुर की आँखों में आँसू आये, बोला—मैं पहले भी तुम लोगों को अपना भाई समझता था और अब भी वही समझता हूँ। भाइयों के झगड़े में क्षमा कैसी ?

सबके-सब उससे गले मिले। इसकी चर्चा सारे मदरसे में फैल गई। सारा मदरसा बाजहबहादुर की पूजा करने लगा। वह अपने मदरसे का मुखिया, नेता और सिरमौर बन गया।

पहले उसे सचाई का दंड मिला; अबकी सचाई का उपहार मिला।

***

ज्वालामुखी

डिग्री लेने के बाद मैं नित्य लाइब्रेरी जाया करता। पत्रों या किताबों का अवलोकन करने के लिए नहीं, किताबों को मैंने छूने की कसम खा ली थी। जिस दिन गजट में अपना नाम देखा उसी दिन मिल और कैंट को उठकर ताक पर रख दिया। मैं केवल अंग्रेजी पत्रों के वांटेड कॉलम को देखा करता। जीवन-यात्रा की फिक्र सवार थी। मेरे दादा या परदादा ने किसी अंग्रेज को गदर के दिन में बचाया होता, अथवा किसी इलाके का जमींदार होते तो कहीं 'नामिनेशन' के लिए उद्योग करता। पर मेरे पास कोई सिफारिश न थी। शोक! कुत्ते बिल्लियों और मोटरों की मांग सबकी थी। पर बी.ए. पास का कोई पुरसाहाल न था। महीनों इसी तरह दौड़ते गुजर गये, पर अपनी रुचि के अनुसार कोई जगह न नजर आयी। मुझे अक्सर अपने बी.ए. होने पर क्रोध आता था। ड्राइवर, फायरमैन, मिस्त्री, खानसामा बावर्ची होता तो मुझे इतने दिनों तक बेकार न बैठना पड़ता।

एक दिन मैं चारपाई पर लेटा हुआ एक पत्र पढ़ रहा था कि मुझे एक मांग अपनी इच्छा के अनुसार दिखाई दी। किसी रईस को एक ऐसे प्राइवेट सेक्रेट्री की जरूरत थी जो विद्वान, रसिक, सहृदय और रूपवान हो। वेतन एक हजार मासिक, मैं उछल पड़ा। कहीं मेरा भाग्य उदय हो जाता और यह पद मुझे मिल जाता तो जिंदगी चैन से कट जाती। उसी दिन मैंने अपना विनय-पत्र अपने फोटो के साथ रवाना कर दिया। पर अपने आत्मीयजनों में किसी से इसका जिक्र न किया कि कहीं लोग मेरी हंसी न उड़ाये। मेरे लिए 30 रु. मासिक भी बहुत थे। एक हजार कौन देगा? पर दिल से ख्याल दूर न होता। बैठे-बैठे शेख चिल्ली के मनसूबे बांधा करता। फिर होश में आकर अपने को समझाता कि मुझमें ऐसे ऊंचे पद के लिए कौन-सी योग्यता है। मैं अभी कॉलेज से निकला हुआ पुस्तकों का पुतला हूं। दुनिया से बेखबर। इस पद के लिए एक-से-एक विद्वान, अनुभवी पुरुष मुंह फैलाये बैठे होंगे। मेरे लिए कोई आशा नहीं। मैं रूपवान सही, सजीला सही अगर ऐसे पदों के लिये केवल रूपवान होना काफी नहीं होता। विज्ञापन में इसकी चर्चा करने से केवल इतना अभिप्राय होगा कि कुरूप आदमी की जरूरत नहीं, और यही उचित भी है। बल्कि बहुत सजीलापन तो ऊंचे पदों के लिए कुछ शोभा नहीं देता। मध्यम श्रेणी का तोंद भरा हुआ शरीर, फूले हुए गाल, और गौरवयुक्त वाक्य-शैली, यह उक्त पदाधिकारियों के लक्षण हैं और मुझे इनमें से एक भी मयस्सर नहीं। इसी आशा और भय में एक सप्ताह गुजर गया और अब मैं निराश हो गया - मैं भी कैसा ओछा हूं कि एक बेसिर-पैर की बात के पीछे ऐसा फूल उठा, इसी को लड़कपन कहते हैं। जहां तक मेरा ख्याल है किसी दिल्लगीबाज ने आज के शिक्षित समाज की मूर्खता की परीक्षा करने के लिए यह स्वांग रचा है। मुझे इतना भी न सूझा।

मगर आठवें दिन प्रात-काल तार के चपरासी ने मुझे आवाज दी। मेरे हृदय में गुदगुदी-सी होने लगी। लपका हुआ आया। तार खोलकर देखा, लिखा था - स्वीकार है, शीघ्र आओ। ऐशगढ़।

मगर यह सुख संवाद पाकर मुझे वह आनन्द न हुआ जिसकी आशा थी। मैं कुछ देर तक खड़ा सोचता रहा। किसी तरह विश्वास न आता था। जरूर किसी दिल्लगीबाज की शरारत है। मगर कोई मुजायका नहीं, मुझे भी इसका मुंह-तोड़ जवाब देवा चाहिए। तार दे दूं कि एक महीने की तनख्वाह भेज दो। आप ही सारी कलई खुल जायेगी। मगर फिर विचार किया, कहीं वास्तव में नसीब जागा हो तो उद्दंडता से बना-बनाया खेल बिगड़ जाएगा। चलो दिल्लगी ही सही! जीवन में यह घटना भी स्मरणीय रहेगी। इस तिलस्म को खोल ही डालूं यह निश्चय करके तार-द्वारा आने की सूचना दे दी और सीधे रेलवे स्टेशन पर पहुंचा। पूछने पर मालूम हुआ कि यह स्थान दक्खिन की ओर है। टाइमटेबिल में उनका वृत्तान्त विस्तार के साथ लिखा हुआ था। स्थान अति रमणीय है, पर जलवायु स्वास्थ्यकर नहीं। हां हृष्ट-पुष्ट नवयुवकों पर उसका असर शीघ्र नहीं होता। दृश्य बहुत मनोहर है पर जहरीले जानवर बहुत मिलते हैं। यथासाध्य अंधेरी घाटियों में न जाना चाहिए। यह वृत्तांत पढ़कर उत्सुकता और भी बढ़ी। जहरीले जानवर है तो हुआ करें, कहां नहीं है। मैं अंधेरी घाटियों के पास भूलकर भी न जाऊंगा। आकर सफर का सामान ठीक किया और ईश्वर का नाम लेकर नियत समय पर स्टेशन की तरफ चला। पर अपने अलापी मित्रों से इसका कुछ जिक्र न किया, क्योंकि मुझे पूरा विश्वास था कि दो ही चार दिन में फिर अपना-सा मुंह लेकर लौटना पड़ेगा।

2

गाड़ी पर बैठा तो शाम हो गई थी। कुछ देर तक तो सिगार और पत्रों से मन बहलाता रहा। फिर मालूम नहीं कब नींद आ गई। आंखें खुली और खिड़की से बाहर की तरफ झांका तो उषाकाल का मनोहर दृश्य दिखाई दिया। चारों ओर हरे वृक्षों से ढकी हुई पर्वत-श्रेणियां, उन पर चरती हुई उजली-उजली गायें और भेड़े, सूर्य की सुनहरी किरणों में रंगी हुई बहुत सुन्दर मालूम होती थी। जी चाहता था कि कहीं मेरी कुटिया भी इन्हीं सुखद पहाड़ियों में होती, जंगल में फल खाता, झरनों का ताजा पानी पीता और आनन्द के गीत गाता। यकायक दृश्य बदला। एक विस्तृत झील दिखाई दी जिसमें कमल खिले हुए थे। कहीं उजले-उजले पक्षी तैरते थे। और कहीं छोटी डोगियां निर्बल आत्माओं के सदृश डगमगाती चली जाती थी। यह दृश्य भी बदला। पहाड़ियों के दामन में एक गांव नजर आया, झाड़ियों और वृक्षों से ढका हुआ मानो शान्ति और सन्तों ने यहां अपना निवास-स्थान बनाया हो। कहीं बच्चे खेलते थे, कहीं गाय के बछड़े किलोल करते थे। फिर एक घना जंगल मिला। झुंड-के-झुंड हिरण दिखाई दिये जो गाड़ी की आवाज सुनते ही चौकड़ियां भरते दूर आगे जाते थे। यह सब दृश्य, चित्रों के समान आंखों के सामने आते थे और एक क्षण में गायब हो जाते थे। उनमें एक अवर्णनीय शक्तिदायिनी शोभा थी जिससे दृश्य में आकांक्षाओं के आवेग उठने लगते थे।

आखिर ऐशगढ़ निकट आया। मैंने बिस्तर संभाला। जरा देर में सिग्नल दिखाई दिया। मेरी छाती धड़कने लगी। गाड़ी रुकी। मैंने उतर कर इधर-उधर देखा, कुलियों को पुकारने लगा कि

इतने में दो वर्दी पहने हुए आदमियों ने आकर मुझे सलाम किया और पूछा - आप.. .से आ रहे हैं न, चलिए मोटर तैयार है। मेरी बांछें खिल गई। अब तक कभी मोटर पर बैठने का सौभाग्य न हुआ था। शान के साथ जा बैठा। मन में बहुत लज्जित था कि ऐसे फटेहाल क्यों आया, अगर जानता कि सचमुच सौभाग्य-सूर्य चमका है तो ठाट-बाट से आता। खैर, मोटर चली। दोनों तरफ मौलश्री के संपन्न वृक्ष थे। सड़क पर लाल बजरी बिछी हुई थी। सड़क हरे-भरे मैदान में किसी सुरम्य जलधारा के सदृश बल खाती चली गई थी। दस मिनट भी न गुजरे होंगे कि सामने एक शान्तिमय सागर दिखाई दिया। सागर के उस पार पहाड़ी पर एक विशाल भवन बना हुआ था। भवन अभिमान से सिर उठाये हुए था, सागर सन्तोष से नीचे लेटा हुआ, सारा दृश्य काव्य, श्रृंगार और आमोद से भरा हुआ था।

हम सदर दरवाजे पर पहुंचे, कई आदमियों ने दौड़कर मेरा स्वागत किया। इनमें एक शौकीन मुंशीजी थे, जो बाल संवारें आंखों में सूरमा लगाए हुए थे। मेरे लिए जो कमरा सजाया गया था उसके द्वार पर मुझे पहुंचाकर बोले - सरकार ने फरमाया है, इस समय आप आराम करें। संध्या समय, मुलाकात कीजिएगा। मुझे अब तक इसकी कुछ खबर न थी कि यह 'सरकार' कौन है, न मुझे किसी से पूछने का साहस हुआ, क्योंकि अपने स्वामी के नाम तक से अनभिज्ञ होने का परिचय नहीं देना चाहता था। मगर इसमें कोई संदेह नहीं कि मेरा स्वामी बड़ा सज्जन मनुष्य था। मुझे इतने आदर-सत्कार की कदापि आशा न थी। अपने सुसज्जित कमरे में जाकर जब मैं एक आराम कुर्सी पर बैठा तो हर्ष-विह्वल हो गया। पहाड़ियों की तरफ से शीत वायु के मंद-मंद झोंके आ रहे थे। सामने छज्जा था। नीचे झील थी, सांप के केंचुल के सदृश, छाया और प्रकाश से पूर्ण, और मैं, जिसे भाग्यदेवी ने सदैव अपना सौतेला लड़का समझा था इस समय जीवन में पहली बार निर्विघ्न आनन्द का सुख उठा रहा था।

तीसरे पहर उन्हीं शौकीन मुंशीजी ने आकर इतिला दी कि सरकार ने याद किया है। मैंने इस बीच में बाल बना लिए थे, तुरन्त अपना सर्वोत्तम सूट पहना और मुंशीजी के साथ सरकार की सेवा में चला। इस समय मेरे मन में यह शंका उठ रही थी कि कहीं मेरी बातचीत से स्वामी असन्तुष्ट न हो जाए और उन्होंने मेरे विषय में जो विचार स्थिर किये हों उनमें कोई अन्तर न पड़ जाए। तथापि मैं अपनी योग्यता का परिचय देने के लिए खूब तैयार था। हम कई बरामदों से होते हुए अन्त में सरकार के कमरे के दरवाजे पर पहुंचे। रेशमी परदा पड़ा हुआ था। मुंशीजी ने परदा उठाकर मुझे इशारे से बुलाया। मैंने कांपते हुए हृदय से कमरे में कदम रखा और आश्चर्य से चकित हो गया! मेरे सामने सौन्दर्य की ज्वाला दीप्तिमान थी।

3

फूल भी सुन्दर हैं और दीपक भी सुन्दर हैं। फूल में ठंडक और सुगंध है, दीपक में प्रकाश और उद्दीपन। फूल पर भ्रमर उड़-उड़कर उसका रस लेता है, दीपक पर पतंगा जलकर राख हो जाता है। मेरे सामने कारचोबी मसनद पर जो सुंदरी विराजमान थी, वह सौन्दर्य की प्रकाशमय ज्वाला थी। उसके एक-एक अंग की प्रशंसा करना ज्वाला को काटना है। वह नख-शिख तक एक ज्वाला थी। वही चमक, वही लालिमा, वही प्रभा। कोई चित्रकार, दीपन, वहीं प्रतिभा-सौन्दर्य

का इससे अच्छा चित्र नहीं खींच सकता था। रमणी ने मेरी तरफ वात्सल्य दृष्टि से देखकर कहा - आपको सफर में कोई विशेष कष्ट तो नहीं हुआ ?

मैंने संभल कर उत्तर दिया, जी नहीं, कोई कष्ट नहीं हुआ।

रमणी - यह स्थान पसंद आया ?

मैंने साहसपूर्ण उत्साह के साथ जवाब दिया, ऐसा सुन्दर स्थान पृथ्वी पर न होगा। हां, गाइड बुक देखने से विदित हुआ कि यहां का जलवायु जैसा सुखद प्रकट होता है, यथार्थ में वैसा नहीं, विषैले पशुओं की भी शिकायत थी।

यह सुनते ही रमणी का मुख सूर्य कांतिहीन हो गया। मैंने तो यह चर्चा इस लिए कर दी थी जिससे प्रकट हो जाये कि यहां आने में मुझे भी कुछ त्याग करना पड़ा है। पर मुझे ऐसा मालूम हुआ कि इस चर्चा में उसे कोई विशेष दु:ख हुआ। पर क्षण भर में सूर्य मेघ मंडल से बाहर निकल आया, बोली - यह स्थान अपनी रमणीयता के कारण बहुधा लोगों की आंखों में खटकता है। गुण का निरादर करने वाले सभी होते है और यदि जलवायु कुछ हानिकर हो भी तो आप जैसे बलवान मनुष्य को इसकी क्या चिन्ता हो सकती है। रहे विषैले जीव-जन्तु, वह आपके नेत्रों के सामने विचर रहे हैं। अगर मोर, हिरन और हंस विषैले जीव है तो निस्संदेह यहां विषैले जीव बहुत हैं।

मुझे संशय हुआ कि कहीं मेरे कथन से उसका चित्त खिन्न हो गया हो, गर्व से बोला गाइड-बुक पर विश्वास करवा सर्वथा भूल है।

इस वाक्य से सुन्दरी का हृदय खिल गया, बोली - आप स्पष्टवादी मालूम होते हैं और यह मनुष्य का एक उच्च गुण है। मैं आपका चित्र देखते ही इतना समझ गई थी। आपको यह सुनकर आश्चर्य होगा कि इस पद के लिए मेरे पास एक लाख से अधिक प्रार्थना-पत्र आए थे। कितने ही एमए थे, कोई डीएससी था, कोई जर्मनी से पीएचडी की उपाधि प्राप्त किए हुए था, मानों यहां मुझे अबकी यह अनुभव हुआ कि देश में उच्च शिक्षित मनुष्यों की इतनी भरमार है। कई महाशयों ने स्वरचित ग्रंथों की: नामावली लिखी थी मानो देश में लेखकों और पंडितों ही की आवश्यकता है। कालगति का लेशमात्र भी परिचय नहीं है। प्राचीन कर्म कथाएं अब केवल अंधभक्तों के रसास्वादन के लिए ही हैं, उनसे और कोई लाभ नहीं है। यह भौतिक उन्नति का समय है। आज-कल लोग भौतिक सुख पर अपने प्राण अर्पण कर देते हैं। कितने ही लोगों ने अपने चित्र भी भेजे थे। कैसी-कैसी विचित्र मूर्तियां थीं जिन्हें देखकर घंटों हंसिए। मैंने उन सभी को एक अलबम में लगा लिया है और अवकाश मिलने पर जब हंसने की इच्छा होती है तो उन्हें देखा करती हूं मैं उस विद्या को रोग समझती हूं जो मनुष्य को वनमानुष बना दे। आपका चित्र देखते ही आंखें मुग्ध हो गयी, तुरंत आपको बुलाने को तार दे दिया।

मालूम नहीं क्यों, अपने गुण-स्वभाव की प्रशंसा की अपेक्षा 'हम अपने बाह्य गुणों की प्रशंसा से अधिक सन्तुष्ट होते हैं और एक सुंदरी के मुख कंठ से तो वह चलते हुए जादू के समान है। बोला - यथासाध्य आपको मुझसे असन्तुष्ट होने का अवसर न मिलेगा।

सुन्दरी ने मेरी ओर प्रशंसापूर्ण नेत्रों से देखकर कहा - इसका मुझे पहले से ही विश्वास है। आइए अब कुछ काम की बातें हो जाएं । इस घर को आप अपना ही समझिए और संकोच छोड़कर आनन्द से रहिए। मेरे भक्तों की संख्या बहुत है। यह संसार के प्रत्येक भाग में उपस्थित हैं और बहुधा मुझसे अनेक प्रकार की जिज्ञासा किया करते हैं। उन सबको मैं आपके सुपुर्द करती हूं। आपको उनमें भिन्न-भिन्न स्वभाव के मनुष्य मिलेंगे। कोई मुझसे सहायता मांगता है, कोई मेरी निंदा करता है, कोई सराहता है, कोई गालियां देता है। इन सब प्राणियों को सन्तुष्ट रखना आपका काम है। देखिए, यह आज के पत्रों का ढेर है। एक महाशय कहते हैं, बहुत दिन हुए आपकी प्रेरणा से मैं अपने बड़े भाई की मृत्यु के बाद उनकी सम्पत्ति का- अधिकारी बन बैठा था। अब उनका पुत्र वय प्राप्त कर चुका है और मुझसे अपने पिता की जायदाद लौटना चाहता है। इतने दिनों कि संपत्ति का उपभोग करने के पश्चात् अब उसका हाथ से निकलना अखर रहा है। आपकी इस विषय में क्या सम्मति है? इनको उत्तर दीजिए कि इन कूटनीति से काम लो, अपने भतीजे को कपट-प्रेम से मिला लो और वह नि:शंक हो जाये तो उससे एक सादे स्टाम्प पर हस्ताक्षर करा लो। इसके पीछे पटवारी और अन्य कर्मचारियों की मदद से इसी स्टाम्प पर जायदाद का बैनामा लिखा लो। यदि एक लगाकर दो मिलते हों तो आगा-पीछा मत करो।

यह उत्तर सुनकर मुझे बड़ा कौतूहल हुआ। नीति-ज्ञान को धक्का-सा लगा। सोचने लगा, यह रमणी कौन है और क्यों ऐसे अनर्थ का परामर्श देती है। ऐसे खुल्लम-खुल्ला तो कोई वकील भी किसी को यह राय न देगा। उसकी ओर संदेहात्मक भाव से देखकर बोला - यह तो सर्वथा न्याय-विरुद्ध प्रतीत होता है।

कामिनी खिलखिलाकर हंस पड़ी और बोली - न्याय की अपने भली कही। यह केवल धर्मान्ध मनुष्यों के मन का समझौता है, संसार में इसका अस्तित्व नहीं। बाप ऋण लेकर मर जाये, लड़का कौड़ी-कौड़ी भरे। विद्वान लोग इसे न्याय कहते है, मैं घोर अत्याचार समझती हूं। इस न्याय के परदे में गांठ के पूरे महाजन की हेकड़ी साफ झलक रही है। एक डाकू- किसी भद्र पुरुष के घर में डाका मारता है, लोग उसे पकड़कर कैद कर देते है। धर्मात्मा लोग इसे भी न्याय कहते हैं, किन्तु यहां भी वहीं धन और अधिकार की प्रचंडता है। भद्र पुरुष ने कितने ही घरों को लूट, कितनों ही का गला दबाया और इस प्रकार धन-संचय किया, किसी को भी उन्हें आंख दिखाने का साहस न हुआ। डाकू ने जब उनका गला दबाया तो वह अपने धन और प्रभुत्व के बल से उस पर ब्रज प्रहार कर बैठे। मैं इसे न्याय नहीं कहती। संसार में धन, छल, कपट, धूर्तता का राज्य है, यही जीवन-संग्राम है, यहां प्रत्येक साधन, जिससे हमारा काम निकले, जिससे हम अपने शत्रुओं पर विजय पा सकें, न्यायानुकूल और उचित है। धर्म-युद्ध के दिन अब नहीं रहे। यह देखिए, यह एक दूसरे सज्जन का पत्र है। वह कहते हैं - मैंने प्रथम श्रेणी में एम.ए. पास किया, प्रथम श्रेणी में कानून की परीक्षा पास की, पर अब कोई मेरी बात भी नहीं पूछता। अब तक यह आशा थी कि योग्यता और परिश्रम का अवश्य ही कुछ फल मिलेगा, पर तीन साल के अनुभव से ज्ञात हुआ कि यह केवल धार्मिक नियम है। तीन साल में घर की पूंजी भी खा चुका। अब विवश होकर आपकी शरण लेता हूं। मुझ हतभाग्य मनुष्य पर दया कीजिए और मेरा बेड़ा पार लगाइए। इनको उत्तर दीजिए कि जाली दस्तावेज बनाइए और झूठे दावे चलाकर उसकी

डिग्री करा लीजिए। थोड़े ही दिनों में आपका क्लेश निवारण हो जायेगा। यह देखिए एक सज्जन और कहते है, लड़की सयानी हो गयी है, जहां जाता हूं लोग दहेज की गठरी मांगते है। यहां पेट की रोटियों का भी ठिकाना नहीं, किस तरह भलमनसी निभा रहा हूं चारों और निंदा हो रही है, जो आज्ञा हो उसका पालन करूं। इन्हें लिखिए कन्या का विवाह किसी बुड्ढे खुर्राट सेठ से कर दीजिए। वह दहेज लेने की जगह कुछ उलटे और दे जाएगा। अब आप समझ गए होंगे कि ऐसे जिज्ञासुओं को किस ढंग से उत्तर देने की आवश्यकता है। उत्तर संक्षिप्त होना चाहिए, बहुत टीका-टिप्पणी व्यर्थ होती है। अभी कुछ दिनों तक आपको यह काम कठिन जान पड़ेगा, पर आप चतुर मनुष्य हैं, शीघ्र ही आपको इस काम का अभ्यास हो जाएगा। तब आपको मालूम होगा कि इससे सहज और कोई काम नहीं है। आपके द्वारा सैकड़ों दारुण दुख भोगने वालों का कल्याण होगा और वह आजन्म आपका यश गाएंगे।

4

मुझे यहां रहते एक महीने से अधिक हो गया पर अब तक मुझ पर यह रहस्य न खुला कि यह सुन्दरी कौन है? मैं किसका सेवक हूं? इसके पास इतना अतुल धन, ऐसी-ऐसी विलास सामग्रियां कहां से आती है? जिधर देखता था, ऐश्वर्य ही का आडंबर दिखाई देता था। मेरे आश्चर्य की सीमा न थी मानो किसी तिलस्म में आ फंसा हूं। इन जिज्ञासुओं का इस रमणी से क्या सम्बन्ध है, यह भेद भी न खुलता था। मुझे नित्य उससे साक्षात् होता था, उसके सम्मुख आते ही मैं अचेत-सा हो जाता था। मैं वाक्य-शून्य हो जाता। केवल छुपी हुई आंखों से उसे देखा करता था। पर मुझे उसके मृदुल मुस्कान और रसमयी आलोचनाओं तथा मधुर, काव्यमय भावों में प्रेमानंद की जगह एक प्रबल मानसिक अशांति का अनुभव होता था। उसकी चितवन केवल हृदय को बाणों के समान छेदती थी, उसके कटाक्ष चित्त को पस्त करते थे। शिकारी अपने शिकार को खेलाने में जो आनंद पाता है वही उस परम सुंदरी को मेरी प्रेमातुरता में प्राप्त होता था। वह एक सौंदर्य-ज्वाला जलाने के सिवाय और क्या कर सकता है। तिस पर भी मैं पतंग की भांति उस ज्वाला पर अपने को समर्पण करना चाहता था। यही आकांक्षा होती थी कि उन पद कमलों पर सिर रख कर प्राण दे दूं। यह केवल एक उपासक की भक्ति थी, काम और वासना से शून्य।

कभी-कभी जब वह संध्या-समय अपने मोटर-बोट पर बैठकर सागर की सैर करती तो ऐसा जान पड़ता था मानो चंद्रमा आकाश-लालिमा में तैर रहा है। मुझे इस दृश्य में अनुपम सुख प्राप्त होता था।

मुझे अब अपने-अपने नियम कार्यों में खूब अभ्यास हो गया था। मेरे पास प्रति दिन पत्रों का एक पोथा पहुंच जाता था। मालूम नहीं किस डाक से आता था। लिफाफों पर कोई मोहर न होती थी। मुझे इन जिज्ञासुओं में बहुधा वह लोग मिलते थे जिनका मेरी दृष्टि में बड़ा आदर था, कितने ही ऐसे महात्मा थे जिनमें मुझे श्रद्धा थी। बड़े-बड़े विद्वान लेखक और अध्यापक, बड़े-बड़े ऐश्वर्यवान रईस, यहां तक कि कितने ही धर्म के आचार्य, नित्य अपनी राम कहानी सुनाते थे। उनकी दशा अत्यंत करुणाजनक थी। वह सब-के-सब मुझे रंग हुए सियार दिखाई देते थे। जिन

लेखकों को मैं अपनी भाषा का स्तम्भ समझता था, उनसे घृणा होने लगी। वह केवल उचक्के थे, जिनकी सारी कीर्ति चोरी, अनुवाद और कतर-ब्योंत पर निर्भर थी। जिन धर्म के आचार्यों को मैं पूज्य समझता था, वह स्वार्थ, तृष्णा और घोर नीचता के दलदल में फंसे हुए दिखाई देते थे। मुझे धीरे-धीरे यह अनुभव हो रहा था कि संसार की उत्पत्ति से अब तक लाखों शताब्दियां बीत जाने पर भी, मनुष्य वैसा ही क्रूर, वैसा ही वासनाओं का गुलाम बना हुआ है। बल्कि उस समय के लोग सरल प्रकृति के कारण इतने कुटिल, दुराग्रहों में इतने चालाक न होते थे।

एक दिन संध्या समय उस रमणी ने मुझे बुलाया। मैं अपने घमंड में यह समझता था कि मेरे बांकपन का कुछ-न-कुछ असर उस पर भी होता है। अपना सर्वोत्तम सूट पहना, बाल संवारे और विरक्त भाव से जाकर बैठ गया। यदि वह मुझे अपना शिकार बनाकर खेलती थी तो मैं शिकार बनकर उसे खिलाना चाहता था।

ज्यों ही मैं पहुंचा, उस लावण्यमयी ने मुस्कुराकर मेरा स्वागत किया, पर मुखचंद्र कुछ मलिन था। मैंने अधीर होकर पूछा - सरकार का जी तो अच्छा है।

उसने निराश भाव से उत्तर दिया - जी हां, एक महीने से एक कठिन रोग में फंस गई हूं। अब तक किसी भांति अपने को संभाल सकती हूं पर अब रोग असाध्य होता जाता है। उसकी औषधि निर्दयी मनुष्य के पास है। वह मुझे प्रतिदिन तड़पते देखता है, पर उसका पाषाण हृदय जरा भी नहीं पसीजता।

मैं इशारा समझ गया। सारे शरीर में एक बिजली-सी दौड़ गई। सांस बड़े वेग से चलने लगी। एक उन्मत्तता का अनुभव होने लगा। निर्भय होकर बोला - सम्भव है, जिसे आपने निर्दयी समझ रखा हो, वह भी आपको ऐसा ही समझता हो और भय से मुंह खोलने का साहस न कर सकता हो।

सुन्दरी ने कहा - तो कोई ऐसा उपाय बताइए जिससे दोनों ओर की आग बुझे।1 प्रियतम! अब मैं अपने हृदय की दहकती हुई विरहाग्नि को नहीं छिपा सकती। मेरा सर्वस्व आपकी भेंट है। मेरे पास वह खजाने है, जो कभी खाली न होंगे। मेरे पास वह साधन है, जो आपको कीर्ति के शिखर पर पहुंचा देंगे। समस्त संसार को आपके पैरों पर झुका सकती हूं। आइए मेरे हृदय से लिपट कर इस दाह क्रांति को शांत कीजिए।

रमणी के चेहरे पर जलती हुई आग की-सी क्रांति थी। वह दोनों हाथ फैलाये कामोन्मत्त होकर मेरी ओर बढ़ी। उसकी आंखों से आग की चिनगारियां निकल रही थी। परंतु जिस प्रकार की अग्नि से पारा दूर भागता है उसी प्रकार मैं भी उसके सामने से एक कदम पीछे हट गया। उसकी इस प्रेमातुरता से मैं भयभीत हो गया जैसे कोई निर्धन मनुष्य किसी के हाथों सोने की ईंट लेते हुए भयभीत हो जाए। मेरा चित्त एक अज्ञात शंका से कांप उठा। रमणी ने मेरी ओर अग्निमय नेत्रों से देखा मानो किसी सिंहनी के मुंह से उसका आहार छिन जाए और सरोष होकर बोली - यह भीरुता क्यों?

मैं - मैं आपका एक तुच्छ सेवक हूं इस महान आदर का पात्र नहीं।

रमणी - आप मुझसे घृणा करते हैं।

मैं - यह आपका मेरे साथ अन्याय है। मैं इस योग्य भी तो नहीं कि आपके तलवों को आंखों से लगाऊं। आप दीपक हैं, मैं पतंग हूं मेरे लिए इतना ही बहुत है।

रमणी नैराश्यपूर्ण क्रोध के साथ बैठ गई और बोली - वास्तव में आप निर्दयी है, मैं ऐसा न समझती थी। आप में अभी तक अपनी शिक्षा के कुसंस्कार लिपटे हुए हैं, पुस्तकों और सदाचार की बेड़ी आपके पैरों से नहीं निकली।

मैं शीघ्र ही अपने कमरे में चला आया और चित्त के स्थिर होने पर जब मैं इस घटना पर विचार करने लगा तो मुझे ऐसा मालूम हुआ कि मैं अग्निकुण्ड में गिरते-गिरते बचा। कोई गुप्त शक्ति मेरी सहायक हो गई। यह गुप्त शक्ति क्या थी।

5

मैं जिस कमरे में ठहरा हुआ था, उसके सामने झील के दूसरी तरफ एक छोटा-सा झोंपड़ा था। उसमें एक वृद्ध पुरुष रहा करते थे। उनकी कमर तो झुक गयी थी, पर चेहरा तेजमय था। वह कभी-कभी इस महल में आया करते थे। रमणी न जाने क्यों उनसे घृणा करती थी, मन में उनसे कुछ डरती थी। उन्हें देखते ही घबरा जाती, मानो किसी गुप्त स्थान में मुंह छिपा लेती, मुझे उसकी यह दशा देखकर कौतूहल होता था। कई बार उसने मुझसे उनकी चर्चा की थी, पर अत्यंत अपमान के भाव से वह मुझे उनसे दूर-दूर रहने का उपदेश दिया करती, और यदि कभी मुझे उनसे बातें करते देख लेती तो उसके माथे पर बल पड़ जाते थे, कई-कई दिनों तक मुझसे खुल कर न बोलती थी।

उस रात को मुझे देर तक नींद वहीं आई। उधेड़बुन में पड़ा हुआ था। कभी जी चाहता आओ आंख बंद करके प्रेम-रस पान करें। संसार के पदार्थों का सुख भोगे, जो कुछ होगा देखा जाएगा। जीवन में ऐसे दिव्य अवसर कहां मिलते है फिर आप-ही-आप मन कुछ खिंच जाता था, घृणा उत्पन्न हो जाती थी।

रात के दस बजे होंगे कि हठात् मेरे कमरे का द्वार आप-ही-आप खुल गया और वही तेजस्वी पुरुष अंदर आए। यद्यपि मैं अपनी स्वामिनी के भय से उनसे बहुत कम मिलता था, पर उनके मुख पर ऐसी शांति थी और उनके भाव ऐसे पवित्र तथा कोमल थे कि हृदय में उनके सत्संग की उत्कंठा होती थी। मैंने उनका स्वागत किया और लाकर एक कुरसी पर बैठा दिया। उन्होंने मेरी ओर दया पूर्ण भाव से देखकर कहा - मेरे आने से तुम्हें कष्ट तो नहीं हुआ।

मैंने सिर झुकाकर उत्तर दिया, आप जैसे महात्माओं का दर्शन मेरे सौभाग्य की बात है। महात्माजी निश्चिंत होकर बोले -

अच्छा तो सुनो और सचेत हो जाओ, मैं तुम्हें यही चेतावनी देने के लिए आया हूं। तुम्हारे ऊपर एक घोर विपत्ति आने वाली है। तुम्हारे लिए इस समय इसके सिवाय और कोई उपाय नहीं है यहां से चले जाओ। मेरी बात न मानोगे तो जीवनपर्यंत कष्ट झेलोगे और इस माया-जाल से

कभी मुक्त न हो सकोगे। मेरा झोंपड़ा तुम्हारे सामने था। मैं भी कभी-कभी यहां आया करता था, पर तुमने मुझसे मिलने की आवश्यकता न समझी। यदि पहले ही दिन तुम मुझसे मिलते तो सहस्रों मनुष्यों का सर्वनाश करने के अपराध से बच जाते। नि:संदेह यह तुम्हारे पूर्वजन्मों का फल था, जिसने आज तुम्हारी रक्षा की। अगर यह पिशाचिनी एक बार तुमसे प्रेमालिंगन कर लेती तो फिर तुम उसी दम उसके अजायबखाने में भेज दिए जाते। वह जिस पर रीझती है, उसकी वही गत बनाती है। यही उसका प्रेम है। चलो जरा इस अजायबखाने की सैर करो तब तुम समझोगे कि आज तुम किस आफत से बचे।

यह कह कर महात्माजी ने दीवार में एक बटन दबाया। तुरंत एक दरवाजा निकल आया। यह नीचे उतरने की सीढ़ी थी। महात्मा उसमें घुसे और मुझे भी बुलाया। घोर अंधकार में कई कदम उतरने के बाद एक बड़ा कमरा नजर आया। उसमें एक दीपक टिमटिमा रहा था। वहां मैंने जो घोर, वीभत्स और हृदयविदारक दृश्य देखे, उनका स्मरण करके आज भी रोंगटे खड़े हो जाते है। इटली के अमर कवि 'डैन्टी' ने नर्क का जो दृश्य दिखाया है, उससे कहीं भयावह, रोमांचकारी तथा नारकीय दृश्य मेरी आंखों के सामने उपस्थित था। सैकड़ों विचित्र देहधारी जाना प्रकार की अशुद्धता में लिपटे हुए, भूमि पर पड़े कराह रहे थे। उनके शरीर मनुष्य के-से थे, लेकिन चेहरों का रूपांतर हो गया था। कोई कुत्ते से मिलता था, कोई गीदड़ से, कोई बनबिलाव से, कोई सांप से। एक स्थान पर एक मोटा स्थूल मनुष्य एक दुर्बल, शक्तिहीन मनुष्य के गले में मुंह लगाए उसका रक्त चूस रहा था। एक ओर दो गिद्ध की सूरत वाले मनुष्य एक सड़ी हुई लाश पर बैठे उसका मांस नोंच रहे थे। एक जगह एक अजगर की सूरत का मनुष्य एक बालक को निगलना चाहता था, पर बालक उसके गले में अटका हुआ था। दोनों ही जमीन पर पड़े छटपटा रहे थे। एक जगह मैंने एक अत्यंत पैशाचिक घटना देखी। दो नागिन की सूरत वाली स्त्रियां एक भेड़िये की सूरत वाले मनुष्य के गले में लिपटी हुई उसे काट रही थी। वह मनुष्य घोर वेदना से चिल्ला रहा था। मुझसे अब और न देखा गया। तुरन्त वहां से भागा और गिरता-पड़ता अपने कमरे में आकर दम लिया। महात्माजी मेरे साथ चले आए। जब मेरा चित्त शांत हुआ तो उन्होंने कहा - इतनी जल्द घबरा गए, अभी तो इस रहस्य का एक भाग भी नहीं देखा। यह तुम्हारी स्वामिनी के विहार का स्थान है और यही उनके पालतू जीव है। इन जीवों के पिशाचाभिनय देखने में उनका विशेष मनोरंजन होता है। यह सभी मनुष्य किसी समय तुम्हारे ही समान प्रेम और आमोद के पात्र थे, पर उनकी यह दुर्गति हो रही है। अब तुम्हें मैं यही सलाह देता हूं कि इसी दम यहां से भागों नहीं तो रमणी के दूसरे वार से कदापि न बचोगे।

यह कहकर वह महात्मा अदृश्य हो गए। मैंने भी अपनी गठरी बांधी और अर्धरात्रि के सन्नाटे में चोरों की भांति कमरे से बाहर निकला। शीतल, आनंदमय समीर चल रही थी। सामने के सागर में तारे छिटक रहे थे, मेंहदी की सुगंध उड़ रही थी। मैं चलने को तो चला, पर संसार-सुख-भोग का ऐसा सुअवसर छोड़ते हुए दु:ख होता था। इतना देखने और महात्मा के उपदेश सुनने पर भी चित्त उसी रमणी की ओर खिंचता था। मैं कई बार चला, कई बार लौटा, पर अंत में आत्मा ने इंद्रियों पर विजय पायी। मैंने सीधा मार्ग छोड़ दिया और झील के किनारे-किनारे

गिरता पड़ता, कीचड़ में फंसता सड़क तक आ पहुंचा। यहां आकर मुझे एक विचित्र उल्लास-सा हुआ, मानों कोई चिड़िया बाजू के चंगुल से छूट गयी हो।

यद्यपि मैं एक मास के बाद लौटा था, पर अब जो देखा तो अपनी चारपाई पर पड़ा हुआ था। कमरे में जरा भी गर्द या धूल न थी। मैंने लोगों से इस घटना की चर्चा की तो लोग खूब हंसे और मित्रगण तो अभी तक मुझे 'प्राइवेट सेक्रेट्री' कहकर बनाया करते हैं। सभी कहते हैं कि मैं एक मिनट के लिए भी कमरे से बाहर नहीं निकला, महीना भर की गायब रहने की तो बात ही क्या। इसलिए अब मुझे भी विवश होकर यही कहना पड़ता है कि शायद मैंने कोई स्वप्न देखा हो। कुछ भी हो, परमात्मा को कोटि-कोटि धन्यवाद देता हूं कि मैं उस पाप से बचकर निकल आया। चाहे स्वप्न ही हो, पर मैं उसे अपने जीवन का एक वास्तविक अनुभव समझता हूं क्योंकि उसने सदैव के लिए मेरी आंखें खोल दी।

***

पशु से मनुष्य

दुर्गा माली डॉक्टर मेहरा बार-एट-ला के यहां नौकर था। पांच रुपये मासिक वेतन पाता था। उसके घर में स्त्री और दो-तीन बच्चे थे। स्त्री पड़ोसियों के लिए गेहूं पीसा करती थी। दो बच्चे, जो समझदार थे, इधर-उधर से लकड़ियां, उपले चुन लाते थे, किन्तु इतना यत्न करने पर भी वे बहुत तकलीफ में रहते थे। दुर्गा, डॉक्टर साहब की नजर बचाकर बगीचे से फूल चुन लेता और बाजार में पुजारियों के हाथ बेच दिया करता था। कभी-कभी फलों पर भी हाथ साफ किया करता। यही उसकी ऊपरी आमदनी थी। इससे नोन-तेल आदि का काम चल जाता था। उसने कई बार डाक्टर मेहरा से वेतन बढ़ाने के लिए प्रार्थना की, परंतु डॉक्टर साहब नौकर की वेतन -वृद्धि को छूत की बीमारी समझते थे, जो एक से अनेक को डस लेती है। वे साफ कह दिया करते कि, भाई मैं, तुम्हें बांधे तो हूं नहीं। तुम्हारा निर्वाह यहां नहीं होता तो और कहीं चले जाओ मेरे लिए मालियों का अकाल नहीं है। दुर्गा में इतना साहस न था कि वह लगी हुई रोजी छोड़कर नौकरी ढूंढ़ने निकलता। इससे अधिक वेतन पाने की आशा भी नहीं थी। इसलिए वह इसी निराशा में पड़ा हुआ जीवन के दिन काटता और अपने भाग्य को रोता था।

डॉक्टर महोदय को बागवानी से विशेष प्रेम था। नाना प्रकार के फूल पत्ते लगा रखे थे। अच्छे--अच्छे फलों के पौधे दरभंगा, मलीहाबाद, सहारनपुर आदि स्थानों से मंगवाकर लगाये थे। वृक्षों को फलों से लदे हुए देखकर उन्हें हार्दिक आनंद होता था। अपने मित्रों के यहां गुलदस्ते और शाक-भाजी की डालियां तोहफे के तौर पर भिजवाते रहते थे। उन्हें फलों को आप खाने का शौक न था, पर मित्रों को खिलाने में उन्हें असीम आनंद प्राप्त होता था। प्रत्येक फल के मौसम में मित्रों की दावत करते और 'पिकनिक पार्टियां' उनके मनोरंजन का प्रधान अंग थी।

एक बार गर्मियों में उन्होंने अपने कई मित्रों को आम खाने की दावत दी। मलीहाबादी में सुफेदे के फल खूब लगे हुए थे। डॉक्टर साहब उन फलों को प्रतिदिन देखा करते थे। ये पहले ही फल थे, इसलिए वे मित्रों से उसके मिठास और स्वाद का बखान सुनना चाहते थे। इस विचार से उन्हें वही आमोद था, जो किसी पहलवान को अपने पट्ठों के करतब दिखाने से होता है। इतने बड़े सुंदर और सुकोमल सुफेदे स्वयं उनकी निगाह से न गुजरे थे। इन फलों के स्वाद का उन्हें इतना विश्वास था कि वे एक बार चख कर उनकी परीक्षा करना आवश्यक न समझते थे, प्रधानत: इसलिए कि एक फल की कमी एक मित्र को रसास्वादन से वंचित कर देगी।

संध्या का समय था, चेत का महीना। मित्रगण आ कर बगीचे में हौज के किनारे कुर्सियों पर बैठे थे। बर्फ और दूध का प्रबन्ध पहले ही से कर लिया था, पर अभी तक फल न तोड़े गये थे। डॉक्टर साहब पहले फलों को पेड़ में लगे हुए दिखलाकर तब उन्हें तोड़ना चाहते थे, जिसमें किसी को यह संदेह न हो कि फल इनके बाग के नहीं हैं। जब सब सज्जन जमा हो

गये तब उन्होंने कहा - आप लोगों को कष्ट होगा, पर जरा चलकर फूलों को पेड़ में लटकते हुए देखिए। बड़ा ही मनोहर दृश्य है। गुलाब में भी ऐसी लोचन-प्रिय लाली न होगी। रंग से स्वाद टपक पड़ता है। मैंने इसकी कलम खास मलीहाबाद से मंगवायी थी और उसका विशेष रीति से पालन किया है।

मित्रगण उठे। डॉक्टर साहब आगे-आगे चले रविशों के दोनों ओर गुलाब की क्यारियां थी। उनकी छटा दिखाते हुए वे अंत में सुफेदे के पेड़ के सामने आ जाये। मगर, आश्चर्य! वहां एक भी फल न था। डॉक्टर साहब ने समझा, शायद वह यह पेड़ नहीं है। दो पग और आगे चले, दूसरा पेड़ मिल गया और आगे बढ़े तीसरा पेड़ मिला। फिर पीछे लौटे और एक विस्मित दशा में, सुफेदे के वृक्ष के नीचे आकर ठहर गये। इसमें संदेह नहीं कि वृक्ष यही है, पर फल क्या हुए? बीस-पच्चीस आम थे, एक का भी पता नहीं। मित्रों की ओर अपराध पूर्ण नेत्रों से देखकर बोले - आश्चर्य है कि इस पेड़ में एक भी फल नहीं है। आज सुबह मैंने देखा था, पेड़ फलों से लदा हुआ था। यह देखिए, फलों का डंठल है। यह अवश्य माली की शरारत है। मैं आज उसकी हड्डियां तोड़ दूंगा। उस पाजी ने मुझे कितना धोखा दिया। मैं बहुत लज्जित हूं कि आप लोगों को व्यर्थ कष्ट हुआ। मैं सत्य कहता हूं इस समय मुझे जितना दु:ख है, उसे प्रकट नहीं कर सकता। ऐसे रंगीले, कोमल कमनीय फल मैंने अपने जीवन में कभी न देखे थे। उनके यों लुप्त हो जाने से मेरे हृदय के टुकड़े हुए जाते हैं।

यह कहकर वे नैराश्य वेदना से कुरसी पर बैठ गये। मित्रों ने सांत्वना देते हुए कहा - नौकरों का सब जगह यही हाल है। यह जाति ही पाजी होती है।

एक सज्जन ने कहा साहब, मुझे, तो सब आम एक ही से मालूम होते है। सफेदे, मोहनभोग, लँगड़े बम्बई, फजली, दशहरी इनमें कोई भेद नहीं मालूम होता, न जाने आप लोगों को कैसे उनके स्वाद में फर्क मालूम होता है।

दूसरे सज्जन बोले - यहां भी वही हाल है। इस समय जो फल मिले, वही मंगवाइए। जो गये उनका अफसोस क्या?

डॉक्टर साहब ने व्यथित भाव से कहा - आमों की क्या कमी है, सारा बाग भरा पड़ा है, खूब शौक से खाइए और बांधकर घर ले जाइए। वे हैं और किस लिए? पर वह रस और स्वाद कहां? आपको विश्वास न होगा, उन सुफेदों पर ऐसा निखार था कि सेब मालूम होते थे। सेब भी देखने में ही सुंदर होता है, उसमें वह रुचिवर्द्धक लालित्य, वह सुधामय मृदुता कहां! इस माली ने आज वह अनर्थ किया है कि जी चाहता है, नमक हराम को गोली मार दूं इस वक्त सामने आ जाये तो अधमुआ कर दूं।

माली बाजार गया हुआ था। डॉक्टर साहब ने साईस से कुछ आम तुड़वाये, मित्रों ने आम खाये, दूध पिया और डॉक्टर साहब को धन्यवाद देकर अपने-अपने घर की राह ली। लेकिन मिस्टर मेहरा वहां हौज के किनारे हाथ में हंटर लिए माली की बाट जोहते रहे। आकृति से जान पड़ता था मानो साक्षात् क्रोध मूर्तिमान हो गया था।

2

कुछ रात गए, दुर्गा बाजार से लौटा। वह चौकन्नी आंखों से इधर-उधर कुछ देख रहा था। ज्यों ही उसने डॉक्टर साहब को हौज के किनारे हाथ में हंटर लिए बैठे देखा, उसके होश उड़ गये। समझ गया कि चोरी पकड़ ली गयी। इसी भय से उसने बाजार में खूब देर की थी। उसने समझा था, डॉक्टर साहब कहीं सैर करने गए होंगे, मैं चुपके से कटहल के नीचे अपनी झोपड़ी में जा बैठूंगा, सवेरे कुछ पूछताछ भी हुई तो मुझे सफाई देने का अवसर मिल जाएगा। कह दूंगा, सरकार, मेरे झोंपड़े की तलाशी ले ले, इस प्रकार मामला दब जाएगा। समय सफल चोर का सब से बड़ा मित्र है। एक-एक क्षण उसे निर्दोष सिद्ध करता जाता है। किन्तु जब वह रंगे हाथों पकड़ा जाता है तब उसे बच निकलने की कोई राह नहीं रहती। रुधिर के सूखे ही धब्बे रंग के दाग बन सकते हैं, पर ताजा लहू आप-ही-आप पुकारता है। दुर्गा के पैर थम गए, छाती धड़कने लगी। डॉक्टर साहब की निगाह उस पर पड़ गयी थी। अब उलटे पांव लौटना व्यर्थ था।

डॉक्टर साहब उसे दूर से देखते ही उठे कि चलकर उसकी खूब मरम्मत करूं। लेकिन वकील थे, विचार किया कि इससे बयान लेना आवश्यक है। इशारे से निकट बुलाया और पूछा - सुफेदे के पेड़ में कई आम लगे हुए थे। एक भी नहीं दिखाई देता। क्या हो गए? दुर्गा ने निर्दोष भाव से उत्तर दिया - हुजूर, अभी मैं जब बाजार गया हूं, तब तक तो सब आम लगे हुए थे। इतने देर में कोई तोड़ ले गया हो तो मैं नहीं कह सकता। डॉक्टर - तुम्हारा किस पर संदेह है?

दुर्गा - सरकार, अब मैं किसे बताऊं! इतने नौकर-चाकर है, न जाने किसकी नीयत बिगड़ी हो।

डॉक्टर - मेरा संदेह तुम्हारे ऊपर है, अगर तोड़कर रखे हों तो ला कर दे दो या साफ कह दो कि मैंने तोड़े हैं नहीं तो बुरी तरह पेश आऊंगा।

चोर केवल दंड से ही नहीं बचना चाहता, वह अपमान से भी बचना चाहता है। वह दंड से उतना नहीं डरता जितना अपमान से। जब उसे सजा से बचने की कोई आशा नहीं रहती, उस समय भी वह अपने अपराध को स्वीकार नहीं करता। वह अपराधी बनकर छूट जाने से निर्दोष बनकर दंड भोगना बेहतर समझता है। हुजूर मालिक हैं, जो चाहें करें, पर मैंने आम नहीं तोड़े। सरकार ही बतायें, इतने दिन मुझे आपकी ताबेदारी करते हो गये, मैंने एक पत्ती भी छुई है।

डॉक्टर - तुम कसम खा सकते हो?

दुर्गा - गंगा की कसम जो मैंने आमों को हाथ से छुआ भी हो।

डॉक्टर - मुझे इस कसम पर विश्वास नहीं है। तुम पहले लोटे में पानी लाओ, उसमें तुलसी की पत्तियां डालो, तब कसम खाकर कहो कि अगर मैंने तोड़े है तो मेरा लड़का मेरे काम न आये। तब मुझे विश्वास आयेगा।

दुर्गा - हुजूर, सांच को आंच क्या, जो कसम कहिए खाऊंगा। जब मैंने काम ही नहीं किया तो मुझ पर कसम क्या पड़ेगी।

डॉक्टर महोदय मानव-चरित्र के ज्ञाता थे। सदैव अपराधियों से व्यवहार रहता था यद्यपि दुर्गा जबान से हेकड़ी बातें कर रहा था, पर उसके हृदय में भय समाया हुआ था। वह झोंपड़े में आया, लेकिन लोटे में पानी लेकर आने की हिम्मत न हुई। उसके हाथ थरथराने लगे। ऐसी घटनाएं याद आ गयीं जिनमें झूठी गंगा उठाने वाले पर देवी-कोप का प्रहार हुआ था। ईश्वर के सर्वज्ञ होने का ऐसा मर्मस्पर्शी विश्वास उसे कभी नहीं हुआ था। उसने निश्चय किया मैं झूठी गंगा न उठाऊंगा, यही न होगा, निकाल दिया जाऊंगा। नौकरी फिर कहीं-न-कहीं मिल जायेगी और नौकरी भी न मिले तो मजूरी तो कहीं नहीं गयी है। कुदाल भी चलाऊंगा तो सांझ तक आधा सेर आटे का ठिकाना हो जायेगा। वह धीरे-धीरे खाली हाथ डॉक्टर साहब के सामने आकर खड़ा हो गया।

डॉक्टर साहब ने कड़े स्वर से पूछा - पानी लाया?

दुर्गा - हुजूर, मैं गंगा न उठाऊंगा।

डॉक्टर - तो तुम्हारा आम तोड़ना साबित है।

दुर्गा - अब सरकार जो चाहे समझे। मान लीजिए, मैंने ही आम तोड़े तो आप का गुलाम ही तो हूं। रात दिन ताबेदारी करता हूं बाल-बच्चे आमों के लिए रोये। तो कहां जाऊं। अबकी जान बकसी जाये, फिर ऐसा कसूर न होगा।

डॉक्टर महोदय इतने उदार न थे। उन्होंने यही बड़ा उपकार किया कि दुर्गा को पुलिस के हवाले न किया और हंटर ही लगाये। उसकी इस धार्मिक श्रद्धा ने उन्हें कुछ नर्म कर दिया था। मगर ऐसे दुर्बल हृदय को अपने यहां रखना असम्भव था। उन्होंने उसी क्षण दुर्गा को जवाब दे दिया और उसकी आधे महीने की बाकी मजूरी जब्त कर ली।

3

कई मास के पश्चात एक दिन डॉक्टर मेहरा बाबू प्रेम शंकर के बाग की सैर करने गए। वहां से कुछ अच्छी-अच्छे कलमें लाना चाहते थे। प्रेम शंकर को भी बागवानी से प्रेम था और दोनों मनुष्यों में यही समानता थी, अन्य सभी विषयों में एक दूसरे से भिन्न थे। प्रेमशंकर बड़े संतोषी, सरल, सहृदय मनुष्य थे। वे कई साल अमेरिका रह चुके थे। वहां उन्होंने कृषि विज्ञात का खूब अध्ययन किया था और यहां आकर इस वृत्ति को अपनी जीविका का आधार बना लिया था। मानव-चरित्र और वर्तमान सामाजिक संगठन के विषय में उनके विचार विचित्र थे। इसीलिए शहर के सभ्य समाज में लोग उनकी उपेक्षा करते थे और उन्हें झक्की समझते थे। इसमें संदेह नहीं कि उनके सिद्धांतों से लोगों को एक प्रकार की दार्शनिक सहानुभूति थी, पर, उनके क्रियात्मक होने के विषय में उन्हें बड़ी शंका थी। संसार कर्म-क्षेत्र है, मीमांसा क्षेत्र नहीं। यहां सिद्धांत ही रहेंगे, उनका प्रत्यक्ष घटनाओं में संबंध नहीं।

डॉक्टर साहब बगीचे में पहुंचे तो उन्होंने प्रेमशंकर को क्यारियों में पानी देते हुए पाया। कुएं पर एक मनुष्य खड़ा पम्प से पानी निकाल रहा था। मेहरा ने उसे तुरन्त ही पहचान लिया। वह दुर्गा माली था। डॉक्टर साहब के मन में उस समय दुर्गा के प्रति एक विचित्र ईर्ष्या का भाव उत्पन्न

हुआ। जिस नराधम को उन्होंने दंड देकर अपने यहां से अलग कर दिया था, उसे नौकरी क्यों मिल गयी? यदि दुर्गा इस वक्त फटेहाल रोनी सूरत बनाए दिखाई देता तो डॉक्टर साहब को उस पर दया आ जाती। वे संभवत: उसे कुछ इनाम देते और प्रेमशंकर से उसकी प्रशंसा भी कर देते। उनकी प्रकृति में दया थी और अपने नौकरों पर उनकी कृपादृष्टि रहती थी। परन्तु उनकी इस कृपा और दया में लेशमात्र भी भेद न था, जो अपने कुत्तों और घोड़ों से थी। इस कृपा का आधार न्याय नहीं, दीन-पालन है। दुर्गा ने उन्हें देखा, कुएं पर खड़े-खड़े सलाम किया और फिर अपने काम में लग गया। उसका यह अभिमान डॉक्टर साहब के हृदय में भाले की भांति चुभ गया। उन्हें यह विचार कर अत्यंत क्रोध आया कि मेरे यहां से निकलना इसके लिए हितकर हो गया। उन्हें अपनी सहृदयता पर जो घमंड था, उसे बड़ा आघात लगा। प्रेमशंकर ज्यों ही उनसे हाथ मिलाकर उन्हें क्यारियों की सैर कराने लगे, त्यों ही डॉक्टर साहब ने उनसे पूछा - यह आदमी आपके यहां कितने दिनों से हैं?

प्रेमशंकर - यही 6 या 7 महीने होंगे।

डॉक्टर - कुछ नोंच-खसोट तो नहीं करता? यह मेरे यहां माली था। इसके हथलपाकेपन से तंग आकर मैंने इसे निकाल दिया था। कभी फल तोड़कर बेच आता, कभी पौधे उठा ले जाता, और फलों का कहना ही क्या? वे इसके मारे बचते ही न थे। एक बार मैंने मित्रों की दावत दी थी। मलीहाबादी सुफेदे में खूब फल लगे हुए थे। जब सब आकर बैठ गए और मैं उन्हें फल दिखाने के लिए ले गया तो सारे फल गायब! कुछ न पूछिए! उस घड़ी कितनी भद्द हुई! मैंने उसी क्षण इन महाशय को दुत्कार बतायी। बड़ा ही दगाबाज आदमी है और ऐसा चतुर है कि इसको पकड़ना मुश्किल है। कोई वकीलों ही जैसा काइयां आदमी हो तो इसे पकड़ सकता है। ऐसी सफाई और ढिठाई से बचता है कि इसका मुंह देखते रह जाइए। आपको भी तो कभी चरका नहीं दिया?

प्रेमशंकर - जी नहीं, कभी नहीं। मुझे इसने शिकायत का कोई अवसर नहीं दिया। यहां तो खूब मेहनत करता है, यहां तक कि दोपहर की छुट्टी में भी आराम नहीं करता। मुझे तो इस पर इतना भरोसा हो गया कि सारा बगीचा इस पर छोड़ रखा है। दिन भर में जो कुछ आमदनी होती है, वह शाम को मुझे दे देता है और कभी एक पाई का भी अंतर कहीं पड़ता।

डॉक्टर - यही तो इसका कौशल है कि आपके उलटे छुर्रे मूड़े और आपको खबर भी नहीं। आप इसे वेतन क्या देते हैं?

प्रेमशंकर - यहां किसी को वेतन नहीं दिया जाता। सब लोग लाभ में बराबर के साझेदार हैं। महीने भर में आवश्यक व्यय के पश्चात् जो कुछ बचता है, उनमें से 10 रु प्रति सैकड़ा धर्मखाते में डाल दिया जाता है, शेष रुपये समाज भागों में बांट दिए जाते हैं। पिछले महीने 140 रु की आमदनी हुई थी। मुझे मिलाकर यहां सात आदमी है। 20 रु हिस्से पड़े। अबकी नारंगियां खूब हुई हैं, सेम की फलियां, गन्ने, गोभी आदि से अच्छी आमदनी हो रही है। 40 से कम न पड़ेंगे।

डॉक्टर मेहरा ने आश्चर्य से पूछा - इतने में आपका काम चल जाता है?

प्रेमशंकर - जी हां, बड़ी सुगमता से। मैं इन्हीं आदमियों के-से कपड़े पहनता हूं। इन्हीं का सा खाना खाता हूं और मुझे कोई दूसरा व्यसन नहीं है। यहां 20 रु मासिक उन औषधियों का खर्च है, जो गरीबों को दी जाती हैं। ये रुपये संयुक्त आय से अलग कर लिये जाते हैं, किसी को कोई आपत्ति नहीं होती। यह साइकिल जो आप देखते है। संयुक्त आय से ही ली गयी है। जिसे जरूरत होती है। इस पर सवार होता है। मुझे ये सब अधिक कार्य कुशल समझते है और मुझ पर पूरा विश्वास रखते हैं। बस मैं इनका मुखिया हूं। जो कुछ सलाह देता हूं उसे सब मानते हैं। कोई भी यह नहीं समझता कि मैं किसी का नौकर हूं। सब-के-सब अपने को साझेदार समझते हैं और जी तोड़कर मेहनत करते है। जहां कोई मालिक होता है और दूसरा उनका नौकर तो उन दोनों में तुरन्त द्वेष पैदा हो जाता है। मालिक चाहता है कि इससे जितना काम लेते बने, लेना चाहिए। नौकर चाहता है कि मैं कम-से-कम काम करूं। उनमें स्नेह या सहानुभूति का नाम तक नहीं होता। दोनों यथार्थ में एक दूसरे के शत्रु होते हैं। इस प्रतिद्वंद्विता का दुष्परिणाम हम और आप देख ही रहे हैं। मोटे और पतले आदमियों के पृथक-पृथक दल बन गए है और उनमें घोर संग्राम हो रहा है। काल चिह्नों से ज्ञात होता है कि यह प्रतिद्वंद्विता अब कुछ दिनों की मेहमान है। इसकी जगह अब सहकारिता का आगमन होने वाला है। मैंने अन्य देशों में घातक संग्राम के दृश्य देखे हैं और मुझे घृणा हो गयी है। सहकारिता ही हमें इस संकट से मुक्त कर सकती है।

डॉक्टर - तो यह कहिए कि आप 'सोशलिस्ट' हैं।

प्रेम शंकर - जी नहीं, मैं 'सोशलिस्ट' या 'डिमोक्रेट' कुछ नहीं हूं। मैं केवल न्याय और धर्म का दीन सेवक हूं। मैं निस्वार्थ सेवा को विद्या से श्रेष्ठ समझता हूं। मैं अपनी आत्मिक और मानसिक-शक्तियों को, बुद्धि-सामर्थ्य को, धन और वैभव का गुलाम नहीं बनाना चाहता। मुझे वर्तमान शिक्षा और सभ्यता पर विश्वास नहीं। विद्या का धर्म है - आत्मिक उन्नति का फल, उदारता, त्याग, सदिच्छा, सहानुभूति, न्यायप्रियता और दयाशीलता। जो शिक्षा हमें निर्बलों को सताने के लिए तैयार करे, जो हमें दूसरों का रक्त पीकर मोटा होने का इच्छुक बनाये, वह शिक्षा नहीं है। अगर मूर्ख, लोभ और मोह के पंजे में फंस जाएं तो वे क्षम्य हैं, परंतु विद्या और सभ्यता के उपासकों की स्वार्थांधता अत्यन्त लज्जाजनक है। हमने विद्या और बुद्धि-बल को विभूति शिखर पर चढ़ने का मार्ग बना लिया। वास्तव में यह सेवा और प्रेम का साधन था। कितनी विचित्र दशा है जो जितना ही बड़ा विद्वान है, वह उतना ही बड़ा स्वार्थ सेवी है। बस, हमारी सारी विद्या और बुद्धि, हमारा सारा उत्साह और अनुराग, धनलिप्सा में ग्रसित है। हमारे प्रोफेसर साहब एक हजार से कम वेतन पाये तो उनका मुंह ही नहीं सीधा होता। हमारे दीवान और माल के अधिकारी लोग हजार मासिक पाने पर भी अपने भाग्य को रोया करते हैं। हमारे डॉक्टर साहब चाहते हैं कि मरीज मरे या जिये, मेरी फीस में बाधा न पड़े और हमारे वकील साहब (क्षमा कीजिएगा) ईश्वर से मनाया करते हैं कि ईर्ष्या और द्वेष का प्रकोप हो और सोने की दीवार खड़ी कर लूं। 'समय धन है' इसी वाक्य में हम ईश्वर-वाक्य समझ रहे हैं। इन महान पुरुषों में से प्रत्येक व्यक्ति सैकड़ों नहीं हजारों-लाखों की जीविका हड़प जाता है और फिर भी उन्हें जाति का

भक्त बनने का दावा है। वह अपने स्वजातीय-प्रेम का डंका बजाता फिरता है। पैदा दूसरे करें, पसीना दूसरे बहाये, खाना और मूछों पर ताव देना इनका काम है। मैं समस्त शिक्षित समुदाय को केवल निकम्मा ही नहीं, वरन् अनर्थकारी भी समझता हूं।

डॉक्टर साहब ने बहुत धैर्य से काम ले कर पूछा - तो क्या आप चाहते हैं कि हम सब-के-सब मजूरी करें?

प्रेमशंकर - जी नहीं, हालांकि ऐसा हो तो मनुष्य-जाति का बहुत उपकार हो। मुझे जो आपत्ति है, यह केवल दशाओं में इस अन्याय-पूर्ण समता से है। यदि एक मजूर 5 रुपया में अपना निर्वाह कर सकता है, तो एक मानसिक काम करने वाले प्राणी के लिए इससे दुगुनी-तिगुनी आय काफी होनी चाहिए और वह अधिकता इसलिए कि उसे कुछ उत्तम भोजन-वस्त्र तथा सुख की आवश्यकता होती है। मगर पांच और पांच हजार, पचास और पचास हजार का अस्वाभाविक अंतर क्यों हो? इतना ही नहीं, हमारा समाज पांच और पांच लाख के अंतर का भी तिरस्कार नहीं करता, वरन् उसकी और भी प्रशंसा करता है। शासन-प्रबंध, वकालत, चिकित्सा, चित्र-रचना, शिक्षा, दलाली, व्यापार, संगीत और इसी प्रकार की सैकड़ों कलाएं शिक्षित समुदाय की जीवन-वृत्ति बनी हुई हैं। पर इनमें से एक भी धनोपार्जन नहीं करती। इनका आधार दूसरों की कमाई पर है। मेरी समझ में नहीं आता कि वह उद्योग धंधे जो जीवन की सामग्रियां पैदा करते हैं, जिन पर जीवन का अवलंबन है, क्यों उन पेशों से नीचे समझे जाएं, जिनका काम केवल मनोरंजन या अधिक-से-अधिक धनोपार्जन में सहायता करना है। आज सारे दलाल स्वर्ग को सिधारे, जुलाहे कपड़े बुनेंगे, बढ़ई, लोहार, राज, चर्मकार सब-के-सब पूर्ववत् अपना-अपना काम करते रहेंगे। उनकी पंचायतें उनके झगड़ों का निबटारा करेंगी। लेकिन यदि किसान न हों तो संसार सुधा-पीड़ा से व्याकुल हो जाये। परन्तु किसान के लिए 5 रु. बहुत समझा जाता है और वकील साहब या डॉक्टर साहब को पांच हजार भी काफी नहीं।

डॉक्टर - आप अर्थ-शास्त्र के उस महत्त्वपूर्ण सिद्धांत को भूले जाते हैं जिसे श्रम-विभाजन (Division of Labour) कहते हैं। प्रकृति ने प्राणियों को भिन्न-भिन्न शक्तियां प्रदान की हैं और उनके विकास के लिए भिन्न-भिन्न दशाओं की आवश्यकता है।

प्रेमशंकर - मैं यह कब कहता हूं कि प्रत्येक मनुष्य मजूरी करने पर मजबूर किया जाये। नहीं, जिसे परमात्मा ने विचार की शक्ति दी है, वह शास्त्रों की विवेचना करे। जो भावुक हो, वह काव्य की रचना करे। जो अन्याय से घृणा करता हो, वह वकालत करे। मेरा कथन केवल यह है कि विभिन्न कार्यों की हैसियत में इतना अंतर न रहना चाहिए। मानसिक और औद्योगिक कामों में इतना फर्क न्याय के विरुद्ध है। यह प्रकृति के नियमों के प्रतिकूल ज्ञात होता है कि आवश्यकता और अनिवार्य कार्यों पर अनावश्यक और अनिवार्य कार्यों की प्रधानता हो। कतिपय सज्जनों का मत है कि इस साम्य से गुणी लोगों का अनादर होगा और संसार को उनके सुविचारों और सत्कार्यों से लाभ न पहुंच सकेगा। किंतु वे भूल जाते है। संसार के बड़े-से-बड़े पंडित, बड़े-से-बड़े आविष्कारक, बड़े-से-बड़े शिक्षक धन और प्रभुता के लोभ से मुक्त थे। हमारे अस्वाभाविक जीवन का एक कुपरिणाम यह भी है कि हम बलात् कवि और शिक्षक बन जाते हैं

कि संसार में आज अनगिनत लेखक और कवि, वकील और शिक्षक उपस्थित हैं। वे सब-के-सब पृथ्वी पर भार-रूप हो रहे हैं। जब उन्हें मालूम होगा कि इन दिव्य कलाओं में कुछ लाभ नहीं है तो वही लोग कवि होंगे, जिन्हें कवि होना चाहिए। संक्षेप में कहना यही है कि धन की प्रधानता ने हमारे समस्त समाज को उलट-पलट दिया है।'

डॉक्टर मेहरा अधीर हो गये बोले - महाशय, समाज-संगठन का यह रूप देव-लोक के लिए चाहे उपयुक्त हो, पर भौतिक संसार के लिए और इस काल में वह कदापि उपयोगी नहीं हो सकता।

प्रेमशंकर - केवल इसी कारण से अभी तक धनवानों का, जमींदारों का और शिक्षित समुदाय का प्रभुत्व जमा हुआ हैं। पर इसके पहले भी, कई बार इस प्रभुत्व को धक्का लग चुका है और चिह्नों से ज्ञात होता है कि निकट भविष्य में फिर इसकी पराजय होने वाली है। कदाचित् यह हार निर्णयात्मक होगी। समाज का चक्र साम्य से आरंभ होकर फिर साम्य पर ही समाप्त होता है। एकाधिपत्य, रईसों का प्रभुत्व और वाणिज्य-प्राबल्य, उसकी मध्यवर्ती दशाएं है। वर्तमान चक्र ने मध्यवर्ती दशाओं को भोग लिया है और वह अपने अंतिम स्थान के विकट उगता जाता है। किन्तु हमारी आंखें अधिकार और प्रभुता के मद में ऐसी भरी हुई है कि हमें आगे-पीछे कुछ नहीं सूझता। चारों ओर जनतावाद का घोर वाद हमारे कानों में आ रहा है, पर हम ऐसे निश्चिंत हैं मानों वह साधारण मेघ की गरज है। हम अभी तक उन्हीं विद्याओं और कलाओं में लीन हैं जिनका आश्रय दूसरों की मेहनत है। हमारे विद्यालयों की संख्या बढ़ती जाती है, हमारे वकील खाने में पांव रखने की जगह बाकी नहीं, गली-गली फोटो स्टूडियो खुल रहे है, डॉक्टरों की संख्या मरीजों से भी अधिक हो गयी है, पर अब भी हमारी आंखें नहीं खुलती। हम इस अस्वाभाविक जीवन, इस सभ्यता के तिलस्म से बाहर निकलने की चेष्टा नहीं करते। हम शहरों में कारखाने खोलते फिरते हैं, इसलिए कि मजदूरों की मेहनत से मोटे हो जायें। 30 रु. और 40 रु. सैकड़े लाभ की कल्पना करके फूले नहीं समाते, पर ऐसा कहीं देखने में नहीं आता कि किसी शिक्षित सज्जन ने कपड़ा बुनना या जमीन जोतना शुरू किया हो। यदि कोई दुर्भाग्यवश ऐसा करे भी तो उसकी हंसी उड़ायी जाती है। हम उसी को मान-प्रतिष्ठ के योग्य समझते हैं, जो तकिया, गद्दी लगाये बैठा रहे, हाथ-पैर न हिलाए और लेन-देन पर, कूद-बल्ले पर लाखों के वारे-न्यारे करता हो... ।

यही बातें हो रही थी कि दुर्गा माली एक डाली में नारंगिया, गोभी के फूल, अमरूद, मटर की फलियां आदि सजाकर लाया और उसे डॉक्टर साहब के सामने रख दिया। उसके चेहरे पर एक प्रकार का गर्व था, मानों उसकी आत्मा जागृत हो गई है। वह डॉक्टर साहब के समीप एक मोटे मोड़ पर बैठ गया और बोला - हुजूर को कैसी कलमें चाहिए? आप बाबूजी को एक चिट पर उनके नाम लिखकर दे दीजिए। मैं कल आपके मकान पर पहुंचा दूंगा। आपके बाल-बच्चे तो अच्छी तरह हैं?

डॉक्टर साहब ने कुछ सकुचा कर कहा - हां, लड़के अच्छी तरह है, तुम यहां अच्छी तरह हो?

दुर्गा - जी हां, आपकी दया से बहुत आराम से हूं।

डॉक्टर साहब उठकर चले। प्रेमशंकर उन्हें विदा करने साथ-साथ फाटक तक आये। डॉक्टर साहब मोटर पर बैठे तो मुस्कुराकर प्रेमशंकर से बोले - मैं आपके सिद्धांतों का कायल नहीं हुआ, पर इसमें संदेह नहीं कि आपने एक पशु को मनुष्य बना दिया। यह आपके सत्संग का फल है। लेकिन क्षमा कीजिएगा, मैं फिर भी कहूंगा कि आप इससे होशियार रहिए। 'यूजेनिक्स' (सुप्रजनज-शास्त्र) अभी तक किसी ऐसे प्रयोग का आविष्कार नहीं कर सका है, जो जन्म के संस्कारों को मिटा दे।

***

मूठ

डॉक्टर जयपाल ने प्रथम श्रेणी की सनद पायी थी, पर इसे भाग्य कहिए या व्यावसायिक सिद्धांतों का अज्ञान कि उन्हें अपने व्यवसाय में कभी उन्नत अवस्था न मिली। उनका घर संकरी गली में था, पर उनके जी में खुली जगह में घर लेने का कभी विचार तक न उठा। औषधालय की आलमारियां, शीशियां और डॉक्टरी यंत्र आदि भी साफ-सुथरे न थे। मितव्ययिता के सिद्धांतों का वह अपनी घरेलू बातों में भी बहुत ध्यान रखते थे।

लड़का जवान हो गया था, पर अभी उसकी शिक्षा का प्रश्न सामने न आया था। सोचते थे कि इतने दिनों तक पुस्तकों से सर मारकर मैंने ऐसी कौन-सी बड़ी सम्पत्ति पा ली, जो उसके पढ़ाने-लिखाने में हजारों रुपये बर्बाद करूं। उनकी पत्नी अहिल्या धैर्यवान महिला थी, पर डॉक्टर साहब ने उसके इन गुणों पर इतना बोझ रख दिया था कि उसकी कमर भी झुक गयी थी। मां भी जीवित थी, पर गंगा स्नान के लिए तरस-तरस कर रह जाती थी। दूसरे पवित्र स्थानों की यात्रा की चर्चा ही क्या। इस क्रूर मितव्ययिता का परिणाम यह था कि इस घर में सुख और शांति का नाम न था। अगर कोई मद फुटकर थी तो वह बुढ़िया महरी जगिया थी। उसने डॉक्टर साहब को गोद में खिलाया था और उसे इस घर से ऐसा प्रेम हो गया था कि सब प्रकार की कठिनाइयां झेलती थी, पर टलने का नाम न लेती थी।

2

डॉक्टर साहब डॉक्टरी आय की कमी को कपड़े और शक्कर के कारखानों में हिस्से लेकर पूरा करते थे। आज संयोगवश बम्बई के कारखाने ने इनके पास वार्षिक लाभ के साढ़े सात सौ रुपये भेजे थे। डॉक्टर साहब ने बीमा खोला, नोट गिने, डाकिए को विदा किया, पर डाकिए के पास रुपये अधिक थे बोझ से दबा जाता था। बोला - हुजूर रुपये ले लें और मुझे नोट दे दें तो बड़ा एहसान हो, बोझ हलका हो जाये। डॉक्टर साहब डाकिए को प्रसन्न रखा करते थे, उन्हें मुफ्त दवाइयां दिया करते थे। सोचा कि हां, मुझे बैंक जाने के लिए तांगा मंगाना ही पड़ेगा, क्यों न बिन कौड़ी के उपकार वाले सिद्धांत से काम लूं। रुपये गिनकर एक थैली में रख दिये और सोच ही रहे थे कि चलूं इन्हें बैंक में रखता आऊं कि एक रोगी ने बुला भेजा। ऐसे अवसर यहां कदाचित ही आते थे। यद्यपि डॉक्टर साहब को बक्स पर भरोसा न था, पर विवश हो कर थैली बक्स में रखी और रोगी को देखने चले गये। वहां से लौटे तो तीन बज चुके थे, बैंक बंद हो चुका था। आज रुपये किसी तरह जमा न हो सकते थे। प्रति दिन की भांति औषधालय में बैठ गये। आठ बजे रात को जब घर के भीतर जाने लगे, तो थैली को घर ले जाने के लिए बक्स से निकाला, थैली कुछ हल्की जान पड़ी, तत्काल उसे दवाइयों के तराजू पर तौला। होश उड़ गये।

पूरे पांच सौ रुपये कम निकले। विक्षिप्त अधीरता के साथ बक्स के दूसरे खानों को खोला, परंतु व्यर्थ! निराश होकर एक कुरसी पर बैठ गये और स्मरण-शक्ति को एकत्र करने के लिए आंखें बंद कर दी और सोचने लगे, मैंने रुपये कहीं अलग तो नहीं रखे, डाकिये ने रुपये कम तो नहीं दिये, मैंने गिनने में भूल तो नहीं की, मैंने पच्चीस-पच्चीस रुपये की गड्डिया लगायी थी, पूरी तीस गड्डिया लगायी थी, खूब याद है। मैंने एक-एक गड्डी गिनकर थैली में रखी। स्मरण-शक्ति मुझे धोखा नहीं दे रही है। सब मुझे ठीक-ठाक याद है। बक्स का ताला भी बंद कर दिया था, किन्तु ओह, अब समझ में आ गया, कुंजी मेज़ पर ही छोड़ दी, जल्दी के मारे उसे जेब में रखना भूल गया। वह अभी तक मेज़ पर पड़ी है। सब यही बात है, कुंजी जेब में डालने की याद नहीं रही, परंतु ले कौन गया, बाहर दरवाजे बंद थे। घर में धरे रुपये-पैसे कोई का नहीं छूता, आज तक कभी ऐसा अवसर नहीं आया। अवश्य यह किसी बाहरी आदमी का काम है। हो सकता है कि कोई दरवाजा खुला रह गया हो, कोई दवा लेने आया हो, कुंजी मेज़ पर पड़ी देखी हो और बक्स खोलकर रुपये निकाल लिये हो।

इसी से मैं रुपये नहीं लिया करता, कौन जाने, डाकिए की ही करतूत हो, बहुत सम्भव है, उसने मुझे बक्स में थैली रखते देखा था। ये रुपये जमा हो जाते तो मेरे पास पूरे. . हजार रुपये हो जाते, ब्याज जोड़ने में सरलता होती। क्या करूं। पुलिस को खबर दूं... व्यर्थ है।बैठे-बिठाये उलझन मोल लेनी है। टोले भर के आदमियों की दरवाजे पर भीड़ होगी। दस-पांच आदमियों को गालियां खानी पड़ेगी और कुछ नहीं! क्या धीरज धर कर बैठे रहूं! कैसे धीरज धरे, यह कोई सेंत मेंत मिला धन तो था नहीं, हराम की कौड़ी होती तो समझता कि जैसे आयी, वैसे गयी। यहां एक-एक पैसा अपने पसीने का है। मैं जो इतनी मितव्ययिता से रहता हूं इतना कष्ट से रहता हूं, कंजूस प्रसिद्ध हूं। घर के आवश्यक व्यय में भी काट-छांट करता हूं क्या इसलिए कि किसी उचक्के के लिए मनोरंजन का सामान जुटाऊं। मुझे रेशम से घृणा नहीं, न मेवे ही अरुचिकर हैं, न अजीर्ण का रोग है कि मलाई खाऊं और अपच हो जाये, न आंखों में दृष्टि कम है कि थियेटर और सिनेमा का आनंद न उठा सकूं। मैं सब ओर से अपने काम पड़ने पर किसी के आगे हाथ न फैलाना पड़े। कुछ जायदाद ले सकूं और नहीं तो अच्छा घर ही बना लूं। पर इस मन मारने का यह फल! गाढ़े परिश्रम के रुपये हट जाये। अन्याय है कि मैं यों दिन-दहाड़े लुट जाऊं और उस दुष्ट का बाल भी टेढ़ा न हो। उसके घर दीवाली हो रही होगी, आनंद मनाया जा रहा होगा, सब-के-सब बगलें बजा रहे होंगे।

डॉक्टर साहब बदला लेने के लिए व्याकुल हो गये। मैंने कभी किसी फकीर को, किसी साधु को, दरवाजे पर खड़ा होने नहीं दिया। अनेक बार चाहने पर भी मैंने कभी मित्रों को अपने यहां निमंत्रित नहीं किया, कुटुम्बियों और संबंधियों से सदा बचता रहा, क्या इसलिए। उसका पता लग जाता तो मैं एक विषैली सूई से उनके जीवन का अंत कर देता।

किन्तु कोई उपाय नहीं है। जुलाहे का गुस्सा दाढ़ी पर। गुप्त पुलिसवाले भी बस नाम ही के हैं, पता लगाने की योग्यता नहीं। इनकी सारी अक्ल राजनीतिक व्याख्यानों और झूठी रिपोर्ट के लिखने में समाप्त हो जाती है। किसी मेस्मेरिज़म जानने वाले के पास चलूं वह इस उलझन को

सुलझा सकता है। सुनता हूं यूरोप और अमेरिका में बहुधा चोरियों का पता इसी उपाय से लग जाता है। पर यहां ऐसा मेस्मेरिज़्म का पंड़ित कौन है और फिर मेस्मेरिज़्म के उत्तर सदा विश्वसनीय नहीं होते। ज्योतिषियों के समान वे भी अनुमान और अकल के अनंत सागर में डुबकियां लगाने लगते हैं। कुछ लोग नाम भी तो निकालते हैं। मैंने कभी उन कहानियों पर विश्वास नहीं किया, परन्तु कुछ-न-कुछ इसमें तत्त्व है अवश्य, नहीं तो इस प्रकृति-उपासना के युग में इनका अस्तित्व ही न रहता। आज-कल के विद्वान भी तो आत्मिक-बल का लोहा मानते हैं, पर मान लो, किसी के नाम बतला ही दिया तो मेरे साथ में बदला चुकाने का कौन-सा उपाय है, अंतर्ज्ञान साक्षी का काम नहीं दे सकता। एक क्षण के लिए मेरे जी को शांति मिल जाने के सिवाय और इनमें क्या लाभ है।

हां, खूब याद आया। नदी की ओर जाते हुए वह जो एक ओझा बैठता है, उसके करतब की कहानियां प्रायः सुनने में आती हैं। सुनता हूं गये हुए धन का पता बतला देता है, रोगियों को बात-की-बात में चंगा कर देता हैं, मूठ चली और चोर के मुंह से रक्त जारी हुआ, जब तक वह माल न लौटा दे, रक्त बंद नहीं होता। यह निशाना बैठ जाये तो मेरी हार्दिक इच्छा पूरी हो जाय। मुंह-मांगा फल पाऊंगा। रुपये भी मिल जायें, चोर को शिक्षा भी मिल जाये। उसके यहां सदा लोगों की भीड़ लगी रहती है। उसमें कुछ करतब न होता तो इतने लोग क्यों जमा होते? उसकी मुखाकृति से एक प्रतिभा बरसती है। आजकल के शिक्षित लोगों को तो इन बातों पर विश्वास नहीं है, पर नीच और मूर्ख-मंडली में उसकी बहुत चर्चा है। भूत-प्रेत आदि की कहानियां प्रतिदिन ही सुना करता हूं। क्यों न उसी ओझा के पास चलूं। मान लो कोई लाभ न हुआ तो हानि क्यों हो जायेगी? जहां पांच सौ गये हैं, दो-चार रुपये का खून और सही। यह समय भी अच्छा है। भीड़ कम होगी, चलना चाहिए।

3

जी में यह निश्चय करके डॉक्टर साहब उस ओझा के घर की ओर चले, जाड़े की रात थी। नौ बजे गये थे। रास्ता लगभग बंद हो गया था। कभी-कभी घरों से रामायण की ध्वनि कानों में आ जाती थी। कुछ देर के बाद बिलकुल सन्नाटा हो गया। रास्ते के दोनों ओर हरे-भरे खेत थे। सियारों का हुंकार सुनाई पड़ने लगा। जान पड़ता है, इसका दल कहीं पास ही है। डॉक्टर साहब को प्रायः दूर से इनका सुरीला स्वर सुनने का सौभाग्य हुआ था। पास से सुनने का नहीं। इस समय इस सन्नाटे में और इतने पास उनका चीखना सुनकर उन्हें डर लगा। कई बार अपनी छड़ी धरती पर पटकी, पैर धमधमाये। सियार बड़े डरपोक होते है, आदमी के पास नहीं आते, पर फिर संदेह हुआ, कहीं इनमें कोई पागल हो तो उसका काटा तो बचता ही नहीं। यह संदेह होते ही कीटाणु, बैक्टीरिया, पास्टयार इंस्टीट्यूट और कसौली की याद उनके मस्तिष्क में चक्कर काटने लगी। वह जल्दी-जल्दी पैर बढ़ाए चले जाते थे। एकाएक जी में विचार उठा - कहीं मेरे ही घर में किसी ने रुपये उड़ा लिए हों तो। वे तत्काल ठिठक गये, पर एक ही क्षण में उन्होंने इसका भी निर्णय कर लिया, क्या हर्ज है? घर वालों को तो और भी कड़ा दंड मिलना चाहिए। चोर की मेरे साथ सहानुभूति नहीं हो सकती, पर घरवालों की सहानुभूति का मैं अधिकारी हूं उन्हें जानना

चाहिए कि मैं जो कुछ करता हूं उन्हीं के लिए करता हूं। रात-दिन मरता हूं तो उन्हीं के लिए मरता हूं यदि इस पर भी वे मुझे यों धोखा देने के लिए तैयार हों तो उनसे अधिक अकृतज्ञ, उनसे अधिक निर्दयी और कौन होगा? उन्हें और भी कड़ा दंड मिलना चाहिए। इतना शिक्षाप्रद कि फिर कभी किसी को ऐसा करने का साहस न हो।

अंत में वे ओझा के घर के पास जा पहुंचे। लोगों की भीड़ न थी। उन्हें बड़ा संतोष हुआ। हां, उनकी चाल कुछ धीमी पड़ गयी। फिर जी में सोचा, कहीं यह सब ढकोसला हो तो व्यर्थ लज्जित होना पड़े। जो सुने, मूर्ख बनाये। कदाचित, ओझा ही मुझे तुच्छ बुद्धि समझे, पर अब तो आ गया, यह तर्जुबा भी हो जाये। और कुछ न होगा तो जांच ही सही। ओझा का नाम बुद्धू था। लोग चौधरी कहते थे। जाति का चमार था। छोटा-सा घर और वह भी गंदा। छप्पर इतनी नीची थी कि झुकने पर भी सिर में टक्कर लगने का डर लगता था। दरवाजे पर एक नीम का पेड़ था। उसके नीचे एक चौरा। नीम के पेड़ पर एक झंडी लहराती थी। उसके नीचे एक चौरा पर मिट्टी के सैकड़ों हाथी सिंदूर से रंगे हुए खड़े थे। कई लोहे के नोंकदार त्रिशूल भी गड़े थे, जो मानो इन मंदगति हाथियों के लिए अंकुश का काम दे रहे थे। दस बजे थे। बुद्धू चौधरी जो एक काले रंग का तोंदीला और रोबदार आदमी था, एक फटे हुए टाट पर बैठा नारियल पी रहा था। बोतल और गिलास भी सामने रखे हुए।

बुद्धू ने डॉक्टर साहब को देखकर तुरंत बोतल छिपा दी और नीचे उतरकर सलाम किया। घर से एक बुढ़िया ने मोड़ा लाकर उनके लिए रख दिया। डॉक्टर साहब ने कुछ झेंपते हुए सारी घटना कह सुनायी। बुद्ध ने कहा, हुजूर, यह कौन बड़ा काम है। अभी इसी इतवार को दरोगा जी की घड़ी चोरी हो गयी थी, बहुत कुछ तहकीकात की, पता न चला मुझे बुलाया। मैंने बात-की-बात में पता लगा दिया। पांच रुपये इनाम दिये। कल की बात है, जमादार साहब की घोड़ी खो गयी थी। चारों तरफ दौड़ते फिरते। मैंने ऐसा पता बता दिया कि घोड़ी चरती हुई मिल गयी। इसी विद्या की बदौलत हुजूर हुक्काम सभी मानते हैं।

डॉक्टर को दरोगा और जमादार की चर्चा न रची। इन सब गंवारों की आंखों में जो कुछ हैं, वह जमादार ही हैं। बोले - मैं केवल चोरी का पता लगाना नहीं चाहता, मैं चोर को सजा देना चाहता हूं।

बुद्धू ने एक क्षण के लिए आंखें बंद की, जुमाहाइयां ली, चुटकियां बजायी और फिर कहा - यह घर ही के किसी आदमी का काम है।

डॉक्टर - कुछ परवाह नहीं, कोई हो।

बुढ़िया - पीछे से कोई बात बने या बिगड़ेगी तो हुजूर हमीं को बुरा कहेंगे।

डॉक्टर - इसकी तुम कुछ चिन्ता न करो, मैंने खूब सोच-विचार लिया है, बल्कि अगर घर के किसी आदमी की शरारत है तो मैं उसके साथ और भी कड़ाई करना चाहता हूं। बाहर का आदमी मेरे साथ छल करे तो क्षमा के योग्य है, पर घर के आदमी को मैं किसी प्रकार क्षमा नहीं कर सकता।

बुद्ध - तो हुजूर क्या चाहते हैं?

डॉक्टर - बस यही कि मेरे रुपये मिल जाये और चोर किसी बड़े कष्ट में पड़ जाये। बुद्धू - मूठ चला दूं?

बुढ़िया - ना बेटा, मूठ के पास न जाना। न जाने कैसी पड़े, कैसी न पड़े।

डॉक्टर - तुम मूठ चला दो, इसका जो कुछ मेहनताना और इनाम हो, मैं देने को तैयार हूं।

बुढ़िया - बेटा, मैं फिर कहती हूं, मूठ के फेरे में मत पड़। कोई जोखिम की बात आ पड़ेगी तो वही बाबूजी फिर तेरे सिर होंगे और तेरे बनाये कुछ न बनेगी। क्या जानता नहीं, मूठ का उतार कितना कठिन है?

बुद्ध - हां बाबू जी! फिर एक बार अच्छी तरह सोच लीजिए। मूठ तो मैं चला दूंगा, लेकिन उसको उतारने का जिम्मा मैं नहीं ले सकता।

डॉक्टर - अभी कह तो दिया, मैं तुमसे उतारने को न कहूंगा, चलाओ भी तो।

बुद्धू ने आवश्यक सामान की एक लम्बी तालिका बनायी। डॉक्टर साहब ने सामान की अपेक्षा रुपये देना अधिक उचित समझा। बुद्धू राजी हो गया। डॉक्टर साहब चलते-चलते बोले - ऐसा मंतर चलाओ कि सवेरा होते-होते, चोर मेरे सामने माल लिए हुए आ जाये।

बुद्धू ने कहा - आप निसाखातिर रहें।

4

डॉक्टर साहब वहां से चले तो ग्यारह बजे थे। जाड़े की रात, कड़ाके की ठंड थी। उनकी मां और पत्नी दोनों बैठी हुई उनकी राह देख रही थी। जी को बहलाने के लिए बीच में एक अंगीठी रख ली थी, जिसका प्रभाव शरीर की अपेक्षा विचार पर अधिक पड़ता था। यहां कोयला विलास्य पदार्थ समझा जाता था। बुढ़िया महरी जगिया वहीं फटे टाट का टुकड़ा ओढ़े पड़ी थी। वह बार-बार उठकर अपनी कोठरी में जाती, आले पर कुछ टटोल कर देखती और फिर अपनी जगह पर आकर पड़ रहती। बार-बार पूछती, कितनी रात गयी होगी। जरा भी खटका होता तो चौक पड़ती और चिंतित दृष्टि से इधर उधर देखने लगती। आज डॉक्टर साहब ने नियम के प्रतिकूल क्यों इतनी देर लगायी, इसका सबको आश्चर्य था। ऐसे अवसर बहुत कम आते थे कि रोगियों को देखने के लिए रात को उस गली में आने का साहस न करते थे। समा-सोसायटी में जाने की उन्हें रुचि न थी। मित्रों से भी उनका मेलजोल न था। मां ने कहा - जाने कहां चला गया, खाना बिलकुल पानी हो गया।

अहिल्या - आदमी जाता है तो कहकर जाता है, आधी रात से ऊपर हो गयी।

मां - कोई ऐसी ही अटक हो गयी होगी, नहीं तो वह कब घर से बाहर निकलता है?

अहिल्या - मैं तो अब सोने जाती हूं, उनका जब जी चाहे आयें कौन सारी रात बैठा पहरा देगा।

यही बातें हो रही थी कि डॉक्टर साहब घर आ पहुंचे। अहिल्या संभल बैठी, जगिया उठकर खड़ी हो गयी और उनकी ओर सहमी हुई आंखों से ताकने लगी। मां ने पूछा आज कहां इतनी देर लगा दी?

डॉक्टर - तुम लोग तो सुख से बैठी हो न! हमें देर हो गयी, इसकी तुम्हें क्या चिंता! जाओ, सुख से सोओ, इन ऊपरी दिखावटी बातों से मैं धोखे में नहीं आता। अवसर पाओ तो गला काट लो, इस पर चली हो बात बनाने।

मां ने दुखी होकर कहा - बेटा ऐसी जी दुखाने वाली बातें क्यों करते हो? घर में तुम्हारा कौन बैरी है जो तुम्हारा बुरा सोचेगा?

डॉक्टर - मैं किसी को अपना मित्र नहीं समझता, सभी मेरे बैरी है। मेरे प्राणों के ग्राहक हैं, नहीं तो क्या आंख ओझल होते ही मेरी मेज़ से पांच सौ रुपये उड़ जाये, दरवाजे बाहर से बंद थे, कोई गैर आया नहीं, रुपये रखते ही उड़ गये। जो लोग इस तरह मेरा गला काटने को उतारू हों, क्यों कर अपना समझूं। मैंने खूब पता लगा लिया है, अभी एक ओझा के पास से चला आ रहा हूं। उसने साफ कह दिया कि घर के ही किसी आदमी का काम है। अच्छी बात है, जैसी करनी वैसी भरनी। मैं भी बता दूंगा कि मैं अपने बैरियों का शुभ चिंतक नहीं हूं। यदि बाहर का आदमी होता तो कदाचित मैं जाने भी देता। पर जब घर के आदमी, जिनके लिए रात-दिन चक्की पीसता हूं मेरे साथ ऐसा छल करें तो वे इसी योग्य हैं कि उनके साथ जरा भी रियायत न की जाये। देखना, सबेरे तक चोर की क्या दशा होती है। मैंने ओझा से मूठ चलाने को कह दिया। झूठ चली और उधर चोर के प्राण संकट में पड़े।

जागिया घबराकर बोली - भैया, मूठ में जान जोखिम है।

डॉक्टर - चोर की यही सजा है।

जागिया - किस ओझा ने चलाया है?

डॉक्टर - बुद्धू चौधरी ने।

जटिया - अरे राम, उसकी मूठ का तो उतार ही नहीं।

डॉक्टर अपने कमरे में चले गये, तो मां ने कहा - सूम का धन शैतान खाता है। पांच सौ रुपये कोई मुंह मारकर ले गया। इतने में तो मेरे सातों धाम हो जाते।

अहिल्या बोली - कंगन के लिए बरसों से झींक रही हूं, अच्छा हुआ मेरी आह पड़ी है। मां - भला घर में उसके रुपये कौन लेगा?

अहिल्या - किवाड़ खुले होंगे, कोई बाहरी आदमी उड़ा ले गया होगा।

मां - उसको विश्वास क्यों कर आ गया कि घर ही के किसी आदमी ने रुपये चुराये हैं।

अहिल्या - रुपये का लोभ आदमी को शक्की बना देता है।

5

रात को एक बजा था। डॉक्टर जयपाल भयानक स्वप्न देख रहे थे। एकाएक अहिल्या ने आकर कहा - जरा चलकर देखिए, जगिया का क्या हाल हो रहा है। जान पड़ता है, जीभ ऐंठ गयी, कुछ बोलती नहीं, आंखें पथरा गयी हैं।

डॉक्टर चौंक कर उठ बैठे। एक क्षण तक इधर-उधर ताकते रहे मानो सोच रहे थे, यह भी स्वप्न तो नहीं है। तब बोले - क्या कहा! जगिया को क्या हो गया?

अहिल्या ने फिर जगिया का हाल कहा। डॉक्टर के मुख पर हल्की सी मुस्कुराहट दौड़ गयी। बोले - चोर पकड़ा गया। मूठ ने अपना काम किया।

अहिल्या - और जो घर ही के किसी आदमी ने लिये होते?

डॉक्टर - तो उसकी भी दशा होती, सदा के लिए सीख जाता।

अहिल्या - पांच सौ रुपये के पीछे प्राण ले लेते?

डॉक्टर - पांच सौ रुपये के लिए नहीं, आवश्यकता पड़े तो पांच हजार खर्च कर सकता हूं, केवल छल-कपट का दंड देने के लिए।

अहिल्या - बड़े निर्दयी हों।

डॉक्टर - तुम्हें सिर से पैर तक सोने से लाद दूं तो मुझ भलाई का पुतला समझने लगो, क्यों? खेद है कि मैं तुमसे यह सबक नहीं ले सकता।

यह कहते हुए वह जगिया की कोठी में गए। उसकी हालत उससे कहीं अधिक खराब थी जो अहिल्या ने बतायी थी। मुख पर मुदनी छायी हुई थी, हाथ-पैर अकड़ गये थे, नाड़ी का कहीं पता न था। उनकी मां उसे होश में लाने के लिए बार-बार उसके मुंह पर पानी के छींटे दे रही थी, डॉक्टर ने यह हालत देखी तो होश उड़ गये। उन्हें अपने उपाय की सफलता पर प्रसन्न होना चाहिए था। जगिया ने रुपये चुराए, इसके लिए अब अधिक प्रमाण की आवश्यकता न थी, परंतु मूठ इतनी जल्दी प्रभाव डालने वाली और घातक वस्तु है, इसका उन्हें अनुमान भी न था। वे चोर को एड़ियां खाते, पीड़ा से कराहते और तड़पते देखना चाहते थे। बदला लेने की इच्छा आशातीत सफल हो रही थी, परन्तु यह नमक की अधिकता थी, जो कौर को मुंह के भीतर धंसने नहीं देती। यह दु:खमय दृश्य देखकर प्रसन्न होने के बदले उनके हृदय पर चोट लगी। रोब में हम अपनी निर्दयता और कठोरता का भ्रम मूलक अनुमान कर लिया करते है। प्रत्यक्ष घटना विचार से कहीं अधिक प्रभावशालिनी होती है। रण स्थल का विचार कितना कवित्वमय है। युद्धावेश का काव्य कितनी गर्मी उत्पन्न करने वाला है। परंतु कुचले हुए शव के कटे हुए अंग-प्रत्यंग देखकर कौन मनुष्य है, जिसे रोमांच न हो आये दया मनुष्य का स्वाभाविक गुण है।

इसके लिए अतिरिक्त इसका उन्हें अनुमान न था कि जागिया जैसी दुर्बल आत्मा मेरे रोष पर बलिदान होगी। समझते थे, मेरे बदले का वार किसी सजीव मनुष्य पर होगा, यहां तक कि वे अपनी स्त्री और लड़के को भी इस वार के योग्य समझते थे। पर मरे को मारना, कुचले को कुचलना, उन्हें अपना प्रतिघात मर्यादा के विपरीत जान पड़ा। जगिया का यह काम क्षमा के योग्य था। जिसे रोटियों के लाले हों, कपड़ों को तरसे, जिसकी आकांक्षा का भवन सदा अंधकारमय रहा हो, जिसकी इच्छाओं कभी पूरी न हुई हों, उसकी नीयत बिगड़ जाये तो आश्चर्य की बात नहीं। वे तत्काल औषधालय में गये, होश में लाने की जो अच्छी-अच्छी औषधियां थी, उनको मिलाकर एक मिश्रित नयी औषधि बना लाये, जटिया के गले में उतार दी। कुछ लाभ न हुआ। तब विद्युत यंत्र ले आये और उसकी सहायता से जगिया को होश में लाने का यत्न करने लगे। थोड़ी देर में जगिया की आंखें खुल गयी। उसने सहमी हुई दृष्टि से डॉक्टर को देखा, जैसे लड़का अपने अध्यापक की छड़ी की ओर देखता है, और उखड़े हुए स्वर में बोली - हाय राम, कलेजा फटा जाता है, अपने रुपये ले ले, आले पर एक हांडी है, उसी में रखे हुए हैं। मुझे अंगारों में मत जला। मैंने तो यह रुपये तीरथ करने के लिए चुराये थे। क्या तुझे तरस नहीं आता, मुट्ठी भर रुपयों के लिए मुझे आग में जला रहा है, मैं तुझे काला न समझती थी, हाय राम!

यह कहते-कहते वह फिर मूर्छित हो गयी, नाड़ी बंद हो गयी, होंठ नीले पड़ गये, शरीर के अंगों में खिचाव होने लगा। डॉक्टर ने दीन भाव से अहिल्या की ओर देखा और बोले - मैं तो अपने सारे उपाय कर चुका, अब इसे होश में लाना मेरी सामर्थ्य के बाहर है। मैं क्या जानता था कि यह अभागी मूठ इतनी घातक होती है। कहीं इसकी जान पर बन गयी तो जीवन भर पछताना पड़ेगा। आत्मा की ठोकरों से कभी छुटकारा न मिलेगा। क्या करूं बुद्धि कुछ काम नहीं करती।

अहिल्या - सिविल सर्जन को बुलाओ, कदाचित वह कोई अच्छी दवा दे दे। किसी को जान-बूझकर आग में धकेलना न चाहिए।

डॉक्टर - सिविल सर्जन इससे अधिक और कुछ नहीं कर सकता, जो मैं कर चुका। हर घड़ी इसकी दशा और गिरती जाती है, न जाने हत्यारे ने कौन सा मंत्र चला दिया। उसकी मां मुझे बहुत समझाती थी, पर मैंने क्रोध में उसकी बातों की जरा भी परवाह न की।

मां - बेटा, तुम उसी को बुलाओ जिसने मंत्र चलाया है, पर क्या किया जाएगा। कहीं मर गयी तो हत्या सिर पर पड़ेगी। कुटुम्ब को सदा सताएगी।

6

दो बज रहे थे, ठंडी हवा हड्डियों में चुभ जाती थी। डाक्टर लंबे पांवों बुद्धू चौधरी के घर की ओर चले जाते थे। इधर-उधर व्यर्थ आंखें दौड़ाते थे कि कोई इक्का या तांगा मिल जाये। उन्हें मालूम होता था कि बुद्धू का घर बहुत दूर हो गया है। कई बार धोखा हुआ, कहीं रास्ता तो नहीं भूल गया। कई बार इधर आया हूं, यह बाग तो कभी नहीं मिला, यह लेटर-बाक्स भी सड़क पर कभी नहीं देखा, यह पुल तो कदापि न था, अवश्य राह भूल गया। किससे पूछूं। वे अपनी स्मरण

शक्ति पर झुंझलाए और उसी ओर थोड़ी दूर तक दौड़े। पता नहीं, दुष्ट इस समय मिलेगा भी या नहीं, शराब में मस्त पड़ा होगा। कहीं इधर बेचारी चल न बसी हो। कई बार इधर-उधर घूम जाने का विचार हुआ पर अंत-प्रेरणा ने सीधी राह से हटने न दिया। यहां तक कि बुद्धू का घर दिखाई पड़ा। डॉक्टर जयपाल की जान-में-जान आयी। बुद्धू के दरवाजे पर जाकर जोर से कुंडी खटखटायी भीतर से कुत्ते ने असभ्यतापूर्ण उत्तर दिया, पर किसी आदमी का शब्द न सुनाई दिया। फिर जोर-जोर से किवाड़ खटखटाये, कुत्ता और भी तेज पड़ा, बुढ़िया की नींद टूटी। बोली - यह कौन इतनी रात गये किवाड़ तोड़े डालता है।

डॉक्टर - मैं हूं जो कुछ देर हुई तुम्हारे पास आया था।

बुढ़िया ने बोली पहचानी, समझ गयी इनके घर के किसी आदमी पर विपद पड़ी, नहीं तो इतनी रात क्यों आते, पर अभी तो बुद्धू ने मूठ चलाई नहीं। उसका असर क्यों कर हुआ, समझाती थी तब न माने। खूब फंसे। उठकर कुप्पी जलायी और उसे लिये बाहर निकली। डॉक्टर साहब ने पूछा - बुद्धू चौधरी सो रहे हैं। जरा उन्हें जगा दो।

बुढ़िया - न बाबूजी, इस वक्त मैं न जगाऊंगी, मुझे कच्चा ही खा जायेगा, रात को लाट साहब भी आवें तो नहीं उठता।

डॉक्टर साहब ने थोड़े शब्दों में पूरी घटना कह सुनाई और बड़ी नम्रता के साथ कहा कि बुद्धू को जगा दें। इतने में बुद्धू अपने ही आप बाहर निकल आया और आंखें मलता हुआ बोला - कहिए बाबूजी, क्या हुक्म है।

बुढ़िया ने चिढ़ कर कहा - तेरी नींद आज कैसे खुल गयी, मैं जगाने गयी होती तो मारने उठता।

डॉक्टर - मैंने सब माजरा बुढ़िया से कह दिया है, इसी से पूछो।

बुढ़िया - कुछ नहीं, तूने मूठ चलाई थी, रुपये इनके घर की महरी ने लिये हैं, अब उसका अब तब हो रहा है।

डॉक्टर - बेचारी मर रही है, कुछ ऐसा उपाय करो कि उसके प्राण बच जायें।

बुद्धू - यह तो आपने बुरी सुनाई, झूठ का फेरना सहज नहीं है।

बुढ़िया - बेटा, जान जोखिम है, क्या तू जानता नहीं। कहीं उलटे फेरने वाले पर ही पड़े तो जान बचना कठिन हो जाये।

डॉक्टर - अब उसकी जान तुम्हारे ही बचाए बचेगी, इतना धर्म करो।

बुढ़िया - दूसरे की जान की खातिर कोई अपनी जान गढ़े में डालेगा ?

डॉक्टर - तुम रात-दिन यही काम करते हो, तुम उसके दांव-घात सब जानते हो। मार भी सकते हो, जिला भी सकते हो। मेरा तो इन बातों पर बिलकुल विश्वास ही न था, लेकिन तुम्हारा

कमाल देखकर दंग रह गया। तुम्हारे हाथों कितनी ही आदमियों का भला होता है, उस गरीब बुढ़िया पर दया करो।

बुद्धू कुछ पसीजा, पर उसकी मां मालेदारी में उससे कहीं अधिक चतुर थी। डरी, कहीं यह नरम होकर मामला बिगाड़ न दे। उसने बुद्धू को कुछ कहने का अवसर न दिया। बोली - यह तो सब ठीक है, पर हमारे भी बाल बच्चे हैं! न जाने कैसी पड़े, कैसी न पड़े। वह हमारे सिर आवेगी न आप तो अपना काम निकाल कर अलग हो जाएंगे। मूठ फेरना हंसी नहीं है।

बुद्धू - हां बाबूजी, काम बड़े जोखिम का है।

डॉक्टर - काम जोखिम का है तो मुफ्त तो नहीं करवाना चाहता।

बुढ़िया - आप बहुत देंगे, सौ-पचास रुपये देंगे। इतने में हम कै दिन तक खाएं। मूठ फेरना सांप के बिल में हाथ डालना है, आग में कूदना है। भगवान की ऐसी ही निगाह हो तो जान बचती है।

डॉक्टर - तो माताजी, मैं तुमसे बाहर तो नहीं होता हूं। जो कुछ तुम्हारी मरजी हो, वह कहो। मुझे तो उस गरीब की जान बचानी है। यहां बातों में देर हो रही है, वहां मालूम नहीं उसका क्या हाल होगा।

बुढ़िया - देर तो आप कर रहे हैं। आप बात पक्की कर दें तो यह आपके साथ चला जाये। आपकी खातिर यह जोखिम अपने सिर ले रही हूं। दूसरा होता तो झट इंकार कर जाती। आपके मुलाहजे में पड़कर जान-बूझकर जहर पी रही हूं।

डॉक्टर साहब को एक क्षण एक वर्ष जान पड़ रहा था। वह बुद्धू को उसी समय अपने साथ ले जाना चाहते थे। कहीं उसका दम निकल गया तो यह जाकर क्या बनायेगा। उस समय उनकी आंखों में रुपये का कोई मूल्य न था। केवल यही चिंता थी कि जगिया मौत के मुंह से निकल आये। जिस रुपये पर वह अपनी आवश्यकताएं और घरवालों की आकांक्षाएं न्यौछावर करते उसे दया के आवेश ने बिलकुल तुच्छ बना दिया था। बोले - तुम्हीं बतलाओ, अब मैं क्या कहूं पर जो कुछ कहना हो झटपट कह दो।

बुढ़िया - अच्छा तो पांच सौ रुपये दीजिए। इससे कम में काम न होगा।

बुद्धू ने मां की ओर आश्चर्य से देखा, और डॉक्टर साहब तो मूर्च्छित से हो गये, निराशा से बोले - इतना मेरे बूते के बाहर है, जान पड़ता है उसके भाग्य में मरना ही बदा है। बुढ़िया - तो जाने दीजिए, हमें अपनी जान भार थोड़े ही है। हमने तो आपके मुलाहिजे से इस काम का बीड़ा उठाया था। जाओ बुद्धू सोओ।

डॉक्टर - बूढ़ी माता इतनी निर्दयता न करो, आदमी का काम आदमी से निकलता है। बुद्धू - नहीं बाबूजी, मैं हर तरह से आपका काम करने को तैयार हूं इसने पांच सौ कहे, आप कुछ कम कर दीजिए। हां, जोखिम का ध्यान रखिएगा।

बुढ़िया - तू जा के सोता क्यों नहीं? इन्हें रुपये प्यारे हैं तो क्या मुझे अपनी जान प्यारी नहीं है। कल को लहू थूकने लगेगा तो कुछ बनाए न बनेगी, बाल-बच्चों को किस पर छेड़ेगा? है घर में कुछ?

डॉक्टर साहब ने संकोच करते हुए ढाई सौ रुपये कहे। बुद्धू राजी हो गया, मामला तय हुआ, डॉक्टर साहब उसे साथ लेकर घर की ओर चले। अदालत से लौटने वाला मुकदमेबाज भी इतना प्रसन्न न होगा। लपके चले जाते थे। बुद्धू से बार-बार तेज चलने को कहते। घर पहुंचे तो जगिया को बिलकुल मरने के निकट पाया। जान पड़ता था, यही अंतिम सांस है। उनकी मां और स्त्री दोनों आंसू भरे निराश बैठी थीं। बुद्ध को दोनों ने विनम्र दृष्टि से देखा। डॉक्टर साहब के आंसू भी न रुक सके। जगिया की ओर झुके तो आंसू की बूंदें उसके मुरझाये हुए पीले मुंह पर टपक पड़ी, स्थिति ने बुद्धू को सजग कर दिया। बुढ़िया की देह पर हाथ रखते हुए बोला बाबूजी, अब मेरा किया कुछ नहीं हो सकता, यह तो दम तोड़ रही है।

डॉक्टर साहब ने गिड़गिड़ाकर कहा - नहीं चौधरी, ईश्वर के नाम पर अपना मंत्र चलाओ, इसकी जान बच गयी तो सदा के लिए मैं तुम्हारा गुलाम बना रहूंगा।

बुद्ध - आप मुझे जान बूझकर जहर खाने को कहते हैं। मुझे मालूम न था कि मूठ के देवता इस बखत इतने गरम हैं। वह मेरे मन में बैठे कह रहे हैं, तुमने हमारा शिकार छीना तो तुम्हें निगल जायेंगे।

डॉक्टर - देवता को किसी तरह राजी कर लो।

बुद्ध - राजी करना बड़ा कठिन है, पांच सौ रुपये दीजिए तो इसकी जान बचे, उतार के लिए बड़े-बड़े जतन करने पड़ेंगे।

डॉक्टर - पांच सौ रुपये दे दूं तो इसकी जान बचा दोगे।

बुद्धू - हां, शर्त बद कर।

डॉक्टर साहब बिजली की तरह लपक कर अपने कमरे में आ गये और पांच सौ रुपयों की थैली लाकर बुद्धू के सामने रख दी। बुद्धू ने विजय की दृष्टि से थैली को देखा। फिर जगिया का सर अपनी गोद में रखकर उस पर हाथ फेरने लगा। कुछ बुदबुदा कर छू-छू करता जाता था। एक क्षण में उसकी सूरत डरावनी हो गयी, लपटें-सी निकलने लगीं। बार-बार अंगड़ाई लेने लगा। इसी दशा में उसने एक बेसुरा गीत गाना आरम्भ किया, पर हाथ जगिया के सर पर ही था। अंत में कोई आधा घंटा बीतने पर जगिया ने आंखें खोल दी, जैसे, बुझते हुए दिये में तेल

पड़ जाये। धीरे-धीरे उसकी अवस्था सुधरने लगी। उधर कौवे की बोली सुनाई दी, जगिया एक अंगड़ाई लेकर उठ बैठी।

7

सात बजे थे। जगिया मीठी नींद सो रही थी, उसकी आकृति निरोग थी, बुद्धू रुपयों की थैली लेकर अभी गया था। डॉक्टर साहब की मां ने कहा - बात-की-बात में पांच सौ रुपये मार ले गया।

डॉक्टर - यह क्यों नहीं कहती कि एक मुरदे को जिला गया। क्या उसके प्राण का मूल्य इतना भी नहीं है।

मां - देखो, आले पर पांच सौ रुपये हैं या नहीं?

डॉक्टर - नहीं, उन रुपयों में हाथ मत लगाना, उन्हें वहीं पड़े रहने दो। उसने तीरथ करने के वास्ते लिए थे, वह उसी काम में लगेंगे।

मां - यह सब रुपये उसी के भाग के थे।

डॉक्टर - उसके भाग के तो पांच सौ ही थे, बाकी मेरे भाग के थे। उनकी बदौलत मुझे ऐसी शिक्षा मिली, जो उम्र भर न भूलेगी। तुम मुझे अब आवश्यक कामों में मुट्ठी बंद करते हुए न पाओगी।

***

ब्रह्म का स्वाँग

स्त्री

मैं वास्तव में अभागिन हूं नहीं तो क्या मुझे नित्य ऐसे-ऐसे घृणित दृश्य देखने पड़ते। शोक की बात यह है कि वे मुझे केवल देखने ही नहीं पड़ते, वरन दुर्भाग्य ने उन्हें मेरे जीवन का मुख्य भाग बना दिया है। मैं उस सुपात्र ब्राह्मण की कन्या हूं जिसकी व्यवस्था बड़े-बड़े गहन धार्मिक विषयों पर सर्वमान्य समझी जाती है। मुझे याद नहीं, घर पर कभी बिना स्नान और देवोपासना किये पानी की एक बूंद भी मुंह में डाली हो। मुझे एक बार कठिन ज्वर में स्नानादि के बिना दवा पीनी पड़ी थी, उसका मुझे महीनों खेद रहा। हमारे घर में धोबी कदम नहीं रखने पाता। चमारिन दालान में भी नहीं बैठ सकती थी। किंतु यहां आकर मैं मानों भ्रष्ट लोक में पहुंच गई हूं। मेरे स्वामी बड़े दयालु, बड़े चरित्रवान और बड़े सुयोग्य पुरुष हैं। उनके यह सद्‌गुण देखकर मेरे पिताजी उन पर मुग्ध हो गए थे। लेकिन! वे क्या जानते थे कि यहां लोग अघोर-पंथ के अनुयायी है। संध्या और उपासना तो दूर रही, कोई नियमित रूप से स्नान भी नहीं करता। बैठक में नित्य मुसलमान, क्रिस्तान, सब आया-जाया करते हैं और स्वामी जी वहीं बैठे-बैठे पानी, दूध, चाय पी लेते हैं। इतना ही नहीं, वह वहीं बैठे-बैठे मिठाइयां भी खा लेते हैं। अभी कल की बात है, उन्हें लेमोनेड पीते देखा था। साईस जो चमार है, बेरोक-टोक घर में चला आता है। सुनती हूं वे अपने मुसलमान मित्रों के घर दावतें खाने भी जाते हैं। यह भ्रष्टाचार मुझसे नहीं देखा जाता। मेरा चित्त घृणा से व्याप्त हो जाता है। जब वे मुस्कराते हुए मेरे समीप आ जाते हैं और हाथ पकड़कर अपने समीप बैठा लेते हैं तो मेरा जी चाहता है कि धरती फट जाय और मैं उसमें समा जाऊं। हां हिंदू जाति! तूने हम स्त्रियों को पुरुषों की दासी बनाना ही क्या हमारे जीवन का परम कर्तव्य बना दिया। हमारे विचारों का, हमारा सिद्धांतों का, यहां तक कि हमारे धर्म का भी कुछ मूल्य नहीं रहा।

अब मुझे धैर्य नहीं। आज मैं इस अवस्था का अंत कर देना चाहती हूं। मैं इस आसुरिक भ्रष्ट-जाल से निकल जाऊंगी। मैंने अपने पिता की शरण में जाने का निश्चय कर लिया है। आज यहां सहभोजन हो रहा है, मेरे पति उसमें सम्मिलित ही नहीं, वरन् उसके मुख्य प्रेषकों में हैं। इन्हीं के उद्योग तथा प्रेरणा में यह विधर्मी अत्याचार हो रहा है। समस्त जातियों के लोग एक साथ बैठकर भोजन कर रहे है। सुनती हूं, मुसलमान भी एक ही पंक्ति में बैठे हुए है। आकाश, क्यों नहीं गिर पड़ता! क्या भगवान धर्म की रक्षा करने के लिए अवतार न लेंगे। ब्राह्मण जाति अपने निजी बंधुओं के सिवाय अन्य ब्राह्मणों का भी पकाया भोजन नहीं करती, वही महान् जाति इस

अधोगति को पहुंच गयी कि कायस्थों, बनियों, मुसलमानों के साथ बैठकर खानों में लेशमात्र भी संकोच नहीं करती, बल्कि इसे जातीय गौरव, जातीय एकता का हेतु समझती है।

पुरुष

वह कौन शुभ घड़ी होगी कि इस देश की स्त्रियों में ज्ञान का उदय होगा और वे राष्ट्रीय संबल में पुरुषों की सहायता करेंगी? हम कब तक ब्राह्मणों के गोरखधंधे में फंसे रहेंगे? हमारे विवाह-प्रवेश कब तक जानेंगे कि स्त्री और पुरुष के विचारों की अनुकूलता और समानता गोत्र और वर्ण से कहीं अधिक महत्त्व रखती है। यदि ऐसा ज्ञात होता तो मैं वृन्दा का पति न होता और न वृन्दा मेरी पत्नी। हम दोनों के विचारों में जमीन आसमान का अन्तर है। यद्यपि वह प्रत्यक्ष नहीं कहती, किंतु मुझे विश्वास है कि वह मेरे विचारों को घृणा की दृष्टि से देखती है। मुझे ऐसा ज्ञात होता है कि वह मुझे स्पर्श भी नहीं करना चाहती। यह उसका दोष नहीं, यह हमारे माता-पिता का दोष है, जिन्होंने हम दोनों पर ऐसा घोर अत्याचार किया।

कल वृन्दा खुल पड़ी। मेरे कई मित्रों ने सहभोज का प्रस्ताव किया था। मैंने उसका सहर्ष समर्थन किया। कई दिन के वाद-विवाद के पश्चात् अंत को कल कुछ गिने-गिनाये सज्जनों ने सहभोज का सामान कर ही डाला। मेरे अतिरिक्त केवल चार और सज्जन ब्राह्मण थे, शेष अन्य जातियों के लोग थे। यह उदारता वृन्दा के लिए असह्य हो गयी। जब मैं भोजन करके लौटा तो वह ऐसी विकल थी मानों उसके मर्मस्थल पर आघात हुआ हो। मेरी ओर विषाद पूर्ण नेत्रों से देखकर बोली - अब तो स्वर्ग का द्वार अवश्य खुल गया होगा।

यह कठोर शब्द मेरे हृदय पर तीर के समाज लगे। ऐंठ कर बोला स्वर्ग और नर्क की चिंता में वे रहते हैं जो अपाहिज हैं, कर्तव्यहीन हैं, निर्जीव हैं, हमारा स्वर्ग और नर्क सब पृथ्वी पर है। हम इस कर्म-क्षेत्र में कुछ कर जाना चाहते हैं।

वृन्दा धन्य है आपके पुरुषार्थ को, आपके सामर्थ्य को। आज संसार में सुख और शांति का साम्राज्य हो जाएगा। आपने संसार का उद्धार कर दिया। इससे बढ़कर उसका कल्याण क्या हो सकता है।

मैंने झुंझलाकर कहा - जब तुम्हें इन विषयों को समझने की ईश्वर ने बुद्धि ही नहीं दी, तो क्या समझाऊं। इस पारस्परिक भेद-भाव से हमारे राष्ट्र की जो हानि हो रही है उसे मोटी-से-मोटी बुद्धि का मनुष्य भी समझ सकता है। इस भेद को मिटाने से देश का कितना कल्याण होता है, इसमें किसी को संदेह नहीं। हां, जो जानकर भी अनजान बने उसकी बात दूसरी है।

वृन्दा - बिना एक साथ भोजन किए परस्पर प्रेम उत्पन्न नहीं हो सकता?

मैंने इस विवाद में पड़ना अनुपयुक्त समझा। किसी ऐसी नीति की शरण लेनी आवश्यक जान पड़ी, जिसमें विवाद का स्थान ही न हो। वृन्दा की धर्म पर बड़ी श्रद्धा है, मैंने उसी के शास्त्र से उसे पराजित करने का निश्चय किया। बड़े गम्भीर भाव से बोला - यदि असम्भव नहीं तो कठिन अवश्य है। किन्तु सोचो, तो यह कितना करें, ऊंच-नीच की व्यवस्था में मग्न रहें। यह सारा

जगत उसी परमपिता का रूप है। प्रत्येक जीवन में उसी परमात्मा की ज्योति आलोकित हो रही है। केवल इसी भौतिक परदे ने हमें एक दूसरे से पृथक कर दिया है। यथार्थ में हम सब एक हैं। जिस प्रकार सूर्य का प्रकाश अलग-अलग घरों में जाकर भिन्न नहीं हो जाता, उसी प्रकार ईश्वर की महान् आत्मा पृथक-पृथक जीवों में प्रविष्ट होकर विभिन्न नहीं होती।

मेरी इस ज्ञान-वर्षा ने वृन्दा के शुष्क हृदय को तृप्त कर दिया। वह तन्मय होकर मेरी बात सुनती रही। जब मैं चुप हुआ तो उसने मुझे भक्ति-भाव से देखा और रोने लगी।

स्त्री

स्वामी के ज्ञानोपदेश ने मुझ सजग कर दिया, मैं अंधेरे कुएं में पड़ी थी। इस उपदेश ने मुझे उठाकर एक पर्वत के ज्योतिर्मय शिखर पर बैठा दिया। मैंने अपनी कुलीनता से, झूठे अभिज्ञान से, अपने वर्ण की पवित्रता के गर्व में, कितनी आत्माओं का निरादर किया। परमपिता, तुम मुझे क्षमा करो, मैंने अपने पूज्य पादपति से इस अज्ञान के कारण जो अश्रद्धा प्रकट की है, जो कठोर शब्द कहे हैं, उन्हें क्षमा करना।

जब से मैंने अमृत वाणी सुनी है, मेरा हृदय अत्यन्त कोमल हो गया है, नाना प्रकार की सदकल्पनाएं चित्त में उठती रहती हैं। कल धोबिन कपड़े लेकर आयी थी। उसके सिर में बड़ा दर्द था। पहले मैं उसे इस दशा में देखकर कदाचित मौखिक संवेदना प्रकट करती, अथवा महरी से उसे थोड़ा तेल दिलवा देती, पर कल मेरा चित्त विकल हो गया। मुझे प्रतीत हुआ, मानो यह मेरी बहिन है। मैंने उसे अपने पास बैठा लिया और घंटे भर तक -उसके सिर में तेल मलती रही। उस समय मुझे जो स्वर्गीय आनंद हो रहा था, वह अकथनीय है। मेरा अन्त:करण किसी प्रबल शक्ति के वशीभूत होकर उसकी ओर खिंचा चला जाता था। मेरी ननद ने आकर मेरे इस व्यवहार पर कुछ नाक-भौं चढ़ायी पर मैंने लेशमात्र भी परवाह न की। आज प्रात:काल कड़ाके की सर्दी थी। हाथ-पांव गले जाते थे। महरी काम करने आयी तो खड़ी कांप रही थी। मैं अपना लिहाफ़ रख दिया और उसके साथ बैठकर बर्तन धोने लगी। वह सरल हृदय मुझे वहां से बार-बार हटाना चाहती थी। मेरी ननद ने आकर मुझे कौतूहल से देखा और इस प्रकार मुंह बनाकर चली गयी, मानो मैं क्रीड़ा कर रही हूं। सारे घर में हलचल पड़ गयी और इस जरा-सी बात पर! हमारी आंखों पर कितने मोटे परदे पड़ गए है। हम परमात्मा का कितना अपमान कर रहे हैं।

पुरुष

कदाचित् मध्य पथ पर रहना नारी-प्रकृति ही में नहीं है - वह केवल सीमाओं पर ही रह सकती है। वृन्दा कहां तो अपनी कुलीनता और अपने कुल-मर्यादा पर जान देती थी, कहां अब साम्य और सहृदयता की मूर्ति बनी हुई है। मेरे उस सामान्य उपदेश का यह चमत्कार है। अब मैं भी अपने प्रेरक शक्तियों पर गर्व कर सकता हूं। मुझे उसमें कोई आपत्ति नहीं है कि वह नीच जाति की स्त्रियों के साथ बैठे, हंसे और बोले। उन्हें कुछ पढ़कर सुनाये, लेकिन उनके पीछे

अपने को बिलकुल भूल जाना मैं कदापि पसन्द नहीं कर सकता। तीन दिन हुए, मेरे पास एक चमार अपने जमींदार पर नालिश करने आया था। निस्संदेह जमींदार ने उसके साथ ज्यादती की थी, लेकिन वकीलों का काम मुफ्त में मुकदमें दायर करना नहीं, फिर एक चमार के पीछे एक बड़े जमींदार से बैर करूं। ऐसे तो वकालत कर चुका! उसके रोने की भनक वृन्दा के कान में भी पड़ गयी। बस, वह मेरे पीछे पड़ गयी कि उस मुकदमें को जरूर ले लो। मुझसे तर्क-वितर्क करने पर उद्यत हो गयी। मैंने बहाना करके उसे किसी प्रकार टालना चाहा, उसने मुझसे वकालत नामे पर हस्ताक्षर कराकर तब पिंड छोड़ा। उसका परिणाम यह हुआ कि, पिछले तीन दिन मेरे यहां मुफ्तखोर मुवक्किलों का तांता लगा रहा और मुझे कई बार वृन्दा से कठोर शब्दों में बातें करनी पड़ी। इसी से प्राचीन काल के व्यवस्थाकारों ने स्त्रियों को धार्मिक उपदेशों का पात्र नहीं समझा था। इनकी समझ में यह नहीं आता कि प्रत्येक सिद्धांत का व्यावहारिक रूप कुछ और ही होता है। हम सभी जानते हैं कि ईश्वर न्यायशील है, किन्तु न्याय के पीछे अपनी परिस्थिति को कौन भूलता है। आत्मा की व्यापकता को यदि व्यवहार में लाया जाये तो आज संसार में साम्य का राज्य हो जाये, किन्तु उस भांति जैसे साम्य का दर्शन एक सिद्धांत ही रहा और रहेगा, वैसे ही राजनीति भी एक अलभ्य वस्तु है, और रहेगी। हम इन दोनों सिद्धांतों की मुक्तकंठ से प्रशंसा करेंगे, उन पर तर्क करेंगे, अपने पक्ष को सिद्ध करने में उनसे सहायता लेंगे किन्तु उसका उपयोग करना असम्भव है। मुझे नहीं मालूम था कि वृन्दा इतनी मोटी-सी बात भी न समझेगी।

वृन्दा की बुद्धि दिलों-दिल उलटी ही होती जाती है। आज रसोई में सबके लिए एक ही प्रकार के भोजन बने। अब तक घरवालों के लिए महीन चावल पकते थे, तरकारियां घी में बनती थी, दूध-मक्खन आदि दिया जाता था। नौकरों के लिए मोटा चावल, मटर की दाल और तेल की भाजी बनती थी। बड़े-बड़े रईसों के यहां भी यही प्रथा चली आ रही है। हमारे नौकरों ने कभी इस विषय में शिकायत नहीं की। किन्तु आज देखता हूं वृन्दा ने सबके लिए एक ही भोजन बजाया है। मैं कुछ बोल न सका, भौंचक्का-सा हो गया। वृन्दा सोचती होगी कि भोजन में भेद करना नौकरों पर अन्याय है। कैसा बच्चों का-सा विचार है। नासमझ यह भेद सदा रहा है और रहेगा। मैं भी राष्ट्र ऐक्य का अनुरागी हूं। समस्त शिक्षित-समुदाय राष्ट्रीयता पर जान देता है। किन्तु कोई स्वप्न में भी कल्पना नहीं करता कि हम मजदूरों या सेवावृत्तिधारियों को समता का स्थान देंगे। हम उनमें शिक्षा का प्रचार करना चाहते है। उनको दीनावस्था से उठना चाहते है। यह हवा संसार भर में फैली हुई है पर इसका मर्म क्या है, यह दिल में भी समझते हैं, चाहे कोई खोलकर न कहे। इसका अभिप्राय यही है कि हमारा राजनैतिक महत्त्व बड़े, हमारा प्रभुत्व उदय हो, जाये कि हमारी ध्वनि केवल मुट्ठी भर शिक्षित वर्ग ही की नहीं, वरन् समस्त जाति की संयुक्त ध्वनि है, पर वृन्दा को यह रहस्य कौन समझावें।

स्त्री

कल मेरे पति महाशय खुल पड़े। इसीलिए मेरा चित्त खिन्न है। प्रभो! संसार में इतना दिखावा, इतनी स्वार्थांधता है, हम इतने दीन घातक हैं! उनका उपदेश सुनकर मैं उन्हें देव-तुल्य -समझने

लगी थी। आज मुझे ज्ञान हो गया कि जो लोग एक साथ दो नाव पर बैठना जानते हैं, वे ही जाति के हितैषी कहलाते हैं।

कल मेरी ननद की विदाई थी। वह ससुराल जा रही थी। बिरादरी की कितनी ही महिलाएं निमन्त्रित थीं। वे उत्तम-उत्तम वस्त्राभूषण पहले कालीनों पर बैठी हुई थी। मैं उनका स्वागत कर रही थी। निदान मुझे द्वार के निकट कई स्त्रियां भूमि पर बैठी हुई दिखाई दीं, जहां इन महिलाओं की जूतियां और स्लीपर रखी हुई थी। वे बेचारी भी विदाई देखने आयी थी। मुझे उनका वहां बैठना अनुचित जान पड़ा। मैंने उन्हें भी लाकर कालीन पर बैठा दिया। इस पर महिलाओं में मटकियां होने लगी और थोड़ी देर में वे किसी-न-किसी बहाने से एक-एक करके चली गयीं। मेरे पति महाशय से किसी ने यह समाचार कह दिया। वे बाहर से क्रोध में भरे हुए आए और आंखें लाल करके बोले - यह तुम्हें क्या सूझी है, क्या हमारे मुंह में कालिख लगवाना चाहती हो? तुम्हें ईश्वर ने इतनी भी बुद्धि नहीं दी कि किसके साथ बैठना चाहिए। भले घर की महिलाओं के साथ नीच स्त्रियों को बैठा दिया। वे अपने मन में क्या कहती होंगी तुमने मुझे मुंह दिखाने लायक नहीं रखा। छिः! छिः!

मैंने सरल भाव से कहा - इससे महिलाओं का तो क्या अपमान हुआ? आत्मा तो सबकी एक ही है। आभूषणों से आत्मा तो ऊंची नहीं हो जाती।

पति महाशय ने होंठ चबाकर कहा - चुप भी रहो, बेसुरा राग अलाप रही हो। बस वही मुर्गी की एक टांग। आत्मा एक है, परमात्मा एक है? न कुछ जानो, न बूझो, सारे शहर में नक्कू बना दिया, उस पर और बोलने को मरती हो। उन महिलाओं की आत्मा को कितना दु:ख हुआ, कुछ इस पर भी ध्यान दिया?

मैं विस्मित होकर उनका मुंह ताकने लगी।

आज प्रात:काल उठी तो मैंने एक विचित्र दृश्य देखा। रात को मेहमानों की जूठी पत्तल, सकोरे, दोने आदि बाहर मैदान में फेंक दिये गए थे। पचासों मनुष्य उन पत्तलों पर गिरे हुए उन्हें चाट रहे थे! हां, मनुष्य थे, वहीं मनुष्य जो परमात्मा के निजी स्वरूप हैं। कितने ही कुत्ते भी उन पत्तों पर झपट रहे थे, पर वे कंगले कुत्तों का मार-मारकर भगा देते थे। उनकी दशा- कुत्तों से भी गयी-बीती थी। ये कौतुक देखकर मुझे रोमांच होने लगा, मेरी आंखों से अश्रुधारा बहने लगी। भगवान! ये भी हमारे भाई-बहन हैं, हमारी आत्माएं हैं। उनकी ऐसी शोचनीय, दीन दशा! मैंने तत्काल महरी को भेजकर उन मनुष्यों को बुलाया और जितनी पूरी मिठाइयां मेहमानों के लिए रखी हुई थी, सब पत्तलों में रखकर उन्हें दे दीं। महरी थर-थर कांप रही थी, सरकार सुनेंगे तो मेरे सिर का एक बाल भी न छोड़ेंगे। लेकिन मैंने उसे ढाढस दिया, तब उसकी जान-में-जान आयी।

अभी ये बेचारे कंगले मिठाइयां खा ही रहे थे कि पति महाशय मुंह लाल किये हुए आये और अत्यन्त कठोर स्वर में बोले - तुमने भांग तो नहीं खा ली? जब देखो, एक- न-एक उपद्रव खड़ा कर देती हो। मेरी समझ में नहीं आता कि तुम्हें क्या हो गया है। ये मिठाइयां डोमड़ों के लिए नहीं बनायी गयी थी। इनमें घी, शक्कर, मैदा लगा था, जो आजकल मोतियों के मोल बिक

रहा है। हलवाइयों को दूध के धोये रुपये मजदूरी के दिये गये थे। तुमने उठाकर सब डोमड़ों को खिला दीं। अब मेहमानों को क्या खिलाया जाएगा? तुमने मेरी इज्जत बिगाड़ने का प्रण कर लिया है क्या?

मैंने गम्भीर भाव से कहा - आप व्यर्थ इतने कुद्ध होते हैं। आपकी जितनी मिठाइयां मैंने खिला दी है, वह मैं मंगवा दूंगी। मुझसे यह नहीं देखा जाता कि कोई आदमी तो मिठाई खाए और कोई पत्तल चाटे। डोमड़े भी तो मनुष्य ही हैं। उनके जीव में भी तो उसी...

स्वामी ने बात काटकर कहा - रहने भी दो, मरी तुम्हारी आत्मा। बस तुम्हारी ही रक्षा से आत्मा की रक्षा होगी। यदि ईश्वर की इच्छा होती कि प्राणिमात्र को समान सुख प्राप्त हो, तो उसे सबको एक दशा में रखने से किसने रोका था? वह ऊंच-नीच का भेद होने ही क्यों देता है? जब उसकी आज्ञा के बिना एक पत्ता भी नहीं हिल सकता, तो इतनी महान सामाजिक व्यवस्था उसकी आज्ञा के बिना क्यों कर भंग हो सकती है? जब वह स्वयं सर्वव्यापी हैं तो वह अपने ही को ऐसे-ऐसे घृणोत्पादक अवस्थाओं में क्यों रखता है? जब तुम इन प्रश्नों का उत्तर नहीं दे सकती तो उचित है कि संसार की वर्तमान रीतियों के अनुसार चलो। इन बेसिर-पैर की बातों से हंसी और निन्दा के सिवाय और कुछ लाभ नहीं।

मेरे चित्त की क्या दशा हुई, वर्णन नहीं कर सकती। मैं अवाक् रह गयी। हां स्वार्थ! हां मायांधकार हम ब्रह्म का भी स्वांग बनाते हैं।

उसी क्षण से पति श्रद्धा और पतिभक्ति का भाव मेरे हृदय से लुप्त हो गया।

यह घर अब मुझे कारागार लगता है, किन्तु मैं निराश नहीं हूं। मुझे विश्वास है कि जल्दी या देर ब्रह्म-ज्योति यहां अवश्य चमकेगी और वह इस अंधकार को नष्ट कर देगी।

***

विमाता

स्त्री की मृत्यु के तीन मास बाद पुनर्विवाह करना मृतात्मा के साथ ऐसा अन्याय और उसकी आत्मा पर ऐसा आघात है जो कदापि क्षम्य नहीं हो सकता। मैं यह न कहूंगा कि उस स्वर्गवासिनी की मुझसे अंतिम प्रेरणा थी और न मेरा शायद यह कथन ही मान्य समझा जाये कि हमारे छोटे बालक के लिए 'मां' की उपस्थिति परमावश्यक थी। परंतु इस विषय में मेरी आत्मा निर्मल है और मैं आशा करता हूं कि स्वर्ग लोक में मेरे इस कार्य की निर्दय आलोचना न की जायेगी। सारांश यह कि मैंने विवाह किया और यद्यपि एक नव-विवाहित वधू को मातृत्व उपदेश बेसुरा राग था, पर मैंने पहले ही दिन अम्बा से कह दिया कि मैंने तुमसे केवल इस अभिप्राय से विवाह किया है कि तुम मेरे भोले बालक की मां बनो और उसके हृदय से उसकी मां की मृत्यु की शोक भुला दो।

2

दो मास व्यतीत हो गये। मैं संध्या समय मुन्नू को साथ लेकर वायु सेवन को जाया करता था। लौटते समय कतिपय मित्रों से भेंट भी कर लिया करता था। उन संगतों में मुन्नू श्यामा की भांति चहकता। वास्तव में इन संगतों से मेरा अभिप्राय मनोविनोद नहीं केवल मुन्नू के असाधारण बुद्धि चमत्कार को प्रदर्शित करना था। मेरे मित्रगण जब मुन्नू को प्यार करते और उसकी विलक्षण बुद्धि की सराहना करते तो मेरा हृदय बांसों उछलने लगता था। एक दिन मैं मुन्नू के साथ बाबू ज्वालासिंह के घर बैठा हुआ था। ये मेरे परम मित्र थे। मुझमें और उनमें कुछ भेद-भाव न था। इसका अर्थ यह नहीं है कि हम अपनी क्षुद्रताएं, अपने कलहादि और अपनी आर्थिक कठिनाइयां बयान किया करते थे। वहीं, हम इन मुलाकात में भी अपनी प्रतिष्ठा की रक्षा करते थे। और अपनी दुरस्वथा का जिक्र कभी हमारे जुबान पर न आता था। अपनी कालिमाओं को सदैव छिपाते थे। एकता में भी भेद था और घनिष्ठता में भी अन्तर। अचानक बाबू ज्वाला सिंह ने मुन्नू से पूछा - 'क्यों, तुम्हारी अम्मा तुम्हें खूब प्यार करती है न?' मैंने मुस्कुराकर मुन्नू की ओर देखा। उसके उत्तर के विषय में मुझे कोई संदेह न था। मैं भली-भांति जानता था कि अम्मा उसे बहुत प्यार करती है। परन्तु मेरे आश्चर्य का ठिकाना न रहा जब मुन्नू ने इस प्रश्न का उत्तर मुख से न देकर नेत्रों से दिया। उसके नेत्रों से आंसू की बूंदें टपकने लगी। मैं लज्जा से गड़ गया। इस अश्रु-जल ने अम्बा के उस सुन्दर चित्र को नष्ट-भ्रष्ट कर दिया जो गत दो मास से मैंने हृदय में अंकित कर रखा था। ज्वालासिंह ने कुछ संशय की दृष्टि से देखा और पुन: मुन्नू से पूछा - 'क्यों रोते हो बेटा।' मुन्नू बोला - 'रोता नहीं हूं आंखों में धुंआ लग गया था।' ज्वाला सिंह का विमाता की ममता पर संदेह करना स्वाभाविक बात थी परन्तु वास्तव में मुझे भी संदेह हो गया। अम्बा

सहृदयता और स्नेह की वह देवी नहीं है, जिसकी सराहना करते मेरी जिह्वा न थकती थी। वहां से उठा तो मेरा हृदय भरा हुआ था और लज्जा से माथा न उठता था।

3

मैं घर की ओर चला तो मन में विचार करने लगा कि किस प्रकार अपने क्रोध को प्रकट करूं। क्यों न मुंह ढककर सो रहूं। अम्बा जब पूछे तो कठोरता से कह दूं कि सिर में पीड़ा है, मुझे तंग मत करो। भोजन के लिए उठाये तो झिड़क कर उत्तर दूं। अम्बा अवश्य समझ जायेगी कि कोई बात मेरी इच्छा के प्रतिकूल हुई है। मेरे पांव पकड़ने लगेगी। उस समय अपनी व्यंग्य-पूर्ण बातों से उसका हृदय बेध डालूंगा। ऐसा रुलाऊंगा कि वह भी याद करे। पुनर्विचार आया कि उसका हंसमुख चेहरा देखकर मैं अपने हृदय को वश में रख सकूंगा या नहीं। उसकी एक प्रेम-पूर्ण दृष्टि, एक मीठी बात, एक रसीली चुटकी मेरी शिलातुल्य रुष्टता के टुकड़े-टुकड़े कर सकती है। परन्तु हृदय की इस निर्बलता पर मेरा मन झुंझला उठा। यह मेरी क्या दशा है, क्यों इतनी जल्दी मेरे चित्त की काया पलट हो गयी? मुझे पूर्ण विश्वास था कि मैं इन मृदुल वाक्यों की आंधी और ललित कटाक्ष के बहाव में भी अचल रह सकता हूं और कहां अब यह दशा हो गयी कि मुझमें साधारण झोंके को भी सहन करने की सामर्थ्य नहीं, इन विचारों से हृदय में कुछ दृढ़ता आयी, तिस पर भी क्रोध की लगाम पग-पग पर ढीली होती जाती थी। अन्त में मैंने हृदय को बहुत दबाया और बनावटी क्रोध का भाव धारण किया। ठान लिया कि चलते-ही-चलते एक दम से बरस पड़ूंगा।

ऐसा न हो कि विलम्बरूपी वायु इस क्रोध रूपी मेघ को उड़ा ले जाये परन्तु ज्यों ही घर पहुंचा, अम्बा ने दौड़कर मुन्नू को गोद में ले लिया और प्यार से सने हुए कोमल स्वर में बोली - 'आज तुम इतनी देर तक कहां घूमते रहे? चलो, देखो, मैंने तुम्हारे लिए कैसी अच्छी-अच्छी फुलौड़ियां बनायी हैं।' मेरा कृत्रिम क्रोध एक क्षण में उड़ गया। मैंने विचार किया, इस देवी पर क्रोध करना भारी अत्याचार है। मुन्नू अबोध बालक है। सम्भव है कि वह अपनी मां का स्मरण कर रो पड़ा हो। अम्बा इसके लिए दोषी नहीं ठहरायी जा सकती। हमारे मनोभाव पूर्व विचारों के समय पर शब्द हमें धोखा दे जाते हैं और वे ही भावना स्वाभाविक रूप से प्रकट होती हैं। मैंने अम्बा को न तो कोई व्यंग्य-पूर्ण बातें ही कहीं और न क्रोधित हो मुख ढांप कर सोया ही बल्कि अत्यन्त कोमल स्वर में बोला - मुन्नू ने आज मुझे अत्यंत लज्जित किया। खजानची साहब ने पूछा कि तुम्हारी नयी अम्मा तुम्हें प्यार करती है या नहीं, तो ये रोने लगा। मैं लज्जा से गढ़ गया। मुझे तो स्वप्न में भी यह विचार नहीं हो सकता कि तुमने इसे कुछ कहा होगा। परन्तु अनाथ बच्चों का हृदय उस चित्र की भांति होता है जिस पर एक बहुत ही साधारण परदा पड़ा हुआ हो। पवन का साधारण झोंका भी उसे हटा देता है।

ये बातें कितनी कोमल थी, तिस पर भी अम्बा का विकसित मुखमंडल कुछ मुरझा गया। वह सजल नेत्र होकर बोली - इस बात का विचार तो मैंने यथासाध्य पहले ही दिन से रखा है। परन्तु यह असम्भव है कि मैं मुन्नू के हृदय से मां का शोक मिट दूं। मैं चाहे अपना सर्वस्व अर्पण कर दूं परन्तु मेरे नाम पर जो सौतेलेपन की कालिमा लगी हुई है, वह मिट नहीं सकती।

4

मुझे भय था कि इस वार्तालाप का परिणाम कहीं विपरीत न हो, परन्तु दूसरे ही दिन मुझे अम्बा के व्यवहार में बहुत अन्तर दिखाई देने लगा। मैं उसे प्रातः सायंकाल पर्यन्त मुन्नू की ही सेवा में लगी हुई देखता, यहां तक कि उस धुन में उसे मेरी भी चिन्ता न रहती थी। परन्तु मैं ऐसा त्यागी न था कि अपने आराम को मुन्नू पर अर्पण कर देता। कभी-कभी मुझे अम्बा की यह अश्रद्धा न भाती, परन्तु मैं कभी भूलकर भी इसकी चर्चा न करता। एक दिन मैं अनियमित रूप से दफ्तर से कुछ पहले ही आ गया। क्या देखता हूं कि मुन्नू द्वार पर भीतर की ओर मुख किए खड़ा है। मुझे इस समय आंख-मिचौनी खेलने की सूझी। मैंने दबे पांव पीछे से जाकर उसके नेत्र मूंद लिए। पर शोक! उसके दोनों गाल अश्रुपूरित थे। मैंने तुरन्त दोनों हाथ हटा लिये। ऐसा प्रतीत हुआ मानों सर्प ने डस लिया हो। हृदय पर एक चोट लगी। मुन्नू को गोद में लेकर बोला - 'मुन्नू, क्यों रोते हो?' यह कहते-कहते मेरे नेत्र भी सजल हो आये।

मुन्नू आंसू पीकर बोला - 'जी नहीं, रोता नहीं हूं।'

मैंने उसे हृदय से लगा लिया और कहा - 'अम्मा ने कुछ कहा तो नहीं?'

मुन्नू ने सिसकते हुए कहा - 'जी नहीं, वह तो मुझे बहुत प्यार करती हैं।'

मुझे विश्वास न हुआ, पूछा - 'वह प्यार करती तो तुम रोते क्यों? उस दिन खजानची के घर भी तुम रोये थे। तुम मुझसे छिपाते हो। कदाचित तुम्हारी अम्मा अवश्य तुमसे कुछ क्रुद्ध हुई हैं।'

मुन्नू ने मेरी ओर कातर दृष्टि से देखकर कहा - 'जी नहीं, वह मुझसे प्यार करती हैं, इसी कारण मुझे बारम्बार रोना आता है। मेरी अम्मा मुझे अत्यंत प्यार करती थी। वह मुझे छोड़कर चली गयीं। नई अम्मा उससे भी अधिक प्यार करती हैं। इसलिए मुझे भय लगता है कि उसकी तरह यह भी मुझे छोड़कर न चली जाये।

यह कहकर मुन्नू पुनः फूट-फूटकर रोने लगा। मैं भी रो पड़ा। अम्बा के इस स्नेहमय व्यवहार ने मुन्नू के सुकोमल हृदय पर कैसा आघात किया था। थोड़ी देर तक मैं स्तम्भित रह गया। किसी कवि की यह वाणी स्मरण आ गयी कि पवित्र आत्माएं इस संसार में चिरकाल तक नहीं ठहरती। कहीं भावी ही इस बालक की जिह्वा से तो यह शब्द नहीं कहला रही है। ईश्वर न करे, कि वह अशुभ दिन देखना पड़े। परन्तु मैंने तर्क द्वारा इस शंका को दिल से निकाल दिया। समझा कि माता की मृत्यु ने प्रेम और वियोग में एक मानसिक सम्बन्ध उत्पन्न कर दिया है और कोई बात नहीं है। मुन्नू को गोद में लिए हुए अम्बा के पास गया और मुस्कुराकर बोला - 'इनसे पूछे, क्यों रो रहे हैं?' अम्बा चौंक पड़ी। उसके मुख की कान्ति मलिन हो गयी। बोली - 'तुम्हीं पूछो।' मैंने कहा - 'यह इसलिए रोते हैं कि तुम इन्हें अत्यन्त प्यार करती हो और इनको भय है कि तुम भी इनकी माता की भांति इन्हें छोड़कर न चली जाओ। जिस प्रकार गर्द साफ हो जाने से दर्पण चमक उठता है, उसी भांति अम्बा का मुखमंडल प्रकाशित हो गया। उसने मुन्नू को मेरी गोद से छीन लिया और कदाचित् यह प्रथम अवसर था कि उसने ममतापूर्ण स्नेह से मुन्नू के पांव का चुम्बन किया।

5

शोक! महा शोक!! मैं क्या समझता था कि मुन्नू की अशुभ कल्पना इतनी शीघ्र पूर्ण हो जाएगी। कदाचित उसकी बाल-दृष्टि ने होनहार को देख लिया था, कदाचित उसके बाल-श्रवण मृत्यु दूतों के विकराल शब्दों से परिचित थे।

छह मास भी व्यतीत न होने पाये थे कि अम्बा बीमार पड़ी और एन्फ्लुएंजा ने देखते-देखते उसे हमारे हाथों से छीन लिया। पुन: वह बसा हुआ घर उजड़ गया। अम्बा ने अपने को मुन्नू पर अर्पण कर दिया था - 'हां, उसने पुत्र-स्नेह का आदर्श रूप दिखा दिया। शीतकाल था और वह घड़ी रात्रि शेष रहते ही मुन्नू के लिए प्रात:काल का भोजन बनाने उठती थी। उसके इस स्नेह-बाहुल्य ने मुन्नू पर स्वाभाविक प्रभाव डाल दिया था। वह हठीला और नटखट हो गया था। जब तक अम्बा भजन कराने न बैठे, मुंह में कौर न डालता, जब तक अम्बा पंखा न झले, वह चारपाई पर पांव न रखता। उसे छेड़ता, चिढ़ाता और हैरान कर डालता। परन्तु अम्बा को इन बातों से आत्मिक सुख प्राप्त होता था। एन्फ्लुएंजा से कराह रही थी, करवट लेने तक की शक्ति न थी, शरीर तवा हो रहा था, परन्तु मुन्नू के प्रात: काल के भोजन की चिंता लगी रहती थी। हाय! वह निस्वार्थ मातृ-स्नेह अब स्वप्न हो गया। उस स्वप्न के स्मरण से अब भी हृदय गदगद हो जाता है। अम्बा के साथ मुन्नू का चुलबुलापन तथा बालक्रीड़ा विदा हो गयी। अब वह शोक और नैराश्य की जीवित मूर्ति है, वह भी अब नहीं रोता। ऐसा पदार्थ खोकर अब उसे कोई खटका, कोई भय नहीं रह गया।

***

बूढ़ी काकी

बुढ़ापा बहुधा बचपन का पुनरागमन हुआ करता है। बूढ़ी काकी में जिह्वा-स्वाद के सिवा और कोई चेष्टा शेष न थी और न अपने कष्टों की ओर आकर्षित करने का, रोने के अतिरिक्त कोई दूसरा सहारा ही। समस्त इन्द्रियाँ, नेत्र, हाथ और पैर जवाब दे चुके थे। पृथ्वी पर पड़ी रहतीं और घर वाले कोई बात उनकी इच्छा के प्रतिकूल करते, भोजन का समय टल जाता या उसका परिमाण पूर्ण न होता अथवा बाज़ार से कोई वस्तु आती और न मिलती तो ये रोने लगती थीं। उनका रोना-सिसकना साधारण रोना न था, वे गला फाड़-फाड़कर रोती थीं।

उनके पतिदेव को स्वर्ग सिधारे कालांतर हो चुका था। बेटे तरुण हो-होकर चल बसे थे। अब एक भतीजे के अलावा और कोई न था। उसी भतीजे के नाम उन्होंने अपनी सारी सम्पत्ति लिख दी। भतीजे ने सारी सम्पत्ति लिखाते समय ख़ूब लम्बे-चौड़े वादे किए, किन्तु वे सब वादे केवल कुली-डिपो के दलालों के दिखाए हुए सब्ज़बाग थे। यद्यपि उस सम्पत्ति की वार्षिक आय डेढ़-दो सौ रुपए से कम न थी तथापि बूढ़ी काकी को पेट भर भोजन भी कठिनाई से मिलता था। इसमें उनके भतीजे पंडित बुद्धिराम का अपराध था अथवा उनकी अर्धांगिनी श्रीमती रूपा का, इसका निर्णय करना सहज नहीं। बुद्धिराम स्वभाव के सज्जन थे, किंतु उसी समय तक जब कि उनके कोष पर आँच न आए। रूपा स्वभाव से तीव्र थी सही, पर ईश्वर से डरती थी। अतएव बूढ़ी काकी को उसकी तीव्रता उतनी न खलती थी जितनी बुद्धिराम की भलमनसाहत।

बुद्धिराम को कभी-कभी अपने अत्याचार का खेद होता था। विचारते कि इसी सम्पत्ति के कारण मैं इस समय भलामानुष बना बैठा हूँ। यदि भौतिक आश्वासन और सूखी सहानुभूति से स्थिति में सुधार हो सकता हो, उन्हें कदाचित् कोई आपत्ति न होती, परन्तु विशेष व्यय का भय उनकी सुचेष्टा को दबाए रखता था। यहाँ तक कि यदि द्वार पर कोई भला आदमी बैठा होता और बूढ़ी काकी उस समय अपना राग अलापने लगतीं तो वह आग हो जाते और घर में आकर उन्हें जोर से डाँटते। लड़कों को बुड्ढों से स्वाभाविक विद्वेष होता ही है और फिर जब माता-पिता का यह रंग देखते तो वे बूढ़ी काकी को और सताया करते। कोई चुटकी काटकर भागता, कोई इन पर पानी की कुल्ली कर देता। काकी चीख़ मारकर रोतीं परन्तु यह बात प्रसिद्ध थी कि वह केवल खाने के लिए रोती हैं, अतएव उनके संताप और आर्तनाद पर कोई ध्यान नहीं देता था। हाँ, काकी क्रोधातुर होकर बच्चों को गालियाँ देने लगतीं तो रूपा घटनास्थल पर आ पहुँचती। इस भय से काकी अपनी जिह्वा कृपाण का कदाचित् ही प्रयोग करती थीं, यद्यपि उपद्रव-शान्ति का यह उपाय रोने से कहीं अधिक उपयुक्त था।

सम्पूर्ण परिवार में यदि काकी से किसी को अनुराग था, तो वह बुद्धिराम की छोटी लड़की लाडली थी। लाडली अपने दोनों भाइयों के भय से अपने हिस्से की मिठाई-चबैना बूढ़ी काकी के

पास बैठकर खाया करती थी। यही उसका रक्षागार था और यद्यपि काकी की शरण उनकी लोलुपता के कारण बहुत मंहगी पड़ती थी, तथापि भाइयों के अन्याय से सुरक्षा कहीं सुलभ थी तो बस यहीं। इसी स्वार्थानुकूलता ने उन दोनों में सहानुभूति का आरोपण कर दिया था।

2

रात का समय था। बुद्धिराम के द्वार पर शहनाई बज रही थी और गाँव के बच्चों का झुंड विस्मयपूर्ण नेत्रों से गाने का रसास्वादन कर रहा था। चारपाइयों पर मेहमान विश्राम करते हुए नाइयों से मुक्कियाँ लगवा रहे थे। समीप खड़ा भाट विरुदावली सुना रहा था और कुछ भावज्ञ मेहमानों की 'वाह, वाह' पर ऐसा ख़ुश हो रहा था मानो इस 'वाह-वाह' का यथार्थ में वही अधिकारी है। दो-एक अंग्रेज़ी पढ़े हुए नवयुवक इन व्यवहारों से उदासीन थे। वे इस गँवार मंडली में बोलना अथवा सम्मिलित होना अपनी प्रतिष्ठा के प्रतिकूल समझते थे।

आज बुद्धिराम के बड़े लड़के मुखराम का तिलक आया है। यह उसी का उत्सव है। घर के भीतर स्त्रियाँ गा रही थीं और रूपा मेहमानों के लिए भोजन में व्यस्त थी। भट्टियों पर कड़ाह चढ़ रहे थे। एक में पूड़ियाँ-कचौड़ियाँ निकल रही थीं, दूसरे में अन्य पकवान बनते थे। एक बड़े हंडे में मसालेदार तरकारी पक रही थी। घी और मसाले की क्षुधावर्धक सुगंधि चारों ओर फैली हुई थी।

बूढ़ी काकी अपनी कोठरी में शोकमय विचार की भाँति बैठी हुई थीं। यह स्वाद मिश्रित सुगंधि उन्हें बेचैन कर रही थी। वे मन-ही-मन विचार कर रही थीं, संभवत: मुझे पूड़ियाँ न मिलेंगीं। इतनी देर हो गई, कोई भोजन लेकर नहीं आया। मालूम होता है सब लोग भोजन कर चुके हैं। मेरे लिए कुछ न बचा। यह सोचकर उन्हें रोना आया, परन्तु अपशकुन के भय से वह रो न सकीं।

'आहा... कैसी सुगंधि है? अब मुझे कौन पूछता है। जब रोटियों के ही लाले पड़े हैं तब ऐसे भाग्य कहाँ कि भरपेट पूड़ियाँ मिलें?' यह विचार कर उन्हें रोना आया, कलेजे में हूक-सी उठने लगी। परंतु रूपा के भय से उन्होंने फिर मौन धारण कर लिया।

बूढ़ी काकी देर तक इन्ही दुखदायक विचारों में डूबी रहीं। घी और मसालों की सुगंधि रह-रहकर मन को आपे से बाहर किए देती थी। मुँह में पानी भर-भर आता था। पूड़ियों का स्वाद स्मरण करके हृदय में गुदगुदी होने लगती थी। किसे पुकारूँ, आज लाडली बेटी भी नहीं आई। दोनों छोकरे सदा दिक दिया करते हैं। आज उनका भी कहीं पता नहीं। कुछ मालूम तो होता कि क्या बन रहा है।

बूढ़ी काकी की कल्पना में पूड़ियों की तस्वीर नाचने लगी। ख़ूब लाल-लाल, फूली-फूली, नरम-नरम होंगीं। रूपा ने भली-भाँति भोजन किया होगा। कचौड़ियों में अजवाइन और इलायची की महक आ रही होगी। एक पूड़ी मिलती तो जरा हाथ में लेकर देखती। क्यों न चल कर कड़ाह के सामने ही बैठूँ। पूड़ियाँ छन-छनकर तैयार होंगी। कड़ाह से गरम-गरम निकालकर थाल में रखी जाती होंगी। फूल हम घर में भी सूँघ सकते हैं, परन्तु वाटिका में कुछ और बात होती है।

इस प्रकार निर्णय करके बूढ़ी काकी उकड़ूँ बैठकर हाथों के बल सरकती हुई बड़ी कठिनाई से चौखट से उतरीं और धीरे-धीरे रेंगती हुई कड़ाह के पास जा बैठीं। यहाँ आने पर उन्हें उतना ही धैर्य हुआ जितना भूखे कुत्ते को खाने वाले के सम्मुख बैठने में होता है।

रूपा उस समय कार्यभार से उद्विग्न हो रही थी। कभी इस कोठे में जाती, कभी उस कोठे में, कभी कड़ाह के पास जाती, कभी भंडार में जाती। किसी ने बाहर से आकर कहा--'महाराज ठंडई मांग रहे हैं।' ठंडई देने लगी। इतने में फिर किसी ने आकर कहा--'भाट आया है, उसे कुछ दे दो।' भाट के लिए सीधा निकाल रही थी कि एक तीसरे आदमी ने आकर पूछा--'अभी भोजन तैयार होने में कितना विलम्ब है? जरा ढोल, मजीरा उतार दो।' बेचारी अकेली स्त्री दौड़ते-दौड़ते व्याकुल हो रही थी, झुंझलाती थी, कुढ़ती थी, परन्तु क्रोध प्रकट करने का अवसर न पाती थी। भय होता, कहीं पड़ोसिनें यह न कहने लगें कि इतने में उबल पड़ीं। प्यास से स्वयं कंठ सूख रहा था। गर्मी के मारे फुँकी जाती थी, परन्तु इतना अवकाश न था कि जरा पानी पी ले अथवा पंखा लेकर झले। यह भी खटका था कि जरा आँख हटी और चीज़ों की लूट मची। इस अवस्था में उसने बूढ़ी काकी को कड़ाह के पास बैठी देखा तो जल गई। क्रोध न रुक सका। इसका भी ध्यान न रहा कि पड़ोसिनें बैठी हुई हैं, मन में क्या कहेंगीं। पुरुषों में लोग सुनेंगे तो क्या कहेंगे। जिस प्रकार मेंढक केंचुए पर झपटता है, उसी प्रकार वह बूढ़ी काकी पर झपटी और उन्हें दोनों हाथों से झटक कर बोली-- ऐसे पेट में आग लगे, पेट है या भाड़? कोठरी में बैठते हुए क्या दम घुटता था? अभी मेहमानों ने नहीं खाया, भगवान को भोग नहीं लगा, तब तक धैर्य न हो सका? आकर छाती पर सवर हो गई। जल जाए ऐसी जीभ। दिन भर खाती न होती तो जाने किसकी हांडी में मुँह डालती? गाँव देखेगा तो कहेगा कि बुढ़िया भरपेट खाने को नहीं पाती तभी तो इस तरह मुँह बाए फिरती है। डायन न मरे न मांचा छोड़े। नाम बेचने पर लगी है। नाक कटवा कर दम लेगी। इतनी ठूँसती है न जाने कहां भस्म हो जाता है। भला चाहती हो तो जाकर कोठरी में बैठो, जब घर के लोग खाने लगेंगे, तब तुम्हे भी मिलेगा। तुम कोई देवी नहीं हो कि चाहे किसी के मुँह में पानी न जाए, परन्तु तुम्हारी पूजा पहले ही हो जाए।

बूढ़ी काकी ने सिर उठाया, न रोईं न बोलीं। चुपचाप रेंगती हुई अपनी कोठरी में चली गईं। आवाज़ ऐसी कठोर थी कि हृदय और मष्तिष्क की सम्पूर्ण शक्तियाँ, सम्पूर्ण विचार और सम्पूर्ण भार उसी ओर आकर्षित हो गए थे। नदी में जब कगार का कोई वृहद खंड कटकर गिरता है तो आस-पास का जल समूह चारों ओर से उसी स्थान को पूरा करने के लिए दौड़ता है।

3

भोजन तैयार हो गया है। आंगन में पत्तलें पड़ गईं, मेहमान खाने लगे। स्त्रियों ने जेवनार-गीत गाना आरम्भ कर दिया। मेहमानों के नाई और सेवकगण भी उसी मंडली के साथ, किंतु कुछ हटकर भोजन करने बैठे थे, परन्तु सभ्यतानुसार जब तक सब-के-सब खा न चुकें कोई उठ नहीं सकता था। दो-एक मेहमान जो कुछ पढ़े-लिखे थे, सेवकों के दीर्घाहार पर झुंझला रहे थे। वे इस बंधन को व्यर्थ और बेकार की बात समझते थे।

बूढ़ी काकी अपनी कोठरी में जाकर पश्चाताप कर रही थी कि मैं कहाँ-से-कहाँ आ गई। उन्हें रूपा पर क्रोध नहीं था। अपनी जल्दबाज़ी पर दुख था। सच ही तो है जब तक मेहमान लोग भोजन न कर चुकेंगे, घर वाले कैसे खाएंगे। मुझ से इतनी देर भी न रहा गया। सबके सामने पानी उतर गया। अब जब तक कोई बुलाने नहीं आएगा, न जाऊंगी।

मन-ही-मन इस प्रकार का विचार कर वह बुलाने की प्रतीक्षा करने लगीं। परन्तु घी की रुचिकर सुवास बड़ी धैर्य-परीक्षक प्रतीत हो रही थी। उन्हें एक-एक पल एक-एक युग के समान मालूम होता था। अब पत्तल बिछ गई होगी। अब मेहमान आ गए होंगे। लोग हाथ पैर धो रहे हैं, नाई पानी दे रहा है। मालूम होता है लोग खाने बैठ गए। जेवनार गाया जा रहा है, यह विचार कर वह मन को बहलाने के लिए लेट गईं। धीरे-धीरे एक गीत गुनगुनाने लगीं। उन्हें मालूम हुआ कि मुझे गाते देर हो गई। क्या इतनी देर तक लोग भोजन कर ही रहे होंगे। किसी की आवाज़ सुनाई नहीं देती। अवश्य ही लोग खा-पीकर चले गए। मुझे कोई बुलाने नहीं आया है। रूपा चिढ़ गई है, क्या जाने न बुलाए। सोचती हो कि आप ही आवेंगीं, वह कोई मेहमान तो नहीं जो उन्हें बुलाऊँ। बूढ़ी काकी चलने को तैयार हुईं। यह विश्वास कि एक मिनट में पूड़ियाँ और मसालेदार तरकारियां सामने आएंगीं, उनकी स्वादेन्द्रियों को गुदगुदाने लगा। उन्होंने मन में तरह-तरह के मंसूबे बांधे-- पहले तरकारी से पूड़ियाँ खाऊंगी, फिर दही और शक्कर से, कचौरियाँ रायते के साथ मज़ेदार मालूम होंगी। चाहे कोई बुरा माने चाहे भला, मैं तो मांग-मांगकर खाऊंगी। यही न लोग कहेंगे कि इन्हें विचार नहीं? कहा करें, इतने दिन के बाद पूड़ियाँ मिल रही हैं तो मुँह झूठा करके थोड़े ही उठ जाऊंगी ।

वह उकड़ूँ बैठकर सरकते हुए आंगन में आईं। परन्तु हाय दुर्भाग्य! अभिलाषा ने अपने पुराने स्वभाव के अनुसार समय की मिथ्या कल्पना की थी। मेहमान-मंडली अभी बैठी हुई थी। कोई खाकर उंगलियाँ चाटता था, कोई तिरछे नेत्रों से देखता था कि और लोग अभी खा रहे हैं या नहीं। कोई इस चिंता में था कि पत्तल पर पूड़ियाँ छूटी जाती हैं किसी तरह इन्हें भीतर रख लेता। कोई दही खाकर चटकारता था, परन्तु दूसरा दोना मांगते संकोच करता था कि इतने में बूढ़ी काकी रेंगती हुई उनके बीच में आ पहुँची। कई आदमी चौंककर उठ खड़े हुए। पुकारने लगे-- अरे, यह बुढ़िया कौन है? यहाँ कहाँ से आ गई? देखो, किसी को छू न दे।

पंडित बुद्धिराम काकी को देखते ही क्रोध से तिलमिला गए। पूड़ियों का थाल लिए खड़े थे। थाल को ज़मीन पर पटक दिया और जिस प्रकार निर्दयी महाजन अपने किसी बेइमान और भगोड़े कर्ज़दार को देखते ही उसका टेंटुआ पकड़ लेता है उसी तरह लपक कर उन्होंने काकी के दोनों हाथ पकड़े और घसीटते हुए लाकर उन्हें अंधेरी कोठरी में धम से पटक दिया। आशारूपी वटिका लू के एक झोंके में विनष्ट हो गई।

मेहमानों ने भोजन किया। घरवालों ने भोजन किया। बाजे वाले, धोबी, चमार भी भोजन कर चुके, परन्तु बूढ़ी काकी को किसी ने न पूछा। बुद्धिराम और रूपा दोनों ही बूढ़ी काकी को उनकी निर्लज्जता के लिए दंड देने क निश्चय कर चुके थे। उनके बुढ़ापे पर, दीनता पर, हत्ज्ञान पर किसी को करुणा न आई थी। अकेली लाडली उनके लिए कुढ़ रही थी।

लाडली को काकी से अत्यंत प्रेम था। बेचारी भोली लड़की थी। बाल-विनोद और चंचलता की उसमें गंध तक न थी। दोनों बार जब उसके माता-पिता ने काकी को निर्दयता से घसीटा तो लाडली का हृदय ऐंठकर रह गया। वह झुंझला रही थी कि हम लोग काकी को क्यों बहुत-सी पूड़ियाँ नहीं देते। क्या मेहमान सब-की-सब खा जाएंगे? और यदि काकी ने मेहमानों से पहले खा लिया तो क्या बिगड़ जाएगा? वह काकी के पास जाकर उन्हें धैर्य देना चाहती थी, परन्तु माता के भय से न जाती थी। उसने अपने हिस्से की पूड़ियाँ बिल्कुल न खाईं थीं। अपनी गुड़िया की पिटारी में बन्द कर रखी थीं। उन पूड़ियों को काकी के पास ले जाना चाहती थी। उसका हृदय अधीर हो रहा था। बूढ़ी काकी मेरी बात सुनते ही उठ बैठेंगीं, पूड़ियाँ देखकर कैसी प्रसन्न होंगीं! मुझे खूब प्यार करेंगीं।

4

रात को ग्यारह बज गए थे। रूपा आंगन में पड़ी सो रही थी। लाडली की आँखों में नींद न आती थी। काकी को पूड़ियाँ खिलाने की खुशी उसे सोने न देती थी। उसने गुड़ियों की पिटारी सामने रखी थी। जब विश्वास हो गया कि अम्मा सो रही हैं, तो वह चुपके से उठी और विचारने लगी, कैसे चलूँ। चारों ओर अंधेरा था। केवल चूल्हों में आग चमक रही थी और चूल्हों के पास एक कुत्ता लेटा हुआ था। लाडली की दृष्टि सामने वाले नीम पर गई। उसे मालूम हुआ कि उस पर हनुमान जी बैठे हुए हैं। उनकी पूँछ, उनकी गदा, वह स्पष्ट दिखलाई दे रही है। मारे भय के उसने आँखें बंद कर लीं। इतने में कुत्ता उठ बैठा, लाडली को ढाढ़स हुआ। कई सोए हुए मनुष्यों के बदले एक भागता हुआ कुत्ता उसके लिए अधिक धैर्य का कारण हुआ। उसने पिटारी उठाई और बूढ़ी काकी की कोठरी की ओर चली।

5

बूढ़ी काकी को केवल इतना स्मरण था कि किसी ने मेरे हाथ पकड़कर घसीटे, फिर ऐसा मालूम हुआ कि जैसे कोई पहाड़ पर उड़ाए लिए जाता है। उनके पैर बार-बार पत्थरों से टकराए तब किसी ने उन्हें पहाड़ पर से पटका, वे मूर्छित हो गईं।

जब वे सचेत हुईं तो किसी की ज़रा भी आहट न मिलती थी। समझी कि सब लोग खा-पीकर सो गए और उनके साथ मेरी तकदीर भी सो गई। रात कैसे कटेगी? राम! क्या खाऊँ? पेट में अग्नि धधक रही है। हा! किसी ने मेरी सुधि न ली। क्या मेरा पेट काटने से धन जुड़ जाएगा? इन लोगों को इतनी भी दया नहीं आती कि न जाने बुढ़िया कब मर जाए? उसका जी क्यों दुखावें? मैं पेट की रोटियाँ ही खाती हूँ कि और कुछ? इस पर यह हाल। मैं अंधी, अपाहिज ठहरी, न कुछ सुनूँ, न बूझूँ। यदि आंगन में चली गई तो क्या बुद्धिराम से इतना कहते न बनता था कि काकी अभी लोग खाना खा रहे हैं फिर आना। मुझे घसीटा, पटका। उन्ही पूड़ियों के लिए रूपा ने सबके सामने गालियाँ दीं। उन्हीं पूड़ियों के लिए इतनी दुर्गति करने पर भी उनका पत्थर का कलेजा न पसीजा। सबको खिलाया, मेरी बात तक न पूछी। जब तब ही न दीं, तब अब क्या देंगे? यह विचार कर काकी निराशामय संतोष के साथ लेट गई। ग्लानि से गला भर-भर आता

था, परन्तु मेहमानों के भय से रोती न थीं। सहसा कानों में आवाज़ आई-- 'काकी उठो, मैं पूड़ियां लाई हूँ।' काकी ने लाड़ली की बोली पहचानी। चटपट उठ बैठीं। दोनों हाथों से लाडली को टटोला और उसे गोद में बिठा लिया। लाडली ने पूड़ियाँ निकालकर दीं।

काकी ने पूछा-- क्या तुम्हारी अम्मा ने दी है?

लाडली ने कहा-- नहीं, यह मेरे हिस्से की हैं।

काकी पूड़ियों पर टूट पडीं। पाँच मिनट में पिटारी खाली हो गई। लाडली ने पूछा-- काकी पेट भर गया।

जैसे थोड़ी-सी वर्षा ठंडक के स्थान पर और भी गर्मी पैदा कर देती है उस भाँति इन थोड़ी पूड़ियों ने काकी की क्षुधा और इक्षा को और उत्तेजित कर दिया था। बोलीं-- नहीं बेटी, जाकर अम्मा से और मांग लाओ।

लाड़ली ने कहा-- अम्मा सोती हैं, जगाऊंगी तो मारेंगीं।

काकी ने पिटारी को फिर टटोला। उसमें कुछ खुर्चन गिरी थी। बार-बार होंठ चाटती थीं, चटखारे भरती थीं।

हृदय मसोस रहा था कि और पूड़ियाँ कैसे पाऊँ। संतोष-सेतु जब टूट जाता है तब इच्छा का बहाव अपरिमित हो जाता है। मतवालों को मद का स्मरण करना उन्हें मदांध बनाता है। काकी का अधीर मन इच्छाओं के प्रबल प्रवाह में बह गया। उचित और अनुचित का विचार जाता रहा। वे कुछ देर तक उस इच्छा को रोकती रहीं। सहसा लाडली से बोलीं-- मेरा हाथ पकड़कर वहाँ ले चलो, जहाँ मेहमानों ने बैठकर भोजन किया है।

लाडली उनका अभिप्राय समझ न सकी। उसने काकी का हाथ पकड़ा और ले जाकर झूठे पत्तलों के पास बिठा दिया। दीन, क्षुधातुर, हत् ज्ञान बुढ़िया पत्तलों से पूड़ियों के टुकड़े चुन-चुनकर भक्षण करने लगी। ओह... दही कितना स्वादिष्ट था, कचौड़ियाँ कितनी सलोनी, ख़स्ता कितने सुकोमल। काकी बुद्धिहीन होते हुए भी इतना जानती थीं कि मैं वह काम कर रही हूं, जो मुझे कदापि न करना चाहिए। मैं दूसरों की झूठी पत्तल चाट रही हूँ। परन्तु बुढ़ापा तृष्णा रोग का अंतिम समय है, जब सम्पूर्ण इच्छाएँ एक ही केन्द्र पर आ लगती हैं। बूढ़ी काकी में यह केन्द्र उनकी स्वादेन्द्रिय थी।

ठीक उसी समय रूपा की आँख खुली। उसे मालूम हुआ कि लाड़ली मेरे पास नहीं है। वह चौंकी, चारपाई के इधर-उधर ताकने लगी कि कहीं नीचे तो नहीं गिर पड़ी। उसे वहाँ न पाकर वह उठी तो क्या देखती है कि लाड़ली जूठे पत्तलों के पास चुपचाप खड़ी है और बूढ़ी काकी पत्तलों पर से पूड़ियों के टुकड़े उठा-उठाकर खा रही है। रूपा का हृदय सन्न हो गया। किसी गाय की गरदन पर छुरी चलते देखकर जो अवस्था उसकी होती, वही उस समय हुई। एक ब्राह्मणी दूसरों की झूठी पत्तल टटोले, इससे अधिक शोकमय दृश्य असंभव था। पूड़ियों के कुछ ग्रासों के लिए उसकी चचेरी सास ऐसा निष्कृष्ट कर्म कर रही है। यह वह दृश्य था जिसे देखकर देखने

वालों के हृदय काँप उठते हैं। ऐसा प्रतीत होता मानो ज़मीन रुक गई, आसमान चक्कर खा रहा है। संसार पर कोई आपत्ति आने वाली है। रूपा को क्रोध न आया। शोक के सम्मुख क्रोध कहाँ? करुणा और भय से उसकी आँखें भर आईं। इस अधर्म का भागी कौन है? उसने सच्चे हृदय से गगन मंडल की ओर हाथ उठाकर कहा-- परमात्मा, मेरे बच्चों पर दया करो। इस अधर्म का दंड मुझे मत दो, नहीं तो मेरा सत्यानाश हो जाएगा।

रूपा को अपनी स्वार्थपरता और अन्याय इस प्रकार प्रत्यक्ष रूप में कभी न दिख पड़े थे। वह सोचने लगी-- हाय! कितनी निर्दय हूँ। जिसकी सम्पति से मुझे दो सौ रुपया आय हो रही है, उसकी यह दुर्गति। और मेरे कारण। हे दयामय भगवान! मुझसे बड़ी भारी चूक हुई है, मुझे क्षमा करो। आज मेरे बेटे का तिलक था। सैकड़ों मनुष्यों ने भोजन पाया। मैं उनके इशारों की दासी बनी रही। अपने नाम के लिए सैकड़ों रुपए व्यय कर दिए, परन्तु जिसकी बदौलत हज़ारों रुपए खाए, उसे इस उत्सव में भी भरपेट भोजन न दे सकी। केवल इसी कारण तो, वह वृद्धा असहाय है।

रूपा ने दिया जलाया, अपने भंडार का द्वार खोला और एक थाली में सम्पूर्ण सामग्रियां सजाकर बूढ़ी काकी की ओर चली।

आधी रात जा चुकी थी, आकाश पर तारों के थाल सजे हुए थे और उन पर बैठे हुए देवगण स्वर्गीय पदार्थ सजा रहे थे, परन्तु उसमें किसी को वह परमानंद प्राप्त न हो सकता था, जो बूढ़ी काकी को अपने सम्मुख थाल देखकर प्राप्त हुआ। रूपा ने कंठारुद्ध स्वर में कहा...काकी उठो, भोजन कर लो। मुझसे आज बड़ी भूल हुई, उसका बुरा न मानना। परमात्मा से प्रार्थना कर दो कि वह मेरा अपराध क्षमा कर दें।

भोले-भोले बच्चों की भाँति, जो मिठाइयाँ पाकर मार और तिरस्कार सब भूल जाता है, बूढ़ी काकी वैसे ही सब भुलाकर बैठी हुई खाना खा रही थी। उनके एक-एक रोंए से सच्ची सदिच्छाएँ निकल रही थीं और रूपा बैठी स्वर्गीय दृश्य का आनन्द लेने में निमग्न थी।

***

हार की जीत

केशव से मेरी पुरानी लाग-डांट थी। लेख और वाणी, हास्य और विनोद सभी क्षेत्रों में मुझसे कोसों आगे था। उसके गुणों की चन्द्र-ज्योति में मेरे दीपक का प्रकाश कभी प्रस्फुटित न हुआ। एक बार उसे नीचा दिखाना मेरे जीवन की सबसे बड़ी अभिलाषा थी। उस समय मैंने कभी स्वीकार नहीं किया। अपनी त्रुटियों को कौन स्वीकार करता है - पर वास्तव में मुझे ईश्वर ने उसकी जैसी बुद्धि-शक्ति न प्रदान की थी। अगर मुझे कुछ तस्कीन थी, तो यह कि विद्या-क्षेत्र में चाहे मुझे उनसे कंधा मिलना कभी नसीब न हो, पर व्यवहार की रंगभूमि में सेहरा मेरे ही सिर रहेगा। लेकिन दुर्भाग्य से जब प्रणय-सागर में भी उसने मेरे साथ गोता मारा और रत्न उसी के हाथ लगता हुआ नजर आया तो मैं हताश हो गया। हम दोनों ने ही एम.ए. के लिए साम्यवाद का विषय लिया था। हम दोनों ही साम्यवादी थे। केशव के विषय में तो यह स्वाभाविक बात थी। उसका कुल बहुत प्रतिष्ठित न था, न वह समृद्धि ही थी जो इस कमी को पूरा कर देती। मेरी साम्यवादिता पर लोगों को कुतूहल होता था। हमारे साम्यवाद के प्रोफेसर बाबू हरिदास भाटिया साम्यवाद के सिद्धान्तों के कायल थे, लेकिन शायद धन की अवहेलना न कर सकते थे। अपनी लज्जावती के लिए उन्होंने कुशाग्र बुद्धि केशव को नहीं, मुझे पसंद किया। एक दिन संध्या-समय वह मेरे कमरे में आये और चिंतित भाव से बोले - शारदा चरण, मैं महीनों से एक बड़ी चिंता में पड़ा हुआ हूं। मुझे आशा है कि तुम उसका निवारण कर सकते हो। मेरे कोई पुत्र नहीं है। मैंने तुम्हें और केशव दोनों ही को पुत्र-तुल्य समझा है। यद्यपि केशव तुमसे चतुर है, पर मुझे विश्वास है कि विस्तृत संसार में तुम्हें जो सफलता मिलेगी, वह उसे नहीं मिल सकती, अतएव मैंने तुम्हीं को अपनी लज्जा के लिए वरा है। क्या मैं आशा करूं कि मेरा मनोरथ पूरा होगा।

मैं स्वतन्त्र था, मेरे माता-पिता मुझे लड़कपन ही में छोड़कर स्वर्ग चले गये थे। मेरे कुटुम्बियों में अब ऐसा कोई न था, जिसकी अनुमति लेने की मुझे जरूरत होती। लज्जावती जैसी सुशील, सुंदरी, सुशिक्षित स्त्री को पाकर कौन पुरुष होगा जो अपने भाग्य को न सराहता। मैं फूला न समाया। लज्जा एक कुसुमित वाटिका थी, जहां गुलाब की मनोहर सुगंध थी और हरियाली की मनोरम शीतलता, समीर की शुभ तरंगें थी और पक्षियों का मधुर संगीत। वह स्वयं साम्यवाद पर मोहित थी। स्त्रियों के प्रतिनिधित्व और ऐसी ही अन्य विषयों पर उसने मुझसे कितनी ही बातें की थी लेकिन प्रोफेसर भाटिया की तरह केवल सिद्धांतों की भक्त न थी, उनको व्यवहार में भी लाना चाहती थी। उसने चतुर केशव को अपना स्नेह-पात्र बनाया था। तथापि मैं जानता था कि प्रोफेसर भाटिया के आदेश को वह कभी नहीं टाल सकती, यद्यपि उसकी इच्छा के विरुद्ध मैं उसे अपनी प्रणयिनी बनाने के लिए तैयार न था। इस विषय में मैं स्वेच्छा के सिद्धांत का कायल था। इसलिए मैं केशव की विरक्ति और क्षोभ से आशातीत आनन्द न उठा सका। हम दोनों ही दु:खी थे और

मुझे पहली बार केशव से सहानुभूति हुई। मैं लज्जावती से केवल इतना पूछा चाहता था कि उसने मुझे क्यों नजरों से गिरा दिया। पर उसके सामने ऐसे नाजुक क्षणों को छेड़ते हुए मुझे संकोच होता था, और यह स्वाभाविक था, क्योंकि कोई रमणी अपने अंत:करण के रहस्यों को नहीं खोल सकती। लेकिन शायद लज्जावती इस परिस्थिति को मेरे सामने प्रकट करना अपना कर्तव्य समझ रही थी। वह इसका अवसर ढूंढ रही थी। संयोग से उसे शीघ्र ही अवसर मिल गया।

संध्या का समय था। केशव राजपूत हॉस्टल में साम्यवाद पर एक व्याख्यान देने गया हुआ था। प्रोफेसर भाटिया उस जलसे के प्रधान थे। लज्जा अपने बंगले में अकेली बैठी हुई थी। मैं अपने अशांत हृदय के भाव छिपाए हुए, शोक और नैराश्य की दाह से जलता हुआ उसके समीप आकर बैठ गया। लज्जा ने मेरी ओर एक उड़ती हुई निगाह डाली और सहृदय भाव से बोली - कुछ चिंतित जान पड़ते हो?

मैंने कृत्रिम उदासीनता से कहा - तुम्हारी बला से।

लज्जा - केशव का व्याख्यान सुनने नहीं गये।

मेरी आंखों से ज्वाला-सी निकलने लगी। जब्त करके बोला - आज सिर में दर्द हो रहा था।

यह कहते-कहते अनायास ही मेरे नेत्रों से आंसू की कई बूंदें टपक पड़ी। मैं अपने शोक को प्रदर्शित करके उसका करुणा पात्र बनना नहीं चाहता था। मेरे विचार में रोना स्त्रियों के ही स्वाभावनुकूल था। मैं उस पर क्रोध प्रकट करना चाहता था और निकल पड़े आंसू। मन के भाव इच्छा के अधीन नहीं होते।

मुझे रोते देखकर लज्जा की आंखों से आंसू गिरने लगे।

मैं कीना नहीं रखता, मलिन हृदय नहीं हूं लेकिन न मालूम क्यों लज्जा के रोने पर मुझे इस समय एक आनंद का अनुभव हुआ। उस शोकावस्था में भी मैं उस पर व्यंग्य करने से बाज न रह सका। बोला - लज्जा, मैं तो अपने भाग्य को रोता हूं। शायद तुम्हारे अन्याय की दुहाई दे रहा हूं लेकिन तुम्हारे आंसू क्यों?

लज्जा ने मेरी ओर तिरस्कार-भाव से देखा और बोली - मेरे आंसुओं का रहस्य तुम न समझोगे क्योंकि तुमने कभी समझने की चेष्टा नहीं की। तुम मुझे कटु वचन सुनाकर अपने चित्त को शांत कर लेते हो। मैं किसे जलाऊ? तुम्हें क्या मालूम है कि मैंने कितना आगा-पीछा सोचकर, हृदय को कितना दबाकर, कितनी रातें करवटें बदलकर और कितने आंसू बहाकर यह निश्चय किया है। तुम्हारी कुल-प्रतिष्ठा, तुम्हारी रियासत एक दीवार की भांति मेरे रास्ते में खड़ी है, उस दीवार को मैं पार नहीं कर सकती। मैं जानती हूं कि इस समय तुम्हें कुल प्रतिष्ठा और रियासत का लेशमात्र भी अरमान नहीं है। लेकिन यह भी जानती हूं कि तुम्हारा कालेज की शीतल छाया में पला हुआ साम्यवाद बहुत दिनों तक सांसारिक जीवन की लू और लपट को न सह सकेगा। उस समय तुम अवश्य अपने फैसले पर पछताओगे और कुढ़ोगे। मैं तुम्हारे लिए दूध की मक्खी और हृदय का कांटा बन जाऊंगी।

मैंने आर्द्र होकर कहा - जिन कारणों से मेरा साम्यवाद लुप्त हो जायेगा,क्या वह तुम्हारे साम्यवाद को छेड़ेगा?

लज्जा - हां, मुझे पूरा विश्वास है कि मुझ पर उनका जरा भी असर न होगा। मेरे घर में कमी रियासत नहीं रही और कुल की अवस्था तुम भली भांति जानते हो। बाबूजी ने केवल अपने अविरल परिश्रम और अध्यवसाय से यह पद प्राप्त किया है। मुझे वह नहीं भूला है, जब मेरी माता जीवित थी और बाबूजी 11 बजे रात को प्राइवेट ट्यूशन करके घर आते थे। तो मुझे रियासत और कुल-गौरव का अभिमान कभी हो नहीं सकता, उसी तरह जैसे तुम्हारे हृदय से वह अभिमान कभी मिट नहीं सकता। यह घमंड मुझे उसी दशा में होगा जब मैं स्मृतिहीन हो जाऊंगी।

मैंने उद्दंडता से कहा - कुल प्रतिष्ठा को तो मैं मिटा नहीं सकता, मेरे वश की बात नहीं है, लेकिन तुम्हारे लिए मैं आज रियासत को तिलांजलि दे सकता हूं।

लज्जा क्रूर मुस्कान से बोली - फिर वही भावुकता? अगर यह बात तुम किसी अबोध बालिका से करते तो कदाचित् वह फूली न समाती। मैं एक ऐसे गहन विषय में, जिस पर दो प्राणियों के समस्त जीवन का सुख-दु:ख निर्भर है, भावुकता का आश्रय नहीं ले सकती। शादी बनावट नहीं है। परमात्मा साक्षी है, मैं विवश हूं मुझे अभी तक स्वयं मालूम नहीं है कि मेरी डोंगी किधर जाएगी लेकिन मैं तुम्हारे जीवन को कंटकमय नहीं बना सकती।

मैं यहां से चला तो इतना निराश न था जितना सचिंत। लज्जा ने मेरे सामने एक नयी समस्या उपस्थित कर दी थी।

2

हम दोनों साथ-साथ एम.ए. हुए। केशव प्रथम श्रेणी में आया, मैं द्वितीय श्रेणी में। उसे नागपुर के एक कॉलेज में अध्यापक का पद मिल गया। मैं घर आकर अपनी रियासत का प्रबंध करने लगा। चलते समय हम दोनों गले मिलकर और रो कर विदा हुए। विरोध और ईर्ष्या को कॉलेज में छोड़ दिया।

मैं अपने प्रांत का पहला ताल्लुकेदार था जिसने एम.ए. पद प्राप्त किया हो। पहले तो राज्याधिकारियों ने मेरी खूब आवभगत की, लेकिन जब मेरे सामाजिक सिद्धांतों से अवगत हुए तो उनकी कृपा दृष्टि कुछ शिथिल पड़ गयी। मैंने भी उनसे मिलना-जुलना छोड़ दिया। अपना अधिकांश समय असामियों के ही बीच में व्यतीत करता।

पूरा साल भर भी न गुजरने पाया कि एक ताल्लुकेदार की परलोक यात्रा ने काउंसिल में एक स्थान खाली कर दिया। मैंने काउंसिल में जाने की अपनी तरफ से कोई कोशिश नहीं की। लेकिन काश्तकारों ने अपने प्रतिनिधित्व का भार मेरे ही सिर रखा। बेचारा केशव तो अपने कॉलेज में लेक्चर देता था, किसी को खबर भी न थी कि वह कहां है और क्या कर रहा है और मैं अपनी कुल मर्यादा की बदौलत काउंसिल का मेम्बर हो गया। मेरी वक्तृताएं समाचार-पत्रों में छपने लगी। मेरे प्रश्नों की प्रशंसा होने लगी है। काउंसिल में मेरा विशेष सम्मान होने लगा। कई

सज्जन ऐसे निकल आए जो जनतावाद के भक्त थे। पहले वह परिस्थितियों से दबे हुए थे, अब वह खुल पड़े। हम लोगों ने लोकवादियों का अपना एक पृथक् दल बना लिया और कृषकों के अधिकारों को जोरों के साथ व्यक्त करना शुरू किया। अधिकांश भूपतियों ने मेरी अवहेलना की। कई सज्जनों ने धमकियां भी दीं लेकिन मैंने अपने निश्चित पथ को न छोड़ा। सेवा के इस सुअवसर को क्यों कर हाथ से जाने देता। दूसरा वर्ष समाप्त होते-होते जाति के प्रधान नेताओं में मेरी गणना होने लगी। मुझे बहुत परिश्रम करना, बहुत पढ़ना, बहुत लिखना और बहुत बोलना पड़ता पर जरा भी न घबराता। इस परिश्रमशीलता के लिए केशव का ऋणी था उसी ने मुझे उतना अभ्यस्त बना दिया था।

मेरे पास केशव और प्रोफेसर भाटिया के पत्र बराबर आते रहते थे। कभी-कभी लज्जावती भी मिलती थी। उसके पत्रों में श्रद्धा और प्रेम की मात्रा दिनों दिन बढ़ती जाती थी। वह मेरी राष्ट्र-सेवा का बड़े उदार भरे उत्साहमय शब्दों में बखान करती। मेरे विषय में उसे पहले जो शंकाएं थी, वह मिटती जाती थी। मेरी तपस्या देवी को आकर्षित करने लगी थी। केशव के पत्र से उदासीनता टपकती थी। उसके कॉलेज में धन का अभाव था। तीन वर्ष हो गए थे, पर उसकी तरक्की न हुई थी। पत्रों से ऐसा प्रतीत होता कि मानो वह जीवन से असंतुष्ट है। कदाचित् इसका मुख्य कारण यह था कि अभी तक उसके जीवन का सुखमय स्वप्न चरितार्थ न हुआ था।

तीसरे वर्ष गर्मियों की छुट्टियों में प्रोफेसर भाटिया मुझसे मिलने आये और बहुत प्रसन्न होकर गए। उसके एक ही सप्ताह पीछे लज्जावती का पत्र आया। अदालत ने तज़बीब सुना दी, मेरी डिग्री हो गयी। केशव की पहली बार मेरे मुकाबले में हार हुई। मेरे हर्षोल्लास की कोई सीमा न थी। प्रो. भाटिया का इरादा भारतवर्ष के सब प्रांतों में भ्रमण करने का था। वह साम्यवाद पर एक ग्रंथ लिख रहे थे जिसके लिए प्रत्येक बड़े नगर में कुछ अन्वेषण करने की जरूरत थी। लज्जा को अपने साथ ले जान चाहते थे। निश्चय हुआ कि उनके लौट आने पर आगामी चैत के महीने में हमारा संयोग हो जायेगा मैं यह वियोग के दिन बड़ी बेसब्री से काटने लगा। अब तक मैं जानता था कि बाजी केशव के हाथ रहेगी, मैं निराश था, पर शांत था। अब आशा थी और उसके साथ घोर अशांति थी।

3

मार्च का महीना था। प्रतीक्षा की अवधि पूरी हो चुकी थी। कठिन परिश्रम के दिन गए, फसल काटने का समय आया। प्रोफेसर साहब ने ढाका से पत्र लिखा था कि कई अनिवार्य कारणों से मेरा लौटना मार्च में नहीं, मई में होगा। इसी बीच में काश्मीर के दीवान लाला सोमनाथ कपूर नैनीताल आए। बजट पेश था। उस पर व्यवस्थापक सभा में वाद-विवाद हो रहा था। गवर्नर की ओर से दीवान साहब को पार्टी दी गयी। सभा के प्रतिनिधियों को भी निमंत्रण मिला। काउंसिल की ओर से मुझे अभिवादन करने का सौभाग्य प्राप्त हुआ। मेरी बकवास को दीवान साहब ने बहुत पसंद किया। चलते समय मुझसे कई मिनट तक बातें की और मुझे अपने डेरे पर आने का आदेश दिया। उनके साथ उनकी पुत्री सुशीला आई थी। वह पीछे सिर झुकाए खड़ी रही। जान

पड़ता था, भूमि को पढ़ रही है। पर मैं अपनी आंखों को काबू में न रख सका। वह उतनी ही देर में एक बार नहीं कई बार उठी और जैसे बच्चा किसी अजनबी की पुचकार से उसकी ओर लपकता है, पर फिर डरकर मां की गोद में चिपट जाता है, वह भी डरकर आधे रास्ते से लौट गयी। लज्जा अगर कुसुमित वाटिका थी तो सुशीला शीतल सलिल धारा थी जहां वृक्षों के कुंज थे, विनोदशील पेड़ों के झुंड, विहगावली की अनंत शोभा और तरंगों का मधुर संगीत।

मैं घर पर आया तो ऐसा थका हुआ था जैसे कोई मंजिल मारकर आया था सौंदर्य जीवन-सुधा है। मालूम नहीं क्यों इसका असर इतना प्राणघातक होता है।

लेटा तो वही सूरत सामने थी। मैं उसे हटाना चाहता था। मुझे भय था कि एक क्षण भी उस भंवर में पड़कर मैं अपने को संभाल न सकूंगा। मैं अब लज्जावती का हो चुका था, वही अब मेरे हृदय की स्वामिनी थी। मेरा उस पर कोई अधिकार न था लेकिन मेरे सारे संयम, सारी दलीलें निष्फल हुई। जल के उद्वेग में नौका को धागे से कौन रोक सकता है? अन्त में हताश होकर मैंने अपने को विचारों के प्रवाह में डाल दिया। कुछ दूर तक नौका वेगवती तरंगों के साथ चली फिर उसी प्रवाह में विलीन हो गयी।

दूसरे दिन मैं नियत समय पर दीवान साहब के डेरे पर जा पहुंचा, इस भांति कांपता और हिचकता जैसे कोई बालक दामिनी की चमक से चौंक कर आंख बंद कर लेता है कि कहीं वह चमक न जाये, कहीं मैं उसकी चमक देख न लूं भोला-भाला किसान भी अदालत के सामने इतना संशकन होता होगा। यथार्थ यह था कि मेरी आत्मा परास्त हो चुकी थी, उसमें अब प्रतिकार की शक्ति न रही थी।

दीवान साहब ने मुझसे हाथ मिलाया और कोई घंटे भर तक आर्थिक और सामाजिक प्रश्नों पर वार्तालाप करते रहे। मुझे उनकी बहुज्ञता पर आश्चर्य होता था। ऐसा वाक् चतुर पुरुष मैंने कभी न देखा था। साठ वर्ष की वयस थी, पर हास्य और विनोद के मानो भंडार थे। न जाने कितने श्लोक, कितने कवित्व, कितने शेर उन्हें याद थे। बात-बात पर कोई-न-कोई सुयुक्ति निकाल लाते थे। खेद है, उस प्रकृति के लोग अब गायब होते जाते हैं। वह शिक्षा प्रणाली न जाने कैसी थी, जो ऐसे-ऐसे रत्न उत्पन्न करती थी। अब तो सजीवता कहीं दिखाई ही नहीं देती। प्रत्येक प्राणी चिन्ता की मूर्ति है, उसके होठों पर कभी हंसी आती ही नहीं। खैर, दीवान साहब ने पहले चाय मंगवायी, नित्य फल और मेवे मंगवाए। मैं रह-रहकर इधर-उधर उत्सुक नेत्रों से देखता था। मेरे कान उसके स्वर का रसपान करने के लिए मुंह खोले हुए थे, आंखें उस की ओर लगी हुई थी। भय भी था और लगाव भी, झिझक भी थी और खिंचाव भी। बच्चा झूले से डरता है पर उस पर बैठना भी चाहता है।

लेकिन रात के नौ बजे गए, मेरे लौटने का समय आ गया। मन लज्जित हो रहा था कि दीवान साहब दिल में क्या कह रहे होंगे। सोचते होंगे इसे कोई काम नहीं है? जाता क्यों नहीं? बैठे-बैठे दो ढाई घंटे तो हो गए।

सारी बातें समाप्त हो गयी। उनके लतीफे भी खत्म हो गए। वह नीरवता उपस्थित हो गयी, जो कहती है कि अब चलिए फिर मुलाकात होगी। यार जिंदा व सोहबत बाकी। मैंने कई बार उठने का इरादा किया, लेकिन इंतजार में आशिक की जान भी नहीं निकलती, मौत को भी इंतजार का सामना करना पड़ता है। यहां तक कि साढ़े नौ बज गये और अब मुझे विदा होने के सिवा कोई मार्ग न रहा, जैसे दिल बैठ गया।

जिसे मैंने भय कहा है, वह वास्तव में भय नहीं था, वह उत्सुकता की चरम सीमा थी। यहां से चला तो ऐसा शिथिल और निर्जीव था मानों प्राण निकल गये हो। अपने को धिक्कारने लगा। अपनी क्षुद्रता पर लज्जित हुआ। तुम समझते हो कि हम भी कुछ हैं। यहां किसी को तुम्हारे मरने-जीने की परवाह नहीं। माना उसके लक्षण कुंवारियों के से हैं। संसार में कुंवारी लड़कियों की कमी नहीं। सौंदर्य भी ऐसी दुर्लभ वस्तु नहीं। अगर प्रत्येक रूपवती और कुंवारी युवती को देखकर तुम्हारी यही हालत होती रही तो ईश्वर ही मालिक है।

वह भी तो अपने दिल में यही विचार करती होगी। प्रत्येक रूपवती युवक पर उसकी आंखें क्यों उठे। कुलवती स्त्रियों के यह ढंग नहीं होते। पुरुषों के लिए अगर यह रूप-तृष्णा निंदाजनक है तो स्त्रियों के लिए विनाशक है। द्वैत से अद्वैत को भी इतना आघात नहीं पहुंच सकता, जितना सौंदर्य को।

दूसरे दिन शाम को मैं अपने बरामदे में बैठा पत्र देख रहा था। क्लब जाने को जी नहीं चाहता था। चित्त कुछ उदास था। सहसा मैंने दीवान साहब को फिटन पर आते देखा। मोटर से उन्हें घृणा थी। वह इसे पैशाचिक उड़न-खटोला कहा करते थे। उनके बगल में सुशीला भी थी। मेरा हृदय धक-धक करने लगा। उसकी निगाह मेरी तरफ उठी हो या न उठी हो, पर मेरी टकटकी उस वक्त तक लगी रही जब तक फिट अदृश्य न हो गयी।

तीसरे दिन मैं फिर बरामदे में आ बैठा, आंखें सड़क की ओर लगी हुई थी। फिटन आयी और चली गयी। अब यही उसका नित्यप्रति का नियम हो गया है। मेरा अब यही काम था कि सारे दिन बरामदे में बैठ रहूं। मालूम नहीं फिटन कब निकल जाये। विशेषत: तीसरे पहर तो मैं अपनी जगह से हिलने का नाम भी न लेता था।

इस प्रकार एक मास बीत गया। मुझे अब काउंसिल के कामों में कोई उत्साह न था। समाचार पत्रों में, उपन्यासों में जी न लगता। कहीं सैर करने का भी जी न चाहता। प्रेमियों को न जाने जंगल-पहाड़ में भटकने की, कांटों में उलझने की सनक कैसे सवार होती है। मेरे तो जैसे पैरों में बेड़ियां-सी पड़ गयी थी। बस, बरामदा था और मैं, और फिटन का इंतजार। मेरी विचार-शक्ति भी शायद अंतर्धान हो गयी थी। मैं दीवान साहब को या अंग्रेजी शिष्टता के अनुसार सुशीला को ही अपने यहां निमंत्रित कर सकता था, पर वास्तव में, मैं अभी तक उससे भयभीत था। अब भी लज्जावती को अपनी प्रणयिनी समझता था। वह अब भी मेरे हृदय की रानी थी, चाहे उस पर किसी दूसरी शक्ति का अधिकार ही क्यों न हो गया हो।

एक महीना और निकल गया, लेकिन मैंने लज्जा को कोई पत्र न लिखा। मुझमें अब उसे पत्र लिखने की भी सामर्थ्य न थी। शायद उससे पत्र-व्यवहार करने को मैं नैतिक अत्याचार समझता था। मैंने उससे दगा की थी। मुझे अब उसे अपने मलिन अंत:करण में भी पवित्र करने का कोई अधिकार न था। इसका अन्त क्या होगा? यही चिंता अहर्निश मेरे मन पर कुहर मेघ की भाति शून्य हो गयी थी। चिंता दाह के कारण दिनों दिन घुलता जाता था। मित्रजन अक्सर पूछा करते, आपको क्या मर्ज है? मुख निस्तेज, कांतिहीन हो गया। भोजन औषधि के समान लगता। सोने जाता तो जान पड़ता, किसी ने पिंजरे में बन्द कर दिया है। कोई मिलने आता तो चित्त उससे कोसों भागता। विचित्र दशा थी।

एक दिन शाम को दीवान साहब की फिटन मेरे द्वार पर आकर रुकी। उन्होंने अपने व्याख्यानों का एक संग्रह प्रकाशित कराया था। उसकी प्रति मुझे भेंट करने के लिए आए थे। मैंने उन्हें बैठने के लिए बहुत आग्रह किया, लेकिन उन्होंने यही कहा, सुशीला को यहां आने में संकोच होगा और फिटन पर अकेले वह घबराएगी। वह चले तो मैं भी साथ हो लिया और फिटन तक पीछे-पीछे आया। जब वह फिटन पर बैठने लगे तो मैंने सुशीला को नि:शंक हो आंख भर कर देखा, जैसे कोई प्यासा पथिक गर्मी के दिन में अफर कर पानी पिये कि न जाने कब उसे पानी मिलेगा। मेरी उस एक चितवन में उग्रता, वह याचना, वह उद्वेग, वह करुणा, वह श्रद्धा, वह आग्रह, वह दीनता थी, जो पत्थर की मूर्ति को भी पिघला देती। सुशीला तो फिर स्त्री थी। उसने भी मेरी ओर देखा, निर्भीक सरल नेत्रों से, जरा भी झेंप नहीं, जरा भी झिझक नहीं। मेरे परास्त होने में जो कसर रह गयी थी, वह पूरी हो गयी। इसके साथ उसने मुझ पर मानों अमृत वर्षा कर दी। मेरे हृदय और आत्मा में एक नयी शक्ति का संचार हो गया। मैं लौट तो ऐसा प्रसन्न-चित्त था मानों कल्पवृक्ष मिल गया हो।

एक दिन मैंने प्रोफेसर भाटिया को पत्र लिखा मैं थोड़े दिनों से किसी गुप्त रोग से ग्रस्त हो गया हूं। सम्भव है, तपेदिक (क्षय) का आरम्भ हो, इसलिए मैं इस मई में विवाह करना उचित नहीं समझता। मैं लज्जावती से इस भांति पराङ्मुख होना चाहता था कि निगाहों में मेरी इज्जत कम न हो। मैं कभी-कभी अपनी स्वार्थपरता पर क्रुद्ध होता। लज्जा के साथ यह छल-कपट, यह बेवफाई करते हुए मैं अपनी ही नजरों में गिर गया था। लेकिन मन पर कोई वश न था। उस अबला को कितना दु:ख होगा, यह सोचकर मैं कई बार रोया। अभी तक मैं सुशीला के स्वभाव, विचार, मनोवृत्तियों से जरा भी परिचित न था। केवल उसके रूप-लावण्य पर अपनी लज्जा की चिर संचित अभिलाषाओं का बलिदान कर रहा था। अबोध बालकों की भांति मिठाई के नाम पर अपने दूध-चावल को ठुकराये देता था। मैंने प्रोफेसर को लिखा था, लज्जावती से मेरी बीमारी का जिक्र न करें, लेकिन प्रोफेसर साहब इतने गहरे न थे। चौथे ही दिन लज्जा का पत्र आया, जिसमें उसने अपना हृदय खोलकर रख दिया था। वह मेरे लिए सब कुछ, यहां तब कि वैधव्य की यंत्रणा भी सहने के लिए तैयार थी। उसकी इच्छा थी कि अब हमारे संयोग में एक क्षण का भी विलंब न हो, अस्तु! इस पत्र को लिए घंटों एक संज्ञाहीन दशा में बैठ रहा। इस अलौकिक आत्मोत्सर्ग के सामने अपनी क्षुद्रता, अपनी स्वार्थपरता, अपनी दुर्बलता कितनी घृणित थी!

4

लज्जावती

सावित्री ने क्या सब कुछ जानते हुए भी सत्यवान से विवाह नहीं किया था? फिर मैं क्यों डरूं, अपने कर्तव्य-मार्ग से क्यों डिगू? मैं उनके लिए व्रत रखूंगी, तीर्थ करूंगी, तपस्या करूंगी। भय मुझे उनसे अलग नहीं कर सकता। मुझे उनसे कभी इतना प्रेम न था। कभी इतनी अधीरता न थी। यह मेरी परीक्षा का समय है और मैंने निश्चय कर लिया है। पिताजी अभी यात्रा से लौटे हैं, हाथ खाली है, कोई तैयारी नहीं कर सके हैं। इसलिए दो-चार महीनों के विलंब से उन्हें तैयारी करने का अवसर मिल जाता, पर मैं .अब विलम्ब न करूंगी। हम और वह इसी महीने में एक दूसरे के हो जायेंगे, हमारी आत्माएं सदा के लिए संयुक्त हो जायेंगी, फिर कोई विपत्ति, दुर्घटना मुझे उनसे अलग न कर सकेगी।

मुझे अब एक दिन की देर भी असह्य है। मैं रस्म और रिवाज की लौंडी नहीं हूं। न वही इसके गुलाम हैं। बाबूजी रस्मों के भक्त नहीं। फिर क्यों न तुरंत नैनीताल चलूं उनकी सेवा-सुश्रूषा करूं उन्हें ढाढस दूं। मैं उन्हें सारी चिंताओं से, समस्त विघ्न-बाधाओं से मुक्त कर दूंगी। इलाके का सारा प्रबंध अपने हाथों में लूंगी। काउंसिल के कामों में इतना व्यस्त हो जाने के कारण ही उनकी यह दशा हुई है। पत्रों में अधिकतर उन्हीं के प्रश्न, उनकी की आलोचनाएं, उन्हीं की वक्तृताएं दिखाई देती हैं। मैं उनसे याचना करूंगी कि कुछ दिनों के लिए काउंसिल से इस्तीफा दे दें, वह मेरा गाना कितने चाव से सुनते थे। मैं उन्हें अपने गीत सुनाकर प्रसन्न करूंगी, किस्से पढ़कर सुनाऊंगी, उनको समुचित रूप से शांत रखूंगी। इस देश में तो इस रोग की दवा नहीं हो सकती। मैं उनके पैरों पर गिरकर प्रार्थना करूंगी कि कुछ दिनों के लिए यूरोप के किसी सेनीटोरियम चलें और विधिपूर्वक इलाज करायें। मैं कल ही कॉलेज के पुस्तकालय से इस रोग के संबंध की पुस्तकें लाऊंगी और विचारपूर्वक उनका अध्ययन करूंगी। दो-चार दिन में कॉलेज बंद हो जायेगा। मैं आज ही बाबूजी से नैनीताल चलने की चर्चा करूंगी।

5

आह! मैंने कल इन्हें देखा तो पहचान न सकी। कितना सुर्ख चेहरा था कितना भरा हुआ शरीर। मालूम होता था, ईगुर भरी हुई, कितना सुंदर अंग-विन्यास था? कितना शौर्य था! तीन ही वर्षों में यह काया पलट हो गयी, मुख पीला पड़ गया है, शरीर घुलकर कांटा हो गया। आहार आधा भी नहीं रहा, हरदम चिंता में मग्न रहते हैं। कहीं आते-जाते नहीं देखती। इतने नौकर है, कितना सुरम्य स्थान है। विनोद के सभी सामान मौजूद हैं, लेकिन इन्हें अपना जीवन अब अंधकारमय जान पड़ता है। इस कलमुंही बीमारी का सत्यानाश हो। अगर इसे ऐसी ही भूख थी तो मेरा शिकार क्यों न किया। मैं बड़े प्रेम से इसका स्वागत करती। कोई ऐसा उपाय होता कि यह बीमारी इन्हें छोड़कर मुझे पकड़ लेती। मुझे देखकर कैसे खिल जाते थे और मैं मुस्कराने लगती थी। एक-एक अंग प्रफुल्लित हो जाता था, पर मुझे यहां दूसरा दिन है। एक बार भी

उनके चेहरे पर हंसी न दिखाई दी। जब मैंने बरामदे में कदम रखा तब जरूर हंसे थे, किंतु कितनी निराश हंसी थी! बाबूजी अपने आंसुओं को न रोक सके। अलग कमरे में जाकर देर तक रोते रहे। लोग कहते है, काउंसिल में लोग केवल सम्मान-प्रतिष्ठ के लोभ से जाते हैं। उनका लक्ष्य केवल नाम पैदा करना होता है। बेचारे मेंबर पर यह कितना कठोर आक्षेप है, कितनी घोर कृतघ्नता। जाति की सेवा में शरीर को घुलाना पड़ता है, रक्त को जलाना पड़ता है। यही जात-सेवा का उपहार है।

पर यहां नौकरों को जरा भी चिंता नहीं है। बाबूजी ने इनके दो-चार मिलने वालों से बीमारी का जिक्र किया पर उन्होंने भी परवाह न की। यह मित्रों की सहानुभूति का हाल है। सभी अपनी-अपनी धुन में मस्त हैं, किसी को खबर नहीं कि दूसरों पर क्या गुजरती है। हां, इतना मुझे भी मालूम होता है कि इन्हें क्षय का केवल श्रम है। उसके कोई लक्षण नहीं देखती। परमात्मा करे, मेरा अनुमान ठीक हो। मुझे तो कोई और ही रोग मालूम होता है। मैंने कई बार टेम्प्रेरेचर लिया। उष्णता साधारण थी। उसमें कोई आकस्मिक परिवर्तन भी न हुआ। अगर यही बीमारी है तो अभी आरम्भिक अवस्था है, कोई कारण नहीं कि उचित प्रयत्न से उसकी जड़ न उखड़ जाये। मैं कल से ही इन्हें नित्य सैर कराने ले जाऊंगी। मोटर की जरूरत नहीं, फिटन पर बैठने से ज्यादा लाभ होगा। मुझे यह स्वयं कुछ लापरवाह से जान पड़ते है, इस मर्ज के बीमारों को बड़ी एहतियात करते देखा है। दिन में बीसों बार तो थर्मामीटर देखते हैं, पथ्यापथ्य का बड़ा विचार रखते हैं। वे फल, दूध और पुष्टिकारक पदार्थों का सेवन किया करते हैं। यह नहीं कि जो कुछ रसोइये ने अपने मन से बनाकर सामने रख दिया, वही दो-चार ग्रास खाकर उठ आए। मुझे तो विश्वास होता जाता है कि इन्हें कोई दूसरी ही शिकायत है। जरा अवकाश मिले तो इसका पता लगाऊं। कोई चिंता तो नहीं है? रियासत के कर्ज का बोझ तो नहीं हैं? थोड़ा बहुत कर्ज तो अवश्य ही होगा। यह तो रईसों की शान है। अगर कर्ज ही इसका मूल कारण है तो अवश्य कोई भारी रकम होगी।

6

चित्त विधियों चिंताओं से इतना दबा हुआ है कि कुछ लिखने को जी नहीं चाहता। मेरे समस्त जीवन की अभिलाषाएं मिट्टी में मिल गयी। हां हतभाग्य मैं अपने को कितनी खुशनसीब समझती थी। अब संसार में मुझसे ज्यादा बदनसीब और कोई न होगा। वह अमूल्य रत्न, जो मुझे चिरकाल की तपस्या और उपासना से न मिला, वह इस मृगनयनी सुंदरी को अनायास मिला जाता है। शारदा ने अभी उसे हाल में ही देखा है। कदाचित अभी तक उससे परस्पर बात-चीत करने की नौबत नहीं आयी। लेकिन उससे कितने अनुरक्त हो रहे हैं। उसके प्रेम में कैसे उन्मत्त हो गए हैं। पुरुषों को परमात्मा ने रूप नहीं दिया, केवल आंखें दी हैं। वह रूप की कद्र करना नहीं जानते, केवल रूप-रंग पर बिक जाते हैं। अगर मुझे किसी तरह विश्वास हो जाये कि सुशीला उन्हें मुझसे ज्यादा प्रसन्न रख सकेगी, उनके जीवन को अधिक सार्थक बना देगी, तो मुझे

उसके लिए जगह खाली करने में जरा भी आपत्ति न होगी। वह इतनी गर्ववती, इतनी निष्ठुर है कि मुझे भय है कही शारदा को पछताना न पड़े।

लेकिन यह मेरी स्वार्थ-कल्पना है। सुशीला गर्ववती सही, निष्ठुर सही, विलासिनी सही, शारदा ने अपना प्रेम उस पर अर्पण कर दिया है। वह बुद्धिमान हैं, चतुर हैं, दूरदर्शी हैं, अपना हानि-लाभ सोच सकते हैं। उन्होंने सब कुछ सोचकर निश्चय किया होगा। जब उन्होंने मन में यह बात ठान ली तो मुझे कोई अधिकार नहीं है कि उनके सुख-मार्ग का कांटा बनूं। मुझे सब करके अपने मन को समझाकर यहां से निराश, हताश, भग्नहृदय विदा हो जाना चाहिए। परमात्मा से यही प्रार्थना है कि उन्हें प्रसन्न रखे। मुझे जरा भी ईर्ष्या, जरा भी दम्भ नहीं है। मैं तो उनकी इच्छाओं की चेरी हूं। अगर उन्हें मुझको विष दे देने से खुशी होती तो मैं शौक से विष का प्याला पी लेती। प्रेम ही जीवन का प्राण है। हम इसी के लिए जीना चाहते हैं। अगर इसके लिए मरने का भी अवसर मिले तो धन्य भाग। यदि केवल मेरे हट जाने से सब काम संवर सकते हैं तो मुझे कोई इंकार नहीं। हरि इच्छा! लेकिन मानव शरीर पाकर कौन माया-मोह से रहित होता है? जिस प्रेम-लता को मुद्दतों से पाला था, आंसुओं से सींचा था, उनको पैरों तले रौंदा जाना नहीं देखा जाता। हृदय विदीर्ण हो जाता है। अब कागज तैरता हुआ जान पड़ता है, आंसू उमड़े चले आते हैं, कैसे मन को खींचूं। हा! जिसे, अपना समझती थी, जिसके चरणों पर अपने को भेंट कर चुकी थी, जिसके सहारे जीवन-लता पल्लवित हुई थी, जिसे हृदय-मंदिर में पूजती थी, जिसके ध्यान में मग्न हो जाना जीवन का सबसे प्यारा काम था, उससे अब अनंत काल के लिए वियोग हो रहा है। आह! किससे अब फरियाद करूं? किसके सामने जाकर रोऊं, किससे अपनी दुःख-कथा कहूं। मेरा निर्जल हृदय यह वज्राघात नहीं सह सकता। यह चोट मेरी जान लेकर छोड़ेगी। अच्छा ही होगा। प्रेम-विहीन हृदय के लिए संसार काल-कोठरी है, नैराश्य और अंधकार से भरी हुई है। मैं जानती हूं अगर आज बाबूजी उनसे विवाह के लिए जोर दें तो वह तैयार हो जायेंगे, बस मुरव्वत के पुतले हैं। केवल मेरा मन रखने के लिए अपनी जान पर खेल जायेंगे। वह उन शीलवान पुरुषों में हैं जिन्होंने 'नहीं' करना ही नहीं सीखा। अभी तक उन्होंने दीवान साहब से सुशीला के विषय में कोई बातचीत भी नहीं की। शायद मेरा रुख देख रहे हैं। इसी असमंजस ने उन्हें इस दशा को पहुंचा दिया है। वह मुझे हमेशा प्रसन्न रखने की चेष्टा करेंगे। मेरा दिल कभी न दुखायेंगे, सुशीला की चर्चा भूलकर भी न करेंगे। मैं उनके स्वभाव को जानती हूं। वह नर-रत्न हैं लेकिन मैं उनके पैरों की बेड़ी नहीं बनना चाहती। जो कुछ बीते अपने ही ऊपर बीते, उन्हें क्यों समेटे डूबना ही है तो आप क्यों न डूबूं। उन्हें अपने साथ क्यों डुबाऊं।

यह भी जानती हूं कि यदि इस शोक ने घुला-घुला कर मेरी जान ले ली तो यह अपने को कभी क्षमा न करेंगे। उनका समस्त जीवन क्षोभ और ग्लानि की भेंट हो जायेगा, उन्हें कभी शांति न मिलेगी। कितनी विकट समस्या है। मुझे मरने की भी स्वाधीनता नहीं। मुझे इनको प्रसन्न रखने के लिए अपने को प्रसन्न रखना होगा। इनसे निष्ठुरता करनी पड़ेगी। त्रियाचरित्र खेलना पड़ेगा। दिखाना पड़ेगा कि इस बीमारी के कारण अब विवाह की बातचीत अनर्गल है। वचन को तोड़ने

का अपराध अपने सिर लेना पड़ेगा। इसके सिवाय उद्धार की और कोई व्यवस्था नहीं? परमात्मा मुझे बल दो कि इस परीक्षा में सफल हो जाऊं।

7

शारदाचरण

एक ही निगाह ने निश्चय कर दिया। लज्जा ने मुझे जीत लिया। एक ही निगाह से सुशीला ने भी मुझे जीता था। उस निगाह में प्रबल आकर्षण था, एक मनोहर सारत्य, एक आनन्दोद्‌गार, जो किसी भांति छिपाये नहीं छिपता था, एक बालोचित उल्लास, मानों उसे कोई खिलौना मिल गया हो। लज्जा की चितवन में क्षमा थी और थी करुणा, नैराश्य तथा वेदना। वह अपने को मेरी इच्छा पर बलिदान कर रही थी। आत्म-परिचय में उसे सिद्धि है। उसने अपनी बुद्धिमानी में सारी स्थिति ताड़ ली और तुरंत फैसला कर लिया। वह मेरे सुख में बाधक नहीं बनना चाहती थी। उसके साथ ही यह भी प्रकट करना चाहती थी कि मुझे तुम्हारी परवाह नहीं है। अगर तुम मुझसे जौ भर खिंचोगे तो में तुमसे गज भर खिंच जाऊंगी। लेकिन मनोवृत्तियां सुगंध के समान हैं जो छिपाने से नहीं छिपती। उसकी निष्ठुरता में नैराश्यमय वेदना थी, उसकी मुस्कान में आंसुओं की झलक। वह मेरी निगाह बचाकर क्यों रसोई में चली जाती थी और कोई-न-कोई पाक, जिसे वह जानती है कि मुझे रुचिकर है, बना लेती थी? वह मेरे नौकरों को क्यों आराम से रखने की गुप्त रीति से ताकीद किया करती थी? समाचार पत्रों को क्यों मेरी निगाह से छिपा दिया करती थी? क्यों संध्या समय मुझे सैर करने को मजबूर किया करती थी? उसकी एक-एक बात उसके हृदय का परदा खोल देती थी। उसे कदाचित् मालूम नहीं है कि आत्म-परिचय रमणियों का विशेष गुण नहीं। उस दिन जब प्रोफेसर भाटिया ने बातों-ही-बातों में मुझ पर व्यंग्य किये, मुझे वैभव और सम्पत्ति का दास कहा और मेरे साम्यवाद की हंसी उड़ानी चाही तो उसने कितनी चतुरता से बात टाल दी। पीछे से मालूम नहीं उनसे क्या कहा, पर मैं बरामदे में बैठा सुन रहा था कि बाप और बेटी बगीचे में बैठे हुए किसी विषय पर बहस कर रहे है। कौन ऐसा हृदयशून्य प्राणी है जो निष्काम सेवा के वशीभूत न हो जाये। लज्जावती को मैं बहुत दिनों से जानता हूं। पर मुझे ज्ञात हुआ कि इस मुलाकात में मैंने उसका यथार्थ रूप देखा। पहले मैं उसकी रूप राशिका, उसके उदार विचारों का, उसकी मृदुवाणी का भक्त था। उसकी उज्ज्वल, दिव्य आत्म-ज्योति मेरी आंखों से छिपी हुई थी। मैंने अबकी ही जाना कि उसका प्रेम कितना गहरा, कितना पवित्र, कितना अगाध है। इस अवस्था में कोई दूसरी स्त्री ईर्ष्या से बावली हो जाती, मुझसे नहीं तो सुशीला से तो अवश्य ही जलने लगती, आप कुढ़ती। पर लज्जा ने जितने विशुद्ध प्रेम-भाव से सुशीला का स्वागत किया, वह मुझे कभी न भूलेगा - मालिन्य, संकीर्णता, कटुता का लेश न था। इस तरह सुशीला इस व्यवहार पर मानों मुग्ध हो गयी। आह! वह दृश्य भी चिरस्मरणीय है, जब लज्जावती मुझसे विदा होने लगी। प्रोफेसर भाटिया मोटर पर बैठे हुए थे। लज्जा एक उज्ज्वल

साड़ी पहने हुए मेरे सम्मुख आकर खड़ी हो गयी। वह एक तपस्विनी थी, जिसने प्रेम पर अपना जीवन अर्पण कर दिया हो, श्वेत पुष्पों की माला थी जो किसी देवमूर्ति के चरणों पर पड़ी हुई हो! उसने मुस्कराकर मुझसे कहा - कभी-कभी पत्र लिखते रहना, इतनी कृपा की मैं अपने को अधिकारिणी समझती हूं। मैंने जोश से कहा - हां, अवश्य।

लज्जावती ने फिर कहा - शायद यह हमारी अंतिम भेंट हो। न जाने मैं कहां रहूंगी, कहां जाऊंगी, फिर कभी आ सकूंगी या नहीं। मुझे बिलकुल भूल न जाना। अगर मेरे मुंह से कोई ऐसी बात निकल आयी हो जिससे तुम्हें दु:ख हुआ हो तो क्षमा करना और... अपने स्वास्थ्य का बहुत ध्यान रखना।

यह कहते हुए उसने मेरी तरफ हाथ बढ़ाये। हाथ कांप रहे थे। कदाचित आंखों में आंसुओं का आवेग हो रहा था। वह जल्दी से कमरे के बाहर निकल जाना चाहती थी। अपने जब्त पर अब उसे भरोसा न था। उसने मेरी ओर दबी आंखों से देखा। मगर इस अर्द्ध चितवन में दबे हुए पानी का वेग और प्रवाह था। ऐसे प्रवाह में मैं स्थिर न रह सका। इस निगाह ने हारी हुई बाजी जीत ली, मैंने उसके दोनों हाथ पकड़ लिये और गदगद स्वर से बोला - नहीं लज्जा, अब हममें और तुममें भी वियोग न होगा।

सहसा चपरासी ने सुशीला का पत्र लाकर सामने रख दिया। लिखा था--

प्रिय श्री शारदाचरण जी,

हम लोग कल यहां से चले जायेंगे। आज मुझे बहुत काम करना है? इसलिए मिल न सकूंगी। मैंने आज रात को अपना कर्तव्य स्थिर कर लिया? मैं लज्जावती के बने-बनाये घर को उजाड़ना नहीं चाहती। मुझे पहले यह बात न मालूम थी, नहीं तो हममें इतनी घनिष्ठता न होती। मेरा आपसे यही अनुरोध है कि लज्जा को हाथ से न जाने दीजिए। वह नारी-रत्न है। मैं जानती हूं कि मेरा रूप-संग उससे कुछ अच्छा है और कदाचित् आप उसी प्रलोभन में पड़ गये, लेकिन मुझमें वह त्याग, वह सेवा-भाव, वह आत्मोत्सर्ग नहीं है। मैं आपको प्रसन्न रख सकती हूं पर आपके जीवन को उन्नत नहीं कर सकती, उसे पवित्र और यशस्वी नहीं बना सकती। लज्जा देवी है, वह आपको देवता बना देगी? मैं अपने को इस योग्य नहीं समझती। मुझसे कल भेंट करने का विचार न कीजिए।

रोने-रुलाने से क्या लाभ क्षमा कीजिए?

आपकी
सुशीला

मैंने यह पत्र लज्जा के हाथ में रख दिया। वह पढ़कर बोली - मैं उससे आज ही मिलने जाऊंगी।

मैंने उसका आशय समझकर कहा - क्षमा करो, तुम्हारी उदारता की दूसरी बार परीक्षा नहीं लेना चाहता।

यह कहकर मैं प्रोफेसर भाटिया के पास गया। वह मोटर पर मुंह फुलाये बैठे थे। मेरे बदले लज्जावती आयी होती तो उस पर जरूर ही बरस पड़ते।

मैंने उनके पद स्पर्श किये और सिर झुकाकर बोला - आपने मुझे सदैव अपना पुत्र समझा है। अब उस नाते को और भी दृढ़ कर दीजिए।

प्रोफेसर भाटिया ने पहले तो मेरी ओर अविश्वासपूर्ण नेत्रों से देखा तब मुस्कराकर बोले - यह तो मेरे जीवन की सबसे बड़ी अभिलाषा थी।

***

दफ्तरी

रफाकत हुसैन मेरे दफ्तर का दफ्तरी था। 10 रु मासिक वेतन पाता था। दो-तीन रुपये बाहर के फुटकर काम से मिल जाते थे। यही उसकी जीविका थी, पर वह अपनी दशा से संतुष्ट था। उसकी आंतरिक अवस्था तो ज्ञात नहीं, पर वह सदैव साफ-सुथरे कपड़े पहनता और प्रसन्नचित्त रहता। कर्ज इस श्रेणी के मनुष्यों का आभूषण है। रफाकत पर इसका जादू न चलता था। उसकी बातों में कृत्रिम शिष्टाचार की झलक भी न होती। बेलाग और खरी कहता था। अमलों में जो बुराइयां देखता, साफ कह देता, इसी साफगोई के कारण लोग, उसका सम्मान हैसियत से ज्यादा करते थे। उसे पशुओं से विशेष प्रेम था। एक घोड़ी, एक गाय, कई बकरियां, एक बिल्ली और एक कुत्ता और मुर्गियां पाल रखी थी। इन पशुओं पर जान देता था। बकरियों के लिए पत्तियां तोड़ लाता, घोड़ी के लिए घास छील लाता। यद्यपि उसे आये दिन मवेशीखाने के दर्शन करने पड़ते थे, और बहुधा लोग उसके पशु-प्रेम की हंसी उड़ाते थे, पर वह किसी की न सुनता था और उसका यह निस्वार्थ प्रेम था। किसी ने उसे मुर्गियों के अंडे बेचते नहीं देखा। उसकी बकरियों के बच्चे कभी बूचड़ की छुरी के नीचे नहीं गये और उसकी घोड़ी ने कभी लगाम का मुंह नहीं देखा। गाय का दूध कुत्ता पीता था। बकरी का दूध बिल्ली के हिस्से में जाता था। जो कुछ बचा रहता, वह आप पीता था।

सौभाग्य से उसकी पत्नी भी साध्वी थी। यद्यपि उसका घर बहुत छोटा था, पर किसी ने द्वार पर उसकी आवाज नहीं सुनी। किसी ने उसे द्वार पर झांकते नहीं देखा। वह गहने-कपड़ों के तगादे से पति की नींद हराम न करती थी। दफ्तरी उनकी पूजा करता था। वह गाय का गोबर उठती, घोड़ी को घास डालती, बिल्ली को अपने साथ बिठाकर खिलाती, यहां तक कि कुत्ते को नहलाने से भी उसे घृणा न होती थी।

2

बरसात थी, नदियों में बाढ़ आयी हुई थी। दफ्तर के कर्मचारी मछलियों का शिकार खेलने चले। शामत का मारा रफाकत भी उनके साथ हो लिया। दिन भर लोग शिकार खेले, शाम को मूसलाधार पानी बरसने लगा। कर्मचारियों ने तो एक गांव में रात काटी, दफ्तरी घर चला। पर अंधेरी रात, राह भूल गया और सारी रात भटकता रहा। प्रात:काल घर पहुंचा तो अभी अंधेरा ही था, लेकिन दोनों द्वार-पट खुले हुए थे। उसका कुत्ता पूंछ दबाये करुण-स्वर से कराहता हुआ आकर, उसके पैरों पर लोट गया। द्वार खुले देखकर दफ्तरी का कलेजा सन्न से हो गया। घर में कदम रखे तो बिलकुल सन्नाटा था। दो-तीन बार स्त्री को पुकारा, किंतु कोई उत्तर न मिला। घर भायं-भायं कर रहा था। उसने दोनों कोठरियों में जाकर देखा। जब वहां भी उसका पता न मिला

तो पशुशाला में गया। भीतर जाते हुए अज्ञात भय हो रहा था जो किसी अंधेरे खोह में जाते हुए होता है। उसकी स्त्री वहां भूमि पर चित्त पड़ी हुई थी। मुंह पर मक्खियां बैठी हुई थी, होठ नीले पड़ गये थे, आंखें पथरा गयी थी। लक्षणों से अनुमान होता था कि सांप ने डस लिया है।

दूसरे दिन रफाकत आया तो उसे पहचानना मुश्किल था। मालूम होता था, बरसों का रोगी है। बिलकुल खोया हुआ, गुम-सुम बैठा रहा मानों किसी दूसरी ही दुनिया में है। संध्या होते ही वह उठा और स्त्री की कब्र पर जाकर बैठ गया। अंधेरा हो गया। तीन-चार घड़ी रात बीत गयी, पर दीपक के टिमटिमाते हुए प्रकाश में उसी कब पर नैराश्य और दुःख की मूर्ति बना बैठा रहा, मानों मृत्यु की राह देख रहा हो। मालूम नहीं, कब घर आया। अब यही उसका नित्य का नियम हो गया। प्रात:काल उठकर मजार पर जाता, झाड़ू लगाता, फूलों के हार चढ़ाता, लोबान जलाता और नौ बजे तक कुरान का पाठ करता। संध्या समय फिर यही क्रम शुरू होता। अब यही उसके जीवन का नियमित कर्म था। अब वह अंतर्जगत् में बसता था। बाह्य जगत् से उसने मुंह तोड़ लिया था। शोक ने विरक्त कर दिया था।

3

कई महीने तक यही हाल रहा। कर्मचारियों को दफ्तरी से सहानुभूति हो गई थी। उसके काम कर लेते, उसे कष्ट न देते। उसकी पत्नी-भक्ति पर लोगों को विस्मय होता था।

लेकिन मनुष्य सर्वदा प्राणलोक में नहीं रह सकता। वहां की जलवायु उसके अनुकूल नहीं। वहां वह रूपमय, रसमय, भावनाएं कहां? विराग में वह चिंतामय उल्लास कहां। वह आशामय आनन्द कहां? दफ्तरी को आधी रात तक ध्यान में डूबे रहने के बाद चूल्हा जलाना पड़ता, प्रात:काल पशुओं ने भावुकता पर विजय पायी। मरुभूमि के प्यासे पथिक की भांति दफ्तरी फिर दाम्पत्यसुख के जल स्रोत की ओर दौड़ा। वह फिर जीवन का यही सुखद अभिनय देखना चाहता था। पत्नी की स्मृति दाम्पत्य सुख के रूप में विलीन होने लगी। यहां तक कि छह महीने में उस स्थिति का चिह्न भी शेष न रहा।

इस मुहल्ले के दूसरे सिरे पर बड़े साहब का एक अरदली रहता था। उनके यहां से विवाह की बातचीत होने लगी, मियां रफाकत फूले न समाये। अरदली साहब का सम्मान मुहल्ले में किसी वकील से कम न था। उनकी आमदनी पर अनेक कल्पनायें की जाती थी। साधारण बोल-चाल में कहा जाता था 'जो कुछ मिल जाये वह थोड़ा है।' वह स्वयं कहा करते थे कि तकाबी के दिनों में मुझे जेब की जगह थैली रखनी पड़ती थी। दफ्तरी ने समझा, भाग्य उदय हुआ। इस तरह टूटे, जैसे बच्चे खिलौने पर टूटते हैं। एक ही सप्ताह में सारा विधान पूरा हो गया और नववधू घर में आ गयी। जो मनुष्य अभी एक सप्ताह पहले संसार से विरक्त, जीवन से निराश बैठा हो, उसे मुंह पर सेहरा डाले घोड़े पर सवार नव-कुसुम की भांति विकसित देखना मानव प्रकृति की एक विलक्षण विवेचना थी।

किंतु एक ही पखवाड़े में नववधू के जौहर खुलने लगे। विधाता ने उसे रूपेन्द्रिय से वंचित रखा था। पर उसकी कसर पूरी करने के लिए अति तीक्ष्ण वाक्येन्द्रिय प्रदान की थी। इसका

सबूत उसकी वह वाक्पटुता थी जो अब बहुधा पड़ोसियों को विनोदित और दफ्तरी को अपमानित किया करती थी। उसने आठ दिन तक दफ्तरी के चरित्र का तात्त्विक दृष्टि से अध्ययन किया और तब एक दिन उससे बोली - तुम विचित्र जीव हो। आदमी पशु पालता है अपने आराम के लिए न कि जंजाल के लिए। यह क्या कि गाय का दूध कुत्ते पियें, बकरियों का दूध बिल्ली चट कर जाये। आज-से सब दूध घर में लाया करो।

दफ्तरी निरुत्तर हो गया। दूसरे दिन घोड़ी का रातिब बंद हो गया। वह चने अब भाड़ में भुनने और नमक-मिर्च से खाये जाने लगे। प्रात:काल ताजे दूध का नाश्ता होता, आये दिन तस्मई बनती। बड़े घर की बेटी, पान बिना क्यों कर रहती? घी, मसाले का भी खर्च बढ़ा। पहले ही महीने में दफ्तरी को विदित हो गया कि मेरी आमदनी गुजर के लिए काफी नहीं है। उसकी दशा उस मनुष्य की-सी थी, जो शक्कर के धोखे में कुनैन फांक गया हो।

4

दफ्तरी बड़ा धर्मपरायण मनुष्य था। दो-तीन महीने तक यह विषय वेदना सहता रहा। पर उसकी सूरत उसकी अवस्था को शब्दों से अधिक व्यक्त कर देती थी। वह दफ्तरी जो अभाव में भी संतोष का आनंद उठता था, अब चिन्ता की सजीव मूर्ति था। कपड़े मैले, सिर के बाल बिखरे हुए, चेहरे पर उदासी छाई हुई, अहर्निश हाय-हाय किया करता था। उसकी गाय अब हड्डियों की ढांचा थी, घोड़ी को जगह से हिलना कठिन था, बिल्ली पड़ोसियों के छींकों पर उचकती और कुत्ता घूरों पर हड्डियां नोचता फिरता था। पर अब भी वह किस्मत का धनी इन पुराने मित्रों को अलग न करता था। सबसे बड़ी विपत्ति पत्नी की वह वाक्पटुता थी जिसके सामने कभी उसका धैर्य, उसकी कर्मनिष्ठा, उसकी उत्साह-शीलता प्रस्थान कर जाती और अपनी अंधेरी कोठरी के एक कोने में बैठ कर खूब फूट-फूटकर रोता। संतोष के आनन्द को दुर्लभ पाकर रफाकत का पीड़ित हृदय उच्छृंखलता की ओर प्रवृत्त हुआ। आत्माभिमान जो संतोष का प्रसाद है, उसके चित्त से लुप्त हो गया। उसने फाकेमस्ती का पथ ग्रहण किया। अब उसके पास पानी रखने के लिए कोई बरतन न था। वह उस कुएं से पानी खींचकर उसी दम पी जाना चाहता या जिससे वह जमीन पर बह न जाये। वेतन पाकर अब वह महीने भर का सामान न जुटाता, ठंडे पानी और रूखी रोटियों से अब उसे तस्कीन न होती, बाजार से बिस्कुट लाता, मलाई के दोनों और कलमी आमों की ओर लपकता। दस रुपये की भुगत ही क्या? एक सप्ताह में सब रुपये उड़ जाते, तब जिल्द-बंदियों की पेशगी पर हाथ बढ़ाता, फिर दो-एक उपवास होता, अंत में उधार मांगने लगता। शनैः शनैः यह दशा हो गयी कि वेतन देनदारों ही के हाथों में चला जाता और महीने के पहले ही दिन कर्ज लेना शुरू करता। वह पहले दूसरों को मितव्ययिता का उपदेश दिया करता था, अब लोग उसे समझाते, पर वह लापरवाही से कहता था - साहब, आज मिलता है खाते हैं। कल का खुदा मालिक है, मिलेगा खायेंगे, नहीं पड़कर सो रहेंगे। उसकी अवस्था अब उस रोगी की सी हो गयी, जो आरोग्य लाभ से निराश होकर पथ्यापथ्य का विचार त्याग दे, जिसमें मृत्यु के आने तक वह भोज्य पदार्थों से भली-भांति तृप्त हो जाये।

लेकिन अभी तक उसने घोड़ी और गाय न बेची, यहां तक कि एक दिन दोनों मवेशीखाने में दाखिल हो गयी। बकरियां भी तृष्णा-व्याप्त के पंजे में फंस गयी। पोलाव और जर्दे के चस्के ने नानबाई का ऋणी बना दिया था। जब उसे मालूम हो गया कि नकद रुपये वसूल न होंगे तो एक दिन सभी बकरियां हांक ले गया। दफ्तरी मुंह ताकता रह गया। बिल्ली ने भी स्वामिभक्ति से मुंह मोड़ा। गाय और बकरियों के जाने के बाद उसे दूध के बर्तनों की चाटने की भी आशा न रही, जो उसके स्नेह-बंधन का अंतिम सूत्र था। हां, कुत्ता पुराने सद्व्यवहार की याद करके अभी तक आत्मीयता का पालन करता जाता था, किंतु उसकी सजीवता विदा हो गयी थी। यह वह कुत्ता न था जिसके सामने द्वार पर किसी अपरिचित मनुष्य या कुत्ते का निकल जाना असम्भव था। वह अब भी भौंकता था, लेकिन लेटे-लेटे और प्राय: छाती में सिर छिपाये हुए, मानों अपनी वर्तमान स्थिति पर रो रहा हो। या तो उसमें अब उठने की शक्ति ही न थी, या चिरकालीन कृपाओं के लिए इतना कीर्तिगान पर्याप्त समझता था।

5

संध्या का समय था। मैं द्वार पर बैठा हुआ पत्र पढ़ रहा था कि अकस्मात् दफ्तरी को आते देखा। कदाचित् कोई किसान समन पाने वाले चपरासी से भी इतना भयभीत न होगा, बाल-वृंद टीका लगाने वाले से भी इतना न डरते होंगे, मैं अव्यवस्थित होकर उठा और चाहा कि अंदर जाकर द्वार बंद कर लूं कि इतने में दफ्तरी लपक कर सामने आ पहुंचा। अब कैसे भागता? कुर्सी पर बैठ गया, पर नाक-भौं चढ़ाये हुए। दफ्तरी किसलिए आ रहा था। इसमें मुझे लेशमात्र की शंका न थी। ऋणेच्छुओं की हृदय-चेष्टा उनकी मुखाकृति पर, उनके आचार-व्यवहार पर उज्ज्वल रंगों से अंकित होती है। वह एक विशेष नम्रता, संकोचमय परवशता होती है जिसे एक बार देखकर फिर नहीं भुलाया जा सकता।

दफ्तरी ने आते ही बिना किसी प्रस्तावना के अभिप्राय कह सुनाया जो मुझे पहले ही ज्ञात हो चुका था।

मैंने रुखाई से उत्तर दिया - मेरे पास रुपये नहीं है।

दफ्तरी ने सलाम किया और उलटे पांव लौटा। उसके चेहरे पर ऐसी दीनता और बेबसी छायी थी कि मुझे उस पर दया आ गयी। उसका इस भांति बिना कुछ कहे-सुने लौटा कितना सारपूर्ण था। इसमें लज्जा थी, संतोष था, पछतावा था। उसके मुंह से एक शब्द भी न निकला, लेकिन उसका चेहरा कह रहा था, मुझे विश्वास था कि आप यही उत्तर देंगे। इसमें मुझे जरा भी संदेह न था। लेकिन यह जानते हुए भी मैं यहां तक आया, मालूम नहीं क्यों? मेरी समझ में स्वयं नहीं आता। कदाचित् आपकी दयाशीलता, आपकी वात्सल्यता मुझे यहां तक लायी। अब जाता हूं वह मुंह ही नहीं रहा कि अपनी कुछ कथा सुनाऊं।

मैंने दफ्तरी को आवाज दी - जरा सुनो तो, क्या काम है?

दफ्तरी की कुछ उम्मीद हुई बोला - आपसे क्या अर्ज़ करूं, दो दिन से उपवास हो रहा है।

मैंने बड़ी नम्रता से समझाया - इस तरह कर्ज लेकर कै दिन तुम्हारा काम चलेगा। तुम समझदार आदमी हो, जानते हो कि आजकल सभी को अपनी फिक्र सवार रहती है। किसी के पास फालतू रुपये नहीं रहते और यदि हों भी तो वह ऋण देकर- रार क्यों लेने लगा। तुम अपनी दशा सुधारते क्यों नहीं।

दफ्तरी ने विरक्त भाव से कहा - यह सब दिनों का फेर है और क्या कहूं। जो चीज महीने भर के लिए लाता हूं वह एक दिन में उड़ जाती है, मैं घर वाली के चटोरेपन से लाचार हूं। अगर एक दिल दूध न मिले तो महनामथ मचा दे, बाजार से मिठाइयां न लाऊं तो घर में रहना मुश्किल हो जाए, एक दिन गोश्त न पके तो मेरी बोटियां नोंच खाए खानदान का शरीफ हूं। यह बेइज्जती नहीं सही जाती कि खाने के पीछे स्त्री से झगड़ा-तकरार करूं। जो कुछ कहती है सिर के बल पूरा करता हूं। अब खुदा से यही दुआ है कि मुझे इस दुनिया से उठा ले। इसके सिवाय मुझे दूसरी कोई सूरत नहीं नजर आती, सब कुछ करके हार गया!

मैंने संदूक से से 5 रु. निकाले और उसे देकर बोला - यह लो, यह तुम्हारे पुरुषार्थ का इनाम है। मैं नहीं जानता कि तुम्हारा हृदय इतना उदार, इतना वीर-रसपूर्ण है।

गृह-दाह में जलने वाले वीर, रणक्षेत्र के वीरों से कम महत्त्वशाली नहीं होते।

***

विध्वंस

जिला बनारस में बीरा नाम का एक गांव था। वहां एक विधवा वृद्धा, संतानहीन, गोंड़िन रहती थी, जिसका भुनगी नाम था। उसके पास एक धुर भी जमीन न थी और न रहने का घर ही था। उसके जीवन का सहारा केवल एक भाड़ था। गांव के लोग प्राय: एक बेला चबैना या सत्तू पर निर्वाह करते ही हैं, इसलिए भुनगी के भाड़ पर नित्य भीड़ लगी रहती थी। वह जो कुछ भुनाई पाती वहीं भून या पीसकर- खा लेती और भाड़ ही की झोंपड़ी के एक कोने में पड़ी रहती। वह प्रात:काल उठती और चारों ओर से भाड़ झोंकने के लिए सूखी पत्तियां बटोर लाती। भाड़ के पास ही पत्तियों का एक बड़ा देर लगा रहता था। दोपहर के बाद उसका भाड़ जलता, पूर्णमासी के दिन प्रथा अनुसार भाड़ न जलता, या गांव के जमींदार पंडित उदयभानु पांडे के दाने भुनने पड़ते, उस दिन उसे भूखे ही सो रहना पड़ता था। पंडितजी के गांव में रहती थी, इसलिए उन्हें उससे सभी प्रकार की बेगार लेने का पूरा अधिकार था। ये अन्याय नहीं कहा जा सकता। अन्याय केवल इतना था कि बेगार सूखी लेते थे। उनकी धारणा थी कि जब खाने ही को दिया गया तो बेगार कैसी। किसान को पूरा अधिकार है कि बैलों को दिन भर जोतने के बाद शाम को खूंटे से भूखा बांध दे। यदि वह ऐसा नहीं करता तो यह उसकी दयालुता नहीं है, केवल अपनी हित-चिन्ता है। पंडितजी को इसकी चिन्ता न थी क्योंकि एक तो भुनगी दो-एक दिन भूखी रहने से मर नहीं सकती थी और यदि दैवयोग से मर भी जाती तो उसकी जगह दूसरा गोंड बड़ी आसानी से बसाया जा सकता था। पंडितजी की यही क्या कम राम कृपा थी कि वह भुनगी को अपने गांव में बसाये हुए थे।

2

चैत का महीना था और संक्रांति का पर्व। आज के दिन नये अन्न का सत्तू खाया और दान दिया जाता है। घरों में आग नहीं जलती। भुनगी का भाड़ आज बड़े जोरों पर था। उसके सामने एक मेला-सा लगा हुआ था। सांस लेने का भी अवकाश न था। ग्राहकों की जल्दबाजी पर कभी-कभी झुंझला पड़ती थी, कि इतने में जमींदार साहब के यहां से दो बड़े-बड़े बोरे अनाज से भरे हुए आ पहुंचे और हुक्म हुआ कि अभी भून दे। भुनगी दोनों बोरों देखकर सहम उठी। अभी दोपहर था पर सूर्यास्त से पहले इतना अनाज भूनना असंभव था। घड़ी-दो-घड़ी और मिल जाते तो एक अटवारे के खाने भर को अनाज हाथ आता। दैव से इतना भी न देखा गया, इन यमदूतों को भेज दिया। अब पहर रात तक सेंत-मेंत में भाड़ में जलना पड़ेगा, एक नैराश्य भाव से दोनों टोकरे ले लिये।

चपरासी ने डांटकर कहा - देर न लगे, नहीं तो तुम जानोगी।

भुनगी - यही बैठे रहो, जब भुन जाय तो लेकर जाना। किसी दूसरे के दाने छुऊं तो हाथ काट लेना।

चपरासी - बैठने की हमें फुरसत नहीं है, लेकिन तीसरे पहर तक दाना भुन जाय।

चपरासी तो यह ताकीद करके चलते बने और भुलगी अनाज भूनने लगी। लेकिन मन भर अनाज भूनना कोई हंसी तो थी नहीं, उस पर बीच-बीच में धुनाई बंद करके भाड़ भी झोंकना पड़ता था। अतएव तीसरा पहर हो गया और आधा काम भी न हुआ। उसे भय हुआ कि जमींदार के आदमी आते होंगे। आते-ही-आते गालियां देने, मारेंगे। उसने और वेग से हाथ चलाना शुरू किया। रास्ते की ओर ताकती और बालू नाद में छोड़ती जाती थी। यहां तक कि बालू ठंडी हो गयी, सेवडे निकलने लगे। उसकी समझ में न आता था, क्या करे। न भूलते बनता था न छोड़ते बनता था। सोचने लगी कैसी विपत्ति है। पंडितजी कौन मेरी रोटियां चला देते हैं, कौन मेरे आंसू पोंछ देते हैं। अपना रक्त जलाती हूं तब कहीं दाना मिलता है। लेकिन जब देखो खोपड़ी पर सवार रहते हैं, इसलिए न कि उनकी चार अंगुल धरती से मेरा विस्तार हो रहा है। क्या इतनी जमीन का इतना मोल है? ऐसे कितने ही टुकड़े गांव में बेकाम पड़े है, कितनी ही बखरिया उजाड़ पड़ी हुई है। वहां तो केसर नहीं उपजती। फिर मुझी पर क्यों यह आठों पहर धौंस रहती है। कोई बात हुई और यह धमकी मिली कि भाड़ खोदकर फेंक दूंगा, उजाड़ दूंगा, मेरे सिर पर भी कोई होता तो क्यों बौछारें सहनी पड़ती।

वह इन्हीं कुत्सित विचारों में पड़ी हुई थी कि दोनों चपरासियों ने आकर कर्कश स्वर में कहा - क्यों री, दाने भुन गये।

भुनगी ने निडर होकर कहा - भून तो रही हूं। देखते नहीं हो।

चपरासी - सारा दिन बीत गया और तुमसे इतना अनाज न भूना गया? यह तू दाना भून रही है कि उसे चौपट कर रही है। यह तो बिलकुल सेवडे है इनका सत्तू कैसे बनेगा। हमारा सत्यानाश कर दिया। देख तो, आज महाराज तेरी क्या गति करते हैं।

परिणाम यह हुआ कि उसी रात को भाड़ खोद डाला गया और वह अभागिनी विधवा निरावलम्ब हो गयी।

3

भुनगी को अब रोटियों का कोई सहारा न रहा। गांव वालों को भी भाड़ के विध्वंस हो जाने से बहुत कष्ट होने लगा। कितने ही घरों में तो दोपहर को दाना ही न मयस्सर होता। लोगों ने जाकर पंडितजी से कहा कि बुढ़िया को भाड़ जलाने की आज्ञा दे दीजिए, लेकिन पंडितजी ने कुछ ध्यान न दिया। वह अपना रोब न घटा सकते थे। बुढ़िया से उसके कुछ शुभचिंतकों ने अनुरोध किया कि जाकर किसी दूसरे गांव में क्यों नहीं बस जाती। लेकिन उसका हृदय इस प्रस्ताव को स्वीकार न करता। इस गांव में उसने अपने अदिन के पचास वर्ष काटे थे। यहां के एकाएक पेड़ पत्ते से उसे प्रेम हो गया था। जीवन के सुख-दुख इसी गांव में भोगे थे। अब अन्तिम समय वह

ऐसे कैसे त्याग दे! यह कल्पना ही उसे संकटमय जान पड़ती थी। दूसरी गांव के सुख से यहां का दु:ख भी प्यारा था।

इस प्रकार एक पूरा महीना गुजर गया। प्रात:काल था। पंडित उदयभान अपने दो-तीन चपरासियों को लिए लगान वसूल करने जा रहे थे। करिंदों पर उन्हें विश्वास न था। नजराने में, डांड-बांध में, रसूम में वह किसी अन्य व्यक्ति को शरीक न करते थे। बुढ़िया के भाड़ की ओर ताका तो बदन में आग-सी लग गयी। उसका पुनरुद्धार हो रहा था। बुढ़िया बड़े वेग से उस पर मिट्टी के लोंदे रख रही थी। कदाचित् उसने कुछ रात रहते ही काम में हाथ लगा दिया था और सूर्योदय से पहले ही समाप्त कर देना चाहती थी। उसे लेशमात्र भी शंका न थी कि मैं जमींदार के विरुद्ध कोई काम कर रही हूं। क्रोध इतना चिरंजीवी हो सकता है इसका समाधान भी उसके मन में न था। एक प्रतिभाशाली पुरुष किसी दीन अबला से इतना कीना रख सकता है उसे इसका ध्यान भी न था। वह स्वभावत: मानव चरित्र को इससे कहीं ऊंचा समझती थी। लेकिन हा, हतभागिनी तूने धूप में ही बाल सफेद किये।

सहसा उदयभान ने गरज कर कहा - किसके हुक्म से?

भुनगी ने हकबकाकर कर देखा तो सामने जमींदार महोदय खड़े हैं।

उदयभान ने फिर पूछा - किसके हुक्म से बना रही है?

भुनगी डरते हुए बोली - सब लोग कहने लगे बना लो, तो बना रही हूं।

उदयभान - मैं अभी इसे फिर खुदवा डालूंगा। यह कह उन्होंने भाड़ में एक ठोकर मारी। गीली मिट्टी सब कुछ लिये दिये बैठ गयी। दूसरी ठोकर नांद पर चलायी लेकिन बुढ़िया सामने आ गयी और ठोकर उसकी कमर पर पड़ी। अब उसे क्रोध आया। कमर सहलाते हुए बोली - महाराज, तुम्हें आदमी का डर नहीं है तो भगवान का डर तो होना चाहिए। मुझे इस तरह उजाड़कर क्या पाओगे? क्या इस चार अंगुल धरती में सोना निकल आयेगा? मैं तुम्हारे ही भले की कहती हूं दीन की हाय मत लो। मेरा रोआं दुखी मत करो।

उदयभान - अब तू यहां फिर आड़ न बनाएगी।

भुनगी - भाड़ न बनाऊंगी तो खाऊंगी क्या?

उदयभान - तेरे पेट का हमने ठेका नहीं लिया है।

भुनगी - टहल तो तुम्हारी करती हूं खाने कहां जाऊं?

उदयभान - गांव में रहोगी तो टहल करनी पड़ेगी।

भुजकी - टहल तो तभी करूंगी जब भाड़ बनाऊंगी। गांव में रहने के नाते टहल नहीं कर सकती।

उदयभान - तो छोड़कर निकल जा।

भुनगी - क्यों छोड़कर निकल जाऊं? बारह साल खेत जोतने से आसामी काश्तकार हो जाता है। मैं तो इस झोंपड़े में बूढ़ी हो गयी। मेरे सास-ससुर और उनके बाप-दादे इसी झोंपड़े में रहे। अब इसे यमराज को छोड़कर और कोई मुझसे नहीं ले सकता।

उदयभान - अच्छा तो अब कानून भी बघारने लगी। हाथ-पैर पड़ती तो चाहे मैं रहने भी देता, लेकिन अब तुझे निकाल कर तभी दम लूंगा। (चपरासियों से) अभी जाकर इसके पत्तियों के ढेर में आग लगा दो, देखें कैसे भाड़ बनता है।

4

एक क्षण में हाहाकार मच गया। ज्वाला शिखर प्रकाश से बातें करने लगा। उसकी लपटें किसी उन्मत्त की भांति इधर-उधर दौड़ने लगी। सारे गांव के लोग उस अग्नि-पर्वत के चारों ओर जमा हो गए। भुनगी अपने भाड़ के पास उदासीन भाव से खड़ी यह लंका दहन देखती रही। अकस्मात् वह वेग से आकर उसी अग्नि कुंड में कूद पड़ी। लोग चारों तरफ से दौड़े, लेकिन किसी की हिम्मत न पड़ी कि आग के मुंह में जाये। क्षणमात्र में उसका सूखा हुआ शरीर अग्नि में समाविष्ट हो गया।

उसी दम पवन भी वेग से चलने लगा। ऊर्ध्वगामी लपटें पूर्व दिशा की ओर दौड़ने लगी। भाड़ के समीप ही किसानों की कई झोपड़ियां थी, वह सब उन्मत्त ज्वालाओं का ग्रास बन गयी। इस भांति प्रोत्साहित होकर लपटें और आगे बड़ी। सामने पंडित उदयभान की बखार थी, उस पर झपटी। अब गांव में हलचल पड़ी। आग बुझाने की तैयारियां होने लगी। लेकिन पानी के छींटे ने आग पर तेल का काम किया। ज्वाला और भड़की और पंडितजी के विशाल भवन को दबोच बैठी। देखते-रही-देखते वह भवन उस नौका की भांति जो उन्मत्त तरंगों के बीच में झकझोरे खा रही हो, अग्नि सागर में विलीन हो गया और वह क्रंदन-ध्वनि जो उसके भस्मावेश में प्रस्फुटित होने लगी भुनगी के शोकमय विलाप से भी अधिक करुणामयी थी।

***

स्वत्व रक्षा

मीर दिलावर अली के पास एक बड़ी रास का कुम्मैत घोड़ा था। कहते तो वह यही थे कि मैंने अपनी जिन्दगी की आधी कमाई इस पर खर्च की है, पर वास्तव में उन्होंने इसे पलटन में सस्ते दामों मोल लिया था। यों कहिए कि यह पलटन का निकाला हुआ घोड़ा था, शायद पलटन के अधिकारियों ने इसे अपने यहां रखना उचित न समझकर नीलाम कर दिया था। मीर साहब कचहरी के मोहर्रिर थे। शहर के बाहर मकान था। कचहरी तक आने में तीन मील की मंजिल तय करनी पड़ती थी, एक जानवर की फिक्र थी। यह घोड़ा सुभीते से मिल गया, ले लिया। पिछले तीन वर्षों से वह मीर साहब की ही सवारी में था। देखने में तो उसमें कोई ऐब न था, पर कदाचित् आत्म-सम्मान की मात्रा अधिक थी। उसे उसकी इच्छा के विरुद्ध या अपमान-सूचक काम में लगाना दुष्कर था। खैर, मीर साहब ने सस्ते दामों में कला रास का घोड़ा पाया, तो फूले न समाये। लाकर द्वार पर बांध दिया। साईस का इंतजाम करना कठिन था। बेचारे खुद ही शाम-सवेरे उस पर दो-चार हाथ फेर लेते थे। शायद घोड़ा इस सम्मान से प्रसन्न होता था। इसी कारण रातिब की मात्रा बहुत कम होने पर भी वह असन्तुष्ट नहीं जान पड़ता था। उसे मीर साहब से कुछ सहानुभूति हो गयी थी। इस स्वामिभक्ति में उसका शरीर बहुत क्षीण हो चुका था, पर वह मीर साहब को नियत समय पर प्रसन्नतापूर्वक कचहरी पहुंचा दिया करता था। उसकी चाल उसके आत्मिक संतोष का द्योतक थी। दौड़ना वह अपनी स्वाभाविक गम्भीरता के प्रतिकूल समझता था। उसकी दृष्टि में उच्छृंखलता थी। स्वामिभक्ति में उसने अपने कितने ही चिर-संचित स्वत्वों का बलिदान कर दिया था, अब अगर किसी स्वत्व से प्रेम था तो वह रविवार का शान्ति निवास था। मीर साहब इतवार को कचहरी न जाते थे। घोड़े को मलते, नहलाते, तैराते थे। इसमें उसे हार्दिक आनन्द प्राप्त होता था। वहां कचहरी में पेड़ के नीचे बंधे हुए सूखी घास पर मुंह मारना पड़ता था। लू से सारा शरीर झुलसा जाता था, कहां इस दिन छप्पर की शीतल छांह में हरी-हरी दूब खाने को मिलती थी। अत: इतवार के आराम को वह अपना हक समझता था और मुमकिन न था कि कोई उसका यह हक छीन सके। मीर साहब ने कभी-कभी बाजार जाने के लिए उस दिन उस पर सवार होने की चेष्टा की, पर इस उद्योग में बुरी तरह मुंह की खायी। घोड़े ने मुंह में लगाम तक ली। अन्त को मीर साहब ने अपनी हार स्वीकार कर ली। वह उसे उसके आत्म सम्मान को आघात पहुंचाकर अपने अवयवों को परीक्षा में न डालना चाहते थे।

2

मीर साहब के पड़ोस में एक मुंशी सौदागर लाल रहते थे। उनका भी कचहरी से कुछ संबंध था। वह मुहर्रिर न थे, उन्हें किसी ने कभी कुछ लिखते-पढ़ते न देखा था पर उनका वकीलों और मुख्तारों के समाज में बड़ा मान था। मीर साहब से उनकी दांत-काटी रोटी थी।

जेठ का महीना था। बरातों की धूम थी। बाजे वाले सीधे मुंह बात न करते थे। आतिशबाज के द्वार पर गरज के बावले लोग चर्खी की भांति चक्कर लगाते थे। मांड़ और कथक लोगों को उंगलियों पर नचाते थे। पालकी के कहार पत्थर के देवता बने हुए थे, भेंट लेकर भी न पसीजते थे। इसी सहालगों की धूम से मुंशीजी ने भी लड़के का विवाह ठान लिया। दबाव वाले आदमी थे। धीरे-धीरे बारात का और सब सामान तो जुटा लिया, पर पालकी का प्रबंध न कर सके। कहारों ने ऐन वक्त पर बयाना लौटा दिया। मुंशीजी बहुत गरम पड़े, हर्जाना की धमकी दी, पर कुछ फल न हुआ। विवश होकर यही निश्चय किया कि वर को घोड़े पर बिठाकर वर-यात्रा की रस्में पूरी कर ली जाए। छह बजे शाम को बारात चलने का मुहूर्त था। चार बजे मुंशीजी ने आकर मीर साहब से कहा - यार अपना घोड़ा दे दो, वर को स्टेशन तक पहुंचा दें। पालकी तो कहीं मिलती ही नहीं।

मीर साहब - आपको मालूम नहीं, आज इतवार का दिन है।

मुंशीजी - मालूम क्यों नहीं है, पर आखिर घोड़ा ही तो ठहरा। किसी-न-किसी तरह स्टेशन तक पहुंचा ही देगा। कौन दूर जाना है?

मीर साहब - यों आपका जानवर है ले जाइए, पर मुझे उम्मीद नहीं है कि आज वह पुट्ठे पर हाथ तक रखने दे।

मुंशीजी - अजी, मार के आगे भूत भागता है। आप डरते हैं, इसलिए आप से बदमाशी करता है। बच्चा पीठ पर बैठ जाएंगे। तो कितना ही उछल-कूदें पर उन्हें हिला न सकेगा।

मीर साहब - अच्छी बात है, ले जाइए और अगर उसकी यह जिद आप लोगों ने तोड़ दी, तो मैं आपका बड़ा एहसान मानूंगा।

3

मगर ज्यों ही मुंशीजी अस्तबल में पहुंचे, घोड़े ने शशक नेत्रों से देखा और एक बार हिनहिना कर घोषित किया कि तुम आज मेरी शांति में विघ्न डालने वाले कौन होते हो। बाजे की धड़-धड़, पों-पों से वह उत्तेजित हो रहा था। मुंशीजी ने जब पगहा को खोलना शुरू कर किया तो उसने कनौतियां खड़ी की और अभिमान सूचक भाव से हरी-भरी घास खाने लगा।

लेकिन मुंशीजी भी चतुर खिलाड़ी थे। तुरन्त घर से थोड़ा-सा दाना मंगवाया और घोड़े के सामने रख दिया। घोड़े ने इधर बहुत दिनों से दाने की सूरत न देखी थी बड़े रुचि से खाने लगा और तब कृतज्ञ नेत्रों से मुंशीजी की ओर ताका, मानो अनुमति दी कि मुझे आपके साथ चलने में कोई आपत्ति नहीं है।

मुंशीजी के द्वार पर बाजे बज रहे थे। वर वस्त्राभूषण पहने हुए घोड़े की प्रतीक्षा कर रहा था। मुहल्ले की स्त्रियां उसे विदा करने के लिए आरती लिए खड़ी थी। पांच बज गए थे। सहसा मुंशीजी घोड़ा लाते हुए दिखाई दिए। बाजे वालों ने आगे की तरफ कदम बढ़ाया। एक आदमी मीर साहब के घर से दौड़कर साज लाया।

घोड़े को खींचने की ठहरी, मगर वह लगाम देखकर मुँह फेर लेता था। मुंशीजी ने चुमकारा-पुचकारा, पीठ सहलायी, फिर दाना दिखलाया। पर घोड़े ने मुंह तक न खोला, तब उन्हें क्रोध आ गया। ताबड़ तोड़ कई चाबुक लगाये। घोड़े ने तब भी मुंह में लगाम न ली, तो उन्होंने उसके नथुनों पर चाबुक के बेंत से कई बार मारा। नथुनों से खून निकलने लगा। घोड़े ने इधर-उधर दीन और विवश आंखों से देखा। समस्या कठिन थी। इतनी मार उसने कभी न खाई थी। मीर साहब की अपनी चीज थी। वह इतनी निर्दयता से कभी न पेश आते थे। सोचा, मुंह नहीं खोलता तो नहीं मालूम और कितनी मार पड़े। लगाम ले ली। फिर क्या था, मुंशीजी की फतह हो गयी। उन्होंने तुरंत जीन भी कस दी। दूल्हा कूदकर घोड़े पर सवार हो गया।

4

जब वर ने घोड़े की पीठ पर आसन जमा लिया, तो घोड़ा मानों नींद से जागा। विचार करने लगा, थोड़े से दाने के बदले अपने इस स्वत्व से हाथ धोना, एक कटोरे कढ़ी के लिए अपने जन्मसिद्ध अधिकारों को बेचना है। उसे याद आया कि मैं कितने दिनों से आज के दिन आराम करता रहा हूं, तो आज क्यों यह बेगार करूं? ये लोग मुझे न जाने कहां ले जायेंगे, लड़का आसन का पक्का जान पड़ता है, मुझे दौड़ाएगा, एड लगाएगा, चाबुक से मार-मारकर अधमरा कर देगा, फिर न जाने भोजन मिले या नहीं। यह सोच-विचार कर उसने निश्चय किया कि मैं यहां से कदम न उठाऊंगा। यही न होगा मारेंगे, सवार को लिए हुए जमीन पर लोट जाऊंगा, आप ही छोड़ देंगे। मेरे मालिक मीर साहब भी तो यही कहीं होंगे। उन्हें मुझ पर इतनी मार पड़ती कभी पसंद न आएगी कि कल उन्हें कचहरी भी न ले जा सकूं।

वर ज्यों ही घोड़े पर सवार हुआ स्त्रियों ने मंगल गान किया, फूलों की वर्षा हुई। बारात के लोग आगे बढ़े। मगर घोड़ा ऐसा अड़ा कि पैर ही न उठाता। वर उसे एड लगाता है, चाबुक मारता है, लगाम को झटके देता है, मगर घोड़े के कदम मानों जमीन में ऐसे गड़ गए हैं कि उखड़ने का नाम नहीं लेते।

मुंशीजी को ऐसा क्रोध आता था कि अपना जानवर होता तो गोली मार देते। एक मित्र ने कहा - अड़ियल जानवर है, यों न चलेगा। इसके पीछे से डंडे लगाओ, आप दौड़ेगा। मुंशीजी ने यह प्रस्ताव स्वीकार कर लिया। पीछे से जाकर कई डंडे लगाए। पर घोड़े ने पैर न उठाए, उठाए तो भी अगले पैर, और आकाश की ओर। दो-एक बार पिछले पैर भी, जिससे विदित होता था कि वह बिलकुल प्राणहीन नहीं है। मुंशीजी बाल-बाल बच गए।

तब दूसरे मित्र ने कहा - इसकी पूंछ के पास एक जलता हुआ कुंदा जलाओ, आंच के डर से भागेगा।

यह प्रस्ताव भी स्वीकृत हुआ। फल यह हुआ कि घोड़े की पूंछ जल गयी। वह दो-तीन बार उछला-कूदा पर आगे न बढ़ा। पक्का सत्याग्रही था कदाचित् इन यंत्रणाओं ने उसके संकल्प को और भी दृढ़ कर दिया।

इतने में सूर्यास्त होने लगा। पंडितजी ने कहा - 'जल्दी कीजिए नहीं तो मुहूर्त निकल जायेगा।' लेकिन अपने वश की बात तो थी नहीं। जल्दी कैसे होती। बाराती लोग गांव के बाहर जा पहुंचे। यहां स्त्रियों और बालकों का मेला लग गया। लोग कहने लगे 'कैसा घोड़ा है कि पग ही नहीं उठाता।' एक अनुभवी महाशय ने कहा - 'मार-पीट से काम न चलेगा। थोड़ा-सा दाना मंगवाइए। एक आदमी इसके सामने दाना दिखाता हुआ चले। दाने के लालच से खट-खट चला जायेगा।' मुंशीजी ने यह उपाय भी करके देखा पर सफल मनोरथ न हुए। घोड़ा अपने स्वत्व को किसी दाम पर बेचना न चाहता था। एक महाशय ने कहा - 'उसे थोड़ी सी शराब पिला दीजिए, नशे में आकर खूब चौकड़ियाँ भरने लगेगा।' शराब की बोतल आयी। एक तसले में शराब उड़ेलकर घोड़े के सामने रखी गयी, पर उसे सूंघी तक नहीं।

अब क्या हो? चिराग जल गए, मुहूर्त निकल चुका था। घोड़ा यह नाना दुर्गतियां सहकर दिल में खुश होता था और अपने सुख में विघ्न डालने वाले की दुरवस्था और व्यग्रता का आनंद उठा रहा था। इसे इस समय इन लोगों की प्रयत्नशीलता पर एक दार्शनिक आनंद प्राप्त हो रहा था। देखें, आप लोग अब क्या करते हैं? वह जानता था कि अब मार खाने की संभावना नहीं है। लोग जान गए कि मारना व्यर्थ है। वह केवल उनकी युक्तियों की विवेचना कर रहा था।

पांचवें सज्जन ने कहा - 'अब एक ही तरकीब और है। वह जो खेत में खाद फेंकने की दो-पहिया गाड़ी होती है उसे घोड़े के सामने लाकर रखिए। इसके दोनों अगले पैर उसमें रख दिए जाये और हम लोग गाड़ी को खींचे। तब तो जरूर ही इसके पैर उठ जायेंगे। अगले पैर आगे बढ़े, तो पिछले पैर झख मारकर उठेंगे ही। घोड़ा चल निकलेगा।

मुंशीजी डूब रहे थे। कोई तिनका सहारे के लिए काफी था। दो आदमी गए। दो-पहिया गाड़ी निकाल आए। वर ने लगाम तानी। चार-पांच आदमी घोड़े के पास डंडे लेकर खड़े हो गए। दो आदमियों ने उसके अगले पांव जबरदस्ती उठाकर गाड़ी पर रखे। घोड़ा अभी तक यह समझ रहा था कि मैं यह उपाय भी न चलने दूंगा, लेकिन जब गाड़ी चली, तो उसके पिछले पैर आप ही आप उठ गए। उसे ऐसा जान पड़ा, मानों पानी में बहा जा रहा हूं। कितना ही चाहता था कि पैरों को जमा लूं पर कुछ अक्ल काम न करती थी। चारों ओर शोर मचा - चला चला। तालियां पड़ने लगी लोग ठहाका मार-मार हंसने लगे। घोड़े को यह उपहास और अपमान असह्य था, पर करता क्या? हां, उसने धैर्य न छेड़ा। मन में सोचा, इस तरह कहां तक ले जाएंगे। ज्यों ही गाड़ी रुकेगी मैं भी रुक जाऊंगा। मुझसे बड़ी भूल हुई, मुझे गाड़ी पर पैर ही न रखना चाहिए था।

अंत में वही हुआ जो उसने सोचा था। किसी तरह लोगों ने सौ कदम तक गाड़ी खींची, आगे न खींच सके। सौ-दो सौ कदम खींचना होता, तो शायद लोगों की हिम्मत बंध जाती पर स्टेशन पूरे तीन मील पर था। इतनी दूर घोड़े को खींच ले जाना दुष्कर था। ज्यों ही गाड़ी रुकी घोड़ा भी रुक गया। वर ने फिर लगाम को झटके दिए, एड लगायी। चाबुकों की वर्षा कर दी, पर घोड़े ने अपनी टेक न छोड़ी। उसके नथुनों से खून निकल रहा था,

चाबुकों से सारा शरीर छिल गया था, पिछले पैरों में घाव हो गए थे, पर वह दृढ़-प्रतिज्ञ घोड़ा अपनी आन पर अड़ा हुआ था।

5

पुरोहित ने कहा - 'आठ बज गए। मुहूर्त टल गया।' दीन-दुर्बल घोड़े ने मैदान मार लिया। मुंशीजी क्रोधोन्मत्त होकर रो पड़े। वर एक कदम भी पैदल नहीं चल सकता। विवाह के अवसर पर भूमि पर पांव रखना वर्जित है, प्रतिष्ठा भंग होती है, निंदा होती है, कुल को कलंक लगता है पर अब पैदल चलने के सिवा अन्य उपाय न था। आकर घोड़े के सामने खड़े हो गए और कुंठित स्वर से बोले-

महाशय, अपना भाग्य बखानों कि मीर साहब के घर हो। यदि मैं तुम्हारा मालिक होता तो तुम्हारी हड्डी-पसली का पता न लगता। इसके साथ ही मुझे आज मालूम हुआ कि पशु भी अपनी स्वत्व की रक्षा किस प्रकार कर सकता है। मैं न जानता था, तुम व्रतधारी हो। बेटा, उतरो बारात स्टेशन पहुंच रही होगी। चलो पैदल ही चले। हम आपस ही के दस-बारह आदमी हैं, हंसने वाला कोई नहीं। ये रंगीन कपड़े उतार दो। रास्ते में लोग देखेंगे कि पांव-पांव ब्याह करने जाता है। चल बे अड़ियल घोड़े, तुझे मीर साहब के हवाले कर आऊं।

***

पूर्व संस्कार

सज्जनों के हिस्से में भौतिक उन्नति कभी भूल कर ही आती है। रामटहल विलासी, दुर्व्यसनी, चरित्राहीन आदमी थे, पर सांसारिक व्यवहारों में चतुर, सूद-ब्याज के मामले में दक्ष और मुकदमे-अदालत में कुशल थे। उनका धन बढ़ता था। सभी उनके असामी थे। उधर उन्हीं के छोटे भाई शिवटहल साधु-भक्त, धर्म-परायण और परोपकारी जीव थे। उनका धन घटता जाता था। उनके द्वार पर दो-चार अतिथि बने रहते थे। बड़े भाई का सारे मुहल्ले पर दबाव था। जितने नीच श्रेणी के आदमी थे, उनका हुक्म पाते ही फौरन उनका काम करते थे। उनके घर की मरम्मत बेगार में हो जाती। ऋणी कुँजड़े साग-भाजी भेंट में दे जाते। ऋणी ग्वाला उन्हें बाजार-भाव से ड्योढ़ा दूध देता। छोटे भाई का किसी पर रोब न था। साधु-संत आते और इच्छापूर्ण भोजन करके अपनी राह लेते। दो-चार आदमियों को रुपये उधार दिये भी तो सूद के लालच से नहीं, बल्कि संकट से छुड़ाने के लिए। कभी जोर दे कर तगादा न करते कि कहीं उन्हें दु:ख न हो।

इस तरह कई साल गुजर गये। यहाँ तक कि शिवटहल की सारी सम्पत्ति परमार्थ में उड़ गयी। रुपये भी बहुत डूब गये ! उधर रामटहल ने नया मकान बनवा लिया। सोने-चाँदी की दूकान खोल ली। थोड़ी जमीन भी खरीद ली और खेती-बारी भी करने लगे।

शिवटहल को अब चिंता हुई। निर्वाह कैसे होगा ? धन न था कि कोई रोजगार करते। वह व्यवहार-बुद्धि भी न थी, जो बिना धन के भी अपनी राह निकाल लेती है। किसी से ऋण लेने की हिम्मत न पड़ती थी। रोजगार में घाटा हुआ तो देंगे कहाँ से ? किसी दूसरे आदमी की नौकरी भी न कर सकते थे। कुल-मर्यादा भंग होती थी। दो-चार महीने तो ज्यों-त्यों करके काटे, अंत में चारों ओर से निराश हो कर बड़े भाई के पास गये और कहा- भैया, अब मेरे और मेरे परिवार के पालन का भार आपके ऊपर है। आपके सिवा अब किसकी शरण लूँ ?

रामटहल ने कहा- इसकी कोई चिन्ता नहीं। तुमने कुकर्म में तो धन उड़ाया नहीं। जो कुछ किया, उससे कुल-कीर्ति ही फैली है। मैं धूर्त हूँ; संसार को ठगना जानता हूँ। तुम सीधे-सादे आदमी हो। दूसरों ने तुम्हें ठग लिया। यह तुम्हारा ही घर है। मैंने जो जमीन ली है, उसकी तहसील वसूल करो, खेती-बारी का काम सँभालो। महीने में तुम्हें जितना खर्च पड़े, मुझसे ले जाओ। हाँ, एक बात मुझसे न होगी। मैं साधु-संतों का सत्कार करने को एक पैसा भी न दूँगा और न तुम्हारे मुँह से अपनी निंदा सुनूँगा।

शिवटहल ने गद्‌गद कंठ से कहा- भैया, मुझसे इतनी भूल अवश्य हुई कि मैं सबसे आपकी निंदा करता रहा हूँ, उसे क्षमा करो। अब से मुझे अपनी निंदा करते सुनना तो जो चाहे दंड देना।

हाँ, आपसे मेरी एक विनय है। मैंने अब तक अच्छा किया या बुरा, पर भाभी जी को मना कर देना कि उसके लिए मेरा तिरस्कार न करें।

रामटहल- अगर वह कभी तुम्हें ताना देंगी, तो मैं उनकी जीभ खींच लूँगा।

2

रामटहल की जमीन शहर से दस-बारह कोस पर थी। वहाँ एक कच्चा मकान भी था। बैल, गाड़ी, खेती की अन्य सामग्रियाँ वहीं रहती थीं। शिवटहल ने अपना घर भाई को सौंपा और अपने बाल-बच्चों को ले कर गाँव चले गये। वहाँ उत्साह के साथ काम करने लगे। नौकरों ने काम में चौकसी की। परिश्रम का फल मिला। पहले ही साल उपज ड्योढ़ी हो गयी और खेती का खर्च आधा रह गया।

पर स्वभाव को कैसे बदलें ? पहले की तरह तो नहीं, पर अब भी दो-चार मूर्तियाँ शिवटहल की कीर्ति सुनकर आ ही जाती थीं। और शिवटहल को विवश हो कर उनकी सेवा और सत्कार करना ही पड़ता था। हाँ, अपने भाई से यह बात छिपाते थे कि कहीं वह अप्रसन्न हो कर जीविका का यह आधार भी न छीन लें। फल यह होता कि उन्हें भाई से छिपा कर अनाज, भूसा, खली आदि बेचना पड़ता। इस कमी को पूरी करने के लिए वह मजदूरों से और भी कड़ी मेहनत लेते थे और खुद भी कड़ी मेहनत करते। धूप-ठंड, पानी-बूँदी की बिलकुल परवाह न करते थे। मगर कभी इतना परिश्रम तो किया न था। शरीर शक्तिहीन होने लगा। भोजन भी रूखा-सूखा मिलता था। उस पर कोई ठीक समय नहीं। कभी दोपहर को खाया, कभी तीसरे पहर। कभी प्यास लगी, तो तालाब का पानी पी लिया। दुर्बलता रोग का पूर्व रूप है। बीमार पड़ गये। देहात में दवा-दारू का सुभीता न था। भोजन में भी कुपथ्य करना पड़ता था। रोग ने जड़ पकड़ ली। ज्वर ने प्लीहा का रूप धारण किया और प्लीहा ने छह महीने में काम तमाम कर दिया।

रामटहल ने यह शोक-समाचार सुना, तो उन्हें बड़ा दु:ख हुआ। इन तीन वर्षों में उन्हें एक पैसे का नाज नहीं लेना पड़ा। गुड़, घी, भूसा-चारा, उपले-ईंधन सब गाँव से चला आता था। बहुत रोये, पछतावा हुआ कि मैंने भाई की दवा-दरपन की कोई फिक्र नहीं की; अपने स्वार्थ की चिंता में उसे भूल गया। लेकिन मैं क्या जानता था कि मलेरिया का ज्वर प्राणघातक ही होगा ! नहीं तो यथाशक्ति अवश्य इलाज करता। भगवान् की यही इच्छा थी, फिर मेरा क्या वश !

3

अब कोई खेती को सँभालने वाला न था। इधर रामटहल को खेती का मजा मिल गया था ! उस पर विलासिता ने उनका स्वास्थ्य भी नष्ट कर डाला था। अब वह देहात के स्वच्छ जलवायु में रहना चाहते थे। निश्चय किया कि खुद ही गाँव में जाकर खेती-बारी करूँ। लड़का जवान हो गया था। शहर का लेन-देन उसे सौंपा और देहात चले आये।

यहाँ उनका समय और चित्त विशेष कर गौओं की देखभाल में लगता था। उनके पास एक जमुनापारी बड़ी रास की गाय थी। उसे कई साल हुए बड़े शौक से खरीदा था। दूध खूब देती थी,

और सीधी वह इतनी कि बच्चा भी सींग पकड़ ले, तो न बोलती। वह इन दिनों गाभिन थी। उसे बहुत प्यार करते थे। शाम-सबेरे उसकी पीठ सुहलाते, अपने हाथों से नाज खिलाते। कई आदमी उसके ड्योढ़े दाम देते थे, पर रामटहल ने न बेची। जब समय पर गऊ ने बच्चा दिया, तो रामटहल ने धूमधाम से उसका जन्मोत्सव मनाया, कितने ही ब्राह्मणों को भोजन कराया। कई दिन तक गाना-बजाना होता रहा। इस बछड़े का नाम रखा गया 'जवाहिर'। एक ज्योतिषी से उसका जन्म-पत्रा भी बनवाया गया। उसके अनुसार बछड़ा बड़ा होनहार, बड़ा भाग्यशाली, स्वामिभक्त निकला। केवल छठे वर्ष उस पर एक संकट की शंका थी। उससे बच गया तो फिर जीवन-पर्यन्त सुख से रहेगा।

बछड़ा श्वेत-वर्ण था। उसके माथे पर एक लाल तिलक था। आँखें कजरी थीं। स्वरूप का अत्यन्त मनोहर और हाथ-पाँव का सुडौल था। दिन भर कलोलें किया करता। रामटहल का चित्त उसे छलाँगें भरते देख कर प्रफुल्लित हो जाता था। वह उनसे इतना हिल-मिल गया कि उनके पीछे-पीछे कुत्ते की भाँति दौड़ा करता था। जब वह शाम और सुबह को अपनी खाट पर बैठ कर असामियों से बातचीत करने लगते, तो जवाहिर उनके पास खड़ा हो कर उनके हाथ या पाँव को चाटता था। वह प्यार से उसकी पीठ पर हाथ फेरने लगते, तो उसकी पूँछ खड़ी हो जाती और आँखें हृदय के उल्लास से चमकने लगतीं। रामटहल को भी उससे इतना स्नेह था कि जब तक वह उनके सामने चौके में न बैठा हो, भोजन में स्वाद न मिलता। वह उसे बहुधा गोद में चिपटा लिया करते। उसके लिए चाँदी का हार, रेशमी फूल, चाँदी की झाँझें बनवायीं। एक आदमी उसे नित्य नहलाता और झाड़ता-पोंछता रहता था। जब कभी वह किसी काम से दूसरे गाँव में चले जाते तो उन्हें घोड़े पर आते देख कर जवाहिर कुलेलें मारता हुआ उसके पास पहुँच जाता और उनके पैरों को चाटने लगता। पशु और मनुष्य में यह पिता-पुत्रा-सा प्रेम देख कर लोग चकित हो जाते।

4

जवाहिर की अवस्था ढाई वर्ष की हुई। रामटहल ने उसे अपनी सवारी की बहली के लिए निकालने का निश्चय किया। वह अब बछड़े से बैल हो गया था। उसका ऊँचा डील, गठे हुए अंग, सुदृढ़ मांसपेशियाँ, गर्दन के ऊपर ऊँचा डील, चौड़ी छाती और मस्तानी चाल थी। ऐसा दर्शनीय बैल सारे इलाके में न था। बड़ी मुश्किल से उसका बाँधा मिला। पर देखने वाले साफ कहते थे कि जोड़ नहीं मिला। रुपये आपने बहुत खर्च किये हैं, पर कहाँ जवाहिर और कहाँ यह ! कहाँ लैंप और कहाँ दीपक !

पर कौतूहल की बात यह थी कि जवाहिर को कोई गाड़ीवान हाँकता तो वह आगे पैर न उठाता। गर्दन हिला-हिला कर रह जाता। मगर जब रामटहल आप पगहा हाथ में ले लेते और एक बार चुमकार कर कहते चलो बेटा, तो जवाहिर उन्मत्त होकर गाड़ी को ले उड़ता। दो-दो कोस तक बिना रुके, एक ही साँस में दौड़ता चला जाता। घोड़े भी उसका मुकाबला न कर सकते।

एक दिन संध्या समय जब जवाहिर नाँद में खली और भूसा खा रहा था और रामटहल उसके पास खड़े उसकी मक्खियाँ उड़ा रहे थे, एक साधु महात्मा आ कर द्वार पर खड़े हो गये। रामटहल ने अविनयपूर्ण भाव से कहा- यहाँ क्यों खड़े हो महाराज, आगे जाओ।

साधु- कुछ नहीं बाबा, इसी बैल को देख रहा हूँ। मैंने ऐसा सुन्दर बैल नहीं देखा।

रामटहल- (ध्यान दे कर) घर ही का बछड़ा है।

साधु- साक्षात् देवरूप है।

यह कह कर महात्मा जी जवाहिर के निकट गये और उसके खुर चूमने लगे।

रामटहल- आपका शुभागमन कहाँ से हुआ ? आज यहीं विश्राम कीजिए तो बड़ी दया हो।

साधु- नहीं बाबा, क्षमा करो। मुझे आवश्यक कार्य से रेलगाड़ी पर सवार होना है। रातो-रात चला जाऊँगा ! ठहरने से विलम्ब होगा।

रामटहल- तो फिर और कभी दर्शन होंगे ?

साधु- हाँ, तीर्थ-यात्रा से तीन वर्ष में लौट कर इधर से फिर जाना होगा। तब आपकी इच्छा होगी तो ठहर जाऊँगा ! आप बड़े भाग्यशाली पुरुष हैं कि आपको ऐसे देवरूप नंदी की सेवा का अवसर मिल रहा है। इन्हें पशु न समझिए, यह कोई महान् आत्मा हैं। इन्हें कष्ट न दीजिएगा। इन्हें कभी फूल से भी न मारिएगा।

यह कह कर साधु ने फिर जवाहिर के चरणों पर सीस नवाया और चले गये।

5

उस दिन से जवाहिर की और भी खातिर होने लगी। वह पशु से देवता हो गया। रामटहल उसे पहले रसोई के सब पदार्थ खिलाकर तब आप भोजन करते। प्रात:काल उठ कर उसके दर्शन करते। यहाँ तक कि वह उसे अपनी बहली में भी न जोतना चाहते। लेकिन जब उनको कहीं जाना होता और बहली बाहर निकाली जाती, तो जवाहिर उसमें जुतने के लिए इतना अधीर और उत्कंठित हो जाता, सिर हिला-हिला कर इस तरह अपनी उत्सुकता प्रकट करता कि रामटहल को विवश हो कर उसे जोतना पड़ता। दो-एक बार वह दूसरी जोड़ी जोत कर चले तो जवाहिर को इतना दु:ख हुआ कि उसने दिन भर नाँद में मुँह नहीं डाला। इसलिए वह अब बिना किसी विशेष कार्य के कहीं जाते ही न थे।

उनकी श्रद्धा देख कर गाँव के अन्य लोगों ने भी जवाहिर को अन्न ग्रास देना शुरू किया। सुबह उसके दर्शन करने तो प्राय: सभी आ जाते थे।

इस प्रकार तीन साल और बीते। जवाहिर को छठा वर्ष लगा।

रामटहल को ज्योतिषी की बात याद थी। भय हुआ, कहीं उसकी भविष्यवाणी सत्य न हो। पशु-चिकित्सा की पुस्तकें मँगा कर पढ़ीं। पशु-चिकित्सक से मिले और कई औषधियाँ ला कर रखीं। जवाहिर को टीका लगवा दिया। कहीं नौकर उसे खराब चारा या गंदा पानी न खिला-पिला

दें, इस आशंका से वह अपने हाथों से उसे खोलने-बाँधने लगे। पशुशाला का फर्श पक्का करा दिया जिसमें कोई कीड़ा-मकोड़ा न छिप सके। उसे नित्यप्रति खूब धुलवाते भी थे।

संध्या हो गयी थी। रामटहल नाँद के पास खड़े जवाहिर को खिला रहे थे कि इतने में सहसा वही साधु महात्मा आ निकले जिन्होंने आज से तीन वर्ष पहले दर्शन दिये थे। रामटहल उन्हें देखते ही पहचान गये। जाकर दंडवत् की, कुशल-समाचार पूछे और उनके भोजन का प्रबन्ध करने लगे। इतने में अकस्मात् जवाहिर ने जोर से डकार ली और धम-से भूमि पर गिर पड़ा। रामटहल दौड़े हुए उसके पास आये। उसकी आँखें पथरा रही थीं। पहले एक स्नेहपूर्ण दृष्टि उन पर डाली और चित हो गया।

रामटहल घबराये हुए घर से दवाएँ लाने दौड़े। कुछ समझ में न आया कि खड़े-खड़े इसे हो क्या गया। जब वह घर में से दवाइयाँ ले कर निकले तब जवाहिर का अंत हो चुका था।

रामटहल शायद अपने छोटे भाई की मृत्यु पर भी इतने शोकातुर न हुए थे। वह बार-बार लोगों के रोकने पर भी दौड़-दौड़ कर जवाहिर के शव के पास जाते और उससे लिपट कर रोते।

रात उन्होंने रो-रो कर काटी। उसकी सूरत आँखों से न उतरती थी। रह-रह कर हृदय में एक वेदना-सी होती और शोक से विह्वल हो जाते।

प्रात:काल लाश उठायी गयी, किन्तु रामटहल ने गाँव की प्रथा के अनुसार उसे चमारों के हवाले नहीं किया। यथाविधि उसकी दाह-क्रिया की, स्वयं आग दी। शास्त्रानुसार सब संस्कार किये। तेरहवें दिन गाँव के ब्राह्मणों को भोजन कराया गया। उक्त साधु महात्मा को उन्होंने अब तक नहीं जाने दिया था। उनकी शांति देने वाली बातों से रामटहल को बड़ी सांत्वना मिलती थी।

6

एक दिन रामटहल ने साधु से पूछा महात्मा जी, कुछ समझ में नहीं आता कि जवाहिर को कौन-सा रोग हुआ था। ज्योतिषी जी ने उसके जन्मपत्रा में लिखा था कि उसका छठा साल अच्छा न होगा। लेकिन मैंने इस तरह किसी जानवर को मरते नहीं देखा। आप तो योगी हैं, यह रहस्य कुछ आपकी समझ में आता है ?

साधु हाँ, कुछ थोड़ा-थोड़ा समझता हूँ।

रामटहल कुछ मुझे भी बताइए। चित्त को धैर्य नहीं आता।

साधु वह उस जन्म का कोई सच्चरित्र, साधु-भक्त, परोपकारी जीव था। उसने आपकी सारी सम्पत्ति धर्म-कार्यों में उड़ा दी थी। आपके सम्बन्धियों में ऐसा कोई सज्जन था ?

रामटहल हाँ महाराज, था।

साधु उसने तुम्हें धोखा दिया तुमसे विश्वासघात किया। तुमने उसे अपना कोई काम सौंपा था। वह तुम्हारी आँख बचा कर तुम्हारे धन से साधुजनों की सेवा-सत्कार किया करता था।

रामटहल मुझे उस पर इतना संदेह नहीं होता। वह इतना सरल प्रकृति, इतना सच्चरित्र मनुष्य था कि बेईमानी करने का उसे कभी ध्यान भी नहीं आ सकता था।

साधु लेकिन उसने विश्वासघात अवश्य किया। अपने स्वार्थ के लिए नहीं, अतिथि-सत्कार के लिए सही, पर था वह विश्वासघाती।

रामटहल- संभव है दुरवस्था ने उसे धर्म-पथ से विचलित कर दिया हो।

साधु- हाँ, यही बात है। उस प्राणी को स्वर्ग में स्थान देने का निश्चय किया गया। पर उसे विश्वासघात का प्रायश्चित्त करना आवश्यक था। उसने बेईमानी से तुम्हारा जितना धन हर लिया था, उसकी पूर्ति करने के लिए उसे तुम्हारे यहाँ पशु का जन्म दिया गया। यह निश्चय कर लिया गया कि छह वर्ष में प्रायश्चित्त पूरा हो जायगा। इतनी अवधि तक वह तुम्हारे यहाँ रहा। ज्यों ही अवधि पूरी हो गयी त्यों ही उसकी आत्मा निष्पाप और निर्लिप्त हो कर निर्वाणपद को प्राप्त हो गयी।

महात्मा जी तो दूसरे दिन विदा हो गये, लेकिन रामटहल के जीवन में उसी दिन से एक बड़ा परिवर्तन देख पड़ने लगा। उनकी चित्त-वृत्ति बदल गयी। दया और विवेक से हृदय परिपूर्ण हो गया। वह मन में सोचते, जब ऐसे धर्मात्मा प्राणी को जरा से विश्वासघात के लिए इतना कठोर दंड मिला तो मुझ जैसे कुकर्मी की क्या दुर्गति होगी ! यह बात उनके ध्यान से कभी न उतरती थी।

***

दुस्साहस

लखनऊ के नौबस्ते मोहल्ले में एक मुंशी मैकूलाल मुख्तार रहते थे। बड़े उदार, दयालु और सज्जन पुरुष थे। अपने पेशे में इतने कुशल थे कि ऐसा बिरला ही कोई मुकदमा होता था जिसमें वह किसी-न-किसी पक्ष की ओर से न रखे जाते हों। साधु संतों से भी उन्हें प्रेम था। रही शराब, यह उनकी कुल प्रथा थी। शराब के नशे में वह कानूनी मसौदे खूब लिखते थे, उनकी बुद्धि प्रज्ज्वलित हो जाती थी। गांजे और चरस का प्रभाव उनके ज्ञान पर पड़ता था। दम लगाकर वह वैराग्य और ध्यान में तल्लीन हो जाते थे। मोहल्ले वालों पर उनका बड़ा रौब था। लेकिन यह उनकी कानूनी प्रतिभा का नहीं, उनकी उदार सज्जनता का फल था। मोहल्ले के इक्केवान, ग्वाले और कहार उनके आज्ञाकारी थे, सौ काम छोड़कर उनकी खिदमत करते थे। उनकी मद्यजनित उदारता ने सबों को वशीभूत कर लिया था। वह नित्य कचहरी से आते ही अलगू कहार के सामने दो रुपये फेंक देते थे। कुछ कहने-सुनने की जरूरत न थी। अलगू इसका आशय समझता था। शाम को शराब की एक बोतल और कुछ गांजा तथा चरस मुंशीजी के सामने आ जाता था। बस, महफिल जम जाती। यार लोग आ पहुंचते। एक ओर मुवक्किलों की कतार बैठती, दूसरी ओर सहवासियों की। वैराग्य की और ज्ञान की चर्चा होने लगती। बीच-बीच में मुवक्किलों से भी मुकदमें की दो-एक बातें कर लेते। दस बजे रात को वह सभा विसर्जित होती थी। मुंशीजी अपने पेशे और ज्ञान-चर्चा के सिवा और कोई दर्द सिर मोल न लेते थे। देश के किसी आंदोलन, किसी सभा, किसी सामाजिक सुधार से उनका संबंध न था। इस विषय में वह सच्चे विरक्त थे। बंग-भंग हुआ, नरम-गरम दल बने, राजनैतिक सुधारों का आविर्भाव हुआ, स्वराज्य की आकांक्षा ने जन्म लिया, आत्म-रक्षा की आवाजें देश में गूंजने लगी, किंतु मुंशीजी की अविरल शांति में जरा भी विश्व न पड़ा। अदालत और शराब के सिवाय वह संसार की सभी चीजों को माया समझते थे, सभी से उदासीन रहते थे।

2

चिराग जल चुके थे। मुंशी मैकूलाल की सभा जम गई थी, उपासकगण जमा हो गये थे, अभी तक मदिरा-देवी प्रकट न हुई थी। अलगू बाजार से न लौटा था। सब लोग बार-बार उत्सुक नेत्रों से ताक रहे थे। एक आदमी बरामदे में प्रतीक्षा स्वरूप खड़ा था, दो-तीन सज्जन टोह लेने के लिए सड़क पर खड़े थे, लेकिन अलगू आता नजर न आता था। आज जीवन में पहला अवसर था कि मुंशीजी को इतनी इंतजार खींचनी पड़ी। उनकी प्रतीक्षाजनक उद्विग्नता ने गहरी समाधि का रूप धारण कर लिया था, न कुछ बोलते थे, न किसी ओर देखते थे। समस्त शक्तियां प्रतीक्षा बिंदु पर केंद्रीभूत हो गयी।

अकस्मात् सूचना मिली कि अलगू आ रहा है। मुंशीजी जाग पड़े। सहवासीगण खिल गए, आसन बदलकर संभल बैठे, उनकी आंखें अनुरक्त हो गयी। आशामय विलम्ब-आनन्द को और बढ़ा देता है।

एक क्षण में अलगू आकर सामने खड़ा हो गया। मुंशीजी ने उसे डांटा नहीं, यह पहला अपराध था, इसका कुछ-न-कुछ कारण अवश्य होगा, दबे हुए उत्कंठायुक्त नेत्रों से अलगू के हाथ की ओर देखा बोतल न थी। विस्मय हुआ, विश्वास न आया, फिर से देखा, बोतल न थी। यह अप्रकृतिक घटना थी, पर इस पर उन्हें क्रोध न आया, नम्रता के साथ पूछा - बोतल कहां है ?

अलग - आज नहीं मिलीं।

मैकूलाल - यह क्यों ?

अलगू दुकान के दोनों नाके रोके हुए सुराजवाले खड़े हैं, किसी को उधर जाने ही नहीं देते।

अब मुंशी जी को क्रोध आया, अलगू पर नहीं, स्वराज्य वालों पर। उन्हें मेरी शराब बंद करने का क्या अधिकार है ? तर्क भाव से बोले - तुमने मेरा नाम नहीं लिया ?

अलगू - बहुत कहा, लेकिन वहां कौन किसी की सुनता था ? सभी लोग लौट आते थे, मैं भी लौट आया।

मुंशी - चरस लाए ?

अलगू - वहां भी यही हाल था।

मुंशी - तुम मेरे नौकर हो या स्वराज्य वालों के ?

अलगू - मुंह में कालिख लगवाने के लिए थोड़े ही नौकर हूं ?

मुंशी तो क्या वहां बदमाश लोग मुंह में कालिख भी लगा रहे हैं ?

अलगू देखा तो नहीं, लेकिन सब यही कहते थे।

मुंशी - अच्छी बात है, मैं खुद जाता हूं देखूं किसकी मजाल है जो रोके। एक-एक को लाल घर दिखा दूंगा। यह सरकार का राज है, कोई बद मिली नहीं है। वहां कोई पुलिस का सिपाही नहीं था ?

मुंशी - थानेदार मेरे दोस्त है, चलो जी ईदू चलते हो ? रामबली, बेचन छिनकू सब चलो। एक-एक बोतल ले लो, देखूं कौन रोकता है। कल ही तो मजा चखा दूंगा।

3

मुंशीजी अपने चारों साथियों के साथ शराबखाने की गली के सामने पहुंचे तो वह बहुत भीड़ थी। बीच में दो सौम्य मूर्तियां खड़ी थी। एक मौलाना जामिन थे जो शहर के मशहूर मुजतहिद थे, दूसरे स्वामी घनानंद थे जो वहां की सेवा समिति के संस्थापक और प्रजा के बड़े हित चिंतक थे। उनके सम्मुख ही थानेदार साहब कई कांस्टेबलों के साथ खड़े थे। मुंशीजी और उनके साथियों

को देखते ही थानेदार साहब प्रसन्न होकर बोले - आइए मुख्तार साहब, क्या आज आप ही को तकलीफ करनी पड़ी? यह चारों आप ही के हमराह हैं न?

मुंशीजी बोले - जी हां, पहले आदमी भेजा, वह नाकाम वापस गया। सुना आज यहां हड़बोंग मची हुई है, स्वराज वाले किसी को अंदर जाने ही नहीं देते।

थानेदार - जी नहीं, यहां किसकी मजाल है जो किसी के काम में हाजिर हो सके। आप शौक से जाइए। कोई चूं तक नहीं कर सकता। आखिर मैं यहां किसलिए हूं।

मुंशीजी ने गौरवोन्मत्त दृष्टि से अपने साथियों को देखा और गली में घुसे कि इतने में मौलाना जामिन ने ईदू से बड़ी नम्रता से कहा - दोस्त, यह तो तुम्हारी नमाज का वक्त है, यहां कैसे आये? क्या इस दीनदारी के बल पर खिलाफत का मसला हल करेंगे?

ईदू के पैरों में जैसे लोहे की बेड़ी पड़ गयी। लज्जित भाव से खड़ा भूमि की ओर ताकने लगा। आगे कदम रखने का साहस न हुआ।

स्वामी घनानंद ने मुंशीजी और उनके बाकी तीनों साथियों से कहा - बच्चा, यह पंचामृत लेते जाओ, तुम्हारा कल्याण होगा। छिनकू रामबली और बेचने ने अनिवार्य भाव से हाथ फैला दिए और स्वामीजी से पंचामृत लेकर पी गए। मुंशीजी ने कहा - इसे आप खुद पी जाइए। मुझे जरूरत नहीं।

स्वामी जी उनके सामने हाथ जोड़कर खड़े हो गए और विनोद भाव से बोले - इस भिक्षुक पर आज दया कीजिये, उधर न जाइए।

लेकिन मुंशी जी ने उनका हाथ पकड़कर सामने से हटा दिया और गली में दाखिल हो गए। उनके तीनों साथी स्वामी जी के पीछे सिर झुकाये खड़े रहे।

मुंशी - रामबली, झिनकू आते क्यों नहीं? किसकी ताकत है कि हमें रोक सके?

झिनकू - तुम ही काहे नाहीं लौट आवत हौ। साधु संतन की बात माने का होत है।

मुंशी - तो इसी हौसले पर घर से निकले थे?

रामबली - निकले थे कि कोई जबर्दस्ती रोकेगा तो उससे समझेंगे। साधु संतों से लड़ाई करने थोड़े ही चले थे।

मुंशी - सच कहा है, गंवार भेड़ होते हैं।

बेचन - आप शेर हो जाएं, हम भेड़ ही बने रहेंगे।

मुंशीजी अकड़ते हुए शराब खाने में दाखिल हुए। दुकान पर उदासी छाई हुई थी, कलवार अपनी गद्दी पर बैठा ऊंघ रहा था। मुंशीजी की आहट पाकर चौंक पड़ा, उन्हें तीव्र दृष्टि से देखा मानो यह कोई विचित्र जीव है, बोतल भर दी और ऊंघने लगा।

मुंशीजी गली के द्वार पर आये तो अपने साथियों को न पाया। बहुत से आदमियों ने उन्हें चारों ओर से घेर लिया और निंदा सूचक बोलियां बोलने लगे।

एक ने कहा - दिलावर हो तो ऐसा हो।

दूसरा बोला - शर्मचे कुत्तीस्त के पेशे मरदां बिवाअद (मर्दों के सामने लज्जा नहीं आ सकती)

तीसरा बोला - है कोई पुराना पियक्कड़ पक्का लतियल।

इतने में थानेदार साहब ने आकर भीड़ हटा दी। मुंशीजी ने उन्हें धन्यवाद दिया और घर चले। एक कांस्टेबल भी रक्षार्थ उनके साथ चला।

4

मुंशीजी के चारों मित्रों ने बोतलें फेंक दी और आपस में बातें करते हुए चले।

झिनकू - एक बेर हमारा एक्का बेगार में पकड़ जात रहे तो यही स्वामी जी चपरासी से कह-सुन के छुड़ाय दिहेन रहें।

रामबली - पिछले साल जब हमारे घर में आग लगी थी, तब भी तो यही सेवा-समिति वालों को लेकर पहुंच गए थे, नहीं तो घर में एक सूत न बचता।

बेचन - मुख्तार अपने सामने किसी को गिनते ही नहीं। आदमी कोई बुरा काम करता है तो छिपा के करता है, यह नहीं कि बेहयाई पर कमर बांध ले।

झिनकू - भाई, पीठ पीछे कोऊ की बुराई न करै चाही। और जोन कुछ होय पर आदमी बड़ा अकबाली है। उतने आदमियन के बीच मां कैसा घुसत चला गवा।

रामबली - यह कोई अकबाल नहीं है। थानेदार न होता तो आटे-दाल का भाव मालूम हो जाता।

बेचन - मुझे तो कोई पचास रुपये देता तो भी गली में पैर न रख सकता शर्म से सिर ही नहीं उठा था।

ईदू - इनके साथ आकर आज बड़ी मुसीबत में फंस गया। मौलाना जहां देखेंगे वहां आड़े हाथों लेंगे। दीन के खिलाफ ऐसा काम क्यों करे कि शर्मिंदा होना पड़े। मैं तो आज मारे शर्म के गड़ गया। आज तोबा करता हूं। अब इसकी तरफ आंख उठाकर भी न देखूंगा।

रामबली - शराबियों की तोबा कच्चे धागे से मजबूत नहीं होती।

ईदू - अगर फिर कभी मुझे पीते देखना तो मुंह में कालिख पोत देना।

बेचन - अच्छा तो इसी बात पर आज से मैं भी इसे छोड़ देता हूं। अब पीऊं तो गऊ-रक्त बराबर।

छिनकू - तो का हम ही सब से पापी हन। फिर कभू जों इसका पियत देख्यो बैठाय के पचास जूता लगायें।

रामबली - अरे जा, अभी मुंशी बुलायेंगे तो कुत्ते की तरह दौड़ते हुए जाओगे।

झिनकू - मुंशीजी के साथ बैठे देख्यों तो सौ जूता लगायो, जिनके बात मैं फरक है, उनके बाप में फरक है।

रामबली - तो भाई मैं भी कसम खाता हूं कि आज से गांठ के पैसे निकाल कर न पीऊंगा। हां, मुफ्त की पीने में इनकार नहीं।

बेचन - गांठ के पैसे तुमने कभी खर्च किए हैं?

इतने में मुंशी मैकूलाल लपके हुए आते दिखाई दिए। यद्यपि वह बाजी मार कर आये थे, मुख पर विजय गर्व की जगह खिसियानापन छाया हुआ था। किसी अव्यक्त कारणवश वह इस विजय का हार्दिक आनन्द न उठ सकते थे। हृदय के किसी कोने में छिपी हुई लज्जा उनसे चुटकियां ले रही थी। वह स्वयं अज्ञात थे, पर उस दुस्साहस का खेद उन्हें व्यथित कर रहा था।

रामबली ने कहा - आइए मुख्तार साहब, बड़ी देर लगायी।

मुंशी - तुम सब-के-सब गावदी ही निकले, एक साधु के चकमे में आ गये।

रामबली - इन लोगों ने तो आज से शराब पीने की कसम खा ली है।

मुंशी - ऐसा तो मर्द ही नहीं देखा जो एक बार इसके चंगुल में फंसकर निकल जाये? मुंह से बकना दूसरी बात है।

ईदू - जिंदगी रही तो देख लीजिएगा।

झिनकू दाना-पानी तो कोऊ से नाहीं छूट सकत है और बातन का जब मनमा अबे छोड़ देव। बस चोट लग जाये का चाही, नशा खाये बिना कोऊ मर नाहीं जात है।

मुंशी - देखूंगा तुम्हारी बहादुरी थी।

बेचन - देखना क्या है, छोड़ देना कोई बड़ी बात नहीं। यही न होगा कि दो-चार दिन जी सुस्त रहेगा। लड़ाई में अंग्रेजों ने छोड़ दिया था, जो इसे पानी की तरह पीते हैं तो हमारे लिये कोई मुश्किल काम नहीं।

यही बातें करते हुए मुख्तार के मकान पर आ पहुंचे।

5

दीवान खाने में सन्नाटा था। मुवक्किल चले गये थे। अलगू पड़ा सो रहा था। मुंशीजी मसनद पर जा बैठे और आलमारी से गिलास निकालने लगे। उन्हें अभी तक अपने साथियों की प्रतिज्ञा पर विश्वास न आता था। उन्हें पूरा यकीन था कि शराब की सुगंध और लालिमा देखते ही सभी की तोबा टूट जाएगी। जहां मैंने जरा बढ़ावा दिया, वहीं सब-के-सब आकर डट जायेंगे और महफिल जम जाएगी। जब ईदू सलाम करके चलने लगा और झिनकू ने अपना डंडा संभाला तो मुंशीजी ने दोनों के हाथ पकड़ लिए और बड़े मृदुल शब्दों में बोले - यारों, यों साथ छोड़ना अच्छा नहीं। आओ, जरा आज इसका मजा तो चखो, खास तौर पर अच्छी है।

मुंशी - अजी आओ, तो, इन बातों में क्या धरा है?

ईदू - आप ही को मुबारक रहे, मुझे जाने दीजिए।

झिनकू - हम तो भगवान् चाही तो एके नियर न जाब, जूता कौन खाय?

यह कहकर दोनों अपने-अपने हाथ छुड़ाकर चले गये तब मुख्तार साहब ने बेचन का हाथ पकड़ा जो बरामदे से नीचे उतर रहा था, बोले - बेचन क्या तुम भी बेवफाई करोगे?

बेचन - मैंने तो बड़ी कसम खायी है। जब एक बार इसे गऊ-रक्त कह चुका तो फिर इसकी ओर ताक भी नहीं सकता। कितना ही गया-बीता हूं तो क्या गऊ-रक्त की लाज भी न रखूंगा। अब आप भी छोड़िए कुछ दिन राम-राम कीजिए। बहुत दिन तो पीते हो गये। यह कहकर वह भी सलाम करके चलता हुआ। अब अकेले रामबली रह गया। मुंशीजी ने उससे शोकातुर होकर कहा - देखो रामबली, इन सबों की बेवफाई? यह लोग ऐसे ढुलमुल होंगे, मैं न जानता था। आओ आज हमीं तुम सही। दो सच्चे दोस्त ऐसे दरजनों कचलोहियों से अच्छे हैं। आओ बैठ जाओ।

रामबली - मैं तो हाजिर ही हूं लेकिन मैंने भी कसम आयी है कि कभी कांठ कै पैसे खर्च करके न पीऊंगा।

मुंशी - अजी, जब तक मेरे दम-में-दम है, तुम जितना चाहो पियो, गम क्या है।

रामबली - लेकिन आप न रहें तब? ऐसा सज्जन फिर कहां पाऊंगा।

मुंशी - अजी तब देखी जाएगी, मैं आज मरा थोड़े ही जाता हूं।

रामबली - जिन्दगी का कोई एतबार वहीं, आप मुझसे पहले जरूर ही मरेंगे, तो उस वक्त मुझे कौन रोज पिलाएगा नहीं, तब तो छोड़ भी न सकूंगा। इससे बेहतर यही है कि अभी से फिक्र करूं।

मुंशी - यार ऐसी बातें करके दिल न छोटा करो। आओ बैठ जाओ, एक ही गिलास ले लेना।

रामबली - मुख्तार साहब, अब ज्यादा मजबूर न कीजिए। जब ईदू और झिनकू जैसे लतियों ने कसम खा ली जो औरतों के गहने बेच-बेच पी गये और निरे मूर्ख हैं, तो मैं इतना निर्लज्ज नहीं हूं कि इसका गुलाम बना रहूं। स्वामी जी ने मेरा सर्वनाश होने से बचाया है। उसकी आज्ञा मैं किसी तरह नहीं टाल सकता। यह कहकर रामबली भी विदा हो गया।

6

मुंशीजी ने प्याला मुंह से लगाया, लेकिन दूसरा प्याला भरने से पहले उनकी मद्यातुरता गायब हो गयी थी। जीवन में यह पहला अवसर था कि उन्हें एकांत में बैठकर दवा की भांति शराब पीनी पड़ी। पहले वो सहवासियों पर झुंझलाए। दगाबाजों को सैकड़ों रुपये खिला दिए होंगे, लेकिन आज जरा-सी बात पर सब-के-सब फिरंट हो गये। अब मैं भूत भांति अकेला पड़ा हुआ

हूं कोई हंसने-बोलने वाला नहीं। यह तो सोहबत की नजर है, जब सोहबत का आनन्द ही न रहा तो पीकर खाट पर पड़े रहने से क्या फायदा?

मेरा कितना अपमान हुआ! जब मैं गली में घुसा हूं तो सैकड़ों ही आदमी मेरी ही ओर आग्नेय दृष्टि से ताक रहे थे। शराब लेकर लौटा हूं तब तो लोगों का वश चलता तो मेरी बोटियां नोंच खाते। थानेदार न होता तो घर तक आना मुश्किल था। यह अपमान और लोकनिंदा किसलिए? इसलिए कि घड़ी भर बैठकर मुंह कड़वा करूं और कलेजा जलाऊं। कोई हंसी चुहल करने वाला तक नहीं।

लोग इसे कितनी त्याज्य-वस्तु समझते हैं, इसका अनुभव मुझे आज ही हुआ, नहीं तो एक संन्यासी के जरा-से-इशारे पर बरसों के लत्ती पियक्कड़ यों मेरी अवहेलना न करते। बात यही है कि अंत:करण से सभी इसे निषिद्ध समझते है। जब मेरे साथ के ग्वाले, इक्केवान, कहार तक इसे त्याग सकते हैं तो क्या मैं उनसे भी गया गुजरा हूं? इतना अपमान सहकर, जनता की निगाह में पतित होकर, सारे शहर में बदनाम होकर, नक्कू बनकर एक क्षण के लिए सिर में सरूर पैदा कर लिया तो क्या काम किया? कुवासना के लिए आत्मा को इतनी नीचे गिराना क्या अच्छी बात है। यह चारों इस घड़ी मेरी निंदा कर रहे होंगे, मुझे दुष्ट बना रहें होंगे, मुझे नीच समझ रहे होंगे। इन नीचों की दृष्टि में मैं नीचा हो गया। यह दुरावस्था नहीं सही जाती। आज इस वासना का अंत कर दूंगा, अपमान का अंत कर दूंगा।

एक क्षण में धड़ाके की आवाज हुई। अलगू चौंक कर उठा तो देखा कि मुंशीजी बरामदे में खड़े हैं और बोतल जमीन पर टूटी पड़ी है।

***

बौड़म

मुझे देवीपुर गये पांच दिन हो चुके थे, पर ऐसा एक दिन भी न होगा कि बौड़म की चर्चा न हुई थी। मेरे पास सुबह से शाम तक गांव के लोग बैठे रहते थे। मुझे अपनी बहुज्ञता को प्रदर्शित करने का न कभी ऐसा अवसर ही मिला था और न प्रलोभन ही। मैं बैठा-बैठा इधर-उधर की गप्पें उड़ाया करता। बड़े लाट ने गांधी बाबा से यह कहा, और गांधी बाबा ने यह जवाब दिया। अभी आप लोग क्या देखते हैं, आगे देखियेगा, क्या-क्या गुल खिलते हैं। पूरे 60 हजार जवान जेल जाने को तैयार बैठे हुए हैं। गांधीजी ने आज्ञा दी है कि हिन्दुओं में छुआ-छूत का भेद न रहे, नहीं तो देश को और भी अदिन देखने पड़ेंगे। अस्तु! लोग मेरी बातों को तन्मय होकर सुनते। उसके मुख फूल की तरह खिल जाते। आत्माभिमान की आभा मुख पर दिखाई देती। गदगद कंठ से कहते, अब तो महात्माजी ही का भरोसा है। न हुआ बौड़म, नहीं, आपका गला न छोड़ता। आपका खाना-पीना कठिन हो जाता। कोई उससे ऐसी बातें किया करें तो रात-की-रात बैठा रहे। मैंने एक दिन पूछा, आखिर यह बौड़म है कौन? कोई पागल है क्या? एक सज्जन ने कहा - 'महाशय, पागल क्या है, बस बौड़म है। घर में लाखों की सम्पत्ति है। शक्कर की एक मिल सिवान में हैं, दो कारखाने छपरा में हैं, तीन-तीन, चार-चार सौ के तलब वाले आदमी नौकर हैं, पर इसे देखिए, फटे-हाल घूमा करता है। घरवालों ने सिवान भेज दिया था कि जाकर वहां निगरानी करे। दो ही महीने में मैनेजर से लड़ बैठा, उसने यहां लिखा, मेरा इस्तीफा लीजिए। आपका लड़का मजदूरों को सिर चढ़ाये रहता है, वे मन से काम नहीं करते। आखिर घरवालों ने बुला लिया। नौकर-चाकर लूटते-खाते हैं, उसकी तो जरा भी चिंता नहीं, पर जो सामने आम का बाग है उसकी रात-दिन रखवाली किया करता है, क्या मजाल कि कोई एक पत्थर भी फेंक सके।' एक मियां जी बोले - 'बाबूजी, घर में तरह-तरह के खाने पकते है, मगर इसकी तकदीर में वही रोटी और दाल लिखी हुई है और कुछ खाता ही नहीं। बाप अच्छे कपड़े खरीदते हैं, लेकिन वह उनकी तरफ निगाह तक नहीं उठाता। बस, वही मोटा कुरता पहने, गाढ़े की तहमत बांधे मारा-मारा फिरता है। आपसे उसकी सिफत कहां तक कहें, बस पूरा बौड़म है।'

2

ये बातें सुनकर मुझे भी इस विचित्र व्यक्ति से सिलने की उत्कंठा हुई। सहसा एक आदमी ने कहा - वह देखिए बौड़म आ रहा है। मैंने कुतूहल से उसकी ओर देखा। एक 20- 21 वर्ष का एक हृष्ट-पुष्ट युवक था। नंगे सिर, एक गाढ़े का कुरता पहने, गाढ़े का ढीला पायजामा पहले चला आता था। पैरों में जूते थे। पहले मेरी ही ओर आया। मैंने कहा - 'आइए बैठिए।' उसने मंडली की ओर अवहेलना की दृष्टि से देखा और बोला - 'अभी नहीं, फिर आऊंगा।' यह कहकर चला गया।

जब संध्या हो गयी और सभा विसर्जित हुई तो वह आम के बाग की ओर से धीरे-धीरे आकर मेरे पास बैठ गया और बोला - इन लोगों ने तो मेरी खूब बुराइयां की होंगी। मुझे यहां बौड़म का लकब मिला है।

मैंने सकुचाते हुए कहा - हां, आपकी चर्चा लोग रोज करते थे। मेरी आप से मिलने की बड़ी इच्छा थी। आपका नाम क्या है?

बौड़म ने कहा - नाम तो मेरा मुहम्मद खलील है, पर आस-पास के दस-पांच गांवों में मुझे लोग उर्फ के नाम से ज्यादा जानते हैं। मेरा उर्फ बौड़म है।

मैं - आखिर लोग आपको बौड़म क्यों कहते हैं?

खलील - उनकी खुशी और क्या कहूं, मैं जिंदगी को कुछ और समझता हूं पर मुझे इजाजत नहीं है कि पांचों वक्त की नमाज पढ़ सकूं। मेरे वालिद हैं, चाचा हैं दोनों साहब पहर रात तक काम में मसरूफ रहते हैं। रात दिन हिसाब-किताब, नफा-नुकसान, मंदी-तेजी के सिवाय और कोई जिक्र ही नहीं होता, गोया खुदा के बंदे न हुए इस दौलत के बंदे हुए। चाचा साहब हैं, वह पहर रात तक शीरे के पीपों के पास खड़े होकर उन्हें गाड़ी पर लदवाते हैं। वालिद साहब अक्सर अपने हाथों से शक्कर का वजन करते हैं। दोपहर का खाना शाम को और शाम का खाना आधी रात को खाते हैं। किसी को नमाज पढ़ने की फुरसत नहीं है। मैं कहता हूं आप लोग इतना सिर-मगज क्यों करते हैं। बड़े कारबार में सारा काम एतबार पर होता है। मालिक को कुछ-न-कुछ गम खाना ही पड़ता है। अपने बल बूते पर छोटे कारोबार ही चल सकते हैं। मेरा उसूल किसी को पसंद नहीं, इसलिए मैं बौड़म हूं।

मैं - मेरे ख्याल में तो आपका उसूल ठीक है।

खलील - ऐसा भूलकर भी न कहिएगा, वरना एक ही जगह दो बौड़म हो जायेंगे। लोगों को कारोबार के सिवा न दीन से गरज है, न दुनिया से। न मुल्क से, न कौम से। मैं अखबार मंगाता हूं स्मर्ना फंड में कुछ रुपये भेजना चाहता हूं। खिलाफत-फंड को मदद करना भी अपना फर्ज समझता हूं। सबसे बड़ा सितम है कि खिलाफत का रजाकार भी हूं। क्यों साहब, जब कौम पर, मुल्क पर और दीन पर चारों तरफ से दुश्मनों का हमला हो रहा है, तो क्या मेरा फर्ज नहीं है कि जाति के फायदे को कौम पर कुर्बान कर दूं? इसीलिए घर और बाहर मुझे बौड़म का लकब दिया गया है।

मैं - आप तो वह कह रहे हैं जिसकी इस वक्त कौम को जरूरत है।

खलील - मुझे खौफ है कि इस चौपट नगरी से आप बदनाम होकर जायेंगे। जब मेरे हजारों भाई जेल में पड़े हुए हैं, उन्हें गजी का गाढ़ा तक पहनने को मयस्सर नहीं तो मेरी गैरत गवारा नहीं करती कि मैं मीठे लुकमें उड़ाऊ और चिकन के कुर्ते पहनूं जिनकी कलाइयों और मुड्ढों पर सीजनकारी की गयी हो।

मैं - आप यह बहुत ही मुनासिब करते हैं। अफसोस है कि ओर लोग आपका-सा त्याग करने के काबिल नहीं।

खलील - मैं इसे त्याग नहीं समझता, न दुनिया को दिखाने के लिए यह भेष बना के घूमता हूं। मेरा जी ही लज्जत और शौक से फिर गया है। थोड़े दिन होते हैं, वालिद ने मुझे सिवान के मिल में निगरानी के लिए भेजा, मैंने वहां जाकर देखा तो इंजीनियर साहब के खानसामा, बैरा, मेहतर, धोबी, माली, चौकीदार, सभी मजदूरों की लिस्ट में लिखे हुए थे। काम साहब का करते थे, मजदूरी कारखाने से पाते थे। साहब बहादुर खुद तो बेउसूल हैं, पर मजदूरों पर इतनी सख्ती थी कि अगर पांच मिनट की देर हो जाये तो उनकी आधे दिन की मजदूरी कट जाती थी। मैंने साहब की मिज़ाज-पुरसी करनी चाही। मजदूरों के साथ रियायत करनी शुरू की। फिर क्या था? साहब बिगड़ गए, इस्तीफा की धमकी दी। घरवालों को उनके सब हालत मालूम हैं। पल्ले दरजे का हरामखोर आदमी है। लेकिन उसकी धमकी पाते ही सब के होश उड़ गए। मैं तार से वापस बुला लिया गया और घर पर मेरी खूब ले-दे हुई। पहले बौड़म होने में कुछ कोर-कसर थी, वह पूरी हो गयी। न जाने साहब से लोग क्यों इतना डरते हैं।

मैं - आपने वही किया जो इस हालत में मैं भी करता। बल्कि मैं तो पहले साहब पर गबन का मुकदमा दायर करता, बदमाशों से पिटवाता, तब बात करता ऐसे हरामखोरों की यही सजाएं है।

खलील - फिर तो एक और एक दो हो गए। अफसोस यही है कि आपका यहां कयाम न रहेगा। मेरा जी चाहता है, कि चंद रोज आपके साथ रहूं। मुद्दत के बाद आप ऐसे आदमी मिले हैं जिससे मैं अपने दिल की बातें कह सकता हूं। इन गंवारों से मैं बोलता भी नहीं। मेरे चाचा साहब का जवानी में एक चमारिन से ताल्लुक हो गया था। उससे दो बच्चे, एक लड़का और एक लड़की पैदा हुए। चमारिन लड़की को गोद में छोड़कर मर गयी। तब से इन दोनों बच्चों की मेरे यहां वही हालत थी जो यतीमों की होती है। कोई बात न पूछता था। उनको खाने-पहनने को भी न मिलता। बेचारे नौकरों के साथ खाते और बाहर झोंपड़े में पड़े रहते थे। जनाब, मुझसे यह न देखा गया। मैंने उन्हें अपने दस्तरखान पर खिलाया और जब भी खिलाता हूं घर में कुहराम मच जा जाता है। जिसे देखिए, मुझ पर त्यौरियां बदल रहा है, मगर मैंने परवाह न की। आखिर है वह भी तो हमारा ही खून इसलिए मैं बौड़म कहलाता हूं।

मैं - जो लोग आपको बौड़म कहते है, वे खुद बौड़म हैं।

खलील - जनाब, इनके साथ रहना अजीब है। शाहे काबुल ने कुर्बानी की मुमानियत कर दी है। हिंदुस्तान के उलमा ने भी यही फतवा दिया, पर यहां खास मेरे घर कुर्बानी हुई। मैंने हरचंद बावैला मचाया, पर मेरी कौन सुनता है? उसका कफारा (प्रायश्चित) मैंने यह अदा किया कि अपनी सवारी का घोड़ा बेचकर 300 फकीरों को खाना खिलाया और तब से कसाइयों को गायों लिए जाते देखता हूं तो कीमत देकर खरीद लेता हूं इस वक्त तक दस गायों की जान बचा चुका हूं। वे सब यहां हिंदुओं के घरों में हैं, पर मजा यह है कि जिन्हें मैंने गाये दी हैं, वे भी मुझे बौड़म कहते है। मैं भी इस नाम का इतना आदी हो गया हूं कि अब मुझे इससे मुहब्बत हो गयी है।

मैं - आप जैसे बौड़म काश मुल्क में और ज्यादा होते।

खलील - लीजिए आपने भी बनना शुरू कर दिया। यह देखिए, आम का बाग है। मैं उनकी रखवाली करता हूं। लोग कहते हैं, जहां हजारों का नुकसान हो रहा है वहां तो देख-भाल करता नहीं, जरा-सी बगिया की रखवाली में इतना मुस्तैद। जनाब, यहां लड़कों का यह हाल है कि एक आम तो खाते हैं और पच्चीस आम गिराते हैं। कितने ही पेड़ चोट खा जाते हैं। और फिर किसी काम के नहीं रहते। मैं चाहता हूं कि आम पक जायें, टपकने लगे, तब जिसका जी चाहे चुन ले जाए। कच्चे आम खराब करने से क्या फायदा? यह भी मेरे बौड़मपन में दाखिल है।

3

ये बातें हो ही रही थी कि सहसा तीन-चार आदमी एक बनिये को पकड़े, घसीटते हुए आते दिखाई दिए। पूछा तो उन चारों आदमियों में से एक ने, जो सूरत से मौलवी मालूम होते थे, कहा - यह बड़ा बेईमान है, इसके बांट कम है। अभी इसके यहां से सेर भर घी ले गया हूं। घर पर तौलता हूं तो आधा पाव गायब। अब जो लौटाने आया हूं तो कहता है मैंने तो पूरा तौला था। पूछो, अगर तूने पूरा तौला था तो क्या मैं रास्ते में खा गया। अब ले चलता हूं थाने पर, वहीं इसकी मरम्मत होगी।

दूसरे महाशय, जो वहां डाक खाने के मुंशी थे, बोले - इसकी हमेशा की यही आदत है, कभी पूरा नहीं तौलता। आज ही दो आने की शक्कर मंगवायी। लड़का घर लेकर गया तो मुश्किल से एक आने की थी। लौटाने आया तो आंखें दिखाने लगा। इसके बातें की आज जांच करनी चाहिए।

तीसरा आदमी अहीर था। अपने सिर पर से खली की गठरी उतारकर बोला - साहब, यह 11 की खली हैं। 6 सेर के भाव से दी थी। घर पर तौला तो 2 सेर हुई। इस पर कई आदमियों ने कहा - यह सचमुच बेईमान आदमी है।

बनिये ने कहा - अगर मेरे बांट रत्ती कम भी निकलें तो हजार रुपये डांढ़ दूं।

मौलवी साहब ने कहा - तो कमबख्त, तू टांका मारता होगा।

मुंशीजी बोले - टांका मार देता है, यही बात है।

अहीर ने कहा - दोहरे बांट रखे हैं, दिखाने के और बेचने के और इसके घर की पुलिस तलाशी ले।

बनिये ने फिर प्रतिवाद किया, पकड़ने वालों ने फिर आक्रमण किया, इसी तरह कोई आधा घंटा तक तकरार होती रही। मेरी समझ में न आता था कि क्या करूं। बनिये को छुड़ाने के लिए जोर दूं या जाने दूं। बनिये से सभी जले हुए मालूम होते थे। खलील को देखा तो गायब? न जाने कब उठकर चला गया बनिया किसी तरह न दबता था, यहां तक कि थाने जाने से भी न डरता था।

4

ये लोग थाना जाना ही चाहते थे कि बौड़म सामने से आते दिखाई दिया। उसके एक हाथ में एक कटोरा था, दूसरे हाथ में एक टोकरी और पीछे एक 7-8 बरस का लड़का। उसने आते ही मौलवी साहब से कहा यह कटोरा आप ही का है काजी जी।

मौलवी - (चौंक कर) हां, है तो, फिर? तुम मेरे घर से इसे क्यों लाये?

बौड़म - इसलिए कि कटोरे में वही आधा पाव घी है जिसके विषय में आप कहते हैं कि बनिये ने कम तौला। घी वही है। वजन वही है। बेईमानी गरीब बनिये की नहीं है, बल्कि काजी हाजी मौलवी जहूर अहमद की।

मौलवी - तुम अपना बौड़मपना यहां न दिखाना नहीं तो मैं किसी से डरने वाला नहीं हूं। तुम लखपति होगे तो अपने घर के होगे। तुम्हारी क्या मजाल थी मेरे घर में जाने की।

बौड़म - वही जो आपकी बनिये को थाने में ले जाने की है। अब यह घी भी थाने जाएगा।

मौलवी - (सिटपिटाकर) सबके घर में थोड़ी बहुत चीज रखी ही रहती है। कसम कुरान शरीफ की, मैं अभी तुम्हारे वालिद के पास जाता हूं, आज तक गांव भर में किसी ने मुझ पर ऐसा इल्जाम नहीं लगाया था।

बनिया - मौलवी साहब आप जाते कहां है? चलिए हमारा आपका फैसला थाने में होगा। मैं एक न मानूंगा। कहलाने को मौलवी, दीनदार, ऐसे बनते हैं कि देवता ही हैं। पर, घर में चीज रखकर दूसरों को बेईमान बनाते हैं। यह लम्बी दाढ़ी धोखा देने के लिए बढ़ाई है? मगर मौलवी साहब न रुके। बनिये को छोड़कर खलील के बाप के पास चले गए, जो इस वक्त शर्म से बचने का सहज बहाना था।

तब खलील ने अहीर से कहा - क्यों, बे, तू भी थाने जा रहा है? चल मैं भी चलता हूं। तेरे घर से यह सेर भर खली लेता आया हूं।

अहीर ने मौलवी साहब की दुर्गति देखी तो चेहरे पर हवाइयां उड़ने लगी, बोला - भैया, जवानी की कसम है, मुझे मौलवी साहब ने सिखा दिया था।

खलील - दूसरों के सिखाने से तुम किसी के घर में आग लगा दोगे? खुद तो बच्चा दूध में आधा पानी मिला-मिलाकर बेचते हो, मगर आज तुमको इतनी मुटमरदी सवार हो गयी कि एक भले आदमी को तबाह करने पर आमादा हो गए। खली उठकर घर में रख ली, उस पर बनिये से कहते हो कि कम तौला।

बनिया - भैया, मेरी लाख रुपये की इज्जत बिगड़ गयी। मैं थाने में रपट किए बिना न मानूंगा।

अहीर - साहू जी, अबकी माफ करो, नहीं तो कहीं का न रहूंगा।

तब खलील ने मुंशीजी से कहा - कहिए जनाब, आपकी कलई खोलें या चुपके से घर की राह लीजिएगा।

मुंशी - तुम बेचारे मेरी कलई क्या खोलोगे। मुझे भी अहीर समझ लिया है कि तुम्हारी धमकियों में आऊंगा।

खलील - (लड़के से) क्यों बेटा, तुम शक्कर लेकर सीधे घर चले गए थे?

लड़का - (मुंशीजी को सशंक नेत्रों से देखकर) बताऊंगा।

मुंशी - लड़कों को जैसा सिखा दोगे वैसा कहेंगे।

खलील - बेटा, अभी तुमने मुझसे जो कहा था, वही फिर कह दो।

लड़का - दादा मारेंगे।

मुंशी - क्या तूने रास्ते में शक्कर फांक ली थी।

लड़का रोने लगा।

खलील - जी हां, इसने मुझसे खुद कहा, पर अपने उससे तो पूछा नहीं, बनिये के सिर हो गए। यही शराफत है।

मुंशी - मुझे क्या मालूम था कि उसने रास्ते में यह शरारत की?

खलील तो ऐसे कमजोर सबूत पर आप क्यों कर चले थे। आप गंवारों को मनीआर्डर के रुपये देते हैं तो उस रुपये पर दो आने अपनी दस्तूरी काट लेते हैं। टके के पोस्टकार्ड आने में बेचते हैं, जब कहिए तब साबित कर दूं। उसे क्या आप बेईमानी नहीं समझते।

मुंशीजी ने बौड़म के मुंह लगना मुनासिब न समझा। लड़के को मारते हुए घर ले गए। बनिये ने बौड़म को खूब आशीर्वाद दिया। दर्शक लोग भी धीरे-धीरे चले गए। तब मैंने खलील से कहा - आपने इस बनिये की जान बचा ली, नहीं तो बेचारा बेगुनाह पुलिस के पंजे में फंस जाता।

खलील - आप जानते हैं कि मुझे क्या सिला (इनाम) मिलेगा। थानेदार मेरे दुश्मन हो जायेंगे। कहेंगे यह मेरे शिकार को भगा दिया करता है। वालिद साहब पुलिस से थर-थर कांपते हैं। मुझे हाथों लेंगे कि तू दूसरों के बीच में क्यों दखल देता है? यहां यह भी बौड़मपने में दाखिल है। एक बनिये के पीछे मुझे भले आदमियों की कलई खोलनी मुनासिब न थी। ऐसी हरकत बौड़म लोग किया करते हैं।

मैंने श्रद्धापूर्ण शब्दों में कहा - अब मैं आपको इस नाम से पुकारूंगा। आज मुझे मालूम हुआ कि बौड़म देवताओं को कहा जाता है। जो स्वार्थ पर आत्मा की भेंट कर देता है वह चतुर है, बुद्धिमान है। जो आत्मा के सामने, सच्चे सिद्धांत के सामने, सत्य के सामने, स्वार्थ की, निंदा की परवाह नहीं करता वह बौड़म है, निर्बुद्धि है।

***

गुप्त धन

बाबू हरिदास का ईंटों का पजावा शहर से मिला हुआ था। आसपास के देहातों से सैकड़ों स्त्री-पुरुष, लड़के नित्य आते और पजावे से ईंट सिर पर उठा कर ऊपर कतारों से सजाते। एक आदमी पजावे के पास एक टोकरी में कौड़ियाँ लिए बैठा रहता था। मजदूरों को ईंटों की संख्या के हिसाब से कौड़ियाँ बाँटता। ईंटें जितनी ही ज्यादा होतीं उतनी ही ज्यादा कौड़ियाँ मिलतीं। इस लोभ में बहुत से मजदूर बूते के बाहर काम करते। वृद्धों और बालकों को ईंटों के बोझ से अकड़े हुए देखना बहुत करुणाजनक दृश्य था। कभी-कभी बाबू हरिदास स्वंय आ कर कौड़ीवाले के पास बैठ जाते और ईंटें लादने को प्रोत्साहित करते। यह दृश्य तब और भी दारुण हो जाता था जब ईंटों की कोई असाधारण आवश्यकता आ पड़ती। उसमें मजूरी दूनी कर दी जाती और मजूर लोग अपनी सामर्थ्य से दूनी ईंटें ले कर चलते। एक-एक पग उठाना कठिन हो जाता। उन्हें सिर से पैर तक पसीने में डूबे पजावे की राख चढ़ाये ईंटों का एक पहाड़ सिर पर रखे, बोझ से दबे देख कर ऐसा जान पड़ता था मानो लोभ का भूत उन्हें जमीन पर पटक कर उनके सिर पर सवार हो गया है। सबसे करुण दशा एक छोटे लड़के की थी जो सदैव अपनी अवस्था के लड़कों से दुगनी ईंटें उठाता और सारे दिन अविश्रांत परिश्रम और धैर्य के साथ अपने काम में लगा रहता। उसके मुख पर ऐसी दीनता छायी रहती थी, उसका शरीर इतना कृश और दुर्बल था कि उसे देख कर दया आ जाती थी। और लड़के बनिये की दूकान से गुड़ ला कर खाते, कोई सड़क पर जानेवाले इक्कों और हवागाड़ियों की बहार देखता और कोई व्यक्तिगत संग्राम में अपनी जिह्वा और बाहु के जौहर दिखाता, लेकिन इस गरीब लड़के को अपने काम से काम था। उसमें लड़कपन की न चंचलता थी, न शरारत, न खिलाड़ीपन, यहाँ तक कि उसके ओंठों पर कभी हँसी भी न आती थी। बाबू हरिदास को उसकी दशा पर दया आती। कभी-कभी कौड़ीवाले को इशारा करते कि उसे हिसाब से अधिक कौड़ियाँ दे दो। कभी-कभी वे उसे कुछ खाने को दे देते।

एक दिन उन्होंने उस लड़के को बुला कर अपने पास बैठाया और उसके समाचार पूछने लगे। ज्ञात हुआ कि उसका घर पास ही के गाँव में है। घर में एक वृद्धा माता के सिवा कोई नहीं है और वह वृद्धा भी किसी पुराने रोग से ग्रस्त रहती है। घर का सारा भार इसी लड़के के सिर था। कोई उसे रोटियाँ बना कर देने वाला भी न था। शाम को जाता तो अपने हाथों से रोटियाँ बनाता और अपनी माँ को खिलाता था। जाति का ठाकुर था। किसी समय उसका कुल धन-धान्य सम्पन्न था। लेन-देन होता था और शक्कर का कारखाना चलता था। कुछ जमीन भी थी किन्तु भाइयों की स्पर्धा और विद्वेष ने उसे इतनी हीनावस्था को पहुँचा दिया कि अब रोटियों के लाले थे। लड़के का नाम मगनसिंह था।

हरिदास ने पूछा- गाँववाले तुम्हारी कुछ मदद नहीं करते ?

मगन- वाह, उनका वश चले तो मुझे मार डालें। सब समझते हैं कि मेरे घर में रुपये गड़े हैं।

हरिदास ने उत्सुकता से पूछा- पुराना घराना है, कुछ-न-कुछ तो होगा ही। तुम्हारी माँ ने इस विषय में तुमसे कुछ नहीं कहा ?

मगन- बाबूजी नहीं, एक पैसा भी नहीं। रुपये होते तो अम्माँ इतनी तकलीफ क्यों उठातीं।

2

बाबू हरिदास मगनसिंह से इतने प्रसन्न हुए कि मजूरों की श्रेणी से उठा कर अपने नौकरों में रख लिया। उसे कौड़ियाँ बाँटने का काम दिया और पजावे में मुंशी जी को ताकीद कर दी कि इसे कुछ पढ़ना-लिखना सिखाइए। अनाथ के भाग्य जाग उठे।

मगनसिंह बड़ा कर्त्तव्यशील और चतुर लड़का था। उसे कभी देर न होती, कभी नागा न होता। थोड़े ही दिनों में उसने बाबू साहब का विश्वास प्राप्त कर लिया। लिखने-पढ़ने में भी कुशल हो गया।

बरसात के दिन थे। पजावे में पानी भरा हुआ था। कारबार बंद था। मगनसिंह तीन दिनों से गैरहाजिर था। हरिदास को चिंता हुई, क्या बात है, कहीं बीमार तो नहीं हो गया, कोई दुर्घटना तो नहीं हो गयी ? कई आदमियों से पूछताछ की, पर कुछ पता न चला ! चौथे दिन पूछते-पूछते मगनसिंह के घर पहुँचे। घर क्या था पुरानी समृद्धि का ध्वंसावशेष मात्र था। उनकी आवाज सुनते ही मगनसिंह बाहर निकल आया। हरिदास ने पूछा- कई दिन से आये क्यों नहीं, माता का क्या हाल है ?

मगनसिंह ने अवरुद्ध कंठ से उत्तर दिया- अम्माँ आजकल बहुत बीमार है, कहती है अब न बचूँगी। कई बार आपको बुलाने के लिए मुझसे कह चुकी है, पर मैं संकोच के मारे आपके पास न आता था। अब आप सौभाग्य से आ गये हैं तो जरा चल कर उसे देख लीजिए। उसकी लालसा भी पूरी हो जाय।

हरिदास भीतर गये। सारा घर भौतिक निस्सारता का परिचायक था। सुर्खी, कंकड़, ईंटों के ढेर चारों ओर पड़े हुए थे। विनाश का प्रत्यक्ष स्वरूप था। केवल दो कोठरियाँ गुजर करने लायक थीं। मगनसिंह ने एक कोठरी की ओर उन्हें इशारे से बताया। हरिदास भीतर गये तो देखा कि वृद्धा एक सड़े हुए काठ के टुकड़े पर पड़ी कराह रही है।

उनकी आहट पाते ही आँखें खोलीं और अनुमान से पहचान गयी, बोली- आप आ गये, बड़ी दया की। आपके दर्शनों की बड़ी अभिलाषा थी, मेरे अनाथ बालक के नाथ अब आप ही हैं। जैसे आपने अब तक उसकी रक्षा की है, वह निगाह उस पर सदैव बनाये रखिएगा। मेरी विपित्त के दिन पूरे हो गये। इस मिट्टी को पार लगा दीजिएगा। एक दिन घर में लक्ष्मी का वास था। अदिन आये तो उन्होंने भी आँखे फेर लीं। पुरखों ने इसी दिन के लिए कुछ थाती धरती माता को सौंप दी थी। उसका बीजक बड़े यत्न से रखा था; पर बहुत दिनों से उसका कहीं पता न लगता था। मगन के पिता ने बहुत खोजा पर न पा सके, नहीं तो हमारी दशा इतनी हीन न होती। आज तीन

दिन हुए मुझे वह बीजक आप ही आप रद्दी कागजों में मिल गया। तब से उसे छिपा कर रखे हुए हूँ, मगन बाहर है। मेरे सिरहाने जो संदूक रखी है, उसी में वह बीजक है। उसमें सब बातें लिखी हैं। उसी से ठिकाने का भी पता चलेगा। अवसर मिले तो उसे खुदवा डालिएगा। मगन को दे दीजिएगा। यही कहने के लिए आपको बार-बार बुलवाती थी। आपके सिवा मुझे किसी पर विश्वास न था। संसार से धर्म उठ गया। किसकी नीयत पर भरोसा किया जाय।

3

हरिदास ने बीजक का समाचार किसी से न कहा। नीयत बिगड़ गयी। दूध में मक्खी पड़ गयी। बीजक से ज्ञात हुआ कि धन उस घर से 500 डग पश्चिम की ओर एक मंदिर के चबूतरे के नीचे है।

हरिदास धन को भोगना चाहते थे, पर इस तरह कि किसी को कानों-कान खबर न हो। काम कष्ट-साध्य था। नाम पर धब्बा लगने की प्रबल आशंका थी जो संसार में सबसे बड़ी यंत्रणा है। कितनी घोर नीचता थी। जिस अनाथ की रक्षा की, जिसे बच्चे की भाँति पाला, उसके साथ विश्वासघात ! कई दिनों तक आत्म-वेदना की पीड़ा सहते रहे। अंत में कुतर्कों ने विवेक को परास्त कर दिया। मैंने कभी धर्म का परित्याग नहीं किया और न कभी करूँगा। क्या कोई ऐसा प्राणी भी है जो जीवन में एक बार भी विचलित न हुआ हो। यदि है तो वह मनुष्य नहीं, देवता है। मैं मनुष्य हूँ। मुझे देवताओं की पंक्ति में बैठने का दावा नहीं है।

मन को समझाना बच्चे को फुसलाना है। हरिदास साँझ को सैर करने के लिए घर से निकल जाते। जब चारों ओर सन्नाटा छा जाता तो मंदिर के चबूतरे पर आ बैठते और एक कुदाली से उसे खोदते। दिन में दो-एक बार इधर-उधर ताक-झाँक करते कि कोई चबूतरे के पास खड़ा तो नहीं है। रात की निस्तब्धता में उन्हें अकेले बैठे ईंटों को हटाते हुए उतना ही भय होता था जितना किसी भ्रष्ट वैष्णव को आमिष भोजन से होता है।

चबूतरा लम्बा-चौड़ा था। उसे खोदते एक महीना लग गया और अभी आधी मंजिल भी तय न हुई। इन दिनों उनकी दशा उस पुरुष की-सी थी जो कोई मंत्र जगा रहा हो। चित्त पर चंचलता छायी रहती। आँखों की ज्योति तीव्र हो गयी थी। बहुत गुम-सुम रहते, मानो ध्यान में हों। किसी से बातचीत न करते, अगर कोई छेड़ कर बात करता तो झुँझला पड़ते। पजावे की ओर बहुत कम जाते। विचारशील पुरुष थे। आत्मा बार-बार इस कुटिल व्यापार से भागती, निश्चय करते कि अब चबूतरे की ओर न जाऊँगा, पर संध्या होते ही उन पर एक नशा-सा छा जाता, बुद्धि-विवेक का अपहरण हो जाता। जैसे कुत्ता मार खा कर थोड़ी देर के बाद टुकड़े की लालच में जा बैठता है, वही दशा उनकी थी। यहाँ तक कि दूसरा मास भी व्यतीत हुआ।

अमावस की रात थी। हरिदास मलिन हृदय में बैठी हुई कालिमा की भाँति चबूतरे पर बैठे हुए थे। आज चबूतरा खुद जायगा। जरा देर तक और मेहनत करनी पड़ेगी। कोई चिंता नहीं। घर में लोग चिंतित हो रहे होंगे। पर अभी निश्चित हुआ जाता है कि चबूतरे के नीचे क्या है। पत्थर का तहखाना निकल आया तो समझ जाऊँगा कि धन अवश्य होगा। तहखाना न मिले तो मालूम हो

जायगा कि सब धोखा ही धोखा है। कहीं सचमुच तहखाना न मिले तो बड़ी दिल्लगी हो। मुफ्त में उल्लू बनूँ। पर नहीं, कुदाली खट-खट बोल रही है। हाँ, पत्थर की चट्टान है। उन्होंने टटोल कर देखा। भ्रम दूर हो गया। चट्टान थी। तहखाना मिल गया; लेकिन हरिदास खुशी से उछले-कूदे नहीं।

आज वे लौटे तो सिर में दर्द था। समझे थकान है। लेकिन यह थकान नींद से न गयी। रात को ही उन्हें ज़ोर से बुखार हो गया। तीन दिन तक ज्वर में पड़े रहे। किसी दवा से फायदा न हुआ।

इस रुग्णावस्था में हरिदास को बार-बार भ्रम होता था कहीं यह मेरी तृष्णा का दंड तो नहीं है। जी में आता था, मगनसिंह को बीजक दे दूँ और क्षमा की याचना करूँ; पर भंडाफोड़ होने का भय मुँह बंद कर देता था। न जाने ईसा के अनुयायी अपने पादरियों के सम्मुख कैसे अपने जीवन भर के पापों की कथा सुनाया करते थे।

4

हरिदास की मृत्यु के पीछे यह बीजक उनके सुपुत्र प्रभुदास के हाथ लगा। बीजक मगनसिंह के पुरखों का लिखा हुआ है, इसमें लेशमात्र भी संदेह न था। लेकिन उन्होंने सोचा पिताजी ने कुछ सोच कर ही इस मार्ग पर पग रखा होगा। वे कितने नीतिपरायण, कितने सत्यवादी पुरुष थे। उनकी नीयत पर कभी किसी को संदेह नहीं हुआ। जब उन्होंने इस आचार को घृणित नहीं समझा तो मेरी क्या गिनती है। कहीं यह धन हाथ आ जाय तो कितने सुख से जीवन व्यतीत हो। शहर के रईसों को दिखा दूँ कि धन का सदुपयोग क्योंकर होना चाहिए। बड़े-बड़ों का सिर नीचा कर दूँ। कोई आँखें न मिला सके। इरादा पक्का हो गया।

शाम होते ही वे घर से बाहर निकले। वही समय था, वही चौकन्नी आँखें थीं और वही तेज कुदाली थी। ऐसा ज्ञात होता था मानो हरिदास की आत्मा इस नये भेष में अपना काम कर रही है।

चबूतरे का धरातल पहले ही खुद चुका था। अब संगीन तहखाना था, जोड़ों को हटाना कठिन था। पुराने जमाने का पक्का मसाला था; कुल्हाड़ी उचट-उचट कर लौट आती थी। कई दिनों में ऊपर की दरारें खुलीं, लेकिन चट्टानें ज़रा भी न हिलीं। तब वह लोहे की छड़ से काम लेने लगे, लेकिन कई दिनों तक जोर लगाने पर भी चट्टानें न खिसकीं। सब कुछ अपने ही हाथों करना था। किसी से सहायता न मिल सकती थी। यहाँ तक कि फिर वही अमावस्या की रात आयी ! प्रभुदास को जोर लगाते बारह बज गये और चट्टानें भाग्यरेखाओं की भाँति अटल थीं।

पर, आज इस समस्या को हल करना आवश्यक था। कहीं तहखाने पर किसी की निगाह पड़ जाय तो मेरे मन की लालसा मन ही में रह जाय।

वह चट्टान पर बैठ कर सोचने लगे क्या करूँ, बुद्धि कुछ काम नहीं करती। सहसा उन्हें एक युक्ति सूझी, क्यों न बारूद से काम लूँ ? इतने अधीर हो रहे थे कि कल पर इस काम को न छोड़ सके। सीधे बाजार की तरफ चले, दो मील का रास्ता हवा की तरह तय किया। पर वहाँ

पहुँचे तो दूकानें बन्द हो चुकी थीं। आतिशबाज हीले करने लगा। बारूद इस समय नहीं मिल सकती। सरकारी हुक्म नहीं है। तुम कौन हो ? इस वक्त बारूद ले कर क्या करोगे ? न भैया; कोई वारदात हो जाय तो मुफ्त में बँधा-बँधा फिरूँ, तुम्हें कौन पूछेगा ?

प्रभुदास की शांति-वृत्ति कभी इतनी कठिन परीक्षा में न पड़ी थी। वे अंत तक अनुनय-विनय ही करते रहे, यहाँ तक कि मुद्राओं की सुरीली झंकार ने उसे वशीभूत कर लिया। प्रभुदास यहाँ से चले तो धरती पर पाँव न पड़ते थे।

रात के दो बजे थे। प्रभुदास मंदिर के पास पहुँचे। चट्टानों की दराजों में बारूद रख पलीता लगा दिया और दूर भागे। एक क्षण में बड़े जोर का धमाका हुआ। चट्टान उड़ गयी। अँधेरा गार सामने था, मानो कोई पिशाच उन्हें निगल जाने के लिए मुँह खोले हुए है।

5

प्रभात का समय था। प्रभुदास अपने कमरे में लेटे हुए थे। सामने लोहे के संदूक में दस हजार पुरानी मुहरें रखी हुई थीं। उनकी माता सिरहाने बैठी पंखा झल रही थीं। प्रभुदास ज्वर की ज्वाला से जल रहे थे। करवटें बदलते थे, कराहते थे, हाथ-पाँव पटकते थे; पर आँखें लोहे के संदूक की ओर लगी हुई थीं। इसी में उनके जीवन की आशाएँ बन्द थीं।

मगनसिंह अब पजावे का मुंशी था। इसी घर में रहता था। आ कर बोला पजावे चलिएगा ? गाड़ी तैयार कराऊँ ?

प्रभुदास ने उसके मुख की ओर क्षमा-याचना की दृष्टि से देखा और बोले नहीं, मैं आज न चलूँगा, तबीयत अच्छी नहीं है। तुम भी मत जाओ।

मगनसिंह उनकी दशा देख कर डाक्टर को बुलाने चला।

दस बजते-बजते प्रभुदास का मुख पीला पड़ गया। आँखें लाल हो गयीं। माता ने उसकी ओर देखा तो शोक से विह्वल हो गयीं। बाबू हरिदास की अंतिम दशा उनकी आँखों में फिर गयी। जान पड़ता था, यह उसी शोक घटना की पुनरावृत्ति है ! यह देवताओं की मनौतियाँ मना रही थीं, किंतु प्रभुदास की आँखें उसी लोहे के संदूक की ओर लगी हुई थीं, जिस पर उन्होंने अपनी आत्मा अर्पण कर दी थी।

उनकी स्त्री आ कर उनके पैताने बैठ गयी और बिलख-बिलख कर रोने लगी। प्रभुदास की आँखों से भी आँसू बह रहे थे, पर वे आँखें उसी लोहे के संदूक की ओर निराशापूर्ण भाव से देख रही थीं।

डाक्टर ने आ कर देखा, दवा दी और चला गया, पर दवा का असर उल्टा हुआ। प्रभुदास के हाथ-पाँव सर्द हो गये, मुख निस्तेज हो गया, हृदय की गति मंद पड़ गयी, पर आँखें सन्दूक की ओर से न हटीं।

मुहल्ले के लोग जमा हो गये। पिता और पुत्र के स्वभाव और चरित्र पर टिप्पणियाँ होने लगीं। दोनों शील और विनय के पुतले थे। किसी को भूल कर भी कड़ी बात न कही। प्रभुदास का

सम्पूर्ण शरीर ठंडा हो गया था। प्राण था तो केवल आँखों में। वे अब भी उसी लोहे के सन्दूक की ओर सतृष्ण भाव से देख रही थीं।

घर में कोहराम मचा हुआ था। दोनों महिलाएँ पछाड़ें खा-खा कर गिरती थीं। मुहल्ले की स्त्रियाँ उन्हें समझाती थीं। अन्य मित्रगण आँखों पर रूमाल जमाये हुए थे। जवानी की मौत संसार का सबसे करुण, सबसे अस्वाभाविक और भयंकर दृश्य है। यह वज्राघात है, विधाता की निर्दय लीला है। प्रभुदास का सारा शरीर प्राणहीन हो गया था, पर आँखें जीवित थीं। वे अब भी उसी संदूक की ओर लगी हुई थीं। जीवन ने तृष्णा का रूप धारण कर लिया था। साँस निकलती है, पर आस नहीं निकलती।

इतने में मगनसिंह आ कर खड़ा हो गया। प्रभुदास की निगाह उस पर पड़ी। ऐसा जान पड़ा मानो उनके शरीर में फिर रक्त का संचार हुआ। अंगों में स्फूर्ति के चिह्न दिखायी दिये। इशारे से अपने मुँह के निकट बुलाया, उसके कान में कुछ कहा, एक बार लोहे के सन्दूक की ओर इशारा किया और आँखें उलट गयीं, प्राण निकल गये।

***

आदर्श विरोध

महाशय दयाकृष्ण मेहता के पांव जमीन पर न पड़ते थे। उनकी वह आकांक्षा पूरी हो गई थी जो उनके जीवन का मधुर स्वप्न था। उन्हें वह राज्याधिकार मिल गया था जो भारत-निवासियों के लिए जीवन-स्वर्ग है। वाइसराय ने उन्हें अपनी कार्यकारिणी सभा का मेम्बर नियुक्त कर दिया था।

मित्रगण उन्हें बधाइयां दे रहे थे। चारों ओर आनंदोत्सव मनाया जा रहा था, कहीं दावतें होती थी, कहीं आश्वासन-पत्र दिए जाते थे। वह उनका व्यक्तिगत सम्मान नहीं, राष्ट्रीय सम्मान समझा जाता था। अंग्रेज अधिकारी वर्ग भी उन्हें हाथों-हाथ लिये फिरता था।

महाशय दयाकृष्ण लखनऊ के एक सुविख्यात बैरिस्टर थे। बड़े उदार हृदय, राजनीति में कुशल तथा प्रजाभक्त थे। सदैव सार्वजनिक कार्यों में तल्लीन रहते थे। समस्त देश में शासन का ऐसा तत्वान्वेशी, ऐसा निस्पृह समालोचक न था और न प्रजा का ऐसा सूक्ष्मदर्शी, ऐसा विश्वसनीय और ऐसा सहृदय बंधु।

समाचार-पत्रों में इस नियुक्ति पर खूब टीकाएं हो रही थीं। एक ओर से आवाज आ रही थी - हम गवर्नमेंट को इस चुनाव पर बधाई नहीं दे सकते। दूसरी ओर के लोग कहते थे - यह सरकारी उदारता और प्रजाहित-चिन्ता का सर्वोत्तम प्रमाण है, तीसरा दल भी था, जो दबी जबान से कहता था कि - राष्ट्र का एक और स्तम्भ गिर गया।

संध्या का समय था। केसर पार्क में लिबरल लोगों की ओर से महाशय मेहता को पास दी गई। प्रान्त भर के विशिष्ट पुरुष एकत्र थे। भोजन के पश्चात सभापति ने अपनी वक्तृता में कहा हमें पूरा विश्वास है कि आपका अधिकार प्रदेश प्रजा के लिए होगा, और आपके प्रयत्नों से उन धाराओं में संशोधन हो जायेगा, जो हमारे राष्ट्र जीवन में बाधक है।

महाशय मेहता ने उत्तर देते हुए कहा - राष्ट्र के कानून वर्तमान परिस्थितियों के अधीन होते हैं। जब तक परिस्थितियों में परिवर्तन न हो, कानून में सुव्यवस्था की आशा करना भ्रम है।

सभा विसर्जित हो गई। एक दल ने कहा - कितना न्याययुक्त और प्रशंसनीय राजनैतिक विधान है। दूसरा पक्ष बोला - आ गए जाल में। तीसरे दल ने नैराश्यपूर्ण भाव से सिर हिला दिया, पर मुंह से कुछ न कहा।

2

मि. दयाकृष्ण को दिल्ली आये हुए एक महीना हो गया। फाल्गुन का महीना था। शाम हो रही थी। वे अपने उद्यान में हौज के किनारे एक मखमली आराम कुर्सी पर बैठे थे। मिसेज रामेश्वरी

मेहता सामने बैठी हुई पियानो बजाना सीख रही थी और मिस मनोरमा हौज की मछलियों को बिस्कुट के टुकड़े खिला रही थीं। सहसा उसने पिता से पूछा - यह अभी कौन साहब आये थे?

मेहता - काउंसिल के सैनिक मेंबर हैं।

मनोरमा- वाइसराय के नीचे यही होंगे?

मेहता - वाइसराय के नीचे तो सभी हैं। वेतन भी सबका बराबर है, लेकिन इनकी योग्यता को कोई नहीं पहुंचता। क्यों राजेश्वरी, तुमने देखा, अंग्रेज लोग कितने सज्जन और विनयशील होते हैं।

राजेश्वरी - मैं तो उन्हें विनय की मूर्ति कहती हूं। इस गुण में भी ये हमसे बड़े हुए हैं। उनकी पत्नी मुझसे कितने प्रेम से गले मिली।

मनोरमा - मेरा तो जी चाहता था, उनके पैरों पर गिर पड़ूं।

मेहता - मैंने ऐसे उदार, शिष्ट, निष्कपट और गुणग्राही मनुष्य नहीं देखे। हमारा दया धर्म कहने ही को है। मुझे इसका बहुत दु:ख है कि जो शिकायतें है उनका कारण बदगुमान रहा। सामान्यत: इनसे हम लोगों को जो शिकायतें हैं, उनका कारण पारस्परिक सम्मिलन का न होना है। एक दूसरे के स्वभाव और प्रकृति से परिचित नहीं।

राजेश्वरी - एक यूनियन क्लब की बड़ी आवश्यकता है, जहां दोनों जातियों के लोग सहवास का आनंद उठावें। मिथ्या द्वेष-भाषा के मिटाने का एकमात्र यही उपाय है।

मेहता - मेरा भी यही विचार है। (घड़ी देखकर) 7 बज रहे हैं, व्यवसाय मण्डल के जलसे का समय आ गया। भारत निवासियों की विचित्र दशा है। ये समझते हैं कि हिन्दुस्तानी मेम्बर काउंसिल में आते ही हिन्दुस्तान के स्वामी हो जाते हैं और जो चाहें स्वच्छता से कर सकते हैं। आशा की जाती है कि वे शान की प्रचलित नीति को पलट दें, नया आकाश और नया सूर्य बना दे। उन सीमाओं पर विचार नहीं किया जाता है जिनके अन्दर मेम्बरों को काम करना पड़ता है।

राजेश्वरी - इसमें उनका दोष नहीं संसार की यह रीति है कि लोग अपनों से सभी प्रकार की आशा रखते हैं। अब तो काउंसिल के आधे मेंबर हिन्दुस्तानी हैं। क्या उनकी राय का सरकार की नीति पर असर नहीं हो सकता।

मेहता - अवश्य हो सकता है, और हो रहा है। किंतु उस नीति में परिवर्तन नहीं किया जा सकता। आधे नहीं, अगर सारे मेंबर हिंदुस्तानी ही तो भी वे नई नीति का उद्घाटन नहीं कर सकते है। वे कैसे भूल जाते हैं कि काउंसिल में उनकी उपस्थिति केवल सरकार की कृपा और विश्वास पर निर्भर है। उसके अतिरिक्त वहां आकर उन्हें आन्तरिक अवस्था का अनुभव होता है और जनता की अधिकांश शंकाएं असंगत प्रतीत होने लगती हैं, पद के साथ उत्तरदायित्व का भारी बोझ भी सिर पर आ पड़ता है। किसी नई नीति की सृष्टि करते हुए उनके मन में यह चिंता उठनी स्वाभाविक है कि कहीं उसका फल आशा के विरुद्ध न हो। यहां वस्तुत: उनकी स्वाधीनता नष्ट हो जाती है। उन लोगों से मिलते हुए भी झिझकते हैं जो पहले इनके सहकारी थे, पर अब अपने

उच्छृंखल विचारों के कारण सरकार की आंखों में खटक रहे हैं। अपनी वक्तृताओं में न्याय और सत्य की बातें करते हैं और सरकार की नीति को हानिकारक समझते हुए भी उसका समर्थन करते हैं। जब इसके प्रतिकूल वे कुछ कर नहीं सकते, जो इसका विरोध करके अपमानित क्यों बने? इस अवस्था में यही सर्वोचित है कि शब्दाडंबर से काम लेकर अपनी रक्षा की जाये और सबसे बड़ी बात यह है कि ऐसे सज्जन, उदार, नीतिज्ञ शुभचिन्तकों के विरुद्ध कुछ कहना या करना मनुष्यत्व और सद्व्यवहार का गला घोंटना है। यह लो, मोटर आ गई। चलो, व्यवसाय-मंडल में लोग आ गए होंगे।

ये लोग वहां पहुंचे तो करतल-ध्वनि होने लगी। सभापति महोदय ने एड्रेस पढ़ा जिसका निष्कर्ष यह था कि सरकार को उन शिल्प-कलाओं की रक्षा करनी चाहिए जो अन्य देशीय प्रतिद्वंद्विता के कारण मिटी जाती हैं। राष्ट्र की व्यावसायिक उन्नति के लिए नये-नये कारखाने खोलने चाहिए और जब वे सफल हो जावें तो उन्हें व्यावसायिक संस्थाओं के हवाले कर देना चाहिए। उन कलाओं की आर्थिक सहायता करना भी उसका कर्तव्य है, जो अभी शैशवावस्था में हैं, जिससे जनता का उत्साह बढ़े।

मेहता महोदय ने सभापति को धन्यवाद देने के पश्चात् सरकार की औद्योगिक नीति की घोषणा करते हुए कहा - आपके सिद्धांत निर्दोष हैं, किन्तु उनको व्यवहार में लाना नितांत दुष्कर है। गवर्नमेंट आपको सम्मति प्रदान कर सकती है, लेकिन व्यावसायिक कार्यों में अग्रसर बनना जनता का काम है। आपको स्मरण रखना चाहिए कि ईश्वर भी उन्हीं की सहायता करता है जो अपनी सहायता आप करते हैं। आप में आत्म-विश्वास, औद्योगिक उत्साह का बड़ा अभाव है। पग-पग पर सरकार के सामने हाथ फैलाना अपनी अयोग्यता और अकर्मण्यता की सूचना देना है।

दूसरे दिन समाचार-पत्रों में इस वक्तृता पर टीकाएं होने लगी। एक दल ने कहा - मिस्टर मेहता की स्पीच ने सरकार की नीति को बड़ी स्पष्टता और कुशलता से निर्धारित कर दिया।

दूसरे दल ने लिखा - हम मिस्टर मेहता की स्पीच पढ़कर स्तम्भित हो गये। व्यवसाय-मंडल ने वही पथ ग्रहण किया जिसके प्रदर्शक स्वयं मिस्टर मेहता थे। उन्होंने इन लोकोक्ति को चरितार्थ कर दिया है कि नमक की खान में जो कुछ जाता है, नमक हो जाता है।

तीसरे दल ने लिखा - हम मेहता महोदय के इस सिद्धान्त से पूर्ण सहमत हैं कि हमें पग-पग पर सरकार के सामने दीन-भाव से हाथ न फैलना चाहिए। यह वक्तृता उन लोगों की आंखें खोल देगी जो कहते हैं कि हमें योग्य पुरुषों को काउंसिल में भेजना चाहिए। व्यवसाय-मंडल के सदस्यों पर दया आती है जो आत्म-विश्वास का उपदेश ग्रहण करने के लिए कानपुर से दिल्ली गये थे।

3

चैत का महीना। शिमला आबाद हो चुका था। मेहता महाशय अपने पुस्तकालय में बैठे हुए कुछ पढ़ रहे थे कि राजेश्वरी ने आकर पूछा - ये कैसे पत्र हैं?

मेहता - यह आय-व्यय का मसौदा है। आगामी सप्ताह में काउंसिल में पेश होगा। क्योंकि कई मदें ऐसी है जिन पर मुझे पहले भी शंका थी और अब भी है। अब समझ में नहीं आता कि इस पर अनुमति कैसे दूं। यह देखो, तीन करोड़ रुपये उक्त कर्मचारियों की वेतन वृद्धि के लिए रखे गए हैं। यहां कर्मचारियों का वेतन पहले से ही बढ़ा हुआ है। इस वृद्धि की जरूरत ही नहीं, पर बात जबान पर कैसे लाऊं जिन्हें इससे लाभ होगा वे सभी नित्य के मिलने वाले हैं। सैनिक-व्यय में बीस करोड़ बढ़ गए हैं। जब हमारी सेवाएं अन्य देश में भेजी जाती हैं तो विदित ही है कि हमारी आवश्यकता से अधिक है, लेकिन इस मद पर विरोध करूं तो काउंसिल मुझ पर उंगलियां उठाने लगे।

राजेश्वरी - इस भय से चुप रह जाना तो उचित नहीं, फिर तुम्हारे यहां आने से ही क्या लाभ हुआ ?

मेहता - कहना तो आसान है, पर करना कठिन है। यहां जो कुछ आदर-सम्मान है, सब हां-हुजूर में है। वायसराय की निगाह जरा तिरछे हो जाये, तो कोई पास न फटके। नक्कू बन जाऊं। यह लो, राजा भद्र बहादुर सिंह जी आ गये।

राजेश्वरी - शिवराजपुर कोई बड़ी रियासत है।

मेहता - हां, पन्द्रह लाख वार्षिक से कम आय न होगी और फिर स्वाधीन राज्य है।

राजेश्वरी - राजा साहब मनोरमा की ओर बहुत आकर्षित हो रहे हैं।

मनोरमा को भी उनसे प्रेम होता जान पड़ता है।

मेहता - वह संबंध हो जाये तो क्या पूछना। यह मेरा अधिकार है जो राजा साहब को इधर खींच रहा है। लखनऊ में ऐसे सुअवसर कहां थे। वह देखो, अर्थ सचिव मिस्टर काक आ गये।

काक - (मेहता से हाथ मिलाते हुए) मिसेज मेहता, मैं आपके पहनावे पर आसक्त हूं। खेद है, हमारी लेडियां साड़ी नहीं पहनती।

राजेश्वरी - मैं तो अब गाउन पहनना चाहती हूं।

काक - नहीं मिसेज मेहता, खुदा के वास्ते यह अनर्थ न करना। मिस्टर मेहता, मैं आपके वास्ते एक बड़ी खुशखबरी लाया हूं। आपके सुयोग पुत्र अभी आ रहे हैं याद नहीं ? महाराज भिंद उन्हें अपना प्राइवेट सेक्रेट्री बनाना चाहते हैं। आप उन्हें आज ही सूचना दे दें।

मेहता - मैं आपका बहुत अनुगृहीत हूं।

काक - तार दे दीजिए तो अच्छा हो। आपने काबुल की रिपोर्ट तो पढ़ी होगी। हिज मैजेस्टी अमीर हमसे संधि करने के लिए उत्सुक नहीं जान पड़ते। वे बोल्शेविकों की ओर झुक हुए हैं। अवस्था चिंताजनक है।

मेहता - मैं तो ऐसा नहीं समझता। गत शताब्दी में काबुल को भारत पर आक्रमण करने का साहस कभी न हुआ। भारत ही अग्रसर हुआ। हां, वे लोग अपनी रक्षा करने में कुशल हैं।

काक - लेकिन क्षमा कीजिए, आप भूल जाते हैं कि ईरान, अफगानिस्तान और बोल्शेविकों में संधि हो गयी है। क्या हमारी सीमा पर इतने शत्रुओं का जमा हो जाना चिंता की बात नहीं? उनसे सतर्क रहना हमारा कर्तव्य है।

इतने में लंच (जलपान) का समय आया। लोग मेज़ पर जा बैठे। उस समय घुड़दौड़ और नाट्यशाला की चर्चा ही रुचिकर प्रतीत हुई।

4

मेहता महोदय ने बजट पर जो विचार प्रकट किए, उनसे समस्त देश में हलचल मच गयी। एक दल उन विचारों को देववाणी समझता था, दूसरा दल भी कुछ अंशों को छोड़कर शेष विचारों से सहमत था, किंतु तीसरा दल वक्तृता के एक-एक शब्द पर निराशा से सिर धुनता और भारत की अधोगति पर रोता था। उसे विश्वास ही न आता था कि ये शब्द मेहता की जबान से निकले होंगे।

मुझे आश्चर्य है कि गैर-सरकारी सदस्यों ने एक स्वर से प्रस्तावित व्यय के उस भाग का विरोध किया है, जिस पर देश की रक्षा, शान्ति, सुदशा और उन्नति अवलम्बित है। आप शिक्षा-संबंधी सुधारों को, आरोग्य विधान को, नहरों की वृद्धि को अधिक महत्त्वपूर्ण समझते हैं। आपको अल्प वेतन वाले कर्मचारियों का अधिक ध्यान है। मुझे आप लोगों के राजनैतिक ज्ञान पर इससे अधिक विश्वास था। शासन का प्रधान कर्तव्य भीतर और बाहर की अंशातिकारी शक्तियों से देश को बचाना है। शिक्षा और चिकित्सा, उद्योग और व्यवसाय गौण कर्तव्य हैं। हम अपनी समस्त प्रजा को अज्ञान-सागर में निमग्न देख सकते हैं, समस्त देश को प्लेग और मलेरिया में ग्रस्त रख सकते हैं, अल्प वेतन वाले कर्मचारियों को दारुण चिंता का आहार बना सकते हैं, कृषकों को प्रकृति की अनिश्चित दशा पर छोड़ सकते हैं, किन्तु अपनी सीमा पर किसी शत्रु को खड़े नहीं देख सकते। अगर हमारी आय सम्पूर्ण देश-रक्षा पर समर्पित हो जाये, तो भी हमको आपत्ति न होनी चाहिए। आप कहेंगे, इस समय किसी आक्रमण की सम्भावना नहीं है। मैं कहता हूं संसार में असम्भव का राज्य है। हवा में रेल चल सकती है, पानी में आग लग सकती है, वृक्षों में वार्तालाप हो सकता है, जड़ चैतन्य हो सकता है। क्या ये रहस्य नित्यप्रति हमारी नजरों से नहीं गुजरते? आप कहेंगे राजनीतिज्ञों का काम सम्भावनाओं के पीछे दौड़ना नहीं, वर्तमान और निम्न भविष्य की समस्याओं को हल करना है। राजनीतिज्ञों के कर्तव्य क्या हैं, मैं इस बहस में नहीं पड़ना चाहता, लेकिन इतना तो सभी मानते हैं कि पथ्य, औषधि-सेवन से अच्छा होता है। आपका केवल यही धर्म नहीं कि सरकार के सैनिक व्यय का समर्थन करें, बल्कि यह मन्तव्य आपकी ओर से पेश होना चाहिए। आप कहेंगे कि स्वयं सेवकों की सेना बढ़ायी जाये। सरकार को हाल में महासंग्राम में इसका बहुत ही खेदजनक अनुभव हो चुका है। शिक्षितवर्ग, विलासप्रिय, साहसहीन और स्वार्थ-सेवी है। देहात के लोग शांतिप्रिय, संकीर्ण-हृदय (मैं भीरु न कहूंगा) और गृह-सेवी है। उनमें वह आत्म-त्याग कहां, वह वीरता कहां, अपने पुरखों की वह वीरता कहां? और शायद मुझे यह याद दिलाने की जरूरत नहीं कि किसी शांतिप्रिय जनता को आप दो-चार वर्षों में रणकौशल और समर-प्रवीण नहीं बना सकते हैं।

5

जेठ का महीना था, लेकिन शिमला में न लू की ज्वाला थी और न धूप का ताप। महाशय मेहता विलायती चिट्ठियां खोल रहे थे। बालकृष्ण का पत्र देखते ही फड़क उठे, लेकिन जब उसे पढ़ा तो मुखमंडल पर उदासी छा गयी। पत्र लिए हुए राजेश्वरी के पास आए। उसने उत्सुक होकर पूछ - बाला का पत्र आया?

मेहता - हां, यह है।

राजेश्वरी - कब आ रहे हैं।

मेहता - आने-जाने के विषय में कुछ नहीं लिखा। बस, सारे पत्र में मेरे जाति-द्रोह और दुर्गति का रोना है। उसकी दृष्टि में मैं जाति का शत्रु धूर्त, स्वार्थांध, दुरात्मा, सब कुछ हूं। मैं नहीं समझता कि उसके विचारों में इतना अंतर कैसे हो गया! मैं तो उसे बहुत ही शांत-प्रकृति, गम्भीर, सुशील, सच्चरित्र और सिद्धांतप्रिय नवयुवक समझता था और उस पर गर्व करता था। और फिर यह पत्र लिखकर ही उसे संतोष नहीं हुआ, उसने मेरी स्पीच का विस्तृत विवेचना एक प्रसिद्ध अंग्रेजी पत्रिका में छपवाया है। इतनी कुशल हुई कि वह लेख अपने नाम से नहीं लिखा, नहीं तो मैं कहीं मुंह दिखाने योग्य न रहता। मालूम नहीं यह किन लोगों की कुसंगति का फल है। महाराज भिंद की नौकरी उसके विचार में गुलामी है, उसे इतना साहस कि मुझे धूर्त, मक्कार, ईमान बेचने वाला, कुलद्रोही कहे! यह अपमान! मैं उसका मुंह नहीं देखना चाहता...

राजेश्वरी - लाओ, जरा इस पत्र को मैं भी देखूं। वह तो इतना मुंहफट न था।

यह कह कर उसने पति के हाथ से पत्र लिया और एक मिनट में आद्यांत पढ़कर बोली - यह सब कटु बातें कहां हैं? मुझे तो इसमें एक भी अपशब्द नहीं मिलता।

मेहता - भाव देखो, शब्दों पर न जाओ।

राजेश्वरी - जब तुम्हारे और उसके आदर्शों में विरोध है तो उसे तुम पर श्रद्धा क्यों कर हो सकती है?

लेकिन मेहता महाशय जामें से बाहर हो रहे थे। राजेश्वरी की सहिष्णुतापूर्ण बातों से वे और जल उठे। दफ्तर में जाकर उसी क्रोध में पत्र लिखने लगे जिसका एक-एक शब्द छुरी और कटार से भी ज्यादा तीखा था।

उपर्युक्त घटना के दो सप्ताह पीछे मिस्टर मेहता ने विलायती डाक खोली तो बालकृष्ण का कोई पत्र न था। समझे, मेरी चोटें काम कर गयी, आ गया सीधे रास्ते पर, तभी तो उत्तर देने का साहस नहीं हुआ। 'लंदन टाइम' की चिट फाड़ी (इस पत्र को बड़े चाव से पढ़ा करते थे) और तार की खबरें देखने लगे। सहसा उनके मुंह से एक आह निकली। पत्र हाथ से छूटकर गिर पड़ा। पहला समाचार था -

लंदन में भारतीय देशभक्तों का जमाव, ऑनरेबुल मिस्टर
मेहता की वक्तृता पर असंतोष, मिस्टर बालकृष्ण

मेहता का विरोध और आत्महत्या

गत शनिवार को बैक्सटन हाल में भारतीय युवकों और नेताओं की एक बड़ी सभा हुई। सभापति मिस्टर तालिबजा ने कहा हमको बहुत खोजने पर भी काउंसिल के किसी अंग्रेज मेम्बर की वक्तृता में ऐसे मर्मभेदी, ऐसे कठोर शब्द नहीं मिलते। हमने अब तक किसी राजनीतिज्ञ के मुख से ऐसे भ्रांतिकारक, ऐसे निरंकुश विचार नहीं सुने। इस वक्तृता ने सिद्ध कर दिया कि भारत के उद्धार का कोई उपाय है तो वह स्वराज्य है, जिसका आशय है - मन और वचन की पूर्ण स्वाधीनता। क्रमागत उन्नति (Evaluation) पर से हमारा एतबार अब तक नहीं उठा था तो अब उठ गया। हमारा रोग असाध्य हो गया है। यह अब चूर्णों और अवलेहों से अच्छा नहीं हो सकता। उससे निवृत्त होने के लिए हमें कायाकल्प की आवश्यकता है। ऊंचे राज्यपद हमें स्वाधीन नहीं बनाते, बल्कि हमारी आध्यात्मिक पराधीनता को और भी पुष्ट कर देते हैं। हमें विश्वास है कि ऑनरेबुल मिस्टर मेहता ने जिन विचारों का प्रतिपादन किया है उन्हें वे अंत:करण से मिथ्या समझते हैं लेकिन सम्मान-लालसा, श्रेय-प्रेम और पदानुराग ने उन्हें अपनी आत्मा का गला घोंटने पर बाध्य कर दिया है... (किसी ने उच्च स्वर से कहा: यह मिथ्या दोषारोपण है।)

लोगों ने विस्मित होकर देखा तो मिस्टर बालकृष्ण अपनी जगह पर खड़े थे। क्रोध से उनका शरीर कांप रहा था। वे बोलना चाहते थे, लेकिन लोगों ने उन्हें घेर लिया और उनकी निंदा और अपमान करने लगे। सभापति ने बड़ी कठिनाई से लोगों को शांत किया, किंतु मिस्टर बालकृष्ण वहां से उठकर चले गए।

दूसरे दिन जब मित्रगण बालकृष्ण से मिलने गए तो उसकी लाश फर्श पर पड़ी हुई थी। पिस्तौल की दो गोलियां छाती से पार हो गयी थीं। मेज़ पर उनकी डायरी खुली पड़ी थी, उस पर ये पंक्तियां लिखी हुई थी -

आज सभा में मेरा गर्व दलित हो गया। मैं यह अपमान नहीं सह सकता। मुझे अपने पूज्य पिता के प्रति ऐसे कितने ही निंदासूचक दृश्य देखने पड़ेंगे। इस आदर्श विरोध का अंत ही कर देना अच्छा है। सम्भव है, मेरा जीवन उनके निर्दिष्ट मार्ग में बाधक हो। ईश्वर मुझे बल प्रदान करें!

***

विषम समस्या

मेरे दफ्तर में चार चपरासी हैं। उनमें एक का नाम गरीब है। वह बहुत ही सीधा, बड़ा आज्ञाकारी, अपने काम में चौकस रहने वाला, घुड़कियां खाकर भी चुप रह जानेवाला, यथा नाम तथा गुण वाला मनुष्य है। मुझे इस दफ्तर में आए साल भर होते हैं, मगर मैंने उसे एक दिन के लिए भी गैर हाजिर नहीं पाया। मैं उसे नौ बजे दफ्तर में अपनी फटी दरी पर बैठे हुए देखने का ऐसा आदी हो गया हूँ कि मानो वह भी उसी इमारत का कोई अंग है। इतना सरल है कि किसी की बात टालना नहीं जानता। एक मुसलमान है। उससे सारा दफ्तर डरता है, मालूम नहीं क्यों ? मुझे तो इसका कारण सिवाय उसकी बड़ी-बड़ी बातों के और कुछ वहीं मालूम होता। उसके कथनानुसार उसके चचेरे भाई रामपुर रियासत में काजी हैं, फूफा टोंक की रियासत में कोतवाल हैं। उसे सर्वसम्मति ने 'काजी साहेब' की उपाधि दे रखी है। शेष दो महाशय जाति के ब्राह्मण हैं। उनके आशीर्वादों का मूल्य उनके काम से कहीं अधिक है। वे दोनों कामचोर, गुस्ताख़ और आलसी हैं। कोई छोटा- सा काम करने को भी कहिए, तो बिना नाक-भौं सिकोड़े नहीं करते। क्लर्कों को तो कुछ समझते ही नहीं। केवल बड़े बाबू से कुछ दबते हैं, यद्यपि कभी-कभी उससे भी झगड़ बैठते हैं। मगर इन सब दुर्गुणों के होते हुए भी दफ्तर में किसी की मिट्टी इतनी खराब नहीं है, जितनी बेचारे गरीब की। तरक्की का अवसर आता है तो ये तीनों मार ले जाते हैं, गरीब को कोई पूछता भी नहीं। और सब दस-दस पाते हैं, यह अभी छह ही में पड़ा हुआ है। सुबह से शाम तक उसके पैर एक क्षण के लिए भी नहीं टिकते यहां तक कि तीनों चपरासी भी उस पर हुकूमत जताते हैं और ऊपर की आमदनी में तो उस बेचारे का कोई भाग ही नहीं। तिस पर भी दफ्तरी से लेकर बड़े बाबू तक सब-उससे चिढ़ते हैं। उसकी कितनी ही बार शिकायतें हो चुकी हैं, कितनी ही बार जुर्माना हो चुका है और डाँट-डपट तो नित्य ही हुआ करती है। इसका रहस्य कुछ मेरी समझ में नहीं आता था। उस पर दया अवश्य आती थी, और अपने व्यवहार में यह दिखाना चाहता था मेरी दृष्टि में उसका आदर अन्य चपरासियों से कम नहीं। यहाँ तक कई बार मैं उसके पीछे अन्य कर्मचारियों से लड़ भी चुका हूँ।

2

एक दिन बड़े बाबू ने गरीब से अपनी मेज़ साफ करने को कहा। वह तुरंत मेज़ साफ करने लगा। दैवयोग से झाड़न का धक्का लगा, तो दवात उलट -गई और रोशनाई मेज़ पर फैल गई। बड़े बाबू यह देखते ही जामे से बाहर हो गए। उसके दोनों कान पकड़कर खूब ऐंठे और भारतवर्ष की सभी प्रचलित भाषाओं से दुर्वचन चुन-चुनकर उसे सुनाने लगे। बेचारा गरीब आँखों में आंसू भरे चुपचाप मूर्तिवत खड़ा सुनता रहा, मानो उसने कोई हत्या कर डाली हो। मुझे बड़े

बाबू का जरा-सी बात पर इतना भयंकर रौद्र रूप धारण करना बुरा मालूम हुआ। यदि किसी दूसरे चपरासी ने इससे भी बड़ा कोई अपराध किया होता, तो भी उस पर इतना वज्र प्रहार न किया होता। मैंने अंग्रेजी में कहा- बाबू साहब, आप यह अन्याय कर रहे हैं। उसने जान-बूझकर तो रोशनाई गिराई नहीं। इसका इतना बड़ा दंड अनौचित्य की पराकाष्ठा है।

बाबूजी ने नम्रता से कहा- 'आप इसे जानते नहीं, बड़ा दुष्ट है।'

'मैं तो दुष्टता नहीं देखता।'

'आप अभी उसे जानते नहीं, एक ही पाजी है। इसके घर दो हल की खेती होती है, हजारों का लेन-देन करता है, कई भैंस लगती है। इन्हीं बातों का इसे घमंड है।'

'घर की ऐसी दशा होती, तो आपके यहाँ चपरासी गिरी क्यों करता?'

'विश्वास मानिए, बड़ा टेढ़ा आदमी है और बला का मक्खीचूस।'

'यदि ऐसा ही हो, तो भी कोई अपराध नहीं है।'

'अजी, अभी आप इन बातों को नहीं जानते। कुछ दिन और रहिए तो आपको स्वयं मालूम हो जाएगा कि यह कितना कमीना आदमी है।'

एक दूसरे महाशय बोल उठे -साहब, इसके घर मनों दूध-दही होता है, मनों मटर, ज्वार, चने होते हैं, लेकिन इसकी कभी इतनी हिम्मत न हुई कि कभी थोड़ा-सा दफ्तर वालों को भी दे दे। यहाँ इन चीजों को तरस कर रह जाते हैं। तो फिर क्यों न जी जले? और यह सब कुछ इसी नौकरी की बदौलत हुआ है, नहीं तो पहले इसके घर में भूनी भांग भी न थी।

बड़े बाबू कुछ सकुचा कर बोले- यह कोई बात नहीं। उसकी चीज है, किसी को दे या न दे, लेकिन यह बिलकुल पशु है।

मैं कुछ-कुछ मर्म समझ गया। बोला-यदि ऐसे तुच्छ हृदय का आदमी है तो वास्तव में पशु ही है। मैं यह न जानता था।

अब बड़े बाबू भी खुले। संकोच दूर हुआ। बोले- क्या सौगातों से किसी का उबार तो होता नहीं, केवल देने वाले की सहृदयता प्रकट होती है। और आशा भी उसी से की जाती है, जो इस योग्य होता है। जिसमें सामर्थ्य ही नहीं, उससे कोई आशा नहीं करता। नंगे से कोई क्या लेगा?

रहस्य खुल गया। बड़े बाबू ने सरल भाव से सारी अवस्था दर्शा दी थी। समृद्धि के शत्रु सब होते हैं, छोटे ही नहीं, बड़े भी। हमारी ससुराल या ननिहाल दरिद्र हो, तो हम उससे आशा नहीं रखते। कदाचित वह हमें विस्मृत हो जाती है। किंतु वे सामर्थ्यवान होकर हमें न पूछें, हमारे यहाँ तीज और त्यौहार न भेजें, तो हमारे कलेजे पर साँप लोटने लगता है।

हम अपने निर्धन मित्र के पास जाए, तो उसके एक बीड़ा पान से ही सन्तुष्ट हो जाते हैं, पर ऐसा कौन मनुष्य है, जो अपने किसी धनी मित्र से बिना जलपान के लौटे और सदा के लिए

उसका तिरस्कार न करने लगे। सुदामा कृष्ण के घर से यदि निराश लौटते, तो कदाचित वह उनके शिशुपाल और जरासंध से भी बड़े शत्रु होते। यह मानव-स्वभाव है।

3

कई दिन पीछे मैंने गरीब से पूछा- क्यों जी, तुम्हारे घर पर कुछ खेती-बारी होती है।

गरीब ने दीन-भाव से कहा- हाँ सरकार, होती है। आपके दो गुलाम हैं, वही करते हैं।

गायें-भैंसे भी लगती हैं।

जी हुजूर, दो भैंसें लगती हैं, मुदा गायें अभी गाभिन नहीं हैं। हुजूर लोगों के ही दया-धरम से पेट की रोटियों चल जाती हैं।'

'दफ्तर के बाबू लोगों की भी कभी कुछ खातिर करते हो?.

गरीब ने अत्यंत दीनता से कहा- हुजूर, मैं सरकार लोगों की क्या खातिर कर सकता हूँ। खेतों में जौ, चना, मक्का, जुवार के सिवाय और क्या होता है। आप लोग राजा हैं, यह मोटी मोटी चीजें किस मुंह से आपकी भेंट करूं? जी डरता है, कहीं कोई डाँट न बैठे कि इस टके के आदमी की इतनी मजाल। इसी के मारे बाबूजी, हिम्मत नहीं पड़ता, नहीं तो दूध-दही की क्या बिसात थी। मुँह लायक बीड़ा तो होना चाहिए।

'भला, एक दिल कुछ लाकर दो तो, देखो, लोग क्या कहते हैं। शहर में यह चीजें कहाँ मयस्सर होती हैं? इन लोगों का जी कभी-कभी मोटी-खोटी चीजों पर चला करता है।'

'जो सरकार, कोई कुछ कहे तो? कहीं कोई साहब से शिकायत कर दे तो मैं कहीं का न रहूँ।'

'इसका मेरा जिम्मा है, तुम्हें कोई कुछ न कहेगा। कोई कुछ कहेगा तो मैं समझा दूंगा।'

'तो हुजूर, आज-कल तो मटर की फसल है। चने के साग भी हो गए हैं, और कोल्हू भी खड़ा हो गया है। इसके सिवाय तो और कुछ नहीं है।'

'बस, तो यही चीजें लाओ।'

'कुछ उलटी-सीधी पड़े, तो हुजूर ही सँभालेंगे।'

'हाँ जी, कह तो दिया कि मैं देख लूंगा।'

दूसरे दिन गरीब आया तो उसके साथ तीन हृष्ट-पुष्ट युवक भी थे। दो के सिरों पर दो टोकरियाँ थीं, उनमें मटर की फलियां भरी हुई थीं। एक के सिर पर मटका था, उसमें ऊख का रस था। तीनों ऊख का एक-एक बंडल कांख में दबाए हुए थे। गरीब आकर चुपके से बरामदे के सामने पेड़ के नीचे खड़ा हो गया। दफ्तर में आने का उसे साहस नहीं होता था, मानो कोई अपराधी है। वृक्ष के नीचे खड़ा था कि इतने में दफ्तर के चपरासियों और अन्य कर्मचारियों ने

उसे घेर लिया। कोई ऊख लेकर चूसने लगा, कई आदमी टोकरों पर टूट पड़े। लूट मच गयी। उतने में बड़े बाबू भी दफ्तर में आ पहुँचे। यह कौतुक देखा तो उग्र-स्वर में बोले-यह क्या भीड़ लगा रखी है, अपना-अपना काम देखो।

मैंने जाकर उनके कान में कहा- गरीब अपने घर से यह सौगात लाया है। कुछ आप ले लीजिए, कुछ अन्य लोगों को बाँट दीजिए।

बड़े बाबू ने कृत्रिम क्रोध धारण करके कहा- क्यों गरीब, तुम ये चीजें यहाँ क्यों लाये? अभी लौटा ले जाओ, नहीं तो मैं साहब से रपट कर दूंगा। कोई हम लोगों को मरभूखा समझ लिया है। गरीब का रंग उड़ गया। थर-थर काँपने लगा। मुँह से एक शब्द भी न निकला। मेरी ओर अपराधी नेत्रों से ताकने लगा।

मैंने उसकी ओर से क्षमा-प्रार्थना की। बहुत कहने-सुनने पर बाबू साहब राजी हुए। सब चीजों में से आधी-आधी अपने घर भिजवाया। आधी में अन्य लोगों के हिस्से लगाए गए। इस प्रकार यह अभिनय समाप्त हुआ।

4

अब दफ्तर में गरीब का नाम होने लगा। उसे नित्य घुड़कियां न मिलतीं, दिन भर दौड़ना न पड़ता, कर्मचारियों के व्यंग और अपने सहकर्मियों के कटु वाक्य न सुनने पड़ते। चपरासी लोग स्वयं उसका काम कर देते। उसके नाम में भी कुछ तब्दीली पैदा हुई। दीनता की जगह आत्मगौरव का उद्भव हुआ। तत्परता की जगह आलस्य ने ली। वह अब कभी देर करके दफ्तर आता, कभी-कभी बीमारी का बहाना करके घर बैठा रहता। उसके सभी अपराध अब क्षम्य थे। उसे अपनी प्रतिष्ठा का गुर हाथ लग गया था। वह अब दसवें-पाँचवें दिन दूध, दही आदि लाकर बड़े बाबू को भेंट किया करता। देवता को संतुष्ट करना सीख गया। सरलता के बदले अब उसमें काइयांपन आ गया।

एक रोज बड़े बाबू ने उसे सरकारी फार्मों का पार्सल छुड़ाने के लिए स्टेशन भेजा। कई बड़े-बड़े पुलिंदे थे। ठेले पर आये। गरीब ने ठेले वालों से बारह आने पर मजदूरी तय कराई थी। जब कागज दफ्तर में गए तो उसने बड़े बाबू से बारह आने ठेले वालों को देने के लिए वसूल किए। लेकिन दफ्तर से कुछ दूर जाकर उसकी नीयत बदली। अपनी दस्तूरी माँगने लगा। ठेले वाले राजी न हुए। इस पर गरीब ने बिगड़ कर सब पैसे जेब में रख लिए और धमकाकर बोला- अब एक भी कौड़ी भी न दूंगा। जाओ, जहाँ चाहे फरियाद करो। देखें, क्या बना लेते हो। ठेले वालों ने जब देखा कि भेंट न देने से जमा ही गायब हुई जाती है, तो रो-धोकर चार आने देने पर राजी हुए। गरीब ने अठन्नी उनके हवाले की, बारह आने की रसीद लिखवा कर उनके अँगूठे के निशान लगवाए और रसीद दफ्तर में दाखिल हो गई।

यह कौतूहल देखकर मैं दंग रह गया। यह वही गरीब है, जो कई महीने पहले सरलता और दीनता की मूर्ति था, जिसे कभी चपरासियों से भी अपने हिस्से की रकम माँगने का साहस न होता था, जो दूसरों को खिलाना भी न जानता था, खाने का तो जिक्र ही क्या।

यह स्वाभावातंर देखकर अत्यंत खेद हुआ। इसका उत्तरदायित्व किसके सिर था? मेरे सिर, मैंने उसे धूर्तता का पहला पाठ पढ़ाया था। मेरे चित्त में प्रश्न उठा- इस काइयांपन से, जो दूसरों का गला दबाता है, वह भोलापन क्या बुरा था, जो दूसरों का अन्याय सह लेता था? वह अशुभ मुहूर्त था, जब मैंने उसे प्रतिष्ठा-प्राप्ति का मार्ग दिखाया, क्योंकि वास्तव में वह उसके पतन का भयंकर मार्ग था। मैंने बाह्य प्रतिष्ठा पर उसकी आत्म-प्रतिष्ठा का बलिदान कर दिया।

***

अनिष्ट शंका

चाँदनी रात, समीर के सुखद झोंके, सुरम्य उद्यान। कुँवर अमरनाथ अपनी विस्तीर्ण छत पर लेटे हुए मनोरमा से कह रहे थे- तुम घबराओ नहीं, मैं जल्द आऊँगा।

मनोरमा ने उनकी ओर कातर नेत्रों से देखकर कहा- मुझे क्यों नहीं लेते चलते ?

अमरनाथ- तुम्हें वहाँ कष्ट होगा, मैं कभी यहाँ रहूँगा, कभी वहाँ, सारे दिन मारा-मारा फिरूँगा, पहाड़ी देश है, जंगल और बीहड़ के सिवाय बस्ती का कोसों पता नहीं, उन पर भयंकर पशुओं का भय, तुमसे यह तकलीफें न सही जायँगी।

मनोरमा- तुम भी तो इन तकलीफों के आदी नहीं हो।

अमरनाथ- मैं पुरुष हूँ, आवश्यकता पड़ने पर सभी तकलीफों का सामना कर सकता हूँ।

मनोरमा- (गर्व से) मैं भी स्त्री हूँ, आवश्यकता पड़ने पर आग में कूद सकती हूँ। स्त्रियों की कोमलता पुरुषों की काव्य-कल्पना है। उनमें शारीरिक सामर्थ्य चाहे न हो पर उनमें यह धैर्य और साहस है जिस पर काल की दुश्चिंताओं का जरा भी असर नहीं होता।

अमरनाथ ने मनोरमा को श्रद्धामय दृष्टि से देखा और बोले- यह मैं मानता हूँ, लेकिन जिस कल्पना को हम चिरकाल से प्रत्यक्ष समझते आये हैं वह एक क्षण में नहीं मिट सकती। तुम्हारी तकलीफ मुझसे न देखी जायेगी, मुझे दु:ख होगा। देखो इस समय चाँदनी में कितनी बहार है !

मनोरमा- मुझे बहलाओ मत। मैं हठ नहीं करती, लेकिन यहाँ मेरा जीवन अपाढ़ हो जायेगा। मेरे हृदय की दशा विचित्र है। तुम्हें अपने सामने न देख कर मेरे मन में तरह-तरह की शंकाएँ होती हैं कि कहीं चोट न लग गयी हो, शिकार खेलने जाते हो तो डरती हूँ कहीं घोड़े ने शरारत न की हो। मुझे अनिष्ट का भय सदैव सताया करता है।

अमरनाथ- लेकिन मैं तो विलास का भक्त हूँ। मुझ पर इतना अनुराग करके तुम अपने ऊपर अन्याय करती हो।

मनोरमा ने अमरनाथ को दबी हुई दृष्टि से देखा जो कह रही थी- मैं तुमको तुमसे ज्यादा पहचानती हूँ।

बुंदेलखंड में भीषण दुर्भिक्ष था। लोग वृक्षों की छालें छील-छील कर खाते थे। क्षुधा-पीड़ा ने भक्ष्याभक्ष्य की पहचान मिटा दी थी। पशुओं का तो कहना ही क्या, मानव संतानें कौड़ियों के मोल बिकती थीं। पादरियों की चढ़ बनी थी, उनके अनाथालयों में नित्य गोल के गोल बच्चे भेंड़ों की भाँति हाँके जाते थे। माँ की ममता मुट्ठी भर अनाज पर कुर्बान हो जाती। कुँवर अमरनाथ काशी-सेवा-समिति के व्यवस्थापक थे। समाचार-पत्रों में यह रोमांचकारी समाचार देखे तो तड़प

उठे। समिति के कई नवयुवकों को साथ लिया और बुंदेलखण्ड जा पहुँचे। मनोरमा को वचन दिया कि प्रतिदिन पत्र लिखेंगे और यथासम्भव जल्द लौट आयेंगे।

एक सप्ताह तक तो उन्होंने अपना वचन पालन किया, लेकिन शनैः-शनैः पत्रों में विलम्ब होने लगा। अक्सर इलाके डाकघर से बहुत दूर पड़ते थे। यहाँ से नित्यप्रति पत्र भेजने का प्रबन्ध करना दुःसाध्य था।

मनोरमा वियोग-दुःख से विकल रहने लगी। वह अव्यवस्थित दशा में उदास बैठी रहती, कभी नीचे आती, कभी ऊपर जाती, कभी बाग में जा बैठती। जब तक पत्र न आ जाता वह इसी भाँति व्यग्र रहती, पत्र मिलते ही सूखे धान में पानी पड़ जाता।

लेकिन जब पत्रों के आने में देर होने लगी तो उसका वियोग-विकल-हृदय अधीर हो गया। बार-बार पछताती कि मैं नाहक उनके कहने में आ गयी, मुझे उनके साथ जाना चाहिए था। उसे किताबों से प्रेम था पर अब उनकी ओर ताकने का भी जी न चाहता। विनोद की वस्तुओं से उसे अरुचि-सी हो गयी ! इस प्रकार एक महीना गुजर गया।

एक दिन उसने स्वप्न देखा कि अमरनाथ द्वार पर नंगे सिर, नंगे पैर, खड़े रो रहे हैं। वह घबरा कर उठ बैठी और उग्रावस्था में दौड़ी द्वार तक आयी। यहाँ का सन्नाटा देख कर उसे होश आ गया। उसी दम मुनीम को जगाया और कुँवर साहब के नाम तार भेजा। किंतु जवाब न आया। सारा दिन गुजर गया मगर कोई जवाब नहीं। दूसरी रात भी गुजरी लेकिन जवाब का पता न था। मनोरमा निर्जल, निराहार मूर्च्छित दशा में अपने कमरे में पड़ी रहती। जिसे देखती उसी से पूछती जवाब आया ? कोई द्वार पर आवाज देता तो दौड़ी हुई जाती और पूछती कुछ जवाब आया ?

उसके मन में विविध शंकाएँ उठतीं; लौंडियों से स्वप्न का आशय पूछती। स्वप्नों के कारण और विवेचना पर कई ग्रंथ पढ़ डाले, पर कुछ रहस्य न खुला। लौंडियाँ उसे दिलासा देने के लिए कहतीं, कुँवर जी कुशल से हैं। स्वप्न में किसी को नंगे पैर देखें तो समझो वह घोड़े पर सवार है। घबराने की कोई बात नहीं। लेकिन रमा को इस बात से तस्कीन न होती। उसे तार के जवाब की रट लगी हुई थी, यहाँ तक कि चार दिन गुजर गए।

किसी मुहल्ले में मदारी का आ जाना बालवृन्द के लिए एक महत्त्व की बात है। उसके डमरू की आवाज में खोंचेवाले की क्षुधावर्धक ध्वनि से भी अधिक आकर्षण होता है। इसी प्रकार मुहल्ले में किसी ज्योतिषी का आ जाना मारके की बात है। एक क्षण में इसकी खबर घर-घर फैल जाती है। सास अपनी बहू को लिये आ पहुँचती है, माता भाग्यहीन कन्या को ले कर आ जाती है। ज्योतिषी जी दुःख-सुख की अवस्थानुसार वर्षा करने लगते हैं। उनकी भविष्यवाणियों में बड़ा गूढ़ रहस्य होता है। उनका भाग्य निर्माण भाग्य-रेखाओं से भी जटिल और दुर्ग्राह्य होता है। संभव है कि वर्तमान शिक्षा विधान ने ज्योतिष का आदर कुछ कम कर दिया हो पर ज्योतिषी जी के माहात्म्य में जरा कमी नहीं हुई। उनकी बातों पर चाहे किसी को विश्वास न हो पर सुनना

सभी चाहते हैं। उनके एक-एक शब्दों में आशा और भय को उत्तेजित करने की शक्ति भरी रहती है, विशेषत: उसकी अमंगल सूचना तो वज्रपात के तुल्य है, घातक और दग्धकारी।

तार भेजे हुए आज पाँचवाँ दिन था कि कुँवर साहब के द्वार पर एक ज्योतिषी का आगमन हुआ। तत्काल मुहल्ले की महिलाएँ जमा हो गयीं। ज्योतिषी जी भाग्य-विवेचन करने लगे, किसी को रुलाया, किसी को हँसाया। मनोरमा को खबर मिली। उन्हें तुरंत अंदर बुला भेजा और स्वप्न का आशय पूछा।

ज्योतिषी जी ने इधर-उधर देखा, पन्ने के पन्ने उल्टे, उँगलियों पर कुछ गिना, पर कुछ निश्चय न कर सके कि क्या उत्तर देना चाहिए, बोले- क्या सरकार ने यह स्वप्न देखा है ?

मनोरमा बोली- नहीं, मेरी एक सखी ने देखा है, मैं कहती हूँ, यह अमंगलसूचक है। वह कहती है, मंगलमय है। आप इसकी क्या विवेचना करते हैं ?

ज्योतिषी जी फिर बगलें झाँकने लगे। उन्हें अमरनाथ की यात्रा का हाल न मालूम था और न इतनी मुहलत ही मिली थी कि यहाँ आने के पूर्व वह अवस्थाज्ञान प्राप्त कर लेते जो अनुमान के साथ मिल कर जनता में ज्योतिष के नाम से प्रसिद्ध है। जो प्रश्न पूछा था उसका भी कुछ सूत्रसूचक उत्तर न मिला। निराश हो कर मनोरमा के समर्थन करने ही में अपना कल्याण देखा। बोले सरकार जो कहती हैं वही सत्य है। यह स्वप्न अमंगलसूचक है।

मनोरमा खड़ी सितार के तार की भाँति थर-थर काँपने लगी। ज्योतिषी जी ने उस अमंगल का उद्घाटन करते हुए कहा- उनके पति पर कोई महान् संकट आनेवाला है, उनका घर नाश हो जायगा, वह देश-विदेश मारे-मारे फिरेंगे।

मनोरमा ने दीवार का सहारा ले कर कहा भगवान्, मेरी रक्षा करो और मूर्च्छित हो कर जमीन पर गिर पड़ी।

ज्योतिषी जी अब चेते। समझ गये कि बड़ा धोखा खाया। आश्वासन देने लगे, आप कुछ चिंता न करें। मैं उस संकट का निवारण कर सकता हूँ। मुझे एक बकरा, कुछ लौंग और कच्चा धागा मँगा दें। जब कुँवर जी के यहाँ से कुशल-समाचार आ जाय तो जो दक्षिणा चाहें दे दें। काम कठिन है पर भगवान् की दया से असाध्य नहीं है। सरकार देखें मुझे बड़े-बड़े हाकिमों ने सर्टिफिकेट दिये हैं। अभी डिप्टी साहब की कन्या बीमार थी। डाक्टरों ने जवाब दे दिया था। मैंने यंत्र दिया, बैठे-बैठे आँखें खुल गयीं। कल की बात है, सेठ चंदूलाल के यहाँ से रोकड़ की एक थैली उड़ गयी थी, कुछ पता न चलता था, मैंने सगुन विचारा और बात की बात में चोर पकड़ लिया। उनके मुनीम का काम था, थैली ज्यों की त्यों निकल आयी।

ज्योतिषी जी तो अपनी सिद्धियों की सराहना कर रहे थे और मनोरमा अचेत पड़ी हुई थी।

अकस्मात् वह उठ बैठी, मुनीम को बुलाकर कहा यात्रा की तैयारी करो, मैं शाम की गाड़ी से बुंदेलखंड जाऊँगी।

मनोरमा ने स्टेशन पर आ कर अमरनाथ को तार दिया ''मैं आ रही हूँ।'' उनके अंतिम पत्र से ज्ञात हुआ था कि वह कबरई में हैं, कबरई का टिकट लिया। लेकिन कई दिनों से जागरण कर रही थी। गाड़ी पर बैठते ही नींद आ गयी और नींद आते ही अनिष्ट शंका ने एक भीषण स्वप्न का रूप धारण कर लिया।

उसने देखा सामने एक अगम सागर है, उसमें एक टूटी हुई नौका हलकोरें खाती बहती चली जाती है। उस पर न कोई मल्लाह है न पाल, न डाँडें। तरंगें उसे कभी ऊपर ले जाती हैं कभी नीचे, सहसा उस पर एक मनुष्य दृष्टिगोचर हुआ। यह अमरनाथ थे, नंगे सिर, नंगे पैर, आँखों से आँसू बहाते हुए। मनोरमा थर-थर काँप रही थी। जान पड़ता था नौका अब डूबी और अब डूबी। उसने जोर से चीख मारी और जाग पड़ी। शरीर पसीने से तर था, छाती धड़क रही थी। वह तुरंत उठ बैठी, हाथ-मुँह धोया और इसका इरादा किया अब न सोऊँगी ! हा ! कितना भयावह दृश्य था। परम पिता ! अब तुम्हारा ही भरोसा है। उनकी रक्षा करो।

उसने खिड़की से सिर निकालकर देखा। आकाश पर तारागण दौड़ रहे थे। घड़ी देखी, बारह बजे थे, उसको आश्चर्य हुआ मैं इतनी देर तक सोयी। अभी तो एक झपकी भी पूरी न होने पायी।

उसने एक पुस्तक उठा ली और विचारों को एकाग्र कर पढ़ने लगी। इतने में प्रयाग आ पहुँचा, गाड़ी बदली। उसने फिर किताब खोली और उच्च स्वर से पढ़ने लगी। लेकिन कई दिनों की जगी आँखें इच्छा के अधीन नहीं होतीं। बैठे-बैठे झपकियाँ लेने लगी, आँखें बंद हो गयीं और एक दूसरा दृश्य सामने उपस्थित हो गया।

उसने देखा, आकाश से मिला हुआ एक पर्वत-शिखर है। उसके ऊपर के वृक्ष छोटे-छोटे पौधों के सदृश दिखाई देते हैं। श्यामवर्ण घटाएँ छायी हुई हैं, बिजली इतने जोर से कड़कती है कि कान के परदे फटे जाते हैं, कभी यहाँ गिरती है कभी वहाँ। शिखर पर एक मनुष्य नंगे सिर बैठा हुआ है, उसकी आँखों का अश्रु-प्रवाह साफ दीख रहा है। मनोरमा दहल उठी, यह अमरनाथ थे। वह पर्वत शिखर से उतरना चाहते थे लेकिन मार्ग न मिलता था। भय से उनका मुखवर्ण शून्य हो रहा था। अकस्मात् एक बार बिजली का भयंकर नाद सुनायी दिया, एक ज्वाला-सी दिखायी दी और अमरनाथ अदृश्य हो गये। मनोरमा ने फिर चीख मारी और जाग पड़ी। उसका हृदय बाँसों उछल रहा था, मस्तिष्क चक्कर खाता था। जागते ही उसकी आँखों में जल-प्रवाह होने लगा। वह उठ खड़ी हुई और कर जोड़ कर ईश्वर से विनय करने लगी ईश्वर मुझे ऐसे बुरे-बुरे स्वप्न दिखाई दे रहे हैं, न जाने उन पर क्या बीत रही है, तुम दीनों के बन्धु हो, मुझ पर दया करो, मुझे धन और सम्पत्ति की इच्छा नहीं, मैं झोपड़ी में खुश रहूँगी, मैं केवल उनकी शुभकामना रखती हूँ। मेरी इतनी प्रार्थना स्वीकार करो।

वह फिर अपनी जगह पर बैठ गयी। अरुणोदय की मनोरम छटा और शीतल सुखद समीर ने उसे आकर्षित कर लिया। उसे संतोष हुआ, किसी तरह रात कट गयी, अब तो नींद न आयेगी। पर्वतों से मनोहर दृश्य दिखायी देने लगे, कहीं पहाड़ियों पर भेंड़ों के गल्ले, कहीं पहाड़ियों के

दामन में मृगों के झुंड, कहीं कमल के फूलों से लहराते सागर। मनोरमा एक अर्धस्मृति की दशा में इन दृश्यों को देखती रही। लेकिन फिर न जाने कब उसकी अभागी आँखें झपक गयीं।

उसने देखा अमरनाथ घोड़े पर सवार एक पुल पर चले जाते हैं। नीचे नदी उमड़ी हुई है, पुल बहुत तंग है, घोड़ा रह-रह कर बिदकता है और अलग हो जाता है। मनोरमा के हाथ-पाँव फूल गये। वह उच्च-स्वर से चिल्ला-चिल्ला कर कहने लगी घोड़े से उतर पड़ो, घोड़े से उतर पड़ो, यह कहते हुए वह उनकी तरफ झपटी, आँखें खुल गयीं। गाड़ी किसी स्टेशन के प्लेटफार्म से सनसनाती चली जाती थी। अमरनाथ नंगे सिर, नंगे पैर प्लेटफार्म पर खड़े थे। मनोरमा की आँखों में अभी तक वही भयंकर स्वप्न समाया हुआ था। कुँवर को देख कर उसे भय हुआ कि वह घोड़े से गिर पड़े और नीचे नदी में फिसलना चाहते हैं। उसने तुरन्त उन्हें पकड़ने के लिए हाथ फैलाया और जब उन्हें न पा सकी तो उसी सुषुप्तावस्था में उसने गाड़ी का द्वार खोला और कुँवर साहब की ओर हाथ फैलाये हुए गाड़ी के बाहर निकल आयी। तब वह चौंकी, जान पड़ा किसी ने उठा कर आकाश से भूमि पर पटक दिया, जोर से एक धक्का लगा और चेतना शून्य हो गयी।

वह कबरई का स्टेशन था। अमरनाथ तार पा कर स्टेशन पर आये थे। मगर यह डाक थी, वहाँ न ठहरती थी, मनोरमा को हाथ फैलाये गाड़ी से गिरते देख कर वह 'हाँ हाँ' करते हुए लपके लेकिन कर्मलेख पूरा हो चुका था। मनोरमा प्रेमवेदी पर बलिदान हो चुकी थी।

इसके तीसरे दिन वह नंगे सिर, नंगे पैर भग्नहृदय घर पहुँचे। मनोरमा का स्वप्न सच्चा हुआ।

उस प्रेमविहीन स्थान में अब कौन रहता। उन्होंने अपनी सम्पूर्ण सम्पत्ति काशी-सेवा समिति को प्रदान कर दी और अब नंगे सिर, नंगे पैर, विरक्त दशा में देश-विदेश घूमते रहते हैं। ज्योतिषी जी की विवेचना भी चरितार्थ हो गयी।

***

सौत

पंडित देवीदत्त का विवाह हुए बहुत दिन हुए, पर उनके संतान न हुई। जब तक उनके मां-बाप जीवित थे तब तक वे उनसे सदा दूसरा विवाह कर लेने के लिए आग्रह किया करते थे पर वे राजी न हुए। उन्हें अपनी पत्नी गोदावारी से अटल प्रेम था। संतान से होने वाले सुख के निमित्त वे अपना वर्तमान पारिवारिक सुख नष्ट न करना चाहते थे। इसके अतिरिक्त वे कुछ नए विचार के मनुष्य थे। कहा करते थे कि संतान होने से मां-बाप की जिम्मेदारियां बढ़ जाती हैं। जब तक मनुष्य में यह सामर्थ्य न हो कि वह उसका भली प्रकार पालन पोषण और शिक्षण आदि कर सके तब तक उसकी संतान से देश, जाति और निज का कुछ भी कल्याण नहीं हो सकता। पहले तो कभी-कभी बालकों को हंसते-खेलते देखकर उनके हृदय पर चोट भी लगती थी, परंतु अब अपने अनेक देश-भाइयों की तरह वे भी शारीरिक व्याधियों से ग्रस्त रहने लगे। अब किस्से कहानियों के बदले धार्मिक काव्यों से उनका अधिक मनोरंजन होता था। अब संतान का खयाल करते ही उन्हें भय-सा लगता था।

पर, गोदावरी इतनी जल्दी निराश होने वाली न थी। पहले तो वह देवी देवता, गंडे-ताबीज और यंत्र-मंत्र आदि की शरण लेती रही, परंतु जब उसने देखा कि ये औषधियां कुछ काम नहीं करती तब वह एक महौषधि की फिक्र में लगी जो कायाकल्प से कम नहीं थी। उसने महीनों, बरसों इसी चिंता-सागर में गोते लगाते काटे। उसने दिल को बहुत समझाया, परन्तु मन में जो बात समा गयी थी वह किसी तरह न निकली। उसे बड़ा भारी आत्मत्याग करना पड़ेगा। शायद पति-प्रेम के सदृश अनमोल रत्न भी उसके हाथ से निकल जाये, पर क्या ऐसा हो सकता है? पंद्रह वर्ष तक लगातार जिस प्रेम के वृक्ष की उसने सेवा की है क्या वह हवा का एक झोंका भी न सह सकेगा।

गोदावरी ने अंत में अपने प्रबल विचारों के आगे सिर झुका दिया। अब सौत का शुभागमन करने के लिए वह तैयार हो गयी थी।

2

पंडित देवीदत्त गोदावरी का यह प्रस्ताव सुनकर स्तम्भित हो गये। उन्होंने अनुमान किया कि या तो यह प्रेम की परीक्षा कर रही है या मेरा मन लेना चाहती है। उन्होंने उसकी बात हंसकर टाल दी। पर जब गोदावरी ने गंभीर भाव से कहा, तुम इसे हंसी मत समझो, मैं अपने हृदय से कहती हूं कि संतान का मुंह देखने के लिए मैं सौत से छाती पर मूंग दलवाने के लिए भी तैयार

हूं तब तो उनका संदेह जाता रहा। इतने ऊंचे और पवित्र भाव से भरी हुई गोदावरी को उन्होंने गले से लिपटा लिया। वे बोले, मुझसे यह न होगा। मुझे संतान की अभिलाषा नहीं।

गोदावरी ने जोर देकर कहा, तुमको न हो, मुझे तो है। अगर अपनी खातिर से नहीं तो तुम्हें मेरी खातिर से यह काम करना ही पड़ेगा।

पंडितजी सरल स्वभाव के आदमी थे। हामी तो उन्होंने न भरी, पर बार-बार कहने से वे कुछ-कुछ राजी अवश्य हो गये। उस तरफ से इसी की देर थी। पंडित जी को कुछ भी परिश्रम न करना पड़ा। गोदावरी की कार्य-कुशलता ने सब काम उनके लिए सुलभ कर दिया। उसके इस काम के लिए आपने पास से केवल रुपए ही नहीं निकाले, किंतु अपने गहने और कपड़े भी अर्पण कर दिए। लोक-निंदा का भय इस मार्ग में सबसे बड़ा कांटा था। देवीदत्त मन में विचार करने लगे कि जब मैं मौर सजा कर चलूंगा। तब लोग मुझे क्या कहेंगे? मेरे दफ्तर के मित्र मेरी हंसी उड़ायेंगे और मुस्कुराते हुए कनखियों से मेरी ओर देखेंगे। उनके वे कटाक्ष छुरी से भी ज्यादा तेज होंगे। उस समय मैं क्या करूंगा?

गोदावरी ने अपने गांव में जाकर इस कार्य को आरम्भ कर दिया और इसे निर्विघ्न समाप्त कर डाला। नयी बहू घर में आ गयी। उस समय गोदावरी ऐसी प्रसन्न मालूम हुई मानों वह बेटे का ब्याह कर लायी हो। वह खूब गाती बजाती रही। उसे क्या मालूम था कि शीघ्र ही उसे इस गाने के बदले रोना पड़ेगा।

3

कई मास बीत गये। गोदावरी अपनी सौत पर इस तरह शासन करती थी मानो वह उसकी सास हो, तथापि वह यह बात कदापि न भूलती थी कि मैं वास्तव में उसकी सास नहीं हूं। उधर गोमती को अपनी स्थिति का पूरा ख्याल रहता था। इसी कारण सास के शासन की तरह कठोर न रहने पर भी गोदावरी का शासन उसे अप्रिय होता था। उसे अपनी छोटी-मोटी जरूरतों के लिए भी गोदावरी से कहते संकोच होता था।

कुछ दिनों बाद गोदावरी के स्वभाव में एक विशेष परिवर्तन दिखाई देने लगा। वह पंडितजी को घर में आते-जाते बड़ी तीव्र दृष्टि से देखने लगी। उसकी स्वाभाविक गंभीरता अब मानो लोप-सी हो गयी, जरा-सी बात भी उसके पेट में नहीं पचती। अब पंडितजी दफ्तर से आते तब गोदावरी उनके पास घंटे बैठी गोमती का वृत्तांत सुनाया करती। वृत्तांत-कथन में बहुत-सी ऐसी छोटी-मोटी बातें भी होती थी कि जब कथा समाप्त होती तब पंडितजी के हृदय से बोझ-सा उतर जाता। गोदावरी क्यों इतनी मृदुभाषिणी हो गयी थी, इसका कारण समझना मुश्किल है। शायद अब वह गोमती से डरती थी। उसके सौंदर्य से, उसके जीवन से, उसके लज्जायुक्त नेत्रों से शायद वह अपने को पराभूत समझती। बांध को तोड़कर वह पानी की धारा को मिट्टी के ढेलों से रोकना चाहती थी।

एक दिन गोदावरी ने गोमती से मीठा चावल पकाने को कहा। शायद वह रक्षाबंधन का दिन था। गोमती ने कहा, शक्कर नहीं है। गोदावरी यह सुनते ही विस्मित हो उठी। उतनी शक्कर इतनी जल्दी कैसे उठ गयी। जिसे छाती फाड़कर कमाना पड़ता है, उसे अखरता है, खाने वाले क्या जाने?

जब पंडितजी दफ्तर से आये तब जरा-सी बात बड़ा विस्तृत रूप धारण करके उनके कानों में पहुंची। थोड़ी देर के लिए पंडितजी के दिल में भी यह शंका हुई कि गोमती को कहीं भस्मक रोग तो नहीं हो गया।

ऐसी ही घटना एक बार फिर हुई। पंडितजी को बवासीर की शिकायत थी। लाल मिर्च वह बिलकुल न खाते थे। गोदावरी जब रसोई बनाती थी तब वह लाल मिर्च रसोई घर में लाती ही न थी। गोमती ने एक दिन दाल में मसाले के साथ थोड़ी-सी लाल मिर्च भी डाल दी। पंडितजी ने दाल कम खायी। पर गोदावरी गोमती के पीछे पड़ गई। ऐंठ कर वह बोली - ऐसी जीभ जल क्यों नहीं जाती?

4

पंडितजी बड़े ही सीधे आदमी थे। दफ्तर से आये, खाना खाया, पड़ कर सो रहे। वे एक साप्ताहिक पत्र मंगाते थे। उसे कभी-कभी महीनों खोलने की नौबत न आती थी। जिस काम में जरा भी कष्ट या परिश्रम होता, उससे वे कोसों दूर भागते थे। कभी उनके दफ्तर में थियेटर के 'पास' मुफ्त मिला करते थे। पर पंडितजी उनसे कभी काम नहीं लेते, और ही लोग उनसे मांग ले जाया करते। रामलीला या कोई मेला तो उन्होंने शायद नौकरी करने के बाद फिर कभी देखा वहीं। गोदावरी उनकी प्रकृति का परिचय अच्छी तरह पा चुकी थी। पंडित जी भी प्रत्येक विषय में गोदावरी के मतानुसार चलने में अपनी कुशल समझते।

पर रुई-सी मुलायम वस्तु भी दबकर कठोर हो जाती है। पंडितजी को यह आठों पहर की चह-चह असह्य सी प्रतीत होती, कभी-कभी मन में झुंझलाने भी लगते। इच्छा-शक्ति जो इतने दिनों तक बेकार पड़ी रहने से निर्बल-सी हो गयी थी, अब कुछ सजीव-सी होने लगी थी। पंडितजी यह मानते थे कि गोदावरी ने सौत को घर लाने में बड़ा भारी त्याग किया है। उसका यह त्याग अलौकिक कहा जा सकता है, परन्तु उसके त्याग का भार जो कुछ है, वह मुझ पर है, गोमती पर उसका क्या एहसान? यहां उसे कौन-सा सुख है जिसके लिए वह फटकार-पर-फटकार सहे? पति मिला है, वह बूढ़ा और सदा रोगी, घर मिला है वह ऐसा कि अगर नौकरी छूट जाये तो कल चूल्हा न जले। इस दशा में गोदावरी का यह स्नेह-रहित बर्ताव उन्हें बहुत अनुचित मालूम होता।

गोदावरी की दृष्टि इतनी स्थूल न थी कि उसे पंडितजी के मन के भाव नजर न आवें। उनके मन में जो विचार उत्पन्न होते थे, वे सब गोदावरी को उनके मुख पर अंकित-से दिखाई पड़ते। यह जानकारी उसके हृदय में एक ओर गोमती के प्रति ईर्ष्या की प्रचंड अग्नि दहका देती, दूसरी

ओर पंडित देवीदत्त पर निष्ठुरता और स्वार्थप्रियता का दोषारोपण कराती। फल यह हुआ कि मनोमालिन्य दिन-दिन बढ़ता गया।

5

गोदावरी ने धीरे-धीरे पंडितजी से गोमती की बातचीत करनी छोड़ दी, मानो उसके निकट गोमती घर में थी ही नहीं। न उसके खाने-पीने की वह सुधि लेती, न कपड़े-लत्ते की। एक बार कई दिनों तक उसे जलपान के लिए कुछ भी न मिला। पंडितजी तो आलसी जीव थे। वे इन अत्याचारों को देखा करते, पर अपने शांति-सागर में घोर उपद्रव मच जाने के भय से किसी से कुछ न कहते। तथापि इस छिछले अन्याय ने उनकी महती सहन-शक्ति को भी मथ डाला। एक दिन उन्होंने गोदावरी से डरते-डरते कहा, क्या आजकल जलपान के लिए मिठाई-विठाई नहीं आती?

गोदावरी ने कुद्ध होकर जवाब दिया, तुम लाते ही नहीं तो आए कहां से! कोई नौकर बैठा है?

देवीदत्त को गोदावरी के ये कठोर वचन तीर-से लगे। आज तक गोदावरी ने उनसे ऐसी रोष-पूर्ण बात कभी न की थी।

वे बोले, धीरे बोलो, झुंझलाने की तो कोई बात बही है। गोदावरी ने आंखें नीची करके कहा, मुझे तो जैसा आता है वैसे बोलती हूं। दूसरी की सी मधुर बोली कहां से लाऊं। देवीदत्त ने जरा गरम होकर कहा, आजकल मुझे तुम्हारे मिज़ाज का कुछ रंग ही नहीं मालूम होता। बात-बात पर उलझती रहती हो।

गोदावरी का चेहरा क्रोधाग्नि से लाल हो गया। वह बैठी थी, खड़ी हो गई। उसके होंठ फड़कने लगे। वह बोली, मेरी कोई बात अब तुमको क्यों अच्छी लगेगी। अब मैं सिर से पैर तक दोषों से भरी हुई हूं, अब और लोग तुम्हारे मन का काम करेंगे। मुझसे नहीं हो सकता।यह लो संदूक की कुंजी! अपने रुपये-पैसे संभाली, यह रोज-रोज की झंझट मेरे मान की नहीं। जब तक निभा, निभाया। अब नहीं निभ सकता।

पंडित देवीदत्त मानो मूर्च्छित-से हो गए। जिस शांति-भंग का उन्हें भय था उसने अत्यंत भयंकर रूप धारण करके घर में प्रवेश किया। वह कुछ भी न बोल सके। इस समय उनके अधिक बोलने से बात बढ़ जाने का भय था। वह बाहर चले आए और सोचने लगे कि मैंने गोदावरी के साथ कौन-सा अनुचित व्यवहार किया है। उनके ध्यान में आया कि गोदावरी के हाथ से निकलकर घर का प्रबंध कैसे हो सकेगा? इस थोड़ी-सी आमदनी में वह न जाने किस प्रकार काम चलाती थी? क्या-क्या उपाय वह करती थी? अब न जाने नारायण कैसे पार लगाएंगे उसे मनाना पड़ेगा, और हो ही क्या सकता है। गोमती भला कर सकती है, सारा बोझ मेरे ही सिर पड़ेगा। मानेगी तो, पर मुश्किल से।

परंतु पंडितजी की ये शुभकामनाएं निष्फल हुई। संदूक की कुंजी विषैली नागिन की तरह वहीं आंगन में ज्यों-की-त्यों तीन दिन तक पड़ी रही। किसी को उसके निकट जाने का साहस न हुआ। चौथे दिन पंडितजी ने मानों जान पर खेलकर उस कुंजी को उठा लिया। उस समय उन्हें ऐसा मालूम हुआ मानो किसी ने उनके सिर पर पहाड़ उठकर रख दिया। आलसी आदमियों को अपने नियमित मार्ग से तिल भर भी हटना बड़ा कठिन मालूम होता है।

यद्यपि पंडितजी जानते थे कि मैं अपने दफ्तर के कारण इस कार्य को संभालने में असमर्थ हूं तथापि उनसे इतनी ठिठाई न हो सकी कि वह कुंजी गोमती को दें। पर यह केवल दिखावा ही भर था। कुंजी उन्हीं के पास रहती थी, काम सब गोमती को करना पड़ता था। इस प्रकार गृहस्थी के शासन का अंतिम साधन भी गोदावरी के हाथ से निकल गया। गृहिणी के नाम के साथ जो मर्यादा और सम्मान था वह भी गोदावरी के पास से उसी कुंजी के साथ चला गया। देखते-देखते घर की महरी और पड़ोस की स्त्रियों के बर्ताव में भी बहुत अंतर पड़ गया। गोदावरी अब पदच्युता रानी की तरह थी। उसका अधिकार अब केवल दूसरों की सहानुभूति पर ही रह गया था।

6

गृहस्थी के काम-काज में परिवर्तन होते ही गोदावरी के स्वभाव में भी शोकजनक परिवर्तन हो गया। ईर्ष्या मन में रहने वाली वस्तु नहीं। आठों पहर पास-पड़ोस के घरों में यही चर्चा होने लगी, देखो, दुनिया कैसे मतलब की है। बेचारी ने लड़-झगड़ कर ब्याह कराया, जान -बूझकर अपने पैरों पर कुल्हाड़ी मारी। यहां तक कि अपने गहने-कपड़े तक उतार दिए। पर अब रोते-रोते आंचल भीगता है। सौत तो सौत ही है, पति ने भी उसे आंखों से गिरा दिया। बस, अब दासी की तरह घर में पड़ी-पड़ी पेट जिलाया करे। यह जीना भी कोई जीना है?

ये सहानुभूति पूर्ण बात सुनकर गोदावरी की ईर्ष्याग्नि और भी प्रबल होती जाती थी। इसे इतना न सूझता था कि वह मौखिक संवेदनाएं अधिकांश में उस मनोविकार से पैदा हुई हैं जिससे मनुष्यों को हानि और दु:ख पर हंसने में विशेष आनंद आता है।

गोदावरी की जिस बात का पूर्ण विश्वास और पंडितजी को जिसका बड़ा भय था, वह न हुई। घर के काम-काज में कोई विघ्न-बाधा, कोई रुकावट न पड़ी। हां, अनुभव न होने के कारण पंडितजी का प्रबंध गोदावरी के प्रबंध जैसा अच्छा न था। कुछ खर्च ज्यादा पड़ जाता था। पर काम भली-भांति चला जाता था। हां, गोदावरी को गोमती के सभी काम दोषपूर्ण दिखाई देते थे। ईर्ष्या में अग्नि है। परंतु अग्नि का गुण उसमें नहीं। वह हृदय को फैलाने के बदले और भी संकीर्ण कर देती है। अब घर में कुछ हानि हो जाने से गोदावरी को दु:ख के बदले आनंद होता। बरसात के दिन थे। कई दिन तक सूर्यनारायण के दर्शन न हुए। संदूक में रखे हुए कपड़ों में फफूंदी लग गयी। तेल के अचार बिगड़ गए। गोदावरी को यह सब देखकर रत्ती भर भी दु:ख न हुआ। हां, दो चार जली-कटी सुनाने का अवसर अवश्य मिल गया। मालकिन ही बनना आता है कि मालकिन का काम करना भी।

पंडित देवीदत्त की प्रकृति में भी अब नया रंग नजर आने लगा। जब तक गोदावरी अपनी कार्य-परायणता से घर का सारा बोझ संभाले थी तब तक उनको कभी किसी चीज की कमी नहीं खली। यहां तक कि शाक-भाजी के लिए भी उन्हें बाजार नहीं जाना पड़ा। पर अब गोदावरी उन्हें दिन में कई बार बाजार दौड़ते देखती। गृहस्थी का प्रबंध ठीक न रहने से बहुधा जरूरी चीजों के लिए उन्हें बाजार ऐन वक्त पर जाना पड़ता। गोदावरी यह कौतुक देखती और सुना-सुनाकर कहती, यही महाराज हैं कि एक तिनका उठाने के लिए भी न उठते थे। अब देखती हूं दिन में दस दफा बाजार में खड़े रहते हैं। अब मैं इन्हें कभी यह कहते नहीं सुनती कि मेरे लिखने-पढ़ने में हर्ज होगा।

गोदावरी को इस बात का एक बार परिचय मिल चुका था कि पंडितजी बाजार-हाट के काम में कुशल नहीं है। इसलिए जब उसे कपड़े की जरूरत होती तब वह अपने पड़ोस के एक बूढ़े लाला साहब से मंगवाया करती थी। पंडितजी को यह बात भूल-सी गयी थी कि गोदावरी को साड़ियों की भी जरूरत पड़ती है। उनके सिर से तो जितना बोझ कोई हटा दे उतना ही अच्छा था। खुद वे भी वही कपड़े पहनते थे जो गोदावरी मंगाकर उन्हें दे देती थी। पंडितजी को नए फैशन और नये नमूने से कोई प्रयोजन न था। पर अब कपड़ों के लिए भी उन्हीं को बाजार जाना पड़ता है। एक बार गोमती के पास साड़ियां न थी। पंडितजी बाजार गए तो एक बहुत अच्छा-सा जोड़ा उसके लिए ले आये। बजाज ने मनमाने दाम लिये। उधार सौदा लाने में पंडितजी जरा भी आगा-पीछा न करते थे। गोमती ने वह जोड़ा गोदावरी को दिखाया। गोदावरी ने देखा और मुंह फेर कर रुखाई से बोली, भला तुमने उन्हें कपड़े लाना तो सिखा दिया। मुझे तो सोलह वर्ष बीत गए, उनके हाथ का लाया हुआ एक कपड़ा स्वप्न में भी पहनना नसीब न हुआ।

ऐसी घटनाएं गोदावरी की ईर्ष्याद्वेष को और भी प्रज्ज्वलित कर देती थीं। जब तक उसे यह विश्वास था कि पंडित जी स्वभाव से ही रूखे है तब तक उसे संतोष था। परन्तु अब उनकी ये नयी-नयी तरंगें देखकर उसे मालूम हुआ कि जिस प्रीति को मैं सैकड़ों यत्न करके भी न पा सकी, उसे इस रमणी ने केवल अपने यौवन से जीत लिया। उसे अब निश्चय हुआ कि मैं जिसे सच्चा प्रेम समझ रही थी वह वास्तव में कपटपूर्ण था। वह निरा स्वार्थ था।

दैवयोग से इन्हीं दिनों गोमती बीमार पड़ी। उसे उठने-बैठने की भी शक्ति न रही। गोदावरी रसोई बनाने लगी, पर उसे इसका निश्चय नहीं था कि गोमती वास्तव में बीमार है। उसे यही ख्याल था कि मुझसे खाना पकवाने के लिए ही दोनों प्राणियों ने यह स्वांग रचा है। पड़ोस की स्त्रियों से कहती कि लौंडी बनने में इतनी ही कसर थी वह पूरी हो गयी।

पंडितजी को आजकल खाना खाते वक्त भाग-भाग सी पड़ जाती है। वे न जाने क्यों गोदावरी से एकांत में बातचीत करते डरते हैं। न मालूम कैसी कठोर और हृदय-विदारक बातें वह सुनाने लगे। इसीलिए खाना खाते वक्त वे डरते थे कि कहीं उस भयंकर समय का आगमन न हो जाये। गोदावरी अपने तीव्र नेत्रों से उनके मन का भाव ताड़ जाती थी, पर मन-ही-मन में ऐंठ कर रह जाती थी।

एक दिन उससे न रहा गया। वह बोली, क्या मुझसे बोलने की भी मनाही कर दी गयी है? देखती हूं कहीं तो रात-रात भर बातों का तार नहीं टूटता, पर मेरे सामने मुंह खोलने की भी कसम-सी खायी है। घर का रंग ढंग देखते हो न अब तो काम तुम्हारे इच्छानुसार चल रहा है न?

पंडितजी ने सिर नीचा किए हुए उत्तर दिया, उंह जैसे चलता है वैसे चलता है। उस फिक्र से क्या अपनी जान दे दूं? जब तुम यह चाहती हो कि घर मिट्टी में मिल जाये तब फिर मेरा क्या वश है?

इस पर गोदावरी ने बड़े कठोर वचन कहे। बात बढ़ गयी। पंडितजी चौके पर से उठ आये। गोदावरी ने कसम दिलाकर उन्हें बिठाना चाहा, पर वे क्षण भर भी न रुके, तब उसने भी रसोई उठा दी। सारे घर को उपवास करना पड़ा।

गोमती में एक विचित्रता यह थी कि वह कड़ी-से-कड़ी बात सहन कर सकती थी पर भूख सहन करना उसके लिए बड़ा कठिन था। इसलिए कोई व्रत भी न रखती थी। हां, कहने-सुनने को जन्माष्टमी रख लेती थी। पर आजकल बीमारी के कारण उसे और भी भूख लगती थी। जब उसने देखा कि दोपहर होने को आयी और भोजन मिलने के कोई लक्षण नहीं, तब विवश होकर बाजार से मिठाई मंगायी। सम्भव है उसने गोदावरी को जलाने के लिए ही खेल खेला हो, क्योंकि कोई भी एक वक्त खाना न खाने से मर नहीं जाता। गोदावरी के सिर से पैर तक आग लग गयी। उसने भी तुरंत मिठाइयां मंगवाईं। कई वर्ष के बाद आज उसने पेट भर मिठाइयां खायी। ये सब ईर्ष्या के कौतुक है।

जो गोदावरी दोपहर के पहले मुंह में पानी न डालती थी, वही अब प्रात:काल ही कुछ जलपान किए बिना नहीं रह सकती। सिर में वह हमेशा मीठा तेल डालती थी, पर अब मीठे तेल से उसके सिर में पीड़ा होने लगती थी। पान खाने का उसे नया व्यसन लग गया। ईर्ष्या ने उसे नयी नवेली बहू बना दिया।

जन्माष्टमी का शुभ दिन आया। पंडितजी का स्वाभाविक आलस्य इन दो-तीन दिनों के लिए गायब हो जाता था। बड़े उत्साह से झांकी बनाने में लग जाते थे। गोदावरी यह व्रत बिना जल के रखती थी और पंडितजी तो कृष्ण के उपासक ही थे। अब उनके अनुरोध से गोमती ने भी निर्जल व्रत रखने का साहस किया, पर उसे बड़ा आश्चर्य हुआ जब महरी ने आकर उससे कहा, बड़ी बहू निर्जल न रहेगी उनके लिए फलाहार मंगा दो।

संध्या समय गोदावरी ने मान-मंदिर जाने के लिए इक्के की फरमाइश की। गोमती को यह फरमाइश बुरी मालूम हुई। आज के दिन इक्के का किराया बहुत बढ़ जाता था। मान-मंदिर कुछ दूर भी नहीं था। इससे वह चिढ़ कर बोली - व्यर्थ रुपया क्यों फेंका जाए? मंदिर कौन बड़ी दूर है। पांव-पांव क्यों नहीं चली जाती। हुक्म चला देना तो सहज है। अखरता उसे है जो बैल की तरह कमाता है।

तीन साल पहले गोमती ने इसी तरह की बातें गोदावरी के मुंह से सुनी थी। आज गोदावरी को भी गोमती के मुंह से सुननी पड़ीं। समय की गति!

इन दिनों गोदावरी बड़े उदास भाव से खाना बनाती। पंडितजी के पथ्यापथ्य के विषय में भी अब उसे पहले की-सी चिंता न थी। एक दिन उसने महरी से कहा कि अंदाज से मसाले निकालकर पीस ले, मसाले दाल में पड़े तो मिर्च जरा अधिक तेज हो गयी। मारे भय से पंडितजी से वह न खायी गयी। अन्य आलसी मनुष्यों की तरह चटपटी वस्तुएं उन्हें भी बहुत प्रिय थी, परंतु वह रोग से हारे हुए थे। गोमती ने जब यह सुना तब भौहें चढ़ाकर बोली, क्या बुढ़ापे में जबान गज भर की हो गई है।

कुछ इसी तरह से कटु-वाक्य एक बार गोदावरी ने भी कहे थे। आज उसकी बारी सुनने की थी।

7

आज गोदावरी गंगा से गले मिलने आयी है। तीन साल हुए, वह वर और वधू को लेकर गंगाजी को पुष्प और दूध चढ़ाने गयी थी। आज वह अपने प्राण समर्पण करने आयी है। आज वह गंगाजी की आनंदमयी लहरों में विश्राम करना चाहती है।

गोदावरी को अब उस घर में एक क्षण रहना भी दुस्सह हो गया था। जिस घर में रानी बनकर रही, उसी में चेरी बनकर रहना उस जैसी सगर्वा स्त्री के लिए असम्भव था।

अब इस घर में गोदावरी का स्नेह उस पुरानी रस्सी की तरह था जो बराबर गांठ देने पर भी कहीं-न-कहीं से टूट ही जाती है। उसे गंगाजी की शरण लेने के सिवाय और कोई उपाय न सूझता था।

कई दिल हुए, उसके मुंह से बार-बार जान देने की धमकी सुन पंडितजी खिजलाकर बोल उठे, तुम किसी तरह मर भी तो जाती। गोदावरी उन विष भरे शब्दों को अब तक न भूली थी। चुभने वाली बातें उसको कभी न भूलती थी। आज गोमती ने भी वही बातें कहीं, यद्यपि उसने बहुत कुछ सहन करने के पीछे कठोर बातें कहीं थी तथापि गोदावरी को अपनी बातें तो भूल-सी गई थी। केवल गोमती और पंडितजी के वाक्य ही उसके कानों में गूंज रहे थे। पंडितजी ने उसे डांटा तक नहीं। मुझ पर ऐसा घोर अन्याय और वे मुंह तक न खोलें ।

आज सब लोगों के सो जाने पर गोदावरी घर से बाहर निकली, आकाश में काली घटाएं छायी हुई थी। वर्षा की झड़ी लग रही थी। उधर उसके नेत्रों से भी आंसुओं की धारा बह रही थी। प्रेम का बंधन कितना कोमल है और दृढ़ भी कितना! कितना कोमल है अपमान के सामने, दृढ़ है वियोग के सामने! गोदावरी चौखट पर खड़ी-खड़ी घंटों रोती रही, कितनी ही पिछली बातें उसे याद आती थी। हां! कभी यहां उसके लिए प्रेम भी था, मान भी था, जीवन का सुख भी था। शीघ्र ही पंडितजी के वे कठोर शब्द भी याद आ गये। आंखों से फिर पानी की धारा बहने लगी। गोदावरी घर से चल खड़ी हुई।

इस समय यदि पंडित देवीदत्त नंगे सिर, नंगे पांव पानी में भीगते दौड़ते आते और गोदावरी के कम्पित हाथों को पकड़कर अपने धड़कते हुए हृदय से उसे लगाकर कहते, 'प्रिय!' इससे अधिक और उनके मुंह से कुछ भी न निकलता, तो भी क्या गोदावरी अपने विचारों पर स्थिर रह सकती?

कुआर का महीना था। रात को गंगा की लहरों की गरज बड़ी भयानक मालूम होती थी। साथ ही जब बिजली तड़क जाती तब उसकी उछलती हुई लहरें प्रकाश से उज्ज्वल हो जाती थी। मानों प्रकाश उन्मत्त हाथी का रूप धारण कर किलोल कर रहा हो। जीवन-संग्राम का एक विशाल दृश्य आंखों के सामने आ रहा था।

गोदावरी के हृदय में भी इस समय विचार की अनेक लहरें बड़े वेग से उठती, आपस में टकराती और ऐंठती हुई लोप हो जाती थी। कहां? अंधकार में।

क्या वह गरजने, उमड़ने वाली गंगा गोदावरी को शांति प्रदान कर सकती है? उसकी लहरों में सुधासम मधुर ध्वनि नहीं है और न उसमें करुणा का विकास ही है। वह इस समय उद्दंडता और निर्दयता की भीषण मूर्ति धारण किये हुए है।

गोदावरी किनारे बैठी क्या सोच रही थी, कौन कह सकता है? क्या अब उसे यह खटका नहीं लगा कि पंडित देवीदत्त आते न होंगे? प्रेम का बंधन कितना मजबूत होता है।

उसी अंधकार में ईर्ष्या, निष्ठुरता और नैराश्य की सताई हुई वह अबला गंगा की गोद में गिर पड़ी। लहरें झपटी और उसे निगल गयीं।

सवेरा हुआ। गोदावरी घर में नहीं थी। उसकी चारपाई पर यह पत्र पड़ा हुआ था:

'स्वामी, संसार में सिवाय आपके मेरा और कौन स्नेही था? मैंने अपना सर्वस्व आपके सुख की भेंट कर दिया। अब आपका सुख इसी में है कि मैं इस संसार से लोप हो जाऊं। इसी लिए यह प्राण आपकी भेंट है, मुझसे जो कुछ अपराध हुए हों, क्षमा कीजिएगा। ईश्वर सदा आपको सुखी रखे।'

पंडितजी इस पत्र को देखते की मूर्छित होकर गिर पड़े। गोमती रोने लगी। पर क्या वे उसके विलाप के आंसू थे?

***

सज्जनता का दंड

साधारण मनुष्य की तरह शाहजहांपुर के डिस्ट्रिक्ट इंजीनियर सरदार शिव सिंह में भी भलाइयां और बुराइयां, दोनों ही वर्तमान थीं। भलाई यह कि उनके यहां न्याय और दया में कोई अन्तर न था। बुराई यह थी कि वे सर्वथा निर्लोभ और निस्वार्थ थे। भलाई ने मातहतों को निडर और आलसी बना दिया था, बुराई के कारण उस विभाग के सभी अधिकारी उनकी जान के दुश्मन बन गये थे।

प्रातःकाल का समय था। वे किसी पुल की निगरानी के लिए तैयार खड़े थे। मगर सईस अभी तक मीठी नींद ले रहा था। रात को उसे अच्छी तरह से सहेज दिया था कि पौ फटने के पहले गाड़ी तैयार कर लेना। लेकिन सुबह हुई, सूर्य भगवान् ने दर्शन भी दिये, शीतल किरणों में गर्मी भी आयी, पर सईस की नींद अभी तक नहीं टूटी।

सरदार साहब खड़े-खड़े थककर एक कुर्सी पर बैठ गये। सईस तो किसी तरह जागा, परंतु अर्दली के चपरासियों का पता नहीं। जो महाशय डाक लेने गये थे वे एक ठाकुरद्वारा में खड़े चरणामृत की प्रतीक्षा कर रहे थे। जो ठेकेदार को बुलाने गये थे, वे बाबा रामदास की सेवा में बैठे गांजे का दम लगा रहे थे।

धूप तेज होती जाती थी। सरदार साहब झुंझलाकर मकान में चले गये और अपनी पत्नी से बोले, इतना दिन चढ़ आया, अभी तक एक चपरासी का भी पता नहीं। इसके मारे तो मेरे नाक में दम आ गया है।

पत्नी ने दीवार की ओर देखकर दीवार से कहा, यह सब उन्हें सिर चढ़ाने का फल है। सरदार साहब चिढ़ कर बोले, क्या उन्हें फांसी दे दूं?

2

सरदार साहब के पास मोटरकार का तो कहना ही क्या, कोई फिटन भी न थी। वे अपने इक्के से ही प्रसन्न थे, जिसे उनके नौकर-चाकर अपनी भाषा में उड़नखटोला कहते थे। शहर के लोग उसे इतना आदर-सूचक नाम न देकर छकड़ा कहना ही उचित समझते थे। इस तरह सरदार साहब अन्य व्यवहारों में भी बड़े मितव्ययी थे। उनके दो भाई इलाहाबाद में भी पढ़ते थे। विधवा माता बनारस में रहती थीं। एक विधवा बहिन भी उन्हीं पर अवलम्बित थी। इनके सिवा कई गरीब लड़कों को छात्रवृत्तियां भी देते थे। इन्हीं कारणों से वे सदा खाली हाथ रहते यहां तक कि उनके कपड़ों पर भी इस आर्थिक दशा के चिह्न दिखाई देते थे। लेकिन यह सब कष्ट

सहकर भी वे लोभ को अपने पास फटकने न देते थे। जिन लोगों पर उनका स्नेह था वे उनकी सज्जनता को सराहते थे और उन्हें देवता समझते थे। उनकी सज्जनता से उन्हें कोई हानि न होती थी, लेकिन जिन लोगों से उनके व्यावसायिक संबंध थे वे उनके सद्भावों के ग्राहक न थे, क्योंकि उन्हें हानि होती थी। यहां तक कि उन्हें अपनी सहधर्मिणी से भी कभी-कभी अप्रिय बात सुननी पड़ती थी।

एक दिन वे दफ्तर से आये तो उनकी पत्नी ने स्नेहपूर्ण ढंग से कहा, तुम्हारी यह सज्जनता किस काम की, जब सारा संसार तुमको बुरा कह रहा है।

सरदार साहब ने दृढ़ता से जवाब दिया, संसार जो चाहे कहे परमात्मा तो देखता है।

रामा ने यह जवाब पहले ही सोच लिया। वह बोली, मैं तुमसे विवाद तो करती नहीं, मगर जरा अपने दिल में विचार करके देखो कि तुम्हारी इस सचाई का दूसरों पर क्या असर पड़ता है ? तुम तो अच्छा वेतन पाते हो। तुम अगर हाथ न बढ़ाओ तो तुम्हारा निर्वाह हो सकता है ? रूखी रोटियाँ मिल ही जायँगी, मगर ये दस-दस पाँच-पाँच रुपये के चपरासी, मुहर्रिर, दफ्तरी बेचारे कैसे गुजर करें। उनके भी बाल-बच्चे हैं। उनके भी कुटुम्ब-परिवार हैं। शादी-गमी, तिथि-त्योहार यह सब उनके पास लगे हुए हैं। भलमनसी का भेष बनाये काम नहीं चलता। बताओ उनका गुजर कैसे हो ? अभी रामदीन चपरासी की घरवाली आयी थी। रोते-रोते आँचल भीगता था। लड़की सयानी हो गयी है। अब उसका ब्याह करना पड़ेगा। ब्राह्मण की जाति हजारों का खर्च। बताओ उसके आँसू किसके सिर पड़ेंगे ?

सरदार ने तीव्र होकर उत्तर दिया, यह उन लोगों पर पड़ेगी जो अपनी हैसियत और आमदनी से अधिक खर्च करना चाहते हैं। अरदली बनकर क्यों वकील के लड़के से लड़की ब्याहने की ठानते हैं। दफ्तरी को यदि टहलुवे की जरूरत हो तो यह किसी पाप कार्य से कम नहीं। मेरे साईस की स्त्री अगर चांदी की सिल गले में डालना चाहे तो यह उसकी मूर्खता है। इस झूठी बढ़ाई का उत्तरदाता मैं नहीं हो सकता।

3

इंजीनियरों का ठेकेदारों से कुछ ऐसा ही संबंध है जैसे मधु-मक्खियों का फूलों से। अगर वे अपने नियत भाग से अधिक पाने की चेष्टा न करें तो उनसे किसी को शिकायत नहीं हो सकती। यह मधु-रूस कमीशन कहलाता है। रिश्वत लोक और परलोक, दोनों का ही सर्वनाश कर देती है। उसमें भय है, चोरी है, बदमाशी है, मगर कमीशन एक मनोहर वाटिका है, जहां न मनुष्य का डर है, न परमात्मा का भय, यहां तक कि वहां आत्मा की छिपी हुई चुटकियों का भी गुजर नहीं है। और कहां तक कहें, उसकी ओर बदनामी आंख भी नहीं उठा सकती। यह वह बलिदान है जो हत्या होते हुए भी धर्म का एक अंश है। ऐसी अवस्था में यदि सरदार शिवसिंह अपने उज्ज्वल चरित्र को इस धब्बे से साफ रखते थे और उस पर अभिमान करते थे तो क्षमा के पात्र थे।

मार्च का महीना बीत रहा था। चीफ इंजीनियर साहब जिले में मुआइना करने आ रहे थे। मगर अभी तक इमारतों का काम अपूर्ण था। सड़कें खराब हो रही थी, ठेकेदारों ने मिट्टी और कंकड़ भी नहीं जमा किये थे।

सरदार साहब रोज ठेकेदारों को ताकीद रखे थे, मगर इसका कुछ फल न होता था। एक दिन उन्होंने सबको बुलाया। वे कहने लगे, तुम लोग क्या यही चाहते हो कि मैं इस जिले से बदनाम होकर जाऊं। मैंने तुम्हारे साथ कोई बुरा सलूक नहीं किया। मैं चाहता तो आपसे काम छीनकर खुद करा लेता, मगर मैंने आपको हानि पहुंचाना उचित न समझा, उसकी मुझे यह सजा मिल रही है। खैर!

ठेकेदार लोग यहां से चले तो बातें होने लगीं। मिस्टर गोपाल दास बोले, सब आटे-दाल का भाव मालूम हो जायेगा।

शाहबाज खां ने कहा, किसी तरह इसका जनाजा निकले तो यहां से...

सेठ चुन्नीलाल ने फरमाया, इंजीनियर से मेरी जान-पहचान है। मैं उनके साथ काम कर चुका हूं। वह इन्हें खूब लथेड़ेगा।

इस पर बूढ़े हरिदास ने उपदेश दिया, यारों स्वार्थ की बात है। यही तो सच यह है कि यह मनुष्य नहीं, देवता है। भला और नहीं तो साल भर में कमीशन के 10 हजार तो होते होंगे, इतने रुपयों को ठीकरे की तरह तुच्छ समझना क्या कोई सहज बात है? एक हम हैं कि कौड़ियों के पीछे ईमान बेचते फिरते हैं। जो सज्जन पुरुष हमसे एक पाई का रवादार न हो, सब प्रकार के कष्ट उठकर भी जिसकी नीयत डावांडोल न हो, उसके साथ ऐसा नीच और कुटिल बर्ताव करना पड़ता है। इसे अपने अभाग्य के सिवा और क्या समझें।

शाहबाज खां ने फरमाया - हां, इसमें तो कोई शक नहीं कि यह शख्स नेकी का फरिश्ता है।

सेठ चुन्नीलाल ने गम्भीरता से कहा, खां साहब! बात तो वही है, जो तुम कहते हो। लेकिन किया क्या जाये? नेकनीयत से तो काम नहीं चलता। यह दुनिया तो छल-कपट की है।

मिस्टर गोपालदास बी.ए. पास थे। वे गर्व के साथ बोले, इन्हें जब इस तरह रहना था तो नौकरी करने की क्या जरूरत थी? यह कौन नहीं जानता कि नीयत को साफ रखना अच्छी बात है। मगर यह भी तो देखना चाहिए कि इसका दूसरों पर क्या असर पड़ता है। हमको तो ऐसा आदमी चाहिए जो खुद खाये और हमें भी खिलाये। खुद हलुआ खाये, हमें रूखी रोटियां ही खिलाये। वह अगर एक रुपया कमीशन लेगा तो उसकी जगह पांच का फायदा कर देगा। इन महाशय के यहां क्या है? इसलिए आप जो चाहे कहें, मेरी तो कभी इनसे निभ नहीं सकती।

शाहबाज खां बोले, हां, नेक और पाक-साफ रहना जरूर अच्छी नजर है, मगर ऐसी नेकी की क्या जो दूसरी की जान ही ले ले।

बूढ़े हरिदास की बातों की जिन लोगों ने पुष्टि की थी वे सब गोपालदास की हां-में हां मिलाने लगे। निर्बल आत्माओं में सच्चाई का प्रकाश जुगनू की चमक है।

4

सरदार साहब के एक पुत्री थी। उसका विवाह मेरठ के एक वकील के लड़के से ठहरा था। लड़का होनहार था। जाति-कुल का ऊंचा था। सरदार साहब ने कई महीने की दौड़-भूप में इस विवाह को तय किया था और सब बातें तो तय हो चुकी थी, केवल दहेज का निर्माण नहीं हुआ था। आज वकील साहब का एक पत्र आया। उसने इस बात का भी निश्चय कर दिया, मगर विश्वास, आशा और वचन के बिलकुल प्रतिकूल। पहले वकील साहब ने एक जिले के इंजीनियर के साथ किसी प्रकार का ठहराव व्यर्थ समझा। बड़ी सस्ती उदारता प्रकट की। इस लज्जित और घृणित व्यवहार पर खूब आंसू बहाये। मगर जब ज्यादा पूछताछ करने पर सरदार साहब के धन-वैभव का भेद खुल गया तब दहेज का कराना आवश्यक हो गया। सरदार साहब ने आशंकित हाथों से पत्र खोला, पांच हजार से कम पर विवाह नहीं हो सकता। वकील साहब को बहुत खेद और लज्जा थी कि इस विषय में स्पष्ट होने पर मजबूर किये गये। मगर वे अपने खानदान के कई बूढ़े खुर्राट, विचारहीन, स्वार्थांध महात्माओं के हाथों बहुत तंग थे। उनका कोई वश न था। इंजीनियर साहब ने एक लम्बी सांस खींची। सारी आशाएं मिट्टी में मिल गयी। क्या सोचते थे, क्या हो गया। विकल होकर कमरे में टहलने लगे।

उन्होंने जरा देर पीछे पत्र को उठ लिया और अंदर चले गये। विचारा कि यह पत्र रामा को सुनायें, मगर फिर ख्याल आया कि यहां सहानुभूति की कोई आशा नहीं। क्यों अपनी निर्बलता दिखाऊं? क्यों मूर्ख बनूं, वह बिन बातों के बात न करेगी। यह सोच कर वे आंगन से लौट गये।

सरदार साहब स्वभाव के बड़े दयालु थे और कोमल हृदय आपत्तियों में स्थिर नहीं रह सका। वे दु:ख और ग्लानि से भरे हुए सोच रहे थे कि मैंने ऐसे कौन से बुरे काम किये हैं जिनका मुझे यह फल मिल रहा है। बरसों की दौड़-भूप के बाद जो कार्य सिद्ध हुआ था वह क्षण मात्र में नष्ट हो गया। अब वह मेरी सामर्थ्य से बाहर है। मैं उसे नहीं सम्हाल सकता, चारों ओर अंधकार है। कहीं आशा का प्रकाश नहीं। कोई मेरा सहायक नहीं। उनके नेत्र सजल हो गये।

सामने मेज़ पर ठेकेदारों के बिल रखे हुए थे। वे कई सप्ताहों से यों ही पड़े थे। सरदार ने उन्हें खोलकर भी न देखा था। आज इस आत्मिक ग्लानि और नैराश्य की अवस्था में उन्होंने इन बिलों को सतृष्ण आंखों से देखा। जरा से इशारे पर ये सारी कठिनाइयां दूर हो सकती हैं। चपरासी और क्लर्क केवल मेरी सम्पत्ति के सहारे सब कुछ कर लेंगे। मुझे जबान हिलाने की भी जरूरत नहीं। न मुझे लज्जित ही होना पड़ेगा। इन विचारों का इतना प्राबल्य हुआ कि वे वास्तव में बिलों को उठाकर गौर से देखने और हिसाब लगाने लगे कि उनमें कितनी निकासी हो सकती है।

मगर शीघ्र ही आत्मा ने उन्हें जगा दिया - आह! मैं किस भ्रम में पड़ा हुआ हूं? क्या उस आत्मिक पवित्रता को, जो मेरी जनम-भर की कमाई है, केवल थोड़े से धन पर अर्पण कर दूं?

जो मैं अपने सहकारियों के सामने गर्व से सिर उठाये चलता था, जिससे मोटरकार वाले भ्रातृगण आंखें नहीं मिला सकते थे, वही मैं आज अपने उस सारे गौरव और मान को, अपनी सम्पूर्ण आत्मिक सम्पत्ति को दस-पांच हजार रुपयों पर त्याग दूं। ऐसा कदापि नहीं हो सकता।

अब इस कुविचार को परास्त करने के लिए, जिसने क्षणमात्र के लिए उन पर विजय पा ली थी, वे सुनसान कमरे में जोर से ठठाकर हंसे। चाहे यह हंसी उन बिलों ने, कमरे की दीवारों ने न सुनी हो, मगर उनकी आत्मा ने अवश्य सुनी। उस आत्मा को एक कठिन परीक्षा में पार पाने पर परम आनंद हुआ।

सरदार साहब ने उन बिलों को उठकर मेज़ के नीचे डाल दिया। फिर उन्हें पैरों से कुचला। तब इस विषय पर मुस्कुराते हुए वे अन्दर गये।

5

बड़े इंजीनियर साहब नियत समय पर शाहजहांपुर आये। उसके साथ सरदार साहब का दुर्भाग्य भी आया। जिले के सारे काम अधूरे पड़े हुए थे। उनके खानसामा ने कहा, हुजूर! काम कैसे पूरा हो? सरदार साहब ठेकेदारों को बहुत तंग करते हैं। हेडक्लर्क ने दफ्तर के हिसाब को भ्रम और भूलों से भरा हुआ पाया। उन्हें सरदार साहब की तरफ से न कोई दावत दी गयी न कोई भेंट। तो क्या वे सरदार साहब के नातेदार थे जो गलतियां न निकालते? जिले के ठेकेदारों ने एक बहुमूल्य डाली सजायी और उसे बड़े इंजीनियर साहब की सेवा में लाकर हाजिर हुए। वे बोले, हुजूर! चाहे गुलामों को गोली मार दें, मगर सरदार साहब का अन्याय अब नहीं सहा जाता। कहने को तो कमीशन नहीं लेते मगर सब पूछिए तो जान ले लेते हैं।

चीफ इंजीनियर साहब ने मुआइना की किताब में लिखा, 'सरदार शिवसिंह बहुत ईमानदार आदमी हैं। उनका चरित्र उज्ज्वल है, मगर वे इतने बड़े जिले के कार्य का भार नहीं सम्भाल सकते।'

परिणाम यह हुआ कि वे एक छोटे से जिले में भेज दिये गये और उनका दरजा भी घटा दिया गया।

सरदार साहब के मित्रों और स्नेहियों ने बड़े समारोह से एक जलसा किया। उनमें उनकी धर्मनिष्ठा और स्वतंत्रता की प्रशंसा की। सभापति ने सजल नेत्र होकर कम्पित स्वर में कहा, सरदार साहब के वियोग का दुःख हमारे दिल में सदा खटकता रहेगा। यह घाव कभी न भरेगा। मगर 'फैयरवैल डिनर' में यह बात सिद्ध हो गयी कि स्वादिष्ट पदार्थों के सामने वियोग का दुःख दुस्सह नहीं।

यात्रा के सामान तैयार थे। सरदार साहब जलसे से आये तो रामा ने उन्हें बहुत उदास और मलिनमुख देखा। उसने बार-बार कहा था कि बड़े इंजीनियर के खानसामा को इनाम दो, हेड क्लर्क की दावत करो, मगर सरदार साहब ने उसकी बात न मानी थी। इसलिए जब उसने सुना

कि उनका दरजा घटा और बदली भी हुई तब उसने बड़ी निर्दयता से अपने व्यंग्य-बाण चलाये। मगर इस वक्त उन्हें उदास देखकर उससे न रहा गया। बोली, क्यों इतने उदास हो? सरदार साहब ने उत्तर दिया, क्या करूं, हंसू? राजा ने गम्भीर स्वर से कहा, हंसना ही चाहिए। रोये तो वह जिसने कौड़ियों पर अपनी आत्मा भ्रष्ट की हो, जिसने रुपयों पर अपना धर्म बेचा हो। वह बुराई का दंड नहीं है। यह भलाई और सज्जनता का दंड है, इसे सानंद झेलना चाहिए। यह कहकर उसने पति की ओर देखा तो नेत्रों में सच्चा अनुराग भरा हुआ दिखाई दिया। सरदार साहब ने भी उसकी ओर स्नेहपूर्ण दृष्टि से देखा। उनकी हृदयेश्वरी का मुखारविंद सच्चे आमोद से विकसित था। उसे गले लगा कर वे बोले, रामा! मुझे तुम्हारी ही सहानुभूति की जरूरत थी, अब मैं इस दंड को सहर्ष सहूंगा।

***

नमक का दरोगा

जब नमक का नया विभाग बना और ईश्वर प्रदत्त वस्तु के व्यवहार करने का निषेध हो गया तो लोग चोरी-छिपे इसका व्यापार करने लगे। अनेक प्रकार के छल प्रपंचों का सूत्रपात हुआ, कोई घूस से काम निकालता था, कोई चालाकी से। अधिकारियों के पौ-बारह थे। पटवारी गिरी का सर्वसम्मानित पद छोड़-छोड़कर लोग इस विभाग की बरकंदाजी करते थे। इसके दरोगा पद के लिए तो वकीलों का भी जी ललचाता था। यह वह समय था जब अंग्रेजी शिक्षा और ईसाई मत को लोग एक ही वस्तु समझते थे। फारसी का प्राबल्य था। प्रेम की कथाएं और श्रृंगार रस के काव्य पढ़कर फारसी दो लोग सर्वोच्च पदों पर नियुक्त हो जाया करते थे। मुंशी वंशीधर श्री जुलेखा की विरह कथा समाप्त करके मजनू और फरहाद के प्रेम-वृत्तांत को नल और नील की लड़ाई और अमेरिका के आविष्कार से अधिक महत्त्व की बातें समझते हुए रोजगार की खोज में निकले। उनके पिता एक अनुभवी पुरुष थे। समझाने लगे, बेटा! घर की दुर्दशा देख रहे हो, ऋण के बोझ से दबे हुए हैं। लड़कियां हैं, वह घास-फूस की तरह बढ़ती चली जाती हैं। मैं कगारे पर का वृक्ष हो रहा हूं, न मालूम कब गिर पड़ू। अब तुम्हीं घर के मालिक-मुख्तार हो। नौकरी में ओहदे की ओर ध्यान मत देना, यह तो पीर का मजार है। निगाह चढ़ावे और चादर पर रखनी चाहिए। ऐसा काम ढूंढ़ना जहां कुछ ऊपरी आय हो। मासिक वेतन तो पूर्णमासी का चांद है, जो एक दिन दिखाई देता है और घटते-घटते फिर लुप्त हो जाता है। ऊपरी आय बहता हुआ स्रोत है जिससे सदैव प्यास बुझती है। वेतन मनुष्य देता है, इसी से उसमें वृद्धि नहीं होती। ऊपरी आमदनी ईश्वर देता है, इसी से उनकी बरकत होती है, तुम स्वयं विद्वान हो, तुम्हें क्या समझाऊं। इस विषय में विवेक की बड़ी आवश्यकता है। मनुष्य को देखो, उसकी आवश्यकता को देखो और अवसर देखो, उसके उपरान्त जो उचित समझो, करो। गरजवाले आदमी के साथ कठोरता करने में लाभ-ही-लाभ है। लेकिन बेगरज को दांव पर पाना जरा कठिन है। इन बातों को निगाह में बांध लो। यह मेरी जन्म भर की कमाई है।

इस उपदेश के बाद पिताजी ने आशीर्वाद दिया। वंशीधर आज्ञाकारी पुत्र थे। ये बातें ध्यान-से सुनी और तब घर से चल खड़े हुए। इस विस्तृत संसार में उनके लिए धैर्य अपना मित्र, बुद्धि अपनी पथप्रदर्शक और आत्मावलंबन ही अपना सहायक था। लेकिन अच्छे शकुन से चले थे, जाते ही जाते नमक विभाग में दरोगा के पद पर प्रतिष्ठित हो गये। वेतन अच्छा और ऊपरी आय का तो ठिकाना ही न था। वृद्ध मुंशीजी को सुख-संवाद मिला तो फूले न समाये। महाजन कुछ नरम पड़े, कलवार की आशालता लह लहलाई। पड़ोसियों के हृदय में शूल उठने लगे।

2

जाड़े के दिन थे और रात का समय। नमक के सिपाही, चौकीदार नशे में मस्त थे। मुंशी वंशीधर को यहां आये अभी कुछ महीनों से अधिक न हुए थे, लेकिन इस थोड़े समय में ही उन्होंने अपनी कार्यकुशलता और उत्तम आचार से, अफसरों को मोहित कर लिया था। अफसर लोग उन पर बहुत विश्वास करने लगे। नमक के दफ्तर से एक मील पूर्व की ओर यमुना बहती थी, उस पर नावों का एक पुल बना हुआ था। दारोगाजी किवाड़ बन्द किये मीठी नींद से सो रहे थे। अचानक आंख खुली तो नदी के प्रवाह की जगह गाड़ियों की गड़गड़ाहट तथा मल्लाहों का कोलाहल सुनायी दिया। उठ बैठे इतनी रात गये गाड़ियां क्यों नदी के पार जाती हैं? अवश्य कुछ-न-कुछ गोलमाल है। तर्क ने भ्रम को पुष्ट किया। वर्दी पहनी, तमंचा जेब में रखा और बात-की-बात में घोड़ा बढ़ाये हुए पुल पर आ पहुंचे। गाड़ियों की एक लम्बी कतार पुल के पार जाती देखी। डांटकर पूछा, किसकी गाड़ियां हैं?

थोड़ी देर तक सन्नाटा रहा। आदमियों में कुछ काना-फूसी हुई तब आगे वाले ने कहा - 'पंडित अलोपीदीन की।'

'कौन पंडित अलोपीदीन!'

'दातागंज के।'

मुंशी वंशीधर चौके। पंडित अलोपीदीन इस इलाके के सबसे प्रतिष्ठित जमींदार थे। लाखों रुपये का लेन-देन करते थे, इधर छोटे से बड़े कौन ऐसे थे जो उनके ऋणी न हों। व्यापार भी बड़ा लम्बा-चौड़ा था। बड़े चलते पुरजे आदमी थे। अंग्रेज अफसर उनके इलाके में शिकार खेलने आते और उनके मेहमान होते। बारहों मास सदाव्रत चलता था।

मुंशीजी ने पूछा, गाड़ियां कहां जायेगी? उत्तर मिला, कानपुर। लेकिन इस प्रश्न पर कि इनमें क्या है, सन्नाटा छा गया। दरोगा साहब का संदेह और भी बढ़ा। कुछ देर तक उत्तर की बाट देखकर वह जोर से बोले, क्या तुम सब गूंगे हो गये हो? हम पूछते हैं, इसमें क्या लदा है?

जब इस बार भी कोई उत्तर न मिला तो उन्होंने घोड़े को एक गाड़ी से मिलाकर बोरे को टटोला। भ्रम दूर हो गया। यह नमक के ढेले थे।

3

पंडित अलोपीदीन अपने सजीले रथ पर सवार, कुछ सोते, कुछ जागते चले आते थे। अचानक कई गाड़ीवानों ने घबराये हुए आकर जगाया और बोले - महाराज! दरोगा ने गाड़ियां रोक दी हैं और घाट पर आपको बुलाते हैं।

पंडित अलोपीदीन का लक्ष्मी जी पर अखंड विश्वास था। वह कहा करते थे। संसार का तो करना ही क्या, स्वर्ग में भी लक्ष्मी का ही राज्य है। उनका यह कहना यथार्थ ही था। न्याय और

नीति सब लक्ष्मी के ही खिलौने हैं, इन्हें वह जैसे चाहती है नचाती हैं। लेटे-ही-लेटे गर्व से बोले, चलो हम आते हैं। यह कहकर पंडितजी ने बड़ी निश्चिंतता से पान के बीड़े लगाकर आये, फिर लिहाफ़ ओढ़े हुए दरोगा के पास आकर बोले, 'बाबू जी आशीर्वाद! कहिए हमसे ऐसा कौन-सा अपराध हुआ कि गाड़ियां रोक दी गयीं। हम ब्राह्मणों पर तो आपकी कृपा-दृष्टि रहनी चाहिए'।

वंशीधर रुखाई से बोले, 'सरकारी हुक्म!'

पं. अलोपीदीन ने हंसकर कहा, 'हम सरकारी हुक्म को नहीं जानते और न सरकार को। हमारे सरकार तो आप ही हैं। हमारा और आपका तो घर का मामला है, हम कभी आपसे बाहर हो सकते हैं? आपने व्यर्थ का कष्ट उठाया। यह हो नहीं सकता कि इधर से जायें और इस घाट के देवता को भेंट न चढ़ावें, मैं तो आपकी सेवा में स्वयं ही आ रहा था। वंशीधर पर ऐश्वर्य की मोहिनी वंशी का कुछ प्रभाव न पड़ा। ईमानदारी की नयी उमंग थी। कड़क कर बोले, हम उन नमकहरामों में नहीं हैं जो कौड़ियों पर अपना ईमान बेचते फिरते हैं। आप इस समय हिरासत में हैं। आपका कायदे के अनुसार चालान होगा। बस, मुझे अधिक बातों की फुर्सत नहीं है। जमादार बदलूसिंह तुम इन्हें हिरासत में ले चलो, मैं हुक्म देता हूं।'

पं. अलोपीदीन स्तम्भित हो गये। गाड़ीवानों में हलचल अब गयी। पंडितजी के जीवन में कदाचित यह पहला ही अवसर था कि पंडितजी को ऐसी कठोर बातें सुननी पड़ी। बदलूसिंह आगे बढ़ा, किंतु रोब के मारे यह साहस न हुआ कि उनका हाथ पकड़ सके। पंडितजी ने धर्म को धन का ऐसा निरादर करते कभी न देखा था। विचार किया कि यह अभी उद्दंड लड़का है। माया-मोह के जाल में अभी नहीं पड़ा। अल्हड़ है, झिझकता है। बहुत दीन-भाव से बोले, 'बाबू साहब, ऐसा न कीजिए, हम मिट जायेंगे। इज्जत धूल में मिल जायेगी। हमारा अपमान करने से आपके हाथ क्या आयेगा। हम किसी तरह आपसे बाहर थोड़े ही हैं।'

वंशीधर ने कठोर स्वर में कहा, 'हम ऐसी बातें नहीं सुनना चाहते।'

अलोपीदीन ने जिस सहारे को चट्टान समझ रखा था, वह पैरों के नीचे खिसकता हुआ मालूम हुआ। स्वाभिमान और धन-ऐश्वर्य को कड़ी चोट लगी। किंतु अभी तक धन की सांख्यिकी शक्ति का पूरा भरोसा था। अपने मुख्तार से बोले, 'लालाजी, एक हजार के नोट बाबू साहब की भेंट करो, आप इस समय भूखें सिंह हो रहे हैं।'

वंशीधर ने गरम होकर कहा, 'एक हजार नहीं, एक लाख भी मुझे सच्चे मार्ग से वहीं हटा सकते।'

धर्म की इस बुद्धिहीन दृढ़ता और देव-दुर्लभ त्याग पर अब बहुत झुंझलाया। अब दोनों शक्तियों में संग्राम होने लगा। धन ने उछल-उछलकर आक्रमण करने शुरू किये। एक से पांच, पांच से दस, दस से पंद्रह और पंद्रह से बीस हजार तक नौबत पहुंची, किंतु धर्म अलौकिक वीरता के साथ इस बहुसंख्यक सेना के सम्मुख अकेला पर्वत की भांति अटल, अविचलित खड़ा था।

अलोपीदीन निराश होकर बोले, अब इससे अधिक मेरा साहस नहीं। आगे आपको अधिकार है।

वंशीधर ने अपने जमादार को ललकारा। बदलूसिंह मन में दारोगाजी को गालियां देता हुआ पंडित अलोपीदीन की ओर बढ़ा। पंडितजी घबराकर दो-तीन कदम पीछे हट गये। अत्यंत दीनता से बोले, 'बाबू साहब, ईश्वर के लिए मुझ पर दया कीजिए, मैं पच्चीस हजार पर निपटारा करने को तैयार हूं।'

'असम्भव बात है।'

'तीस हजार पर।'

'किसी तरह भी सम्भव नहीं।'

'क्या चालीस हजार पर भी नहीं ?'

'चालीस हजार नहीं, चालीस लाख पर भी असम्भव है।'

बदलूसिंह, इस आदमी को अभी हिरासत में ले लो। अब मैं एक शब्द भी नहीं सुनना चाहता।'

धर्म ने धन को पैरों तले कुचल डाला। अलोपीदीन ने एक हृष्ट-पुष्ट मनुष्य को हथकड़ियां लिये हुए अपनी तरफ आते देखा। चारों ओर निराश और कातर दृष्टि से देखने लगे। इसके बाद यकायक मूर्च्छित होकर गिर पड़े।

4

दुनिया सोती थी, पर दुनिया की जीभ जागती थी। सवेरे देखिए तो बालक-वृद्ध सबके मुंह से यही बात सुनाई देती थी जिसे देखिए वही पंडितजी के इस व्यवहार पर टीका-टिप्पणी कर रहा था, निंदा की बौछारें हो रही थीं, मानों संसार से अब पापी का पाप कट गया। पानी को दूध के नाम से बेचने वाला ग्वाला, कल्पित रोज़नामचे भरने वाले अधिकारी वर्ग, रेल में बिना टिकट सफर करने वाले बाबू लोग, जाली दस्तावेज बनाने वाले सेठ और साहूकार, यह सब-के-सब देवताओं की भांति गर्दन चला रहे थे। जब दूसरे दिन पंडित अलोपीदीन अभियुक्त होकर कांस्टेबलों के साथ, हाथों में हथकड़ियां, हृदय में ग्लानि और क्षोभ भरे, लज्जा से गर्दन झुकाये अदालत की तरफ चले तो सारे शहर में हलचल मच गयी। मेलों में कदाचित आंखें इतनी व्यग्र न होती होंगी। भीड़ के मारे छत और दीवार में कोई भेद न रहा।

किंतु अदालत में पहुंचने की देर थी। पंडित अलोपीदीन इस अगाध वन के सिंह थे। अधिकारी वर्ग उनके भक्त, अगले उनके सेवक, वकील-मुख्तार उनके आज्ञा पालक और अरदली और चपरासी तथा चौकीदार तो उनके बिना मोल के गुलाम थे। उन्हें देखते ही लोग चारों तरफ से दौड़े। सभी लोग विस्मित हो रहे थे। इसलिए नहीं कि अलोपीदीन ने क्यों यह कर्म किया बल्कि इसलिए कि वह कानून के पंजे में कैसे आये। ऐसा मनुष्य जिसके पास असाध्य साधन करने वाला धन और अनन्य वाचालता हो, वह क्यों कानून के पंजे में आये। प्रत्येक मनुष्य उनसे सहानुभूति प्रकट करता था। बड़ी तत्परता से इस आक्रमण को रोकने के निमित्त वकीलों की

एक सेवा तैयार की गयी। न्याय के मैदान में धर्म और धन में युद्ध ठन गया। वंशीधर चुपचाप खड़े थे। उनके पास सत्य के सिवा न कोई बल था, न स्पष्ट भाषण के अतिरिक्त कोई शस्त्र। गवाह थे, किंतु लोभ से डांवाडोल।

यहां तक कि मुंशीजी को न्याय भी अपनी ओर से कुछ खिंचा हुआ दीख पड़ता था। वह न्याय का दरबार था, परंतु उसके कर्मचारियों पर पक्षपात का नशा छाया हुआ था। किंतु पक्षपात और न्याय का क्या मेल? जहां पक्षपात हो, वहां न्याय की कल्पना भी नहीं की जा सकती। मुकदमा शीघ्र ही समाप्त हो गया। डिप्टी मजिस्ट्रेट वे अपनी तजवीज में लिखा, पंडित अलोपीदीन के विरुद्ध दिए गये प्रमाण निर्मूल और भ्रमात्मक है। वह एक बड़े भारी आदमी है। यह बात कल्पना के बाहर है कि उन्होंने थोड़े लाभ के लिए ऐसा दुस्साहस किया हो। यद्यपि नमक के दरोगा मुंशी वंशीधर का अधिक दोष नहीं है, लेकिन यह बड़े खेद की बात है कि उसकी उद्दंडता और विचारहीनता के कारण एक भलेमानुष को कष्ट झेलना पड़ा। हम प्रसन्न हैं कि वह अपने काम से सजग और सचेत रहता है, किंतु नमक के मुकदमें की बढ़ी हुई नमक हलाली ने उसके विवेक और बुद्धि को भ्रष्ट कर दिया। भविष्य में उसे होशियार रहना चाहिए।

वकीलों ने यह फैसला सुना और उछल पड़े। पंडित अलोपीदीन मुस्कुराते हुए बाहर निकले। स्वजन बांधवों ने रुपयों की लूट की। उदारता का सागर उमड़ पड़ा। उसकी लहरों ने अदालत की नींव तक हिला दी। जब वंशीधर बाहर निकले तो चारों ओर से उनके ऊपर व्यंग्य बाणों की वर्षा होने लगी। चपरासियों ने झुक-झुककर सलाम किये। किंतु इस समय एक-एक कटुवाक्य, एक-एक संकेत उनकी गर्वाग्नि को प्रज्ज्वलित कर रहा था। कदाचित इस मुकदमें सफल होकर वह इस तरह अकड़ते हुए न चलते। आज उन्हें संसार का एक खेदजनक विचित्र अनुभव हुआ। न्याय और विद्वता, लम्बी चौड़ी उपाधियां, बड़ी-बड़ी दाढ़ियां और ढीले चोगे एक भी सच्चे आदर के पात्र नहीं है।

वंशीधर ने धन से बैर मोल लिया था, उसका मूल्य चुकाना अनिवार्य था। कठिनता से एक सप्ताह बीता होगा कि मुल्तवी का परवाना आ पहुंचा। कार्यपरायणता का दंड मिला। बेचारे भग्न हृदय, शोक और खेद से व्यथित घर को चले। बूढ़े मुंशीजी तो पहले ही से कुड़-बूड़ा रहे थे कि चलते-चलते इस लड़के को समझाया था, लेकिन इसने एक न सुनी। सब मनमानी करता है। हम तो कलवार और कसाई के तगादे सहे, बुढ़ापे में भगत बनकर बैठे और वहां बस वही सूखी तनख्वाह! हमने भी तो नौकरी की है और कोई ओहेदेदार नहीं थे, लेकिन काम किया, दिल खोलकर किया और आप ईमानदार बनने चले हैं। घर में चाहे अंधेरा हो, मस्जिद में अवश्य दिया जलायेंगे। खेद ऐसी समझ पर।

पढ़ना लिखना सब अकारथ गया। इसके थोड़े ही दिनों बाद, जब मुंशी वंशीधर इस दुरावस्था में घर पहुंचे और बूढ़े पिताजी ने समाचार सुना तो सिर पीट लिया। बोले, जी चाहता है कि तुम्हारा और अपना सिर फोड़ लूं। बहुत देर तक पछता-पछता कर हाथ मलते रहे। क्रोध में कुछ कठोर बातें भी कहीं और यदि वंशीधर वहां से टल न जाते तो अवश्य ही यह क्रोध विकट रूप

धारण करता। वृद्धा माता को भी दु:ख हुआ। जगन्नाथ और रामेश्वर यात्रा की कामनाएं मिट्टी में मिल गयी। पत्नी ने तो कई दिन तक सीधे मुंह से बात भी नहीं की।

इसी प्रकार एक सप्ताह बीत गया। संध्या का समय था। बूढ़े मुंशीजी बैठे राम-नाम की माला जप रहे थे। इसी समय उनके द्वार पर सजा हुआ रथ आकर रुका। हरे और गुलाबी परदे, पछहियें बैलों की जोड़ी, उनकी गर्दनों में नीले धागे, सींग पीतल से जड़ी हुई। कई नौकर लाठियां कंधों पर रखे साथ थे। मुंशी जी अगवानी को दौड़े। देखा तो पंडित अलोपीदीन हैं। झुककर दंडवत की और लल्लो-चप्पों की बातें करने लगे, हमारा भाग्य उदय हुआ, जो आपके चरण इस द्वार पर आये। आप हमारे पूज्य देवता हैं, आपको कौन-सा मुंह दिखावे, मुंह में तो कालिख लगी हुई है। किंतु क्या करें, लड़का अभागा, कपूत है, नहीं तो आपसे क्यों मुंह छिपाना पड़ता? ईश्वर, निस्संतान चाहे रखे, पर ऐसी संतान न दे।

अलोपीदीन ने कहा - नहीं भाई साहब, ऐसा न कहिए।

मुंशीजी ने चकित होकर कहा - ऐसी संतान को और क्या कहूं?

अलोपीदीन ने वात्सल्यपूर्ण स्वर में कहा - कुलतिलक और पुरुषों की कीर्ति उज्ज्वल करने वाले संसार में ऐसे कितने धर्म परायण मनुष्य हैं जो धर्म पर अपना सब कुछ अर्पण कर सकें?

पं. अलोपीदीन ने वंशीधर से कहा - दारोगाजी, इसे खुशामद न समझिए, खुशामद करने के लिए मुझे इतना कष्ट उठाने की जरूरत न थी। उस रात को आपने अपने अधिकार-बल से मुझे अपनी हिरासत में लिया था, किन्तु आज में स्वेच्छा से आपकी हिरासत में आया हूं। मैंने हजारों रईस और अमीर देखे, हजारों उच्च पदाधिकारियों से काम पड़ा किन्तु मुझे परास्त किया तो आपने। मैंने सबको अपना और अपने धन का गुलाम बनाकर छोड़ दिया। मुझे आज्ञा दीजिए की आपसे कुछ विनय करूं।

वंशीधर ने अलोपीदीन को आते देखा तो उठकर सत्कार किया, किन्तु स्वाभिमान सहित। समझ गये कि यह महाशय मुझे लज्जित करने और जलाने आये हैं। क्षमा-प्रार्थना की चेष्टा नहीं की, वरन् उन्हें अपने पिता की यह ठकुर-सुहाती की बात असह्य-सी प्रतीत हुई। पर पंडितजी की बातें सुनी तो मन की मैल मिट गयी। पंडितजी की ओर उड़ती हुई दृष्टि से देखा। सद्भाव झलक रहा था। गर्व ने अब लज्जा के सामने सिर झुका दिया। शर्माते हुए बोले - यह आपकी उदारता है जो ऐसा कहते हैं। मुझसे जो कुछ अविनय हुई है, उसे क्षमा कीजिए। मैं धर्म की बेड़ी में जकड़ा हुआ था, नहीं तो वैसे मैं आपका दास हूं। जो आज्ञा, होगी, वह मेरे सिर-माथे पर ।

अलोपीदीन ने विनीत भाव से कहा - नदी तट पर आपने मेरी प्रार्थना नहीं स्वीकार की थी, किन्तु आज स्वीकार करनी पड़ेगी।

वंशीधर बोले - मैं किस योग्य हूं किन्तु जो कुछ सेवा मुझसे हो सकती है उसमें त्रुटि न होगी।

अलोपीदीन ने एक स्टाम्प लगा हुआ पत्र निकाला और उसे वंशीधर के सामने रखकर बोले - इस पद को स्वीकार कीजिए और अपने हस्ताक्षर कर दीजिए। मैं ब्राह्मण हूं जब तक यह सवाल पूरा न कीजिएगा, द्वार से न हटूंगा।

मुंशी वंशीधर ने उस कागज को पढ़ा तो कृतज्ञता से आंखों में आंसू भर आये। पंडित आलोपीदीन ने उनको अपनी सारी जायदाद का स्थायी मैनेजर नियत किया था। छह हजार वार्षिक वेतन के अतिरिक्त रोजाना खर्च अलग, सवारी के लिए घोड़े, रहने को बंगला, नौकर-चाकर मुफ्त। कम्पित स्वर में बोले - पंडितजी, मुझमें इतनी सामर्थ्य नहीं है कि आपकी उदारता की प्रशंसा कर सकूं! किन्तु मैं ऐसे उच्च पद के योग्य नहीं हूं।

अलोपीदीन हंसकर बोले - मुझे इस समय एक अयोग्य मनुष्य की ही जरूरत है।

वंशीधर ने गम्भीर भाव से कहा - यों मैं आपका दास हूं। आप जैसे कीर्तिमान, सज्जन पुरुष की सेवा करना मेरे लिए सौभाग्य की बात है। किन्तु मुझमें न विद्या है, न बुद्धि, न वह स्वभाव जो इन त्रुटियों की पूर्ति कर देता है। ऐसे महान कार्य के लिए एक बड़े मर्मज्ञ अनुभवी मनुष्य की जरूरत है।

अलोपीदीन ने कलमदान से कलम निकाली और उसे वंशीधर के हाथ में देकर बोले, न मुझे विद्वता की चाह है, न अनुभव की, न मर्मज्ञता की, न कार्य कुशलता की। इन गुणों के महत्त्व का परिचय खूब पा चुका हूं। अब सौभाग्य और सुअवसर ने मुझे वह मोती दे दिया है जिसके सामने योग्यता और विद्वता की चमक फीकी पड़ जाती है। यह कलम लीजिए, अधिक सोच-विचार न कीजिए, दस्तखत कर दीजिए। परमात्मा से यही प्रार्थना है कि वह आपको सदैव वही नदी के किनारे वाला, बेमुरव्वत, उद्दंड, कठोर परंतु धर्मनिष्ठ दरोगा बनाये रखे।

वंशीधर की आंखें डबडबा आयी। हृदय के संकुचित पात्र में इसका एहसान न समा सका। एक बार फिर पंडितजी की ओर भक्ति और श्रद्धा की दृष्टि से देखा और कांपते हुए हाथ से मैनेजरी के कागज पर हस्ताक्षर कर दिये।

अलोपीदीन ने प्रफुल्लित होकर उन्हें गले लगा लिया।

***

उपदेश

प्रयाग के सुशिक्षित समाज में पंडित देवरत्न शर्मा वास्तव में एक रत्न थे। शिक्षा भी उन्होंने उच्च श्रेणी की पायी थी और कुल के भी उच्च थे। न्यायशीला गवर्नमेंट ने उन्हें एक उच्च पद पर नियुक्त करना चाहा, पर उन्होंने अपनी स्वतंत्रता का घात करना उचित न समझा। उनके कई शुभचिंतक मित्रों ने बहुत समझाया कि इस सुअवसर को हाथ से मत जाने दो, सरकारी नौकरी बड़े भाग्य से मिलती है, बड़े-बड़े लोग इसके लिए तरसते हैं और कामना लिए ही संसार से प्रस्थान कर जाते हैं। अपने कुल की कीर्ति उज्ज्वल करने का इससे सुगम और मार्ग नहीं है, इसे कल्पवृक्ष समझो। विभव, सम्पत्ति, सम्मान और ख्याति यह सब इसके दास हैं। रह गयी देश-सेवा, सो तुम्हीं देश के लिए क्यों प्राण देते हो? इस नगर में अनेक बड़े-बड़े विद्वान् और धनवान पुरुष हैं, जो सुख- चैन से बँगलों में रहते और मोटरों पर हरहराते, धूल की आँधी उड़ाते घूमते हैं। क्या वे लोग देश-सेवक नहीं हैं ? जब आवश्यकता होती है या कोई अवसर आता है तो वे देश-सेवा में निमग्न हो जाते हैं। अभी जब म्युनिसिपल चुनाव का झगड़ा छिड़ा तो मेयोहाल के हाते में मोटरों का ताँता लगा हुआ था। भवन के भीतर राष्ट्रीय गीतों और व्याख्यानों की भरमार थी। पर इनमें से कौन ऐसा है, जिसने स्वार्थ को तिजांजलि दे रखी हो ? संसार का नियम ही है कि पहले घर में दीया जला कर तब मस्जिद में जलाया जाता है। सच्ची बात तो यह है कि यह जातीयता की चर्चा कुछ कालेज के विद्यार्थियों को ही शोभा देती है। जब संसार में प्रवेश हुआ तो कहाँ की जाति और कहाँ की जातीय चर्चा। संसार की यही रीति है। फिर तुम्हीं को काजी बनने की क्या जरूरत ! यदि सूक्ष्म दृष्टि से देखा जाय तो सरकारी पद पाकर मनुष्य अपने देश-भाइयों की जैसी सच्ची सेवा कर सकता है, वैसी किसी अन्य व्यवस्था से कदापि नहीं कर सकता। एक दयालु दारोगा सैकड़ों जातीय सेवकों से अच्छा है। एक न्यायशील, धर्मपरायण मजिस्ट्रेट सहस्त्रों जातीय दानवीरों से अधिक सेवा कर सकता है। इसके लिए केवल हृदय में लगन चाहिए। मनुष्य चाहे जिस अवस्था में हो, देश का हित-साधन कर सकता है। इसीलिए अब अधिक आगा-पीछा न करो, चटपट पद को स्वीकार कर लो।

शर्मा जी को और युक्तियां कुछ न जँचीं, पर इस अंतिम युक्ति की सारगर्भिता से वह इनकार न कर सके। लेकिन फिर भी चाहे नियमपरायणता के कारण, चाहे केवल आलस्य के वश जो बहुधा ऐसी दशा में जातीय सेवा का गौरव पा जाता है, उन्होंने नौकरी से अलग रहने में ही अपना कल्याण समझा। उनके इस स्वार्थ-त्याग पर कालेज के नवयुवकों ने उन्हें खूब बधाइयाँ दीं। इस आत्म-विजय पर एक जातीय ड्रामा खेला गया, जिसके नायक हमारे शर्मा जी ही थे। समाज की उच्च श्रेणियों में इस आत्म-त्याग की चर्चा हुई और शर्मा जी को अच्छी-खासी ख्याति प्राप्त हो गयी ! इसी से वह कई वर्षों से जातीय सेवा में लीन रहते थे। इस सेवा का अधिक भाग

समाचार-पत्रों के अवलोकन में बीतता था, जो जातीय सेवा का ही एक विशेष अंग समझा जाता है। इसके अतिरिक्त वह पत्रों के लिए लेख लिखते, सभाएँ करते और उनमें फड़कते हुए व्याखान देते थे। शर्मा जी फ्री लाइब्रेरी के सेक्रेटरी, स्टूडेंट्स एसोसिएशन के सभापति, सोशल सर्विस लीग के सहायक मंत्री और प्राइमरी एजूकेशन कमिटी के संस्थापक थे। कृषि-सम्बन्धी विषयों से उन्हें विशेष प्रेम था। पत्रों में जहाँ कहीं किसी नयी खाद या किसी नवीन आविष्कार का वर्णन देखते, तत्काल उस पर लाल पेन्सिल से निशान कर देते और अपने लेखों में उसकी चर्चा करते थे। किंतु शहर से थोड़ी दूर पर उनका एक बड़ा ग्राम होने पर भी, वह अपने किसी असामी से परिचित न थे। यहाँ तक कि कभी प्रयाग के सरकारी कृषि-क्षेत्र की सैर करने न गये थे।

2

उसी मुहल्ले में एक लाला बाबूलाल रहते थे। वह एक वकील के मुहर्रिर थे। थोड़ी-सी उर्दू-हिंदी जानते थे और उसी से अपना काम भली-भाँति चला लेते थे। सूरत-शक्ल के कुछ सुन्दर न थे। उस शक्ल पर मऊ के चारखाने की लम्बी अचकन और भी शोभा देती थी। जूता भी देशी ही पहनते थे। यद्यपि कभी-कभी वे कड़वे तेल से उसकी सेवा किया करते, पर वह नीच स्वभाव के अनुसार उन्हें काटने से न चूकता था। बेचारे को साल के छह महीने पैरों में मलहम लगानी पड़ती। बहुधा नंगे पाँव कचहरी जाते, पर कंजूस कहलाने के भय से जूतों को हाथ में ले जाते। जिस ग्राम में शर्मा जी की जमींदारी थी, उसमें कुछ थोड़ा-सा हिस्सा उनका भी था। इस नाते से कभी-कभी उनके पास आया करते थे। हाँ, तातील के दिनों में गाँव चले जाते। शर्मा जी को उनका आ कर बैठना नागवार मालूम देता, विशेषकर जब वह फैशनेबुल मनुष्यों की उपस्थिति में आ जाते। मुंशी जी भी कुछ ऐसी स्थूल दृष्टि के पुरुष थे कि उन्हें अपना अनमिलापन बिलकुल दिखायी न देता। सबसे बड़ी आपत्ति यह थी वे बराबर कुर्सी पर डट जाते, मानो हंसों में कौआ। उस समय मित्रगण अँगरेजी में बातें करने लगते और बाबूलाल को क्षुद्र-बुद्धि, झक्की, बौड़म, बुद्धू आदि उपाधियों का पात्र बनाते। कभी-कभी उनकी हँसी उड़ाते थे। शर्मा जी में इतनी सज्जनता अवश्य थी कि वे अपने विचारहीन मित्र को यथाशक्ति निरादर से बचाते थे। यथार्थ में बाबूलाल की शर्मा जी पर सच्ची भक्ति थी। एक तो वह बी.ए. पास थे, दूसरे वह देशभक्त थे। बाबूलाल जैसे विद्याहीन मनुष्य का ऐसे रत्न को आदरणीय समझना कुछ अस्वाभाविक न था।

3

एक बार प्रयाग में प्लेग का प्रकोप हुआ। शहर के रईस लोग निकल भागे। बेचारे गरीब चूहों की भाँति पटापट मरने लगे। शर्मा जी ने भी चलने की ठानी। लेकिन सोशल सर्विस लीग के वे मंत्री ठहरे। ऐसे अवसर पर निकल भागने में बदनामी का भय था। बहाना ढूँढ़ा। लीग के प्राय: सभी लोग कॉलेज में पढ़ते थे। उन्हें बुला कर इन शब्दों में अपना अभिप्राय प्रकट किया-मित्रवृन्द ! आप अपनी जाति के दीपक हैं। आप ही इस मरणोन्मुख जाति के आशास्थल हैं। आज हम पर विपत्ति की घटाएँ छायी हुई हैं। ऐसी अवस्था में हमारी आँखें आपकी ओर न उठें

तो किसकी ओर उठेंगी। मित्र, इस जीवन में देशसेवा के अवसर बड़े सौभाग्य से मिला करते हैं। कौन जानता है कि परमात्मा ने तुम्हारी परीक्षा के लिए ही यह वज्रप्रहार किया हो। जनता को दिखा दो कि तुम वीरों का हृदय रखते हो, जो कितने ही संकट पड़ने पर भी विचलित नहीं होता। हाँ, दिखा दो कि वह वीरप्रसविनी पवित्र भूमि जिसने हरिश्चंद्र और भरत को उत्पन्न किया, आज भी शून्यगर्भा नहीं है। जिस जाति के युवकों में अपने पीड़ित भाइयों के प्रति ऐसी करुणा और यह अटल प्रेम है वह संसार में सदैव यश-कीर्ति की भागी रहेगी। आइए, हम कमर बाँध कर कर्म-क्षेत्र में उतर पड़ें। इसमें संदेह नहीं कि काम कठिन है, राह बीहड़ है, आपको अपने आमोद-प्रमोद, अपने हाकी-टेनिस, अपने मिल और मिल्टन को छोड़ना पड़ेगा। तुम जरा हिचकोगे, हटोगे और मुँह फेर लोगे, परन्तु भाइयो ! जातीय सेवा का स्वर्गीय आनंद सहज में नहीं मिल सकता ! हमारा पुरुषत्व, हमारा मनोबल, हमारा शरीर यदि जाति के काम न आवे तो वह व्यर्थ है। मेरी प्रबल आकांक्षा थी कि इस शुभ कार्य में मैं तुम्हारा हाथ बँटा सकता, पर आज ही देहातों में भी बीमारी फैलने का समाचार मिला है। अतएव मैं यहाँ का काम आपके सुयोग्य, सुदृढ़, हाथों में सौंपकर देहात में जाता हूँ कि यथासाध्य देहाती भाइयों की सेवा करूँ। मुझे विश्वास है कि आप सहर्ष मातृभूमि के प्रति अपना कर्तव्य पालन करेंगे।

इस तरह गला छुड़ा कर शर्मा जी संध्या समय स्टेशन पहुँचे। पर मन कुछ मलिन था। वे अपनी इस कायरता और निर्बलता पर मन ही मन लज्जित थे।

संयोगवश स्टेशन पर उनके एक वकील मित्र मिल गये। यह वही वकील थे जिनके आश्रय में बाबूलाल का निर्वाह होता था। यह भी भागे जा रहे थे। बोले कहिए शर्मा जी, किधर चले ? क्या भाग खड़े हुए ?

शर्मा जी पर घड़ों पानी पड़ गया, पर सँभल कर बोले- भागूँ क्यों ?

वकील- सारा शहर क्यों भागा जा रहा है ?

शर्मा जी- मैं ऐसा कायर नहीं हूँ ?

वकील- यार क्यों बात बनाते हो, अच्छा बताओ, कहाँ जाते हो ?

शर्मा जी- देहातों में बीमारी फैल रही है, वहाँ कुछ रिलीफ का काम करूँगा।

वकील- यह बिलकुल झूठ है। अभी मैं डिस्ट्रिक्ट गजट देख के चला आता हूँ। शहर के बाहर कहीं बीमारी का नाम नहीं है।

शर्मा जी निरुत्तर हो कर भी विवाद कर सकते थे। बोले, गजट को आप देव-वाणी समझते होंगे, मैं नहीं समझता।

वकील- आपके कान में तो आकाश के दूत कह गये होंगे ? साफ-साफ क्यों नहीं कहते कि जान के डर से भागा जा रहा हूँ।

शर्मा जी- अच्छा, मान लीजिए यही सही। तो क्या पाप कर रहा हूँ ? सबको अपनी जान प्यारी होती है।

वकील- हाँ, अब आये राह पर। यह मरदों की-सी बात है। अपने जीवन की रक्षा करना शास्त्रा का पहला नियम है। लेकिन अब भूल कर भी देश-भक्ति की डींग न मारिएगा। इस काम के लिए बड़ी दृढ़ता और आत्मिक बल की आवश्यकता है। स्वार्थ और देश-भक्ति में विरोधात्मक अंतर है। देश पर मिट जाने वाले को देश-सेवक का सर्वोच्च पद प्राप्त होता है, वाचालता और कोरी कलम घिसने से देश-सेवा नहीं होती। कम से कम मैं तो अखबार पढ़ने को यह गौरव नहीं दे सकता। अब कभी बढ़-बढ़ कर बातें न कीजिएगा। आप लोग अपने सिवा सारे संसार को स्वार्थांध समझते हैं, इसी से कहता हूँ।

शर्मा जी ने उद्दंडता का कुछ उत्तर न दिया। घृणा से मुँह फेर कर गाड़ी में बैठ गये।

4

तीसरे ही स्टेशन पर शर्मा जी उतर पड़े। वकील की कठोर बात से खिन्न हो रहे थे। चाहते थे कि उसकी आँख बचा कर निकल जायँ, पर देख ही लिया और हँस कर बोला- क्या आपके ही गाँव में प्लेग का दौरा हुआ है ?

शर्मा जी ने कुछ उत्तर न दिया। बहली पर जा बैठे। कई बेगार हाजिर थे। उन्होंने असबाब उठाया। फागुन का महीना था। आमों के बौर से महकती हुई मंद-मंद वायु चल रही थी। कभी-कभी कोयल की सुरीली तान सुनायी दे जाती थी। खलिहानों में किसान आनन्द से उन्मत्त हो-हो कर फाग गा रहे थे। लेकिन शर्मा जी को अपनी फटकार पर ऐसी ग्लानि थी कि इन चित्ताकर्षक वस्तुओं का उन्हें कुछ ध्यान ही न हुआ।

थोड़ी देर बाद वे ग्राम में पहुँचे। शर्मा जी के स्वर्गवासी पिता एक रसिक पुरुष थे। एक छोटा-सा बाग, छोटा-सा पक्का कुआँ, बँगला, शिवजी का मंदिर यह सब उन्हीं के कीर्ति चिह्न थे। वह गर्मी के दिनों में यहीं रहा करते थे, पर शर्मा जी के यहाँ आने का पहला ही अवसर था। बेगारियों ने चारों तरफ सफाई कर रक्खी थी। शर्मा जी बहली से उतर कर सीधे बँगले में चले गये, सैकड़ों असामी दर्शन करने आये थे, पर वह उनसे कुछ न बोले।

घड़ी रात जाते-जाते शर्मा जी के नौकर टमटम लिये आ पहुँचे। कहार, साईस और रसोइया-महाराज तीनों ने असामियों को इस दृष्टि से देखा मानो वह उनके नौकर हैं। साईस ने एक मोटे-ताजे किसान से कहा- घोड़े को खोल दो।

किसान बेचारा डरता-डरता घोड़े के निकट गया। घोड़े ने अनजान आदमी को देखते ही तेवर बदल कर कनौतियाँ खड़ी कीं। किसान डर कर लौट आया, तब साईस ने उसे ढकेल कर कहा बस, निरे बछिया के ताऊ ही हो। हल जोतने से क्या अक्ल भी चली जाती है ? यह लो घोड़ा टहलाओ। मुँह क्या बनाते हो, कोई सिंह है कि खा जायगा ?

किसान ने भय से काँपते हुए रास पकड़ी। उसका घबराया हुआ मुख देख कर हँसी आती थी। पग-पग पर घोड़े को चौकन्नी दृष्टि से देखता, मानो वह कोई पुलिस का सिपाही है।

रसोई बनाने वाले महाराज एक चारपाई पर लेटे हुए थे कड़क कर बोले, अरे नउआ कहाँ है? चल पानी-वानी ला, हाथ-पैर धो दे।

कहार ने कहा- अरे, किसी के पास जरा सुरती-चूना हो तो देना। बहुत देर से तमाखू नहीं खायी।

मुख्तार (कारिंदा) साहब ने इन मेहमानों की दावत का प्रबंध किया। साईस और कहार के लिए पूरियाँ बनने लगीं, महाराज को सामान दिया गया। मुख्तार साहब इशारे पर दौड़ते थे और दीन किसानों का तो पूछना ही क्या, वे तो बिना दामों के गुलाम थे। सच्चे-स्वतंत्र लोग इस समय सेवकों के सेवक बने हुए थे।

5

कई दिन बीत गये। शर्मा जी अपने बँगले में बैठे पत्र और पुस्तकें पढ़ा करते थे। रस्किन के कथनानुसार राजाओं और महात्माओं के सत्संग का सुख लूटते थे, हालैंड के कृषि-विधान, अमेरिकी-शिल्प-वाणिज्य और जर्मनी की शिक्षा-प्रणाली आदि गूढ़ विषयों पर विचार किया करते थे। गाँव में ऐसा कौन था जिसके साथ बैठते ? किसानों से बातचीत करने को उनका जी चाहता, पर न जाने क्यों वे उजड्ड, अक्खड़ लोग उनसे दूर रहते। शर्मा जी का मस्तिष्क कृषि-सम्बन्धी ज्ञान का भंडार था। हालैंड और डेनमार्क की वैज्ञानिक खेती, उसकी उपज का परिमाण और वहाँ के कोआपरेटिव बैंक आदि गहन विषय उनकी जिह्वा पर थे, पर इन गँवारों को क्या खबर ? यह सब उन्हें झुक कर पालागन अवश्य करते और कतरा कर निकल जाते, जैसे कोई मरकहे बैल से बचे। यह निश्चय करना कठिन है कि शर्मा जी की उनसे वार्तालाप करने की इच्छा में क्या रहस्य था, सच्ची सहानुभूति या अपनी सर्वज्ञता का प्रदर्शन !

शर्मा जी की डाक शहर से लाने और ले जाने के लिए दो आदमी प्रतिदिन भेजे जाते। वह लुई कूने की जल-चिकित्सा के भक्त थे। मेवों का अधिक सेवन करते थे। एक आदमी इस काम के लिए भी दौड़ाया जाता था। शर्मा जी ने अपने मुख्तार से सख्त ताकीद कर दी थी कि किसी से मुफ्त काम न लिया जाय तथापि शर्मा जी को यह देखकर आश्चर्य होता था कि कोई इन कामों के लिए प्रसन्नता से नहीं जाता। प्रतिदिन बारी-बारी से आदमी भेजे जाते थे। वह इसे भी बेगार समझते थे। मुख्तार साहब को प्राय: कठोरता से काम लेना पड़ता था। शर्मा जी किसानों की इस शिथिलता को मुटमरदी के सिवा और क्या समझते ! कभी-कभी वह स्वयं क्रोध से भरे हुए अपने शान्ति-कुटीर से निकल आते और अपनी तीव्र वाक्-शक्ति का चमत्कार दिखाने लगते थे। शर्मा जी के घोड़े के लिए घास-चारे का प्रबन्ध भी कुछ कम कष्टदायक न था। रोज संध्या समय डाँट-डपट और रोने-चिल्लाने की आवाज उन्हें सुनायी देती थी। एक कोलाहल-सा मच जाता था। पर वह इस सम्बन्ध में अपने मन को इस प्रकार समझा लेते थे कि घोड़ा भूखों नहीं मर सकता, घास का दाम दे दिया जाता है, यदि इस पर भी यह हाय-हाय होती है तो हुआ करे। शर्मा जी को यह कभी नहीं सूझी कि जरा चमारों से पूछ लें कि घास का दाम मिलता है या नहीं। यह सब व्यवहार देख-देख कर उन्हें अनुभव होता जाता था कि देहाती बड़े मुटमरद, बदमाश हैं।

इनके विषय में मुख्तार साहब जो कुछ कहते हैं, वह यथार्थ है। पत्रों और व्याख्यानों में उनकी अवस्था पर व्यर्थ गुल-गपाड़ा मचाया जाता है, यह लोग इसी बरताव के योग्य हैं। जो इनकी दीनता और दरिद्रता का राग अलापते हैं, वह सच्ची अवस्था से परिचित नहीं हैं। एक दिन शर्मा जी महात्माओं की संगति से उकता कर सैर को निकले। घूमते-फिरते खलिहानों की तरफ निकल गये। वहाँ आम के वृक्ष के नीचे किसानों की गाढ़ी कमाई के सुनहरे ढेर लगे हुए थे। चारों ओर भूसे की आँधी-सी उड़ रही थी। बैल अनाज का एक गाल खा लेते थे। यह सब उन्हीं की कमाई है, उनके मुँह में आज चाबी देना बड़ी कृतघ्नता है। गाँव के बढ़ई, चमार, धोबी और कुम्हार अपना वार्षिक कर उगाहने के लिए जमा थे। एक ओर नट ढोल बजा-बजा कर अपने करतब दिखा रहा था। कवीश्वर महाराज की अतुल काव्य-शक्ति आज उमंग पर थी।

शर्मा जी इस दृश्य से बहुत प्रसन्न हुए। परन्तु इस उल्लास में उन्हें अपने कई सिपाही दिखायी दिये जो लट्ठ लिये अनाज के ढेरों के पास जमा थे। पुष्पवाटिका में ठूँठ जैसा भद्दा दिखायी देता है अथवा ललित संगीत में जैसे कोई बेसुरी तान कानों को अप्रिय लगती है, उसी तरह शर्मा जी की सहृदयतापूर्ण दृष्टि में ये मँडराते हुए सिपाही दिखायी दिये। उन्होंने निकट जा कर एक सिपाही को बुलाया। उन्हें देखते ही सब-के-सब पगड़ियाँ सँभालते दौड़े।

शर्मा जी ने पूछा- तुम लोग यहाँ इस तरह क्यों बैठे हो ?

एक सिपाही ने उत्तर दिया- सरकार, हम लोग असामियों के सिर पर सवार न रहें तो एक कौड़ी वसूल न हो। अनाज घर में जाने की देर है, फिर वह सीधे बात भी न करेंगे बड़े सरकश लोग हैं। हम लोग रात की रात बैठे रहते हैं। इतने पर भी जहाँ आँख झपकी ढेर गायब हुआ।

शर्मा जी ने पूछा- तुम लोग यहाँ कब तक रहोगे ? एक सिपाही ने उत्तर दिया हुजूर ! बनियों को बुला कर अपने सामने अनाज तौलाते हैं। जो कुछ मिलता है उसमें से लगान काट कर बाकी असामी को देते हैं।

शर्मा जी सोचने लगे, जब यह हाल है तो इन किसानों की अवस्था क्यों न खराब हो ? यह बेचारे अपने धन के मालिक नहीं हैं। उसे अपने पास रख कर अच्छे अवसर पर नहीं बेच सकते। इस कष्ट का निवारण कैसे किया जाय ? यदि मैं इस समय इनके साथ रिआयत कर दूँ तो लगान कैसे वसूल होगा।

इस विषय पर विचार करते हुए वहाँ से चल दिये। सिपाहियों ने साथ चलना चाहा, पर उन्होंने मना कर दिया। भीड़-भाड़ से उन्हें उलझन होती थी। अकेले ही गाँव में घूमने लगे। छोटा-सा गाँव था, पर सफाई का कहीं नाम न था। चारों ओर से दुर्गंध उठ रही थी। किसी के दरवाजे पर गोबर सड़ रहा था, तो कहीं कीचड़ और कूड़े का ढेर वायु को विषैली बना रहा था। घरों के पास ही घूर पर खाद के लिए गोबर फेंका हुआ था जिससे गाँव में गन्दगी फैलने के साथ-साथ खाद का सारा अंश धूप और हवा के साथ गायब हो जाता था। गाँव के मकान तथा रास्ते बेसिलसिले, बेढंगे तथा टूटे-फूटे थे। मोरियों से गंदे पानी के निकास का कोई प्रबंध न होने की वजह से दुर्गंध से दम घुटता था। शर्मा जी ने नाक पर रूमाल लगा ली। साँस रोक कर तेजी से चलने लगे।

बहुत जी घबराया तो दौड़े और हाँफते हुए एक सघन नीम के वृक्ष की छाया में आ कर खड़े हो गये। अभी अच्छी तरह साँस भी न लेने पाये थे कि बाबूलाल ने आ कर पालागन किया और पूछा क्या कोई साँड़ था ?

शर्मा जी साँस खींच कर बोले- साँड़ से अधिक भयंकर विषैली हवा थी। ओह ! यह लोग ऐसी गंदगी में रहते हैं ?

बाबूलाल- रहते क्या हैं, किसी तरह जीवन के दिन पूरे करते हैं।

शर्मा जी- पर यह स्थान तो साफ है ?

बाबूलाल- जी हाँ, इस तरफ गाँव के किनारे तक साफ जगह मिलेगी।

शर्मा जी- तो उधर इतना मैला क्यों है ?

बाबूलाल- गुस्ताखी माफ हो तो कहूँ ?

शर्मा जी हँसकर बोले- प्राणदान माँगा होता। सच बताओ क्या बात है ? एक तरफ ऐसी स्वच्छता और दूसरी तरफ वह गंदगी ?

बाबूलाल- यह मेरा हिस्सा है और वह आपका हिस्सा है। मैं अपने हिस्से की देख-रेख स्वयं करता हूँ, पर आपका हिस्सा नौकरों की कृपा के अधीन है।

शर्मा जी- अच्छा यह बात है। आखिर आप क्या करते हैं ?

बाबूलाल- और कुछ नहीं, केवल ताकीद करता रहता हूँ। जहाँ अधिक मैलापन देखता हूँ, स्वयं साफ करता हूँ। मैंने सफाई का एक इनाम नियत कर दिया है, जो प्रति मास सबसे साफ घर के मालिक को मिलता है।

शर्मा जी के लिए एक कुर्सी रख दी गयी। वे उस पर बैठ गये और बोले- क्या आप आज ही आये हैं ?

बाबूलाल- जी हाँ, कल तातील है। आप जानते ही हैं कि तातील के दिन मैं भी यहीं रहता हूँ।

शर्मा जी- शहर का क्या रंग-ढंग है ?

बाबूलाल- वही हाल, बल्कि और भी खराब। 'सोशल सर्विस लीग' वाले भी गायब हो गये। गरीबों के घरों में मुर्दे पड़े हुए हैं। बाजार बंद हो गये। खाने को अनाज नहीं मिलता है।

शर्मा जी- भला बताओ तो, ऐसी आग में मैं वहाँ कैसे रहता ? बस लोगों ने मेरी ही जान सस्ती समझ रखी है। जिस दिन मैं यहाँ आ रहा था आपके वकील साहब मिल गये, बेतरह गरम हो पड़े, मुझे देश-भक्ति के उपदेश देने लगे। जिन्हें कभी भूल कर भी देश का ध्यान नहीं आता वे भी मुझे उपदेश देना अपना कर्तव्य समझते हैं। कुछ ही देश-भक्ति का दावा है। जिसे देखो वही तो देश-सेवक बना फिरता है। जो लोग सौ रुपये अपने भोग-विलास में फूँकते हैं उनकी गणना भी जाति-सेवकों में है। मैं तो फिर भी कुछ-न-कुछ करता हूँ। मैं भी मनुष्य हूँ कोई देवता नहीं,

धन की अभिलाषा अवश्य है। मैं जो अपना जीवन पत्रों के लिए लेख लिखने में काटता हूँ, देश-हित की चिंता में मग्न रहता हूँ, उसके लिए मेरा इतना सम्मान बहुत समझा जाता है। जब किसी सेठ जी या किसी वकील साहब के दरेदौलत पर हाजिर हो जाऊँ तो वह कृपा करके मेरा कुशल-समाचार पूछ लें। उस पर भी यदि दुर्भाग्यवश किसी चंदे के सम्बन्ध में जाता हूँ, तो लोग मुझे यम का दूत समझते हैं। ऐसी रुखाई का व्यवहार करते हैं जिससे सारा उत्साह भंग हो जाता है। यह सब आपत्तियाँ तो मैं झेलूँ, पर जब किसी सभा का सभापति चुनने का समय आता है तो कोई वकील साहब इसके पात्र समझे जाते हैं, जिन्हें अपने धन के सिवा उक्त पद का कोई अधिकार नहीं। तो भाई जो गुड़ खाय वह कान छिदावे। देश-हितैषियों का पुरस्कार यही जातीय सम्मान है। जब वहाँ तक मेरी पहुँच ही नहीं तो व्यर्थ जान क्यों दूँ। यदि यह आठ वर्ष मैंने लक्ष्मी की आराधना में व्यतीत किये होते तो अब तक मेरी गिनती बड़े आदमियों में होती। अभी मैंने कितने परिश्रम से देहाती बैंकों पर लेख लिखा, महीनों उसकी तैयारी में लगे, सैकड़ों पत्र-पत्रिकाओं के पन्ने उलटने पड़े, पर किसी ने उसके पढ़ने का कष्ट भी न उठाया। यदि इतना परिश्रम किसी और काम में किया होता तो कम से कम स्वार्थ तो सिद्ध होता। मुझे ज्ञात हो गया कि इन बातों को कोई नहीं पूछता। सम्मान और कीर्ति यह सब धन के नौकर हैं।

बाबूलाल- आपका कहना यथार्थ ही है; पर आप जैसे महानुभाव इन बातों को मन में लावेंगे तो यह काम कौन करेगा ?

शर्मा जी- वही करेंगे जो 'ऑनरेबुल' बने फिरते हैं या जो नगर के पिता कहलाते हैं। मैं तो अब देशाटन करूँगा, संसार की हवा खाऊँगा।

बाबूलाल समझ गये कि यह महाशय इस समय आपे में नहीं हैं। विषय बदल कर पूछा- यह तो बताइए, आपने देहात को कैसे पसंद किया ? आप तो पहले-ही-पहल यहाँ आये हैं।

शर्मा जी- बस, यही कि बैठे-बैठे जी घबराता है। हाँ, कुछ नये अनुभव अवश्य प्राप्त हुए हैं। कुछ भ्रम दूर हो गये। पहले समझता था कि किसान बड़े दीन-दु:खी होते हैं। अब मालूम हुआ कि यह मुटमरद, अनुदार और दुष्ट हैं। सीधे बात न सुनेंगे, पर कड़ाई से जो काम चाहे करा लो। बस, निरे पशु हैं। और तो और, लगान के लिए भी उनके सिर पर सवार रहने की जरूरत है। टल जाओ तो कौड़ी वसूल न हो। नालिश कीजिए, बेदखली जारी कीजिए, कुर्की कराइए, यह सब आपत्तियाँ सहेंगे, पर समय पर रुपया देना नहीं जानते। यह सब मेरे लिए नयी बातें हैं। मुझे अब तक इनसे जो सहानुभूति थी वह अब नहीं है। पत्रों में उनकी हीनावस्था के जो मरसिये गाये जाते हैं, वह सर्वथा कल्पित हैं। क्यों, आपका क्या विचार है ?

बाबूलाल ने सोच कर जवाब दिया- मुझे तो अब तक कोई शिकायत नहीं हुई। मेरा अनुभव यह है कि यह लोग बड़े शीलवान्, नम्र और कृतज्ञ होते हैं। परन्तु उनके ये गुण प्रकट में नहीं दिखायी देते। उनमें मिलिए और उन्हें मिलाइए तब उनके जौहर खुलते हैं। उन पर विश्वास कीजिए तब वह आप पर विश्वास करेंगे। आप कहेंगे इस विषय में अग्रसर होना उनका काम है और आपका यह कहना उचित भी है, लेकिन शताब्दियों से वह इतने पीसे गये हैं, इतनी ठोकरें

खायी हैं कि उनमें स्वाधीन गुणों का लोप-सा हो गया है। जमींदार को वह एक हौआ समझते हैं जिनका काम उन्हें निगल जाना है। वह उनका मुकाबिला नहीं कर सकते, इसलिए छल और कपट से काम लेते हैं, जो निर्धनों का एकमात्र आधार है। पर आप एक बार उनके विश्वासपात्र बन जाइए, फिर आप कभी उनकी शिकायत न करेंगे।

बाबूलाल यह बातें कर ही रहे थे कि कई चमारों ने घास के बड़े-बड़े गट्ठे ला कर डाल दिये और चुपचाप चले गये। शर्मा जी को आश्चर्य हुआ। इसी घास के लिए इनसे बँगले पर हाय-हाय होती है और यहाँ किसी को खबर भी नहीं हुई। बोले- आखिर अपना विश्वास जमाने का कोई उपाय भी है।

बाबूलाल ने उत्तर दिया- आप स्वयं बुद्धिमान हैं। आपके सामने मेरा मुँह खोलना धृष्टता है। मैं इसका एक ही उपाय जानता हूँ। उन्हें किसी कष्ट में देख कर उनकी मदद कीजिए। मैंने उन्हीं के लिए वैद्यक सीखा और एक छोटा-मोटा औषधालय अपने साथ रखता हूँ। रुपया माँगते हैं तो रुपया, अनाज माँगते हैं जो अनाज देता हूँ, पर सूद नहीं लेता। इससे मुझे ग्लानि नहीं होती, दूसरे रूप में सूद अधिक मिल जाता है। गाँव में दो अंधी स्त्रियाँ और दो अनाथ लड़कियाँ हैं, उनके निर्वाह का प्रबंध कर दिया है। होता सब उन्हीं की कमाई से है, पर नेकनामी मेरी होती है।

इतने में कई असामी आये और बोले- भैया, पोत ले लो।

शर्मा जी ने सोचा इसी लगान के लिए मेरे चपरासी खलिहान में चारपाई डाल कर सोते हैं और किसानों को अनाज के ढेर के पास फटकने नहीं देते और वही लगान यहाँ इस तरह आप से आप चला आता है। बोले- यह सब तो तब ही हो सकता है जब जमींदार आप गाँव में रहे।

बाबूलाल ने उत्तर दिया- जी हाँ, और क्यों ? जमींदार के गाँव में न रहने से इन किसानों को बड़ी हानि होती है। कारिंदों और नौकरों से यह आशा करनी भूल है कि वह इनके साथ अच्छा बर्ताव करेंगे, क्योंकि उनको तो अपना उल्लू सीधा करने से काम रहता है। जो किसान उनकी मुट्ठी गरम करते हैं उन्हें मालिक के सामने सीधा और जो कुछ नहीं देते उन्हें बदमाश और सरकश बतलाते हैं। किसानों को बात-बात के लिए चूसते हैं, किसान छान छवाना चाहे तो उन्हें दे, दरवाजे पर एक खूँटा तक गाड़ना चाहे तो उन्हें पूजे, एक छप्पर उठाने के लिए दस रुपये जमींदार को नजराना दे तो दो रुपये मुंशी जी को जरूर ही देने होंगे। कारिंदे को घी-दूध मुफ्त खिलावे, कहीं-कहीं तो गेहूँ-चावल तक मुफ्त हजम कर जाते हैं। जमींदार तो किसानों को चूसते ही हैं, कारिंदे भी कम नहीं चूसते। जमींदार तीन पाव के भाव में रुपये का सेर भर घी ले तो मुंशी जी को अपने घर अपने साले-बहनोइयों के लिए अठारह छटाँक चाहिए ही। तनिक-तनिक सी बात के लिए डाँड़ और जुर्माना देते-देते किसानों के नाक में दम हो जाता है। आप जानते हैं इसी से और कहीं की 30 रु. की नौकरी छोड़ कर भी जमींदारों की कारिंदागिरी लोग 8 रु., 10 रु. में स्वीकार कर लेते हैं, क्योंकि 8 रु., 10 रु. का कारिंदा साल में 800 रु., 1000 रु. ऊपर से कमाता है। खेद तो

यह है कि जमींदार लोगों में शिक्षा की उन्नति के साथ-साथ शहर में रहने की प्रथा दिनोंदिन बढ़ती जा रही है। मालूम नहीं आगे चल कर इन बेचारों की क्या गति होगी ?

6

शर्मा जी को बाबूलाल की बातें विचारपूर्ण मालूम हुईं ! पर वह सुशिक्षित मनुष्य थे। किसी बात को चाहे वह कितनी ही यथार्थ क्यों न हो, बिना तर्क के ग्रहण नहीं कर सकते थे। बाबूलाल को वह सामान्य बुद्धि का आदमी समझते आये थे। इस भाव में एकाएक परिवर्तन हो जाना असम्भव था। इतना ही नहीं, इन बातों का उल्टा प्रभाव यह हुआ कि वह बाबूलाल से चिढ़ गये। उन्हें ऐसा प्रतीत हुआ कि बाबूलाल अपने सुप्रबन्ध के अभिमान में मुझे तुच्छ समझता है, मुझे ज्ञान सिखाने की चेष्टा करता है। जो सदैव दूसरों को सद्ज्ञान सिखाने और सम्मान दिखाने का प्रयत्न करता हो वह बाबूलाल जैसे आदमी के सामने कैसे सिर झुकाता ? अतएव जब यहाँ से चले तो शर्मा जी की तर्क-शक्ति बाबूलाल की बातों की आलोचना कर रही थी। मैं गाँव में क्योंकर रहूँ ! क्या जीवन की सारी अभिलाषाओं पर पानी फेर दूँ ? गँवारों के साथ बैठे-बैठे गप्पें लड़ाया करूँ ! घड़ी-आध-घड़ी मनोरंजन के लिए उनसे बातचीत करना सम्भव है, पर यह मेरे लिए असह्य है कि वह आठों पहर मेरे सिर पर सवार रहें। मुझे तो उन्माद हो जाय। माना कि उनकी रक्षा करना मेरा कर्तव्य है, पर यह कदापि नहीं हो सकता कि उनके लिए मैं अपना जीवन नष्ट कर दूँ। बाबूलाल बन जाने की क्षमता मुझमें नहीं है कि जिससे बेचारे इस गाँव की सीमा के बाहर नहीं जा सकते। मुझे संसार में बहुत काम करना है, बहुत नाम करना है। ग्राम्य जीवन मेरे लिए प्रतिकूल ही नहीं बल्कि प्राणघातक भी है।

यही सोचते हुए वह बँगले पर पहुँचे तो क्या देखते हैं कि कई कांस्टेबल कमरे के बरामदे में लेटे हुए हैं। मुख्तार साहब शर्मा जी को देखते ही आगे बढ़ कर बोले हुजूर ! बड़े दारोगा जी, छोटे दारोगा जी के साथ आये हैं। मैंने उनके लिए पलंग कमरे में ही बिछवा दिये हैं। ये लोग जब इधर आ जाते हैं तो ठहरा करते हैं। देहात में इनके योग्य स्थान और कहाँ है ? अब मैं इनसे कैसे कहता कि कमरा खाली नहीं है। हुजूर का पलंग ऊपर बिछा दिया है।

शर्मा जी अपने अन्य देश-हितचिंतक भाइयों की भाँति पुलिस के घोर विरोधी थे। पुलिसवालों के अत्याचारों के कारण उन्हें बड़ी घृणा की दृष्टि से देखते थे। उनका सिद्धांत था कि यदि पुलिस का आदमी प्यास से भी मर जाय तो उसे पानी न देना चाहिए। अपने कारिंदे से यह समाचार सुनते ही उनके शरीर में आग-सी लग गयी। कारिंदे की ओर लाल आँखों से देखा और लपक कर कमरे की ओर चले कि बेईमानों का बोरिया-बँधना उठा कर फेंक दूँ। वाह ! मेरा घर न हुआ कोई होटल हुआ ! आ कर डट गये। तेवर बदले हुए बरामदे में जा पहुँचे कि इतने में छोटे दारोगा बाबू कोकिला सिंह ने कमरे से निकल कर पालागन किया और हाथ बढ़ा कर बोले अच्छी साइत से चला था कि आपके दर्शन हो गये। आप मुझे भूल तो न गये होंगे ?

यह महाशय दो साल पहले 'सोशल सर्विस लीग' के उत्साही सदस्य थे। इंटरमीडियेट फेल हो जाने के बाद पुलिस में दाखिल हो गये थे। शर्मा जी ने उन्हें देखते ही पहचान लिया। क्रोध शांत

हो गया। मुस्कराने की चेष्टा करके बोले भूलना बड़े आदमियों का काम है। मैंने तो आपको दूर ही से पहचान लिया था। कहिए, इसी थाने में हैं क्या ? कोकिला सिंह बोले जी हाँ, आजकल यहीं हूँ। आइए, आपको दारोगा जी से इन्ट्रोड्यूस (परिचय) करा दूँ।

भीतर आरामकुरसी पर लेटे दारोगा जुल्फिकार अली खाँ हुक्का पी रहे थे। बड़े डीलडौल के मनुष्य थे। चेहरे से रोब टपकता था। शर्मा जी को देखते ही उठकर हाथ मिलाया और बोले जनाब से नियाज़ हासिल करने का शौक मुद्दत से था। आज खुशनसीब मौका भी मिल गया। इस मुदाखिलत बेजा को मुआफ़ फरमाइएगा।

शर्मा जी को आज मालूम हुआ कि पुलिसवालों को अशिष्ट कहना अन्याय है। हाथ मिला कर बोले यह आप क्या फरमाते हैं, यह आपका घर है।

पर इसके साथ ही पुलिस पर आक्षेप करने का ऐसा अच्छा अवसर हाथ से नहीं जाने देना चाहते थे। कोकिला सिंह से बोले आपने तो पिछले साल कालेज छोड़ा है। लेकिन आपने नौकरी भी की तो पुलिस की !

बड़े दारोगा जी यह ललकार सुनकर सँभल बैठे और बोले क्यों जनाब ! क्या पुलिस ही सारे मुहकमों से गया-गुजरा है ? ऐसा कौन-सा सेगा है जहाँ रिश्वत का बाजार गर्म नहीं। अगर आप ऐसे एक भी सेगा का नाम बता दीजिए तो मैं ताउम्र आपकी गुलामी करूँ। मुलाज़मत करके रिश्वत लेना मुहाल है। तामील के सेगे को बेलौस कहा जाता है, मगर मुझको इसका खूब तजरबा हो चुका है। अब मैं किसी रास्तबाजी के दावे को तसलीम नहीं कर सकता। और दूसरे सेगों की निस्बत तो मैं नहीं कह सकता, मगर पुलिस में जो रिश्वत नहीं लेता उसे मैं अहमक समझता हूँ। मैंने दो-एक दयानतदार सब-इन्स्पेक्टर देखे हैं, पर उन्हें हमेशा तबाह देखा। कभी मातूइ, कभी मुअत्तल, कभी बरखास्त ! चौकीदार और कांस्टेबल बेचारे थोड़ी औकात के आदमी हैं, इनका गुजारा क्योंकर हो ? वही हमारे हाथ-पाँव हैं, उन्हीं पर हमारी नेकनामी का दारमदार है। जब वह खुद भूखों मरेंगे तब हमारी मदद करेंगे ! जो लोग हाथ बढ़ा कर लेते हैं, खुद खाते हैं, दूसरों को खिलाते हैं, अफसरों को खुश रखते हैं, उनका शुमार कारगुजार, नेकनाम आदमियों में होता है। मैंने तो यही अपना वसूल बना रखा है और खुदा का शुक्र है कि अफसर और मातहत सभी खुश हैं।

शर्मा जी ने कहा- इसी वजह से तो मैंने ठाकुर साहब से कहा था कि आप क्यों इस सेगे में आये ?

जुल्फिकार अली खाँ गरम हो कर बोले- आये तो मुहकमे पर कोई एहसान नहीं किया। किसी दूसरे सेगे में होते तो अभी तक ठोकरें खाते होते, नहीं तो घोड़े पर सवार नौशा बने घूमते हैं। मैं तो बात सच्ची कहता हूँ, चाहे किसी को अच्छी लगे या बुरी। इनसे पूछिए, हराम की कमाई अकेले आज तक किसी को हजम हुई है ? यह नये लोग जो आते हैं उनकी यह आदत होती है कि जो कुछ मिले अकेले ही हजम कर लें। चुपके-चुपके लेते हैं और थाने के अहलकार मुँह ताकते रह जाते हैं ! दुनिया की निगाह में ईमानदार बनना चाहते हैं, पर खुदा से नहीं डरते।

अबे, जब हम खुदा ही से नहीं डरते तो आदमियों का क्या खौफ ? ईमानदार बनना हो तो दिल से बनो। सचाई का स्वाँग क्यों भरते हो ? यह हजरत छोटी-छोटी रकमों पर गिरते हैं। मारे गरूर के किसी आदमी से राय तो लेते नहीं। जहाँ आसानी से सौ रुपये मिल सकते हैं वहाँ पाँच रुपये में बुलबुल हो जाते हैं ! कहीं दूधवाले के दाम मार लिये, कहीं हज्जाम के पैसे दबा लिये, कहीं बनिये से निर्ख के लिए झगड़ बैठे। यह अफसरी नहीं लुच्चापन है; गुनाह बेलज्जत, फायदा तो कुछ नहीं; बदनामी मुफ्त। मैं बड़े-बड़े शिकारों पर निगाह रखता हूँ। यह पिद्दी और बटेर मातहतों के लिए छोड़ देता हूँ। हलफ से कहता हूँ, गरज बुरी शय है। रिश्वत देनेवालों से ज्यादा अहमक अंधे आदमी दुनिया में न होंगे। ऐसे कितने ही उल्लू आते हैं जो महज यह चाहते हैं कि मैं उसके किसी पट्टीदार या दुश्मन को दो-चार खोटी-खरी सुना दूँ, कई ऐसे बेईमान जमींदार आते हैं जो यह चाहते हैं कि वह असामियों पर जुल्म करते रहें और पुलिस दखल न दे ! इतने ही के लिए वह सैकड़ों रुपये मेरी नजर करते हैं और खुशामद घालू में। ऐसे अक्ल के दुश्मनों पर रहम करना हिमाकत है। जिले में मेरे इस इलाके को सोने की खान कहते हैं। इस पर सबके दाँत रहते हैं। रोज एक न एक शिकार मिलता रहता है। जमींदार निरे जाहिल, लंठ, जरा-जरा सी बात पर फौजदारियाँ कर बैठते हैं। मैं तो खुदा से दुआ करता रहता हूँ कि यह हमेशा इसी जहालत के गढ़े में पड़े रहें। सुनता हूँ, कोई साहब आम तालीम का सवाल पेश कर रहे हैं, उस भलेमानुस को न जाने क्या धुन है। शुक्र है कि हमारी आली फहम सरकार ने नामंजूर कर दिया। बस, इस सारे इलाके में एक यही आप का पट्टीदार अलबत्ता समझदार आदमी है। उसके यहाँ मेरी या और किसी की दाल नहीं गलती और लुत्फ यह कि कोई उससे नाखुश नहीं ! बस मीठी-मीठी बातों से मन भर देता है। अपने असामियों के लिए जान देने को हाजिर, और हलफ से कहता हूँ कि अगर मैं जमींदार होता तो इसी शख्स का तरीका अख्तियार करता। जमींदार का फर्ज है कि अपने असामियों को जुल्म से बचाये। उन पर शिकारियों का वार न होने दे। बेचारे गरीब किसानों की जान के तो सभी ग्राहक होते हैं और हलफ से कहता हूँ, उनकी कमाई उनके काम नहीं आती ! उनकी मेहनत का मजा हम लूटते हैं। यों तो जरूरत से मजबूर हो कर इनसान क्या नहीं कर सकता, पर हक यह है कि इन बेचारों की हालत वाकई रहम के काबिल है और जो शख्स उनके लिए सीनासिपर हो सके उसके कदम चूमने चाहिए। मगर मेरे लिए तो वही आदमी सबसे अच्छा है जो शिकार में मेरी मदद करे।

शर्मा जी ने इस बकवाद को बड़े ध्यान से सुना। वह रसिक मनुष्य थे। इसकी मार्मिकता पर मुग्ध हो गये। सहृदयता और कठोरता के ऐसे विचित्र मिश्रण से उन्हें मनुष्यों के मनोभावों का एक कौतूहलजनक परिचय प्राप्त हुआ। ऐसी वक्तृता का उत्तर देने की कोशिश करना व्यर्थ था। बोले- क्या कोई तहकीकात है, या महज गश्त ?

दारोगा जी बोले- जी नहीं, महज गश्त। आजकल किसानों के फसल के दिन हैं। यही जमाना हमारी फसल का भी है। शेर को भी तो माँद में बैठे-बैठे शिकार नहीं मिलता। जंगल में घूमता है। हम भी शिकार की तलाश में हैं। किसी पर खुफियाफरोशी का इलजाम लगाया, किसी को चोरी का माल खरीदने के लिए पकड़ा, किसी को हमलहराम का झगड़ा उठा कर फाँसा। अगर हमारे नसीब से डाका पड़ गया तो हमारी पाँचों अँगुलियाँ घी में समझिए। डाकू तो नोच-खसोट

कर भागते हैं। असली डाका हमारा पड़ता है। आस-पास के गाँव में झाड़ई फेर देते हैं। खुदा से शबोरोज दुआ किया करते हैं कि परवरदिगार ! कहीं से रिजक भेज। झूठे-सच्चे डाके की खबर आवे। अगर देखा कि तकदीर पर शाकिर रहने से काम नहीं चलता तो तदवीर से काम लेते हैं। जरा से इशारे की जरूरत है, डाका पड़ते क्या देर लगती है ! आप मेरी साफगोई पर हैरान होते होंगे। अगर मैं अपने सारे हथकंडे बयान करूँ तो आप यकीन न करेंगे और लुत्फ यह कि मेरा शुमार जिले के निहायत होशियार, कारगुजार, दयानतदार सब-इन्स्पेक्टरों में है। फर्जी डाके डलवाता हूँ ! फर्जी मुल्जिम पकड़ता हूँ, मगर सजाएँ असली दिलवाता हूँ। शहादतें ऐसी गढ़ता हूँ कि कैसा ही बैरिस्टर का चचा क्यों न हो, उन्हें गिरफ्तार नहीं कर सकता।

इतने में शहर से शर्मा जी की डाक आ गयी। वे उठ खड़े हुए और बोले- दारोगा जी, आपकी बातें बड़ी मजेदार होती हैं। अब इजाजत दीजिए। डाक आ गयी है। जरा उसे देखना है।

7

चाँदनी रात थी। शर्मा जी खुली छत पर लेटे हुए एक समाचार-पत्र पढ़ने में मग्न थे। अकस्मात् कुछ शोरगुल सुन कर नीचे की तरफ झाँका तो क्या देखते हैं कि गाँव के चारों तरफ से कान्स्टेबलों के साथ किसान चले आ रहे हैं। बहुत से आदमी खलिहान की तरफ से बड़बड़ाते आते थे। बीच-बीच में सिपाहियों की डाँट-फटकार की आवाजें भी कानों में आती थीं। यह सब आदमी बँगले के सामने सहन में बैठते जाते थे। कहीं-कहीं स्त्रियों का आर्त्तनाद भी सुनायी देता था। शर्मा जी हैरान थे कि मामला क्या है ? इतने में दारोगा जी की भयंकर गरज सुनायी पड़ी- हम एक न मानेंगे, सब लोगों को थाने चलना होगा।

फिर सन्नाटा हो गया। मालूम होता था कि आदमियों में कानाफूसी हो रही है। बीच-बीच में मुख्तार साहब और सिपाहियों के हृदय-विदारक शब्द आकाश में गूँज उठते। फिर ऐसा जान पड़ा कि किसी पर मार पड़ रही है। शर्मा जी से अब न रहा गया। वह सीढ़ियों के द्वार पर आये। कमरे में झाँक कर देखा। मेज पर रुपये गिने जा रहे थे। दारोगा जी ने फर्माया, इतने बड़े गाँव में सिर्फ यही ?

मुख्तार साहब ने उत्तर दिया- अभी घबड़ाइए नहीं। अबकी मुखियों की खबर ली जाय। रुपयों का ढेर लग जाता है।

यह कह कर मुख्तार ने कई किसानों को पुकारा, पर कोई न बोला। तब दारोगा जी का गगनभेदी नाद सुनायी दिया- यह लोग सीधे न मानेंगे, मुखियों को पकड़ लो। हथकड़ियाँ भर दो। एक-एक को डामुल भिजवाऊँगा।

यह नादिरशाही हुक्म पाते ही कान्स्टेबलों का दल उन आदमियों पर टूट पड़ा। ढोल-सी पिटने लगी। क्रंदन-ध्वनि से आकाश गूँज उठा। शर्मा जी का रक्त खौल रहा था। उन्होंने सदैव न्याय

और सत्य की सेवा की थी। अन्याय और निर्दयता का यह करुणात्मक अभियान उनके लिए असह्य था।

अचानक किसी ने रो कर कहा- दोहाई सरकार की, मुख्तार साहब हम लोगन को हक नाहक मरवाये डारत हैं।

शर्मा जी क्रोध से काँपते हुए धम-धम कोठे से उतर पड़े, यह दृढ़ संकल्प कर लिया कि मुख्तार साहब को मारे हंटरों के गिरा दूँ, पर जनसेवा में मनोवेगों को दबाने की बड़ी प्रबल शक्ति होती है। रास्ते ही में सँभल गये। मुख्तार को बुला कर कहा- मुंशी जी, आपने यह क्या गुल-गपाड़ा मचा रखा है ?

मुख्तार ने उत्तर दिया- हुजूर, दारोगा जी ने इन्हें एक डाके की तहकीकात में तलब किया है।

शर्मा जी बोले- जी हाँ, इस तहकीकात का अर्थ मैं खूब समझता हूँ। घंटे भर से इसका तमाशा देख रहा हूँ। तहकीकात हो चुकी या कसर बाकी है ?

मुख्तार ने कहा- हुजूर, दारोगा जी जानें, मुझे क्या मतलब ?

दारोगा जी बड़े चतुर पुरुष थे। मुख्तार साहब की बातों से उन्होंने समझा था कि शर्मा जी का स्वभाव भी अन्य जमींदारों के सदृश है। इसलिए वह बेखटके थे, पर इस समय उन्हें अपनी भूल ज्ञात हुई। शर्मा जी के तेवर देखे, नेत्रों से क्रोधाग्नि की ज्वाला निकल रही थी, शर्मा जी की शक्तिशालीनता से भली-भाँति परिचित थे। समीप आ कर बोले- आपके इस मुख्तार ने मुझे बड़ा धोखा दिया, वरना मैं हलफ़ से कहता हूँ कि यहाँ यह आग न लगती। आप मेरे मित्र बाबू कोकिला सिंह के मित्र हैं और इस नाते से मैं आपको अपना मुरब्बी समझता हूँ, पर इस नामरदूद बदमाश ने मुझे बड़ा चकमा दिया ! मैं भी ऐसा अहमक था कि इसके चक्कर में आ गया। मैं बहुत नादिम हूँ कि हिमाकत के बाइस जनाब को इतनी तकलीफ हुई ! मैं आपसे मुआफी का सायल हूँ। मेरी एक दोस्ताना इल्तमाश यह है कि जितनी जल्दी मुमकिन हो इस शख्स को बरतरफ कर दीजिए। यह आपकी रियासत को तबाह किये डालता है। अब मुझे भी इजाजत हो कि अपने मनहूस कदम यहाँ से ले जाऊँ। मैं हलफ से कहता हूँ कि मुझे आपको मुँह दिखाते शर्म आती है।

8

यहाँ तो यह घटना हो रही थी, उधर बाबूलाल अपने चौपाल में बैठे हुए, इसके सम्बन्ध में अपने कई असामियों से बातचीत कर रहे थे। शिवदीन ने कहा- भैया, आप जाके दारोगा जी को काहे नाहीं समझावत हौ। राम-राम ! ऐसन अंधेर !

बाबूलाल- भाई, मैं दूसरे के बीच में बोलनेवाला कौन ? शर्मा जी तो वहीं हैं। वह आप ही बुद्धिमान हैं। जो उचित होगा, करेंगे। यह आज कोई नयी बात थोड़े ही है। देखते तो हो कि

आये दिन एक न एक उपद्रव मचा ही रहता है। मुख्तार साहब का इसमें भला होता है। शर्मा जी से मैं इस विषय में इसलिए कुछ नहीं कहता कि शायद वे यह समझें कि मैं ईर्ष्यावश शिकायत कर रहा हूँ।

रामदास ने कहा- शर्मा जी कोठा पर हैं और नीचू बेचारन पर मार परत है। देखा नाहीं जात है। जिनसे मुराद पाय जात हैं उनका छोड़े देत हैं। मोका तो जान परत है कि ई तहकीकात-सहकीकात सब रुपैयन के खातिर कीन जात है।

बाबूलाल- और काहे के लिए की जाती है। दारोगा जी ऐसे ही शिकार ढूँढ़ा करते हैं, लेकिन देख लेना शर्मा जी अबकी मुख्तार साहब की जरूर खबर लेंगे। वह ऐसे-वैसे आदमी नहीं हैं कि यह अंधेर अपनी आँखों से देखें और मौन धारण कर लें ? हाँ, यह तो बताओ अबकी कितनी ऊख बोयी है ?

रामदास- ऊख बोये ढेर रहे मुदा दुष्टन के मारे बचै पावै। तू मानत नाहीं भैया, पर आँखन देखी बात है कि कराह के कराह रस जर गवा और छटाँको भर माल न परा। न जानी अस कौन मन्तर मार देत हैं।

बाबूलाल- अच्छा, अबकी मेरे कहने से यह हानि उठा लो। देखूँ ऐसा कौन बड़ा सिद्ध है जो कराही का रस उड़ा देता है ? जरूर इसमें कोई न कोई बात है, इस गाँव में जितने कोल्हू जमीन में गड़े पड़े हैं उनसे विदित होता है कि पहले यहाँ ऊख बहुत होती थी, किन्तु अब बेचारी का मुँह भी मीठा नहीं होने पाता।

शिवदीन- अरे भैया ! हमारे होस में ई सब कोल्हू चलत रहे हैं। माघ- पूस में रात भर गाँव में मेला लगा रहत रहा, पर जब से ई नासिनी विद्या फैली है तब से कोऊ का ऊख के नेरे जाये का हियाव नहीं परत है।

बाबूलाल- ईश्वर चाहेंगे तो फिर वैसी ही ऊख लगेगी। अबकी मैं इस मंत्र को उलट दूँगा। भैया यह तो बताओ अगर ऊख लग जाय और माल पड़े तो तुम्हारी पट्टी में एक हजार का गुड़ हो जायगा ?

हरखू ने हँस कर कहा- भैया, कैसी बात कहते हो हजार तो पाँच बीघा में मिल सकत हैं। हमारे पट्टी में 25 बीघा से कम ऊख नहीं था। कुछो न परे तो अढ़ाई हजार कहूँ नहीं गये हैं।

बाबूलाल- तब तो आशा है कि कोई पचास रुपये बयाई में मिल जायँगे। यह रुपये गाँव की सफाई में खर्च होंगे।

इतने में एक युवा मनुष्य दौड़ता हुआ आया और बोला- भैया ! ऊ तहकीकात देखे गइल रहलीं। दारोगा जी सबका डाँटत मारत रहें। देवी मुखिया बोला मुख्तार साहब, हमका चाहे काट डारो मुदा हम एक कौड़ी न देबै। थाना, कचहरी जहाँ कहो चलै के तैयार हई। ई सुन के मुख्तार लाल हुई गयेन। चार सिपाहिन से कहेन कि एहिका पकरिके खूब मारो, तब देवी चिल्लाय-

चिल्लाय रोवे लागल, एतने में सरमा जी कोठी पर से खट-खट उतरेन और मुख्तार का लगे डाँटे। मुख्तार ठाढ़े झूर होय गयेन। दारोगा जी धीरे से घोड़ा मँगवाय के भागेन। मनई सरमा जी का असीसत चला जात हैं।

बाबूलाल- यह तो मैं पहले ही कहता था कि शर्मा जी से यह अन्याय न देखा जायगा।

इतने में दूर से एक लालटेन का प्रकाश दिखायी दिया। एक आदमी के साथ शर्मा जी आते हुए दिखायी दिये। बाबूलाल ने असामियों को वहाँ से हटा दिया, कुरसी रखवा दी और बढ़ कर बोले- आपने इस समय क्यों कष्ट किया, मुझको बुला लिया होता।

शर्मा जी ने नम्रता से उत्तर दिया- आपको किस मुँह से बुलाता, मेरे सारे आदमी वहाँ पीटे जा रहे थे, उनका गला दबाया जा रहा था और आप पास न फटके। मुझे आपसे मदद की आशा थी। आज हमारे मुख्तार ने गाँव में लूट मचा दी थी। मुख्तार की और क्या कहूँ। बेचारा थोड़े औकात का आदमी है। खेद तो यह है कि आपके दारोगा जी भी उसके सहायक थे। कुशल यह थी कि मैं वहाँ मौजूद था।

बाबूलाल- बहुत लज्जित हूँ कि इस अवसर पर आपकी कुछ सेवा न कर सका ! पर बात यह है कि मेरे वहाँ जाने से मुख्तार साहब और दारोगा दोनों ही अप्रसन्न होते। मुख्तार मुझसे कई बार कह चुके हैं कि आप मेरे बीच में न बोला कीजिए। मैं आपसे कभी गाँव की दशा इस भय से न कहता था कि शायद आप समझें कि मैं ईर्ष्या के कारण ऐसा कहता हूँ। यहाँ यह कोई नयी बात नहीं है। आये दिन ऐसी ही घटनाएँ होती रहती हैं, और कुछ इसी गाँव में नहीं, जिस गाँव को देखिए, यही दशा है। इन सब आपत्तियों का एकमात्र कारण यह है कि देहातों में कर्मपरायण, विद्वान् और नीतिज्ञ मनुष्यों का अभाव है। शहर के सुशिक्षित जमींदार जिनसे उपकार की बहुत कुछ आशा की जाती है, सारा काम कारिंदों पर छोड़ देते हैं। रहे देहात के जमींदार सो निरक्षर भट्टाचार्य हैं। अगर कुछ थोड़े-बहुत पढ़े भी हैं तो अच्छी संगति न मिलने के कारण उनमें बुद्धि का विकास नहीं है। कानून के थोड़े से दफे सुन-सुना लिये हैं, बस उसी की रट लगाया करते हैं। मैं आप से सत्य कहता हूँ, मुझे जरा भी खबर होती तो मैं आपको सचेत कर दिया होता।

शर्मा जी- खैर, यह बला तो टली, पर मैं देखता हूँ कि इस ढंग से काम न चलेगा। अपने असामियों को आज इस विपत्ति में देख कर मुझे बड़ा दुःख हुआ। मेरा मन बार-बार मुझको इन सारी दुर्घटनाओं का उत्तरदाता ठहराता है। जिनकी कमाई खाता हूँ, जिनकी बदौलत टमटम पर सवार हो कर रईस बना घूमता हूँ, उनके कुछ स्वत्व भी तो मुझ पर हैं। मुझे अब अपनी स्वार्थांधता स्पष्ट दीख पड़ती है। मैं आप अपनी ही दृष्टि में गिर गया हूँ। मैं सारी जाति के उद्धार का बीड़ा उठाये हुए हूँ, सारे भारतवर्ष के लिए प्राण देता फिरता हूँ, पर अपने घर की खबर ही नहीं। जिनकी रोटियाँ खाता हूँ उनकी तरफ से इस तरह उदासीन हूँ ! अब इस दुरवस्था को समूल नष्ट करना चाहता हूँ। इस काम में मुझे आपकी सहायता और सहानुभूति की जरूरत है। मुझे अपना शिष्य बनाइए। मैं याचकभाव से आपके पास आया हूँ। इस भार को सँभालने की

शक्ति मुझमें नहीं। मेरी शिक्षा ने मुझे किताबों का कीड़ा बना कर छोड़ दिया और मन के मोदक खाना सिखाया। मैं मनुष्य नहीं, किन्तु नियमों का पोथा हूँ। आप मुझे मनुष्य बनाइए, मैं अब यहीं रहूँगा, पर आपको भी यहीं रहना पड़ेगा। आपकी जो हानि होगी उसका भार मुझ पर है। मुझे सार्थक जीवन का पाठ पढ़ाइए। आपसे अच्छा गुरु मुझे न मिलेगा। सम्भव है कि आपका अनुगामी बन कर मैं अपना कर्तव्य पालन करने योग्य हो जाऊँ।

***

परीक्षा

जब रियासत देवगढ़ के दीवान सरदार सुजानसिंह बूढ़े हुए तो परमात्मा की याद आयी। जा कर महाराज से विनय की कि दीनबंधु ! दास ने श्रीमान् की सेवा चालीस साल तक की, अब मेरी अवस्था भी ढल गयी, राज-काज सँभालने की शक्ति नहीं रही। कहीं भूल-चूक हो जाय तो बुढ़ापे में दाग लगे। सारी जिंदगी की नेकनामी मिट्टी में मिल जाये।

राजा साहब अपने अनुभवशील नीतिकुशल दीवान का बड़ा आदर करते थे। बहुत समझाया, लेकिन जब दीवान साहब ने न माना, तो हार कर उनकी प्रार्थना स्वीकार कर ली; पर शर्त यह लगा दी कि रियासत के लिए नया दीवान आप ही को खोजना पड़ेगा।

दूसरे दिन देश के प्रसिद्ध पत्रों में यह विज्ञापन निकला कि देवगढ़ के लिए एक सुयोग्य दीवान की जरूरत है। जो सज्जन अपने को इस पद के योग्य समझें वे वर्तमान सरकार सुजानसिंह की सेवा में उपस्थित हों। यह जरूरी नहीं है कि वे ग्रेजुएट हों, मगर हृष्ट-पुष्ट होना आवश्यक है, मंदाग्नि के मरीज को यहाँ तक कष्ट उठाने की कोई जरूरत नहीं। एक महीने तक उम्मीदवारों के रहन-सहन, आचार-विचार की देखभाल की जायगी। विद्या का कम, परन्तु कर्तव्य का अधिक विचार किया जायगा। जो महाशय इस परीक्षा में पूरे उतरेंगे, वे इस उच्च पद पर सुशोभित होंगे।

2

इस विज्ञापन ने सारे मुल्क में तहलका मचा दिया। ऐसा ऊँचा पद और किसी प्रकार की कैद नहीं ? केवल नसीब का खेल है। सैकड़ों आदमी अपना-अपना भाग्य परखने के लिए चल खड़े हुए। देवगढ़ में नये-नये और रंग-बिरंगे मनुष्य दिखायी देने लगे। प्रत्येक रेलगाड़ी से उम्मीदवारों का एक मेला-सा उतरता। कोई पंजाब से चला आता था, कोई मद्रास से, कोई नई फैशन का प्रेमी, कोई पुरानी सादगी पर मिटा हुआ। पंडितों और मौलवियों को भी अपने-अपने भाग्य की परीक्षा करने का अवसर मिला। बेचारे सनद के नाम रोया करते थे, यहाँ उसकी कोई जरूरत नहीं थी। रंगीन एमामे, चोगे और नाना प्रकार के अंगरखे और कंटोप देवगढ़ में अपनी सज-धज दिखाने लगे। लेकिन सबसे विशेष संख्या ग्रेजुएटों की थी, क्योंकि सनद की कैद न होने पर भी सनद से परदा तो ढँका रहता है।

सरदार सुजानसिंह ने इन महानुभावों के आदर-सत्कार का बड़ा अच्छा प्रबंध कर दिया था। लोग अपने-अपने कमरों में बैठे हुए रोजेदार मुसलमानों की तरह महीने के दिन गिना करते थे। हर एक मनुष्य अपने जीवन को अपनी बुद्धि के अनुसार अच्छे रूप में दिखाने की कोशिश करता था। मिस्टर अ नौ बजे दिन तक सोया करते थे, आजकल वे बगीचे में टहलते हुए ऊषा

का दर्शन करते थे। मिस्टर ब को हुक्का पीने की लत थी, आजकल बहुत रात गये किवाड़ बन्द करके अँधेरे में सिगार पीते थे। मिस्टर द स और ज से उनके घरों पर नौकरों की नाक में दम था, लेकिन ये सज्जन आजकल 'आप' और 'जनाब' के बगैर नौकरों से बातचीत नहीं करते थे। महाशय क नास्तिक थे, हक्सले के उपासक, मगर आजकल उनकी धर्मनिष्ठा देख कर मन्दिर के पुजारी को पदच्युत हो जाने की शंका लगी रहती थी ! मिस्टर ल को किताब से घृणा थी, परन्तु आजकल वे बड़े-बड़े ग्रन्थ देखने-पढ़ने में डूबे रहते थे। जिससे बात कीजिए, वह नम्रता और सदाचार का देवता बना मालूम देता था। शर्मा जी घड़ी रात से ही वेद-मंत्रा पढ़ने में लगते थे और मौलवी साहब को नमाज और तलावत के सिवा और कोई काम न था। लोग समझते थे कि एक महीने का झंझट है, किसी तरह काट लें, कहीं कार्य सिद्ध हो गया तो कौन पूछता है।

लेकिन मनुष्यों का वह बूढ़ा जौहरी आड़ में बैठा हुआ देख रहा था कि इन बगुलों में हंस कहाँ छिपा हुआ है।

3

एक दिन नये फैशनवालों को सूझी कि आपस में हाकी का खेल हो जाय। यह प्रस्ताव हाकी के मँजे हुए खिलाड़ियों ने पेश किया। यह भी तो आखिर एक विद्या है। इसे क्यों छिपा रखें। संभव है, कुछ हाथों की सफाई ही काम कर जाय। चलिए तय हो गया, फील्ड बन गयी, खेल शुरू हो गया और गेंद किसी दफ्तर के अप्रेंटिस की तरह ठोकरें खाने लगा।

रियासत देवगढ़ में यह खेल बिलकुल निराली बात थी। पढ़े-लिखे भलेमानुस लोग शतरंज और ताश जैसे गंभीर खेल खेलते थे। दौड़-कूद के खेल बच्चों के खेल समझे जाते थे।

खेल बड़े उत्साह से जारी था। धावे के लोग जब गेंद को ले कर तेजी से उड़ते तो ऐसा जान पड़ता था कि कोई लहर बढ़ती चली आती है। लेकिन दूसरी ओर के खिलाड़ी इस बढ़ती हुई लहर को इस तरह रोक लेते थे कि मानो लोहे की दीवार है।

संध्या तक यही धूमधाम रही। लोग पसीने से तर हो गये। खून की गर्मी आँख और चेहरे से झलक रही थी। हाँफते-हाँफते बेदम हो गये, लेकिन हार-जीत का निर्णय न हो सका।

अँधेरा हो गया था। इस मैदान से जरा दूर हट कर एक नाला था। उस पर कोई पुल न था। पथिकों को नाले में से चल कर आना पड़ता था। खेल अभी बन्द ही हुआ था और खिलाड़ी लोग बैठे दम ले रहे थे कि एक किसान अनाज से भरी हुई गाड़ी लिये हुए उस नाले में आया। लेकिन कुछ तो नाले में कीचड़ था और कुछ उसकी चढ़ाई इतनी ऊँची थी कि गाड़ी ऊपर न चढ़ सकती थी। वह कभी बैलों को ललकारता, कभी पहियों को हाथ से ढकेलता लेकिन बोझ अधिक था और बैल कमजोर। गाड़ी ऊपर को न चढ़ती और चढ़ती भी तो कुछ दूर चढ़कर फिर खिसक कर नीचे पहुँच जाती। किसान बार-बार जोर लगाता और बार-बार झुँझला कर बैलों को मारता, लेकिन गाड़ी उभरने का नाम न लेती। बेचारा इधर-उधर निराश हो कर ताकता मगर वहाँ कोई सहायक नजर न आता। गाड़ी को अकेले छोड़कर कहीं जा भी नहीं सकता। बड़ी आपत्ति में

फँसा हुआ था। इसी बीच में खिलाड़ी हाथों में डंडे लिये घूमते-घामते उधर से निकले। किसान ने उनकी तरफ सहमी हुई आँखों से देखा, परंतु किसी से मदद माँगने का साहस न हुआ। खिलाड़ियों ने भी उसको देखा मगर बन्द आँखों से, जिनमें सहानुभूति न थी। उनमें स्वार्थ था, मद था, मगर उदारता और वात्सल्य का नाम भी न था।

4

लेकिन उसी समूह में एक ऐसा मनुष्य था जिसके हृदय में दया थी और साहस था। आज हाकी खेलते हुए उसके पैरों में चोट लग गयी थी। लँगड़ाता हुआ धीरे-धीरे चला आता था। अकस्मात् उसकी निगाह गाड़ी पर पड़ी। ठिठक गया। उसे किसान की सूरत देखते ही सब बातें ज्ञात हो गयीं। डंडा एक किनारे रख दिया। कोट उतार डाला और किसान के पास जा कर बोला मैं तुम्हारी गाड़ी निकाल दूँ ?

किसान ने देखा एक गठे हुए बदन का लम्बा आदमी सामने खड़ा है। झुक कर बोला- हुजूर, मैं आपसे कैसे कहूँ ? युवक ने कहा मालूम होता है, तुम यहाँ बड़ी देर से फँसे हो। अच्छा, तुम गाड़ी पर जा कर बैलों को साधो, मैं पहियों को ढकेलता हूँ, अभी गाड़ी ऊपर चढ़ जाती है।

किसान गाड़ी पर जा बैठा। युवक ने पहिये को जोर लगा कर उकसाया। कीचड़ बहुत ज्यादा था। वह घुटने तक जमीन में गड़ गया, लेकिन हिम्मत न हारी। उसने फिर जोर किया, उधर किसान ने बैलों को ललकारा। बैलों को सहारा मिला, हिम्मत बँध गयी, उन्होंने कंधे झुका कर एक बार जोर किया तो गाड़ी नाले के ऊपर थी।

किसान युवक के सामने हाथ जोड़ कर खड़ा हो गया। बोला- महाराज, आपने आज मुझे उबार लिया, नहीं तो सारी रात मुझे यहाँ बैठना पड़ता।

युवक ने हँस कर कहा- अब मुझे कुछ इनाम देते हो ? किसान ने गम्भीर भाव से कहा नारायण चाहेंगे तो दीवानी आपको ही मिलेगी।

युवक ने किसान की तरफ गौर से देखा। उसके मन में एक संदेह हुआ, क्या यह सुजानसिंह तो नहीं हैं ? आवाज़ मिलती है, चेहरा-मोहरा भी वही। किसान ने भी उसकी ओर तीव्र दृष्टि से देखा। शायद उसके दिल के संदेह को भाँप गया। मुस्करा कर बोला- गहरे पानी में पैठने से ही मोती मिलता है।

5

निदान महीना पूरा हुआ। चुनाव का दिन आ पहुँचा। उम्मीदवार लोग प्रात:काल ही से अपनी किस्मतों का फैसला सुनने के लिए उत्सुक थे। दिन काटना पहाड़ हो गया। प्रत्येक के चेहरे पर आशा और निराशा के रंग आते थे। नहीं मालूम, आज किसके नसीब जागेंगे ! न जाने किस पर लक्ष्मी की कृपादृष्टि होगी।

संध्या समय राजा साहब का दरबार सजाया गया। शहर के रईस और धनाढ्य लोग, राज्य के कर्मचारी और दरबारी तथा दीवानी के उम्मीदवारों का समूह, सब रंग-बिरंगी सज-धज बनाये दरबार में आ विराजे ! उम्मीदवारों के कलेजे धड़क रहे थे।

जब सरदार सुजानसिंह ने खड़े हो कर कहा- मेरे दीवानी के उम्मीदवार महाशयो ! मैंने आप लोगों को जो कष्ट दिया है, उसके लिए मुझे क्षमा कीजिए। इस पद के लिए ऐसे पुरुष की आवश्यकता थी जिसके हृदय में दया हो और साथ-साथ आत्मबल। हृदय वह जो उदार हो, आत्मबल वह जो आपत्ति का वीरता के साथ सामना करे और इस रियासत के सौभाग्य से हमें ऐसा पुरुष मिल गया। ऐसे गुणवाले संसार में कम हैं और जो हैं, वे कीर्ति और मान के शिखर पर बैठे हुए हैं, उन तक हमारी पहुँच नहीं। मैं रियासत के पंडित जानकीनाथ-सा दीवान पाने पर बधाई देता हूँ।

रियासत के कर्मचारियों और रईसों ने जानकीनाथ की तरफ देखा। उम्मीदवार दल की आँखें उधर उठीं, मगर उन आँखों में सत्कार था, इन आँखों में ईर्ष्या।

सरदार साहब ने फिर फरमाया- आप लोगों को यह स्वीकार करने में कोई आपत्ति न होगी कि जो पुरुष स्वयं जख्मी होकर भी एक गरीब किसान की भरी हुई गाड़ी को दलदल से निकाल कर नाले के ऊपर चढ़ा दे उसके हृदय में साहस, आत्मबल और उदारता का वास है। ऐसा आदमी गरीबों को कभी न सतावेगा। उसका संकल्प दृढ़ है जो उसके चित्त को स्थिर रखेगा। वह चाहे धोखा खा जाये, परन्तु दया और धर्म से कभी न हटेगा।

***

www.ingramcontent.com/pod-product-compliance
Ingram Content Group UK Ltd.
Pitfield, Milton Keynes, MK11 3LW, UK
UKHW040621041026
15589UKWH00012B/793

9 789390 852178